Uma Luz Perversa

Uma
Luz
Perversa

EMILY THIEDE

Tradução
Isabela Sampaio

Copyright © 2023 by Emily Thiede
Copyright da tradução © 2024 by Editora Globo S.A.

Publicado originalmente nos Estados Unidos por Wednesday Books, um selo da St. Martin's Publishing Group.

Publicado mediante acordo com Rights People, London.

Todos os direitos reservados. Nenhuma parte desta edição pode ser utilizada ou reproduzida — em qualquer meio ou forma, seja mecânico ou eletrônico, fotocópia, gravação etc. — nem apropriada ou estocada em sistema de banco de dados sem a expressa autorização da editora.

Título original: *This Cursed Light*

Editora responsável **Paula Drummond**
Editora de produção **Agatha Machado**
Assistentes editoriais **Giselle Brito** e **Mariana Gonçalves**
Preparação de texto **Bárbara Morais**
Revisão **Luiza Miceli e Fernanda Lizardo**
Diagramação **Carolinne de Oliveira**
Projeto gráfico original **Laboratório Secreto**
Ilustração de capa **Kemi Mai**
Design de capa original **Kerri Resnick**
Adaptação de capa **Renata Zucchini**

Texto fixado conforme as regras do Acordo Ortográfico da Língua Portuguesa (Decreto Legislativo nº 54, de 1995).

CIP-BRASIL. CATALOGAÇÃO NA PUBLICAÇÃO
SINDICATO NACIONAL DOS EDITORES DE LIVROS, RJ

T365L
    Thiede, Emily
        Uma luz perversa / Emily Thiede ; tradução Isabela Sampaio. - 1. ed. - Rio de Janeiro : Alt, 2024.

        Tradução de: This cursed light
        ISBN 978-65-85348-58-4

        1. Ficção americana. I. Sampaio, Isabela. II. Título.

24-89054   CDD: 813
                                                      CDU: 82-3(73)

Meri Gleice Rodrigues de Souza - Bibliotecária - CRB-7/6439

1ª edição, 2024

Direitos de edição em língua portuguesa para o Brasil adquiridos por Editora Globo S.A.
R. Marquês de Pombal, 25
20.230-240 – Rio de Janeiro – RJ – Brasil
www.globolivros.com.br

Para a luz da minha vida, Lyla e Cora

Um

Todos os dias, o corpo de Dante o traía.

Então ele o punia.

Os olhos ardiam com o suor, embaçando a vista e impedindo-o de enxergar direito o estivador de rosto corado à sua frente e a multidão que os encurralava no beco estreito.

Dante o chamou com um rápido movimento dos dedos e seu oponente levantou dois punhos carnudos.

O golpe inicial do cara foi hesitante. Fraco. Sequer compensou a esquiva.

Ninguém batia tão forte quanto antigamente.

Com um golpe rápido e mais alguns insultos, o lutador reagiu com mais energia.

Até que enfim.

Golpear. Defender. Acertar. Desviar. Atacar de novo.

Dante se esquivou de um golpe no rosto e permitiu um nas costelas. Levou alguns, mas acertou mais. Poderia ter derrubado o cara em questão de minutos, mas aí tudo acabaria. Não teria graça nenhuma.

— A árbitra chegou! — O cozinheiro colocou Addie, de dez anos, nos ombros para que ela visse melhor, só que ela não teve muito o que fazer. O outro cara se retirou poucos minutos depois, dispensando as zombarias amigáveis da multidão, e os estivadores, mais bem-humorados após a breve distração, voltaram a trabalhar, rolando barris e levantando caixas.

— O Lobo vence de novo! — cantarolou Addie.

Dante entendeu a mão e fingiu se encolher quando ela bateu na palma dele. Não era bem uma vitória quando o oponente se recusava a lutar.

— O navio está se aproximando, *signor*.

Ele se agachou para olhá-la nos olhos.

— Já disse para me chamar de Dante.

— E meu tio me disse para respeitar os mais velhos.

— *Mais velhos?* — Dante fez uma careta. — Conseguiu ver alguém no convés?

— Como uma moça de vestido elegante? — Ela esvoaçou os cílios sugestivamente. — Talvez, mas informação extra tem custo extra.

— E lá se vai o respeito aos mais velhos.

— Só otários trabalham de graça.

— Justo. — Dante fez questão de contar quatro moedas reluzentes antes de entregá-las a ela.

Addie as contou de novo, só para garantir, e então respondeu:

— Ainda estava muito longe para ser possível ver alguém, mas pressenti que *havia* uma moça e que ela estava sofrendo.

— Pressentiu, é?

— Aham. E o Signor Adrick disse que vou ganhar um bolo inteiro se eu contar aos confeiteiros depois daqui.

— Um bolo *inteiro*? — Dante fingiu estar chocado. — Melhor correr então.

A criança saiu saltitando para avisar aos pais de Alessa que ela chegaria a qualquer momento, deixando Dante sozinho no frio do fim da manhã.

Ele levantou a camisa para verificar o tamanho do estrago: alguns hematomas. Um arranhão superficial. Nada que não pudesse esconder. Talvez alguns dos hematomas até estivessem cicatrizando um pouco mais rápido do que o normal. Talvez.

Ninguém sabia ao certo se os poderes dele tinham sumido *para sempre*. Ninguém deveria voltar dos mortos, só que Dante tinha voltado. Talvez outras partes dele também pudessem voltar.

Ele sacudiu os braços e fez uma careta de dor ao sentir uma pontada no ombro. Era mais fácil apreciar a queimação de um bom treino quando não durava tanto tempo.

Dante não se importava com a dor. Com *dor* ele sabia lidar. Por vários anos, a dor tinha sido sua única companhia quando ele encarava trabalhos perigosos e punições brutais para sobreviver, contando com os próprios poderes de cura para superá-la. Não era a *dor* que o incomodava. Não. Era o lembrete constante de que, desde quando Alessa o trouxera dos mortos, ele estava vivo, mas não inteiro. Era *aquilo* que o tirava do sério.

Ele sentiu o peito apertar, como se estivesse sendo puxado por cabos de reboque de todos os lados. Alessa voltaria em breve, e ele estava com tanta saudade que doía, mas já sentia as paredes da Cittadella se fechando, aprisionando-o num labirinto de lembranças — aquele cheiro de adstringente, os sons agonizantes de sofrimento durante os meses em que o prédio servira de hospital improvisado após o Divorando —, e um monte de pessoas, observando-o o tempo inteiro.

Nas docas, ele conseguia respirar. Às vezes, até dormir. As lembranças e as visões aterrorizantes enviadas por Dea ainda o perseguiam, mas já estavam com mais dificuldade de alcançá-lo.

Ele abriu a porta dos fundos, coberta por décadas de tinta lascada, e entrou. Nunca tinha passado por sua cabeça ser dono de nada, muito menos de um prédio inteiro, porém, depois de um mês de reformas, o Fundo do Poço não merecia mais o nome que tinha. Não era chique, mas combinava mais com Dante do que os muros altos e lençóis de seda, por mais que exigisse reparos constantes.

— Aqui ainda? — A expressão surpresa de Adrick deu lugar a um certo zelo quando Dante atravessou o salão principal. Aquele garoto era observador demais.

— Óbvio. — Dante evitou o olhar dele e pôs-se a arregaçar as mangas como se o movimento exigisse plena atenção.

— *Por que* está aqui ainda? Você sabe que ela vai direto para a Cittadella procurar você.

— Sim, eu sei. — Ele ignorou o suspiro incisivo de Adrick e subiu a escada.

Quando Alessa partiu para Altari, incumbindo o próprio irmão da tarefa de ser babá dele, Dante estava mais do que resoluto a não gostar do cara, mas os gêmeos Paladino tinham uma determinação incansável de conquistar as pessoas. Nada era capaz de impedi-los quando eles detectavam um possível amigo.

Não que Dante e Adrick fossem *amigos*, por assim dizer, mas o silêncio não era mais tão desconfortável quanto costumava ser, e Adrick nunca o deixava durar muito, preenchendo os momentos em que ninguém falava nada com piadas e tagarelices para evitar as coisas nas quais nenhum deles queria pensar. Depois de meses cuidando de soldados feridos no pós-Divorando — e vendo muitos morrerem —, os ombros de Adrick estavam mais tensos e havia um toque de escuridão no seu olhar, semelhante ao de Dante.

Então, não. Ele não se importava com a presença de Adrick. Na maior parte do tempo.

Em seus aposentos no andar superior, Dante olhou para o pacote em cima da mesa e refletiu por um momento antes de colocá-lo debaixo da cama. Ela não ia querer um livro todo velho e surrado.

Enquanto se levantava, uma pesada gota d'água caiu na cabeça dele. Mais uma porcaria de goteira.

Alessa estava acostumada ao luxo. Não dava para esperar que ela frequentasse um lugar daquele. Ainda mais se tivesse goteiras.

Ele abriu a janela e se debruçou para espiar o porto. Acima da fileira de telhados, as pontas das velas brancas cortavam o céu.

Uma hora. Talvez mais. Ele tinha tempo.

Já havia uma escada apoiada no prédio, e Dante chegou ao telhado alguns minutos mais tarde. A primeira telha que puxou estava rachada, com sinais de apodrecimento por baixo, algo que suspeitava que pudesse estar acontecendo na maior parte da construção. Havia uma metáfora sobre sua vida ali, mas Dante não queria pensar naquilo.

Um cisco caiu em seus cílios e ele piscou para limpar a vista, mas não era poeira.

Ao inclinar a cabeça para trás, Dante observou os flocos brancos e fofos dançando no ar. Alessa estava de volta e tinha trazido o inverno junto.

Ele só tinha visto neve uma vez, mas já fazia um tempão. O pai o arrancara da cama e eles correram pela nevasca, pegando flocos de neve com a língua.

Dante estendeu a mão e um floco solitário pousou na sua palma, derretendo na mesma hora.

Bastava um toque de calor para a neve se desfazer.

Alessa segurou o corrimão do navio com força e se inclinou para a frente como uma escultura de sereia.

— Aquilo é *neve*?

— Parece que sim — disse Kaleb com a fala arrastada. — Espero que saiba nadar, porque não pretendo atrasar nossa chegada para resgatar você.

A "breve" viagem diplomática a Altari acabara durando dois meses e, quanto mais o tempo se estendia, mais ela se preocupava com o que encontraria ao voltar.

Kaleb semicerrou os olhos diante do vento forte que agitava seus cabelos castanho-avermelhados.

— A gente deveria ter trazido a Saida. Meus poderes claramente são os *melhores* para batalha, inclusive parabéns pela excelente escolha de Fonte principal. Acontece que, infelizmente, eletricidade não é tão útil quanto vento para mover navios.

— Você não conseguiria trabalhar em algo nesse sentido? Fazer um navio movido a energia elétrica ou algo do tipo?

— Está achando que sou o quê, engenheiro? — rebateu ele, revirando o olho visível. O outro estava coberto por um tapa-olho de seda. — Não entrei nessa para ser seu inventor particular.

— O Divorando acabou. Qual é a sua utilidade para mim agora?

Kaleb lhe lançou um olhar indignado.

— Aponto seus defeitos para manter sua humildade e sou um par deslumbrante em eventos formais.

— Eu tenho Dante para isso.

Seis meses antes, ela teria morrido de vergonha do suspiro apaixonado que deixara escapar, mas valia a pena sacrificar o próprio orgulho para irritar Kaleb.

— Dante jamais conseguiria manter essa estética.

Kaleb afirmava que seu estilo colorido pós-Divorando era mais adequado para um salvador, e eles tinham coordenado o figurino para a ocasião: Alessa usava um vestido do mesmo tom de roxo-escuro da camisa e do tapa-olho de Kaleb, e as anáguas cor-de-rosa combinavam perfeitamente com o forro de seda do paletó dele.

— Dante ficaria irresistível até num saco de estopa — comentou Alessa.

— Hum. Não faz meu tipo.

Ela arqueou a sobrancelha, cética.

— Não por ele ser *homem*. — Kaleb passou a mão pelo cabelo, arrumando-o. — Essa parte é tranquila. É ideal, na verdade.

— Imaginei. Você certamente nunca demonstrou nenhum interesse em *mim*.

— Quem é arrogante agora? — disse Kaleb, dando uma leve cotovelada em Alessa. — Você acha que todo mundo que gosta de garotas está tramando para ficar com você?

— Claro que não. — Alessa soprou uma mecha de cabelo escuro que voava até sua boca e grudava no brilho labial. — Pessoas de todos os gêneros e inclinações românticas passaram cinco anos fugindo de mim assim que me viam. Não tenho nenhuma ilusão de ser irresistível.

Em pouco tempo, o vento ia transformando seus cachos cuidadosamente arrumados em uma bagunça emaranhada.

Ainda não havia sinal de Dante esperando na doca.

— Não force o pescoço. Ele vai estar lá. — Kaleb ajeitou os punhos da camisa. — A cidade inteira está esperando para nos dar as boas-vindas.

— Talvez ele não esteja pronto ainda. — Ela mordiscou o lábio.

A esperança de Alessa de que Kaleb estivesse certo, de que Dante estaria totalmente recuperado, física, mental e emocionalmente, era tão forte que chegava a doer.

— Já se passaram dois meses. Provavelmente ele está novinho em folha e já voltou a esfaquear pessoas. — O sarcasmo de Kaleb não dava conta de disfarçar completamente sua dúvida.

Ela não era a única que tinha lutado contra a culpa por deixar Dante enquanto ele ainda... não havia voltado a ser o que era. Por mais que os ferimentos físicos tivessem cicatrizado, ele tinha ficado mais taciturno, obcecado com a ideia de encontrar os outros ghiotte para se preparar para a batalha contra uma ameaça misteriosa que ele insistia que os deuses iam lançar. A certa altura, os medos dele começaram a parecer reais para Alessa. Porém, afastar-se dos olhos assombrados de Dante fizera com que ela enxergasse as coisas com mais nitidez.

O padrão de Saverio nunca mudava: uma vez a cada geração, a deusa Dea coroava uma nova Finestra com o poder de ampliar os dons dos outros. Cinco anos depois, Crollo liberava o ataque dos scarabei, conhecido como Divorando, e cabia a Finestra e à Fonte escolhida — ou, no caso de Alessa, várias Fonti — a função de derrotá-los. Então, depois de um período de anos ou até mesmo décadas — dependendo de quanto tempo os deuses levavam para se entediar —, o poder da Finestra era transferido para uma próxima escolhida e o ciclo recomeçava. *Quando* aquele dia chegasse, Alessa e Kaleb guiariam o próximo Duo Divino, assim como Renata e Tomo tinham feito por eles.

A paranoia de Dante era compreensível após um encontro com a morte, mas aquilo não significava que fosse *verdade*. Ele superaria. Ela o ajudaria.

— Por que estamos desacelerando? — A voz de Alessa saiu quase chorosa.

— Provavelmente para evitar colidir com as docas e causar uma perda catastrófica de vidas e propriedades. Ou para irritar você. Não dá para ter certeza.

— Qual vai ser a primeira coisa que você vai fazer? — perguntou Alessa. Qualquer distração para manter a preocupação sob controle era válida.

— Comer alguma coisa que não seja frutos do mar. Nunca mais quero sentir cheiro de lutefisk na vida. E você? — disse Kaleb. — Espera, não precisa responder. Só prometa que vocês vão para algum lugar reservado. Nada acaba com o meu apetite mais rápido do que demonstrações públicas de afeto.

— Não sei nem se posso tocá-lo. — A risada dela saiu meio histérica.

— Onde há vontade, ou certo acúmulo de... cof, cof... *energia*, dá-se um jeito.

Alessa sentiu um frio na barriga que era metade empolgação e metade ansiedade. A tempestade imprevisível de seus poderes tinha recuado desde o Divorando e, em boa parte do tempo, ela nem usava mais luvas, mas sua magia já tinha causado dor e mortes demais para que fosse confiável.

Um abraço? Um abraço seria seguro o suficiente. Era provável. Embora ela quisesse muito mais.

— *Por favor*, me diga que você não está fantasiando agora — disse Kaleb. — Quer um minuto a sós?

— Espero viver o suficiente para ver você *destruído* de amor.

Kaleb bufou.

— Melhor se alimentar bem.

Por fim, o navio se aproximou das docas e os marinheiros começaram a correr para lá e para cá, jogando cordas, posicionando pranchas e fazendo o que quer que marinheiros tinham que fazer para levar um navio de volta para casa.

Os equivalentes a eles de Tanp, a ilha-santuário mais distante, estavam posicionados no convés do próprio navio, aguardando para desembarcar. Altos e esguios, com cabelos pretos brilhosos e a pele cor de âmbar, Ciro Angeles e Diwata Kapule os acompanharam até Saverio depois que as duas duplas se conheceram em Altari, onde se enturmaram graças ao constrangimento compartilhado de tentar manter a tradição pós-Divorando das turnês, muito embora Altari não tivesse um Duo.

Os salvadores de Altari tinham falecido tragicamente antes do Divorando, então só restara à população buscar refúgio em Saverio. Graças à proteção de Alessa — e ao grupo de Fonti que ela formara —, os altarianos haviam voltado à terra natal para reconstruir o lar dizimado, mas, em vez de bailes e banquetes, a visita cerimonial dos Duos das outras duas ilhas girara em torno de distribuir doações e avaliar os estragos. Agora que estavam de volta a Saverio, era hora de comemorar.

Alessa segurou as saias enquanto o capitão fazia sinal para que eles desembarcassem. A prancha balançava a cada passo, causando-lhe náuseas, então o capitão a estabilizou segurando firmemente seu braço. Alessa se encolheu, mas não se afastou. Ela *podia* encostar nas pessoas sem fazê-las gritar de agonia, contanto que mantivesse a calma e a concentração, mas as pessoas tinham perdido o medo dela mais rápido do que ela mesma.

— Obrig... — A palavra ficou entalada na garganta quando Alessa encarou os olhos do capitão. Ninguém jamais a olhara *daquela* maneira: fria, vazia e ausente. Nem mesmo quando metade da cidade a considerava um monstro.

Vozes estranhas e quase inaudíveis começaram a ecoar pelos cantos da sua mente conforme o olhar do capitão ficava cada vez mais incisivo. Uma escuridão que se apoderava de tudo. Um vazio sem fim. Um desejo voraz de *destruir...*

O capitão piscou e os olhos voltaram ao normal.

— Cuidado aí.

Atordoada, Alessa se soltou.

— Outra dor de cabeça? — perguntou Kaleb quando ela chegou às docas.

Alessa enxugou o suor que escorria pela testa.

— Só um pouco de tontura por causa do mar.

Ela tivera tempo demais para pensar durante a viagem. Muitas noites remoendo o passado, o semblante das três primeiras Fonti quando ela roubara suas últimas centelhas de vida. Graças a Alessa,

Emer, Ilsi e Hugo foram para o túmulo sem parte da alma. Dores de cabeça eram um pequeno preço a se pagar pelo que ela havia feito. Sorte a dela os deuses não a terem punido com coisa pior.

— Vamos? — disse Kaleb, estendendo o braço.

Alessa endireitou os ombros e deixou de lado o momento assustador com o capitão. A multidão vibrou quando eles acenaram para o povo, e ela se deleitou com a adoração. *Aquilo* era certo. Era *aquilo* que lhe haviam prometido. Que ela seria uma pessoa amada. Vitoriosa. Celebrada. Seu reinado tinha chegado ao fim e a temporada no Pico da Finestra estava encerrada.

Chega de demônios. Chega de guerras.

Era hora de dar início ao resto da sua vida.

Feliz.

Para.

Sempre.

Dois

Depois de alguns minutos esticando o pescoço, Alessa se viu obrigada a aceitar que Dante não estava à sua espera na multidão. Sequer estava à espreita atrás de todos, o que teria sido mais a cara dele.

Diwata agarrou-se ao braço de Ciro enquanto atravessavam as docas, e parecia comovida com a recepção que os aguardava.

— Que ilha linda — comentou Ciro. — Aquele deve ser o pico onde você lutou… com *vários* parceiros! Fascinante. Nós vamos conhecer todo mundo na festa de amanhã? Inclusive o… perdão, esqueci como vocês os chamam aqui.

— Ghiotte. — O sorriso de Alessa ficou mais tenso.

— A criatura ainda está aqui? — Diwata se entusiasmou.

— A *pessoa* — corrigiu Kaleb com firmeza.

Os gritos do povo ao longo do caminho dificultavam a conversa durante a procissão pela cidade, mas Alessa apontou os principais pontos de referência e fez comentários a respeito da história de Saverio, para o deleite de Ciro.

Sociável e encantador, embora um tanto formal, ele era o tipo de pessoa que parecia genuinamente interessada no que todos tinham a dizer, e, por ter uma tendência a tagarelar nervosamente, Alessa gostava daquilo. Kaleb se dava bem com a tímida Diwata. Ele não fazia esforço para jogar conversa fora, então ela não se sentia obrigada a tentar.

Depois de apresentá-los à melhor pousada de Saverio, Alessa apertou o passo rumo à Cittadella, mas Dante também não estava à sua espera nos portões.

As obrigações, por outro lado, estavam. Renata e Tomo, a dupla anterior de Finestra e Fonte, apareceram imediatamente.

— Os heróis conquistadores! — exclamou Tomo, bronzeado e radiante de saúde.

—Até que enfim — comentou Renata. — Estávamos começando a nos preocupar achando que vocês perderiam a própria celebração e nós teríamos que afogar as mágoas em uma fonte de prosecco.

— Dante está aqui? — perguntou Alessa.

Tomo franziu a testa.

— Não o vejo desde que chegamos.

Os pés de Alessa queriam muito sair para procurá-lo, mas o responsável pelo bufê tinha dúvidas e, aparentemente, era de suma importância que o Duo Divino escolhesse os guardanapos certos.

Alessa quase deu um abraço no guarda que interrompeu o assunto para informá-los que uma refeição leve estava sendo servida na biblioteca e que "o jovem cavalheiro" a esperava.

— Ah, pode ir — disse Renata com um suspiro afetuoso. — A gente cuida do restante.

Alessa não se orgulhava de ter saído dali tão rápido, mas também não se importava em preservar a dignidade, por isso apertou discretamente o passo.

— Você *não* vai me deixar sozinho escolhendo candelabros quando tem comida lá em cima — murmurou Kaleb, seguindo-a de perto. — Vai com calma. Desespero não cai bem.

Foi um empurra-empurra para ver quem ia chegar primeiro, só que Kaleb não tinha saias para atrapalhar, então chegou ao quarto andar antes de Alessa e investiu bruscamente para manter a porta da biblioteca fechada.

— Só estou ajudando você aqui. Melhor respirar fundo para não assustar o coitado.

— Abre a porta. — Alessa olhou feio para ele.

— Só não se atire em cima dele, pelo amor de Dea. — Kaleb abriu a porta e mudou a expressão de arrogante para irritada. — Por que *você* está aqui?

— Você não é o Dante — disparou Alessa.

— Maravilhoso ver você também, irmã. — Adrick levantou-se da poltrona com seu corpo esguio.

— Desculpe. Eu *estou* feliz de ver você. Por mais que seja inesperado.

Kaleb passou por Adrick para olhar feio para a tábua de frios. Antes da partida deles, ele costumava ignorar deliberadamente o irmão de Alessa toda vez que ele visitava a Cittadella, reclamando que Adrick tinha exposto Dante e tentado envenenar Alessa. Mas ela suspeitava que a longa noite que Kaleb passara numa tumba subterrânea gelada depois de ficar no lugar de Dante tinha tanto peso quanto.

Adrick sacudiu os cachos loiros.

— Mamãe e papai estão com raspas de limão até o pescoço fazendo sobremesas para a sua recepção, mas mandaram um beijo.

— E Dante? Onde ele está? *Como* ele está?

Adrick gesticulou para a mesa de frios.

— Prosciutto?

— Adrick — advertiu Alessa.

— Respira. Ele está... bem. Fisicamente.

Alessa semicerrou os olhos para o irmão, desconfiada.

— Mas não mentalmente?

— Não venha colocar palavras na minha boca. Ele passou por maus bocados. Pega leve com ele, tá?

— Eu vou pegar leve com ele. Quando eu *o vir*. O que é impossível, já que não sei *onde ele está*.

— *Onde está o Dante?* Veja bem, esta é uma pergunta que gera mais perguntas.

— Talvez eu tenha que matar você, no fim das contas.

— Pelo menos me deixa comer antes de cometer fratricídio. Estou morto de fome.

— Quer que eu bata nele? Posso bater nele. — Kaleb estalou os nós dos dedos.

— Não — rebateu Alessa. — Adrick, *cadê* o Dante?

Quando Dante se agachou para avaliar sua obra, percebeu, com um sobressalto, que o sol já estava baixo no céu da cidade. Tinha perdido a noção do tempo.

Ele guardou as ferramentas às pressas, mas uma movimentação lá embaixo chamou sua atenção — uma figura esguia correndo na direção dele. Seu coração entrou em descompasso.

Agarrando-se à beira do telhado, ele desceu, usando o parapeito da janela e a placa de sinalização para se desacelerar, e pousou diante de Alessa.

— Pelo amor de Dea! — Ela freou bruscamente, com a mão no peito. — Será que você pode *tentar* não se matar bem na hora em que eu volto?

— Eu sempre *tento*, mas a morte parece determinada a me encontrar. — Ele esboçou um sorrisinho.

Alessa riu, ainda sem fôlego, mas Dante não soube especificar se foi por conta do choque, da corrida ou do nervosismo. O nariz estava rosado de frio, as sardas se espalhavam na pele. Eram pequenas, quase imperceptíveis, mas recentes. Os outros detalhes do rosto dela eram exatamente como ele se lembrava, mas de certo modo mais perfeitos.

Alessa olhou de relance para a placa, depois voltou a olhar para ele e, então, para a parede externa recém-pintada, inquieta como um pássaro em busca de um poleiro seguro. Depois, nervosa. Ele abriu os braços e ela deu meio passo para a frente, hesitante. Parou.

— Sério? — Dante manteve o tom de voz leve, com esforço. Alessa mordeu o lábio, mostrando de relance os dentes brancos, e as bochechas ficaram mais coradas.

Concentrado nela do jeito que estava, Dante só viu Kaleb se aproximando a toda velocidade depois que foi atingido por algo entre um bote e um abraço.

— Desculpa! — Kaleb deu tapinhas nas costas dele, rindo. — Ainda estou trabalhando na percepção de profundidade. Está robusto, cara. E dono de um negócio? Por essa eu não esperava.

— Tentei segurá-lo. — Adrick fez cara de quem pede desculpas e empurrou Kaleb em direção à porta. — Vamos dar um minutinho para os dois, que tal? — Kaleb pegou a maçaneta com dois dedos e Adrick lhe deu um cutucão nas costas. — Pelo amor do seio esquerdo de Dea, sujeira de plebeu nunca matou ninguém.

A voz dos dois foi se afastando enquanto a porta se fechava atrás deles.

— Então... — Alessa torceu as mãos... as mãos *nuas*, ele reparou com surpresa. — Como... como você está?

Uma pergunta capciosa.

— Bem. Melhor.

— Algum sinal de... — Ela acenou para o corpo dele como se fizesse sentido. De certa forma, fazia.

— Não. — O sorriso dele perdeu a força. — Ainda sou só um ser humano comum.

— Ah. — Ela mordeu o lábio. — Mas você fez todos os exercícios que os médicos recomendaram?

— Fiz.

— Ainda está tomando as tinturas do Adrick? — perguntou ela.

Os olhos de Dante perderam o foco.

— *Não*. Porque estou melhor.

— Tirando...

Dante bufou.

— Tirando aquilo.

— Bom, essa conversa está *ótima* — disse Alessa com um sorriso tenso. — Nem um pouco constrangedora.

Ele soltou uma risada abafada.

— Então pare de se preocupar, pode ser? Fiz tudo o que era para ser feito. Penteei o cabelo e escovei os dentes todos os dias também. Quer conferir se abotoei a calça direito?

Alessa ergueu o queixo.

— Damas não ficam investigando a calça de um homem no meio da rua.

— Que pena. — Ele estendeu os braços. — Olha só, estou ótimo. Nunca estive em melhor forma.

— Hmmm, é, estou vendo. — Ela passou levemente a mão pelo peito dele com um murmúrio de aprovação que despertou algo lá no fundo da barriga de Dante. — Não sei se você está de fato maior ou se eu tinha me esquecido de como você é grande.

— Tenho carregado caixas e corrido todos os dias. — Confuso, ele a observou apertando seu bíceps. — Encontrou algo do seu gosto?

— Hã?

— Você parece estar escolhendo uma fruta.

Ela apertou o outro bíceps de Dante.

— Ah, eu jamais conseguiria escolher. Amo os dois.

— Se você pode me apalpar na rua, então pode me abraçar também.

Alessa deu um gritinho quando ele a levantou do chão, mas, após alguns segundos, ela o envolveu com força pelo pescoço. Um nó se desfez no peito dele ao sentir o cheiro de sal, de frio e *dela*.

A gola de pele da capa dela fez cócegas no rosto de Dante quando ela se inclinou para olhá-lo, o anel cor de mel ao redor daquelas íris atraindo-o como uma mariposa a uma chama. Ele só se deu conta de que estava se aproximando para beijá-la quando ela abaixou a cabeça.

Então tá. Ele a pousou no chão e engoliu em seco.

— Quer que eu mostre o lugar? — Dante indicou o prédio com um gesto de cabeça e enfiou as mãos nos bolsos para não tentar tocá-la de novo.

Certo, então Alessa tinha entrado em pânico.

Dante não era mais o guerreiro ferido que ela deixara para trás, *nem* o guarda-costas quase invencível. Ele tinha mudado mais uma vez e ela precisava de um instante para se adaptar.

— Não acredito que você comprou um bar — disse ela enquanto os dois entravam.

Dante deu de ombros.

— O Consiglio vivia me dando dinheiro. Eu precisava fazer alguma coisa com ele.

— Roupas caras, presentes para mim? — Ele com certeza poderia ter pensado em uma forma mais simples de gastar o auxílio do governo.

— Então tá. — Ele cutucou a própria têmpora. — Da próxima vez, vou me lembrar disso.

Estava cedo para o movimento do jantar, mas o salão já estava animado com conversas altas e risadas desinibidas. Um novo piso de madeira cobria o que antes tinha sido um chão de terra manchado de sangue, e a jaula de luta não estava mais ali, substituída por mesas robustas e cadeiras descoordenadas.

— Temos mesas — resmungou ele, ríspido.

Ela arqueou a sobrancelha.

— Que chique.

Alessa percebeu, encantada, que ele estava *nervoso*. Ele se importava com a opinião dela a respeito do projeto.

— Não tem mais nada caindo aos pedaços aqui. — Dante deu um tapinha no balcão. A superfície ainda mostrava marcas de queimadura que nunca seriam completamente removidas, mas brilhava com verniz, e as prateleiras ao fundo estavam cheias de garrafas de todos os formatos e cores. — Também contratei segurança. — Ele apontou para um homem corpulento que estava de guarda. — Acredite se quiser, mas tinha uma cozinha enterrada ali. Levei uma semana para tirar todo o lixo.

— Está maravilhoso. — E estava mesmo. Dante não estava definhando, dominado pela paranoia. Aquilo era bom. Muito bom.

— Vem, vou te mostrar o andar de cima.

No fim do corredor com painéis de madeira, depois da cozinha e do depósito, uma moça descia a escada.

— Oi, chefe.

— Sou seu senhorio, não seu chefe — disse Dante.

— Meio que dá no mesmo. — Ela lhe entregou uma bolsinha de moedas. — Você parecia meio tenso ali fora mais cedo. Se seu ombro ainda estiver te incomodando, minha porta está sempre aberta. Uma hora comigo e você vai se sentir um novo homem.

Alessa tossiu.

Dante guardou a bolsinha no bolso.

— Katya, essa é a Fines...

— Alessa — interrompeu ela. Tarde demais. A garota já ia fazendo uma reverência apressada. — E você é...?

— Katya, o melhor nome da massoterapia e de trabalhos corporais em Saverio.

Alessa arqueou as sobrancelhas.

— A garota das mãos mágicas?

— Você já ouviu falar de mim? — Ela abriu um sorriso que formava covinhas nas bochechas. — Peço desculpas por não ter te reconhecido. Sei que o Dante trabalhava para você, mas nunca imaginei te ver aqui.

O sorriso de Alessa perdeu a força.

— Eu precisava ver o novo projeto dele.

— É muito legal da sua parte. — Ela olhou para Dante de relance. — Tenho que ir, mas foi uma honra conhecer você.

No andar de cima, Dante destrancou uma das duas portas e fez um gesto para Alessa entrar primeiro.

— Não é grande coisa.

De fato, o cômodo era pequeno e mobiliado de forma simples, com móveis gastos, mas era aconchegante e tinha um leve cheiro de uísque e couro. As prateleiras estavam cheias de livros, com mais uma pilha ao lado da poltrona de couro rachado, e havia uma colcha desbotada cuidadosamente dobrada na cama estreita, com leves vincos visíveis na fronha.

— Você saiu da Cittadella? — perguntou ela.

— Eu não *saí*. Só é mais fácil ficar por aqui do que voltar a pé toda noite. — Dante jogou a bolsinha de moedas em cima da mesa. — Além do mais, você não estava lá.

Alessa resistiu à tentação de perguntar se teria feito diferença se ela estivesse lá.

— Os aposentos de Katya são só para o trabalho dela?

Dante franziu a testa com a mudança de assunto.

— Ela também mora lá. O negócio dela vai bem e eu ganho uma parte.

Alessa olhou ao redor do cômodo.

— Você usa os serviços dela com frequência?

— O que *exatamente* você acha que Katya faz da vida? — Dante se apoiou na mesa, de braços cruzados.

— Massagem e... trabalhos corporais? — Alessa ergueu o queixo.

— Você não acha... — Ele deu uma gargalhada. — Você achou! Você de fato achou que eu tinha aberto um negócio com uma cortesã, dormido com ela *e* contado casualmente para você!

Bom, *agora* Alessa estava se sentindo ridícula.

— Ela pareceu *bem* surpresa ao nos ver juntos.

— Porque eu não falo da minha vida pessoal. — Ele ainda estava rindo. — Mal faz uma hora que você voltou e já me apalpou na rua e me acusou de administrar um bordel. Vai com calma.

Ela bufou.

— Nessa mesma hora, já vi você pular do telhado e descobri que comprou um bar. Vai com calma *você*.

Com um sorriso, ele tirou a camisa suja de musgo e a jogou num cesto.

Alessa arfou ao ver o mosaico de hematomas e cortes que marcavam seu belo torso.

— O que *aconteceu*?!

Dante congelou.

— Caixotes caem, caras gostam de brigar. Nada de mais.

Ela soltou o ar pelo nariz. *Respira fundo e se acalma.* Tudo bem, então ele estava tratando o próprio corpo como um saco de pancadas. Ela o induziria a ter hobbies menos destrutivos dali em diante.

Alessa caminhou em direção à mesa para dar uma bisbilhotada *casual*, mas o livro no topo da pilha estragou seu plano.

— *Um tratado sobre a caça aos ghiotte*? O que é isso?

Dante se virou enquanto abotoava a camisa nova e limpinha.

— Horrível, né? Mas tem pistas aí, sei disso. Por exemplo, o livro diz para separar os ghiotte, porque eles lutam melhor e se curam mais rápido em grupo. Talvez, assim que eu encontrar os outros, meus poderes voltem.

Ela sentiu o estômago revirar.

— Ainda está tendo pesadelos?

Ele contraiu a mandíbula.

— Não são *pesadelos*. São visões. *Avisos*.

— Desculpa. É claro. — Mais um assunto a ser evitado. Ela avistou algo colorido debaixo da cama. Um pacote embrulhado com papel de presente e amarrado com fita. — É para mim?

Dante olhou rapidamente para baixo da cama e depois desviou o olhar.

— Ah, sim. Não é nada de especial. Encontrei em uma loja de penhores.

Ela desembrulhou o pacote e encontrou um livrinho surrado.

— Uma cartilha na língua antiga? Que delicadeza.

Dante deu de ombros.

— Você queria aprender.

— Eu amei. — Bem que Alessa queria falar com mais entusiasmo, mas sabia que agradecimentos efusivos sempre o deixavam desconfortável. Nos dias seguintes, ela receberia presentes mais luxuosos, mas nenhum deles seria tão precioso quanto a coleção crescente de livros antigos que Dante lhe dava. — Eu estava começando a ter medo de perder minha própria Celebração do Dia do Nome — disse ela, folheando a cartilha.

— Quando vai ser mesmo? — Dante olhou para ela com brilho nos olhos.

— Amanhã. E você tem que ir. Nossos trajes combinam.

— E isso deveria me *convencer*?

— É meu grande dia!

— Você tem *um monte* de grandes dias. — Dante começou a contar nos dedos. — Casamentos, batalhas, cerimônias...

Ela pulou para se sentar na mesa e soltou um "hunf" alto que o fez rir.

— Por favor, me diga que você deixou o alfaiate te medir antes de fugir da Cittadella.

— Está com medo de que eu apareça completamente pelado?

— *Melhor ainda* — disse ela com um sorriso atrevido. — Vestido ou não, você *vai* ser meu acompanhante, não vai?

— *Sì, luce mia*. Eu vou acompanhar você ao baile. — O brilho brincalhão nos olhos de Dante escureceu quando ele se aproximou de Alessa, e sua voz ficou baixa e suave. — E agora, vou beijar você.

Ela engoliu em seco, hipnotizada por aquele sorriso lupino enquanto ele a puxava para si, seu corpo firme em todos os lugares onde o dela era macio. O cheiro de sabonete, uísque e algo indefinidamente *Dante* invadiu seus sentidos e, no instante em que os lábios se encontraram, todos os dias que eles tinham passado separados evaporaram.

Ah, sim. Era aquilo que ela queria. Era daquilo que ela *precisava*. Alessa entrelaçou os dedos no cabelo dele para puxá-lo. De todas as horas perdidas em meio a devaneios, nenhuma se comparava àquele momento.

Dante se contraiu e o corpo foi ficando rígido. Em pânico, Alessa o empurrou e ele cambaleou para trás.

— Desculpa! — gritou ela.

Ele soltou o ar pela boca, entre dentes.

— Estou bem.

Evidentemente era mentira.

— Eu tenho controlado bem melhor o meu poder, juro, mas é sempre mais difícil quando estou cansada. — Ela torceu as mãos. — Sinto muito mesmo.

— Pare de pedir desculpas. — Dante não encarou os olhos dela enquanto abotoava o último botão da camisa. — Tenho que descer.

Alessa pousou no chão com a ponta dos pés.

— Eu estava na expectativa de que você me acompanhasse de volta à Cittadella.

— Sim. Eu vou. — Ele arregaçou uma das mangas. — Assim que eu puder sair sem tudo desmoronar. Pode descansar aqui em cima, se quiser, ou então pode descer e eu faço um drink para você.

Alessa estava cheia de energia e não tinha interesse em tirar nenhum cochilo, mas se demorou um pouco mais para bisbilhotar o quarto dele antes de segui-lo e sentar-se no banco ao lado de Kaleb ao balcão. Da última vez que ela estivera sentada ali, Dante não passava de um desconhecido intimidador, recém-saído de uma luta, e ela estava reunindo coragem para pedir ajuda.

Dante não ergueu os olhos quando ela pousou as mãos enluvadas no balcão, mas os lábios se curvaram num sorriso.

— Cuidado. Alguém pode reconhecer você.

Ele *se lembrava*. Ela o espiou por entre os cílios.

— Não estou preocupada. Tenho um guarda-costas muito bom.

— Não deve ser tão bom assim, se deixou você chegar aqui sem proteção.

— Com licença — interveio Kaleb. — Eu sou uma Fonte. Além disso, não tem mais ninguém tentando matá-la. Nem mesmo a família dela.

Adrick passou por trás de Dante com uma pilha de copos.

— Ela tem que aturar você. Isso já é castigo o suficiente.

Kaleb ignorou a provocação.

— Me serve um copo da bebida mais cara que você tiver.

— Você sabe que eu não vou te deixar pagar — respondeu Dante, pegando garrafas da prateleira de cima.

— Então pode ser dose dupla. — Kaleb abriu um guardanapo como se fosse uma toalha de mesa. — Finalmente voltamos a Saverio e vamos passar nossa primeira noite aqui nas docas. Ah, que decadência.

Adrick bateu um copo d'água no balcão, espirrando líquido no colo de Kaleb.

Alessa jogou um guardanapo para ele.

— Da última vez que me sentei aqui, um desconhecido bem ranzinza me disse que não estava nem aí se eu vivesse ou morresse.

— Eu era meio babaca, né? — Dante apoiou os cotovelos no balcão. — E, mesmo assim, aqui está você. Gostaria de beber o quê?

— Me surpreenda.

Dante sorriu como se estivesse esperando aquela resposta. Ele misturou limoncello, prosecco e uma pitadinha de xarope de uma garrafa com uma pimenta seca boiando, coou o líquido num copo com borda de açúcar e sal marinho, decorou-o com uma fatia de limão e o deslizou na direção dela.

Alessa tomou um gole e fez uma pausa para saborear a combinação borbulhante do doce e azedo, seguida pelo toque de sal e um leve sabor picante persistente. Ela arqueou as sobrancelhas, encantada.

— Qual é o nome do drink?

— Adivinha.

— *Por favor*, me diz que se chama Luce Mia.

Ele deu uma piscadela, mas ela mal teve tempo de desfrutar o calorzinho no peito antes de quase ser derrubada do banco.

— Ei! — gritou Dante. — Olha por onde anda.

— Está tudo bem — disse Alessa. — Eu estou bem. — Ela se virou para olhar para o homem que tinha esbarrado nela. Seus olhos injetados estavam perto demais, e dava para *sentir* a raiva dele como se fosse dela própria, como se ele emanasse um miasma de ódio palpável que a invadia.

O olhar antes vago do homem se tornou cruel.

— Ela estava no meu caminho.

Dante pulou por cima do balcão e segurou o punho do homem quando ele tentou dar um soco, girando-o e puxando seu braço para cima e para trás. O amigo do homem derrubou uma mesa, espalhando cartas de baralho por todo o chão, então quebrou uma garrafa de cerveja na beirada. Em seguida, empunhando o gargalo afiado como se fosse uma faca, correu para se juntar à briga.

Dante jogou seu prisioneiro de lado, arrancou a arma improvisada da mão do outro homem e a voltou contra ele enquanto o segurança finalmente se aproximava.

— E o entretenimento é de graça! — comentou Adrick.

Alessa engoliu o gosto azedo do medo ao observar Dante e o segurança arrastarem os brigões para fora. Seu dom era absorver os poderes de uma Fonte, e às vezes ela captava um gostinho das suas emoções quando era tocada. Mas exigia contato com a pele, e ela não tinha encostado naquele homem. Impossível. Alessa se recompôs. Devia estar mais cansada do que imaginava.

Ela se abaixou para tirar uma carta de baralho pegajosa do piso e a jogou no balcão. Um Crollo, deus do caos. Apropriado.

Dante voltou, limpando as mãos.

— Você está bem?

— *Eu* estou bem. Pra que contratar segurança se você vai entrar na briga de qualquer maneira?

Dante fechou a cara.

— Não vou pedir aos meus funcionários para fazerem algo que eu mesmo não faria.

— O amigo dele quase cortou seu pescoço!

— Eu sei me virar numa luta — resmungou Dante, afastando da pele a camisa encharcada de cerveja.

— Mas *não precisa*. A maioria das pessoas só tem uma chance na vida. Você já teve duas. Não desafie o destino.

Três

Botando uma carta na mesa de madeira arranhada, ela soltou um suspiro cansado.

— Depois de todo esse tempo, você ainda insiste que as pessoas são inerentemente egoístas? Seu cinismo é mais permanente do que os céus. Você viu o sacrifício...

Seu oponente bufou.

— Morrer para salvar alguém que você ama não é sacrifício. É autopreservação.

— Que absurdo. É um ato de amor.

Ela embaralhou as cartas. A cada evidência apresentada, ele teimava ainda mais. Enlouquecedor.

— Amor e altruísmo não são a mesma coisa. Suas evidências simplesmente não me fizeram mudar de ideia.

— Mais uma aposta, então. — Ela pôs um par de copas na mesa. — Os mesmos jogadores.

Ele deu uma risadinha.

— E se você perder?

— Não vou perder — respondeu ela com dignidade. — Você define suas condições. Eu defino as minhas.

Um sorriso se abriu lentamente no rosto dele.

— Tem certeza? Não adianta implorar que você não vai sair dessa, minha cara.

— Absoluta. — Ela abriu as cartas. — É hora de resolver isso de uma vez por todas.

Ele sorriu e, então, suas cartas pegaram fogo.

A onda de frio do dia anterior já tinha perdido força quando Dante parou para recuperar o fôlego em um afloramento rochoso na praia. De mãos na cintura, ele saboreou o cheiro forte de salmoura e cítricos, e o arrepio da maresia em seu peito nu.

Ficar deitado ao lado de Alessa tinha sido um tipo de tormento extraordinário, cada suspiro suave e cada farfalhar de lençóis era uma promessa negada. Dante tinha passado horas em claro, observando-a dormir, cheio de arrependimento por todas as noites que insistira em manter distância. Quando enfim começara a cochilar, mais uma maldita visão — e *não* um pesadelo — o arrancara do limiar do sono.

Uma hora de corrida não tinha sido o suficiente para escapar do espectro das cinzas sufocantes, das ruas repletas de sangue, das hordas de olhares maliciosos e do crepitar de carne queimada, mas pelo menos ele conseguiu deixar a cidade para trás.

Sem muros, sem expectativas, sem olhares curiosos de desconhecidos. Nada além do ar nos pulmões, da praia rochosa sob os pés e do mar no horizonte.

Em algum lugar lá do outro lado, seu povo esperava o momento de ser encontrado; era sua maior esperança para recuperar os poderes e afastar a ameaça de Crollo.

A inquietação lhe deu um frio na barriga. *Será que os ghiotte ainda eram seu povo, agora que ele tinha perdido os próprios poderes?*

Doía ver Alessa evitando o assunto, como se falar sobre aquilo em voz alta fosse capaz de tornar tudo verdadeiro. Depois de ficar ao lado dele por meses enquanto Dante se recuperava, nunca em momento algum questionando suas visões ou a missão que Dea lhe incumbira, ele finalmente estava preparado para encontrá-los, mas *agora* Alessa tinha passado a ter dúvidas? Quer acreditasse ou não, Crollo estava a caminho, e Dante estaria presente para recebê-lo.

Mas, primeiro, ele tinha um papel a desempenhar.

As Celebrações do Dia do Nome de Alessa eram uma formalidade, bem arcaica, por sinal. Mas marcavam o fim da servidão, quando ela finalmente recuperaria seu nome, ou escolheria um novo, e não precisaria mais existir como um ídolo isolado do restante da sociedade, chamada apenas por um título.

Era importante para ela.

Sendo assim, ele aguentaria uma noite usando roupas desconfortáveis, socializando com desconhecidos pretensiosos e até — pensou, cerrando os dentes — sendo *agradável* com a elite de Saverio.

Agradável talvez fosse forçar a barra. Educado teria que bastar.

Com um suspiro relutante, Dante se virou em direção à cidade. Tudo estaria aberto àquela altura, e ele tinha algo a concluir antes de voltar para a Cittadella.

Era um grande dia para Alessa e as pessoas davam presentes nesse tipo de ocasião, não davam?

Uma hora depois de Kamaria e Saida terem chegado para ajudar Alessa e Kaleb nos preparativos para as festividades, o clima na suíte da Fonte estava se deteriorando a passos largos.

— O amor é terrível. *Garotos* são terríveis. — Saida era um belo retrato da desilusão amorosa, reclinada no divã, com as curvas envoltas em seda azul-cobalto. Até os cachos pretos estavam caídos por cima do ombro, dando um toque dramático à cena.

— Fato — disse Kaleb, enfiando uma samosa inteira na boca.

Ao que parecia, Saida tinha entrado em um relacionamento breve, mas conturbado, enquanto eles estavam fora, e as tentativas de Kaleb de encontrar um par para a festa pós-evento não tinham sido bem-sucedidas.

— Eu sou *agradável* — insistiu Saida, e as pulseiras reluziram quando ela fez um gesto para secar os olhos delineados com kajal. — Até o *Kaleb* gosta de mim!

Kaleb fez que sim, parecendo levemente alarmado.

— Você é a pessoa mais agradável que conheço — comentou Alessa. Ela apertou o roupão e começou a recolher pratos sujos de migalhas e a esconder garrafas meio vazias, tomando cuidado para não desarrumar seu monte de cachos no processo.

Saida encarou a samosa intocada em sua mão.

— Bem que eu queria gostar de garotas.

— Tenho más notícias, querida. — Kamaria deu um tapinha na cabeça dela. — Garotas são tão ruins quanto. Pode me perguntar.

— Até você — disse Alessa. — Será que coração partido é contagioso?

Kamaria abriu um sorrisinho malicioso.

— Pelo amor dos deuses, não. Sou jovem, famosa e ajudei a salvar o mundo. Nem se me pagassem eu me prenderia a alguém agora. Sem querer ofender. — Ela gesticulou para Alessa e Kaleb. — Pelo menos o casamento de vocês não é *de verdade*.

— Graças a Dea por isso — disse Alessa, ajeitando um cacho solto.

— *O quê?* — Kaleb levou a mão ao peito, fingindo indignação. — Então quer dizer que esse casamento de conveniência abençoado pelos deuses não se transformou em um *romance*? Você não encharca o travesseiro de lágrimas todas as noites por causa da minha insensível indiferença? E eu aqui achando que Dante era seu prêmio de consolação.

Alessa balançou uma garrafa para ele.

— Nem brinca com isso. Você sabe como ele é.

— Sei mesmo. — Kaleb arrancou a samosa da mão de Saida. — Dante tem mais bagagem emocional do que qualquer pessoa que conheço, e olha que eu coleciono malas.

Kamaria tomou um gole de uma garrafa de vinho, inabalada pelo drama à sua volta. O cabelo preto estava recém-cortado e raspado nas laterais, com cachos bem fechadinhos na parte de cima, e a túnica preta sem mangas realçava sua estatura alta e os braços magros e musculosos. Ela não teria dificuldade para encontrar um par para dançar.

— Eu vi nossos retratos lá embaixo e o seu está *deslumbrante*, Saida — comentou Kamaria. — É só posar do lado dele a noite toda e você vai ser a rainha do baile.

Alessa tinha rejeitado a tendência de mandar pintar o Duo junto e pedido retratos individuais dela, de Kaleb, de Dante e das outras Fonti. Afinal de contas, Kamaria, Saida, Josef e Nina também haviam estado no Pico da Finestra, emprestando seus poderes a Alessa durante o Divorando. Um esforço coletivo merecia reconhecimento coletivo.

— Você viu o meu? — Kaleb fez uma pose igual à do seu retrato. — Pareço um rei pirata.

— Não quero dançar com ninguém — resmungou Saida. — O amor é do mal.

— Não é *do mal*. — Alessa pegou o último profiterole da bandeja antes que fosse parar dentro da boca insaciável de Kaleb. — Você só precisa encontrar a pessoa certa.

— Rá! — Saida atirou uma almofada nela. — Pra você é muito fácil falar isso. Você encontrou o amor verdadeiro aos dezoito anos.

Alessa tossiu, soltando uma nuvem de açúcar de confeiteiro.

— E ele *morreu*.

— É, mas está bem *agora* — disse Kamaria. — Tudo está bem quando acaba bem.

— Eu mal posso tocá-lo!

— Essa parte é ruim — concordou Saida, assentindo com ar de sabedoria. — Tenho que admitir. Mas ainda assim não é ruim, mesmo que tenha que dormir com uma muralha de travesseiros entre vocês.

Kamaria deu um gritinho, apontando para o rosto de Alessa.

— Isso é *sério*? Desculpa, eu não deveria rir. Não tem graça.

— Tem, sim — disse Kaleb. — Cadê ele, afinal?

— Eu o vi correndo pelas escadas mais cedo — comentou Kamaria. — Parece que ele tem *energia* para queimar, se é que me entende.

***

Com a camisa para fora da calça e o cabelo ainda úmido de suor, Dante atravessou os portões da Cittadella e parou abruptamente. Tomo, Renata, Nina, Josef e dois desconhecidos muito bem-vestidos o encaravam boquiabertos.

— E ali está ele agora. — O sorriso de Renata era forçado. — O consorte de Alessa. Dante, esses são Ciro e Diwata, os salvadores de Tanp.

— *Ciao* — murmurou Dante.

Nina acenou timidamente e Josef fez uma reverência, mas os visitantes o encaravam como se ele fosse um rato num bolo de casamento.

— Alessa e os outros estão lá em cima se arrumando — comentou Tomo. — Não vamos tomar seu tempo.

Dante fez que sim bruscamente. Murmurando obscenidades, ele subiu a escada dois degraus de cada vez.

Lá nas docas, ninguém se importava se ele estivesse sujo ou suado. Caramba, Dante chamaria *mais* atenção se aparecesse por lá parecendo um almofadinha.

Não que importasse o que ele vestia. Nenhuma mudança de trajes afetaria a reação alheia. As pessoas percebiam quando algo não se encaixava.

No andar de cima, Dante se virou em direção ao som das risadas. O interior da suíte da Fonte parecia ter sido invadido por uma tempestade que tinha trazido os conteúdos de um ateliê de moda, uma confeitaria e uma adega. Kaleb, Kamaria e Saida relaxavam em meio a roupas jogadas, bandejas de doces quase vazias e muitas garrafas de vinho abertas para tão poucas pessoas.

No meio de todo aquele caos, Alessa abafou uma risada horrorizada.

— Será que podemos não falar da vida sexual do Dante, *por favor*?

— Como é que é? — Dante parou à porta, com as sobrancelhas arqueadas.

— Nós estamos competindo pelo título de história de amor mais trágica — anunciou Kamaria, sem vergonha nenhuma ao vê-lo ali. — Peço perdão por ser a portadora das más notícias, mas você não conseguiu nem o segundo lugar.

Dante arregalou os olhos.

— *Eu morri.*

— Foi o que *eu* disse! — Alessa jogou as mãos para o alto.

— Foi rapidinho — disse Saida, encarando o último bolinho. — Não conta.

Dante balançou a cabeça.

— Público difícil.

Kamaria lhe lançou um olhar desprovido de compaixão.

— E nada de pontos extras pelo celibato forçado, também. Saida levou um pé na bunda, Kaleb levou mais um fora e tem três, isso mesmo, *três* garotas bravas comigo agora. Não sei nem por quê.

— Provavelmente porque são três — disse Dante secamente.

Alessa pegou um livro grande e brilhoso e seguiu casualmente em direção à porta.

— Com licença. Meu consorte e eu precisamos sofrer de amor à distância enquanto nos arrumamos. A gente se vê depois da cerimônia.

Dante destrancou a porta da suíte de Alessa e vasculhou a área em busca de ameaças antes de deixá-la entrar.

— O que é isso? — perguntou, indicando o livro com um gesto de cabeça enquanto tirava as botas.

— Não é lindo? — Ela o inclinou para que a luz banhasse as letras douradas. — É um livro antigo de poemas saverianos que estava em Tanp desde o primeiro Divorando. Os salvadores de lá o devolveram de presente.

Ele grunhiu.

— Vi os dois quando cheguei. Causei uma ótima primeira impressão.

— Desculpe — disse ela, encolhendo-se. — Eu ia te dar um toque mas, quando acordei, você já tinha saído.

Alessa pôs o livro na mesa de cabeceira, ao lado da cartilha que Dante lhe dera, que parecia ainda mais esfarrapada em comparação.

Ele deu um tapinha no peso dentro do bolso. Entregaria a Alessa mais tarde, quando ela não estivesse mergulhada em presentes de outras pessoas.

Então Dante a deixou arrumando os trajes dos dois na cama e foi para o banheiro, onde tirou as roupas e as jogou no cesto. Em seguida, ligou o chuveiro e entrou antes que a água esquentasse. Inclinando a cabeça para trás, deixou a água escorrer pelo rosto.

Consorte. Como guarda-costas, ele conhecia seu papel. Seu trabalho. No momento, de algum modo, tinha se tornado um *acessório*.

Alessa ainda estava refletindo se seria melhor arriscar desarrumar o cabelo puxando o vestido pela cabeça ou amassá-lo enfiando-o pelos quadris quando Dante abriu a porta, liberando uma onda de vapor. Com uma toalha enrolada na cintura e uma navalha na mão, ele limpou o espelho, observando o reflexo de Alessa enquanto ela tirava o roupão.

Sem pressa, ela reuniu as numerosas dobras do tecido, para que ele pudesse dar uma boa olhada.

— Você vai se cortar se não prestar atenção.

— Não vou, não. — A hesitação dizia o contrário. Ele podia até ter restrições para tocá-la, mas pelo menos ela sabia que ele queria.

Provavelmente era horrível querer que o próximo Divorando acontecesse logo para que ela pudesse ceder seus poderes à próxima Finestra.

Cambaleando, ela levantou um pé — talvez a escolha de sapato tivesse sido um tanto quanto ambiciosa — e pisou dentro do emaranhado de tecidos, deslizando o vestido corpo acima.

Sim, era *definitivamente* imoral desejar uma invasão de demônios para ter a chance de beijar um rapaz. Ela teria apenas que se concentrar em dominar os próprios poderes antes que ambos entrassem em combustão.

O decote descia quase até o umbigo, preso por um tecido transparente que também cobria as costas e os braços. Pontilhado com minúsculos cristais pretos, o vestido fazia a pele dela brilhar como estrelas da meia-noite. Uma delicada tiara cravejada com as mesmas pedras a esperava no templo — fragmentos da carapaça de um scarabeo, esmagados em minúsculos pedaços durante o Divorando, quando ela o congelou usando o dom de Josef.

Destruidora de demônios, ela usava os espólios da vitória na própria pele.

— Me ajuda com os botões? — pediu ela, segurando o corpete desabotoado contra o peito.

O hálito de Dante roçou seu pescoço enquanto ele abotoava o vestido devagarinho, despertando uma onda de desejo nela. Quando o último botão encontrou sua casa, ele se inclinou para beijar a nuca de Alessa e eles se olharam pelo reflexo por um longo e ofegante momento. Em seguida, ela se desvencilhou, agarrando-se ao último resquício de autocontrole.

— É deslumbrante, não acha? — Alessa balançou de um lado para o outro, fazendo a saia chacoalhar feito um sino, de modo que os minúsculos cristais, costurados em forma de redemoinhos cintilantes que representavam rajadas de vento, chamas vivas, estalos de relâmpagos e ondas altas, brilhassem a cada movimento.

Dante concordou com um grunhido.

A moda era tão injusta quanto a vida, então ele se vestiu e ficou pronto numa fração daquele tempo, absurdamente bonito em um terno azul meia-noite tão escuro que quase parecia preto, com coldres novos e brilhantes para as adagas e o cabelo úmido penteado para trás, realçando os traços marcantes do rosto.

Ele olhou feio para o próprio reflexo.

— Estou parecendo um scarabeo.

— Você está delicioso.

Ele arqueou a sobrancelha.

— Está com fome?

— Faminta. Infelizmente, o dever me chama. — Ao enlaçar o braço ao dele, Alessa abriu um sorriso tão radiante que Dante não conseguiu evitar retribuir. *Bem* melhor. — Vamos lá, bonitão, vamos encantar todo mundo.

No corredor, Kaleb estava mexendo no tapa-olho incrustado de joias.

— Essa droga não para no lugar. — Kaleb estava esplendoroso em seu traje branco invernal com detalhes em dourado, e os cristais de scarabei que brilhavam no tapa-olho criavam um elo sutil entre as roupas deles.

O apoio de Dante compensava os saltos instáveis de Alessa e, assim que chegou em segurança ao chão plano do pátio, ela se viu frente a frente com... ela mesma. Elegante. Radiante. Corajosa. Era *ela*, mas com algo a mais. Vestida de escarlate com um sorriso misterioso ao olhar para algo — *alguém* — nos jardins atrás da artista.

Dante examinou o retrato de Alessa com um leve sorriso.

— Ainda tenho o cartão da Mastra, caso você precise de outro hobby — comentou ela com uma risada.

— Olha só pra gente. — Kaleb bateu nas costas de Alessa, fazendo-a cambalear. — Salvadores belíssimos.

— Pelo amor dos deuses, Kaleb, eu não sou um cavalo. — Estabilizada pelo braço de Dante, Alessa recuperou o equilíbrio.

Se ela estava parecendo uma deusa, o retrato de Dante devia estar espetacular. Onde quer que estivesse.

— Você não posou para o seu retrato?

— Ah. — Dante coçou o pescoço. — Falando nisso...

— Eu queria que todas as minhas Fonti ficassem expostas na recepção!

Dante fechou a cara.

— Eu não sou uma Fonte.

— Seus poderes derrotaram os scarabei. Essa é a *definição* de Fonte. — Ela ficou emburrada. — Paguei à Mastra por uma miniatura também.

— Você não precisa de retrato — disse ele. — Já tem o original.

— É melhor você sentar antes que peguem os melhores lugares — interveio Kaleb, provavelmente tentando salvar Dante de uma bronca.

Alessa pegou o braço de Dante.

— Ele vai me acompanhar.

— Achei que *eu* fosse. — Kaleb os seguiu pela saída do pátio, e seu lamento ecoou pelo túnel arqueado. — Não posso ir sozinho à minha própria Cerimônia do Dia do Nome. Vai ser patético!

Adrick apareceu quando eles se aproximaram do portão.

— Estão aguardando vocês.

— Você! — Kaleb apontou. — Adrick.

— Isso aí — disse Adrick. — Eu *sou* Adrick. Muito bem. E você é Kaleb, caso tenha se esquecido.

— Estou querendo dizer que pode ser você.

— Pode ser eu o quê? — perguntou Adrick, sem prestar muita atenção enquanto ia cumprimentando os guardas de cada lado com um soquinho.

— Ser meu acompanhante. Você até que dá pro gasto de boca fechada.

— Você quer que eu seja seu troféu? — Adrick deu um sorrisinho malicioso. — E eu aqui achando que você não gostava de mim.

— Não gosto — retrucou Kaleb. — Não gosto *mesmo*. Mas quem não tem cão caça com gato, e as pessoas vão me elogiar por estar sendo inclusivo com o irmão da Alessa.

— *Ninguém* que já te conheceu vai presumir que você está sendo gentil — debochou Adrick. — Mas contanto que eu possa sentar na mesa principal e beber vinho caro, será uma honra.

Kaleb mostrou os dentes.

— Só fique de boca fechada.

Adrick estalou a língua.

— Não é meu forte.

Quatro

Hipnotizada pelas partículas de poeira que dançavam ao redor das velas, Alessa teve dificuldade de se concentrar nas palavras do Padre.

Da última vez que tinha se ajoelhado na pedra fria e implacável do altar, ela estava debruçada sobre o corpo de Dante, cujo peito estava imóvel e o coração, silencioso. Alessa ficou ofegante e a escuridão começou a cercar sua visão. *Não.* Agora não.

Fantasmas não tinham sombras. Ele estava ali. Ainda olhava por ela, embora Alessa não precisasse mais de proteção. Aquele luto avassalador fazia parte do seu passado, não do presente.

Ela ergueu a cabeça e o Padre Calabrese posicionou a tiara brilhante sobre os cachos dela. O Duo Divino tinha permissão para escolher o próprio nome após o Divorando, mas Alessa e Kaleb tinham optado por manter os seus, com novas adições. Kaleb acrescentara um sobrenome e ela escolhera uma homenagem.

Kaleb manteve o braço a postos para apoiá-la, como tinham ensaiado, para que ela não iniciasse as festividades despencando do altar. Provavelmente uns e outros gostariam do espetáculo, mas ela não fazia parte do grupo.

— Levante-se, fiel e poderoso Kaleb Toporovsky Dunamis — entoou o Padre Calabrese. — Levante-se, guerreira de luz amada pelos deuses, Alessandra Diletta Lucia Paladino.

Juntos, eles se viraram para o templo lotado, e Alessa sentiu um alívio no peito com a visão de Dante, vivo e bem.

Você conseguiu, diziam os olhos dele, e Alessa sabia que seus aplausos eram só para ela.

Por um bom tempo, ela se sentira uma fracassada, mas tinha salvado Saverio, feito amizades, feito as pazes com a família *e* se apaixonado. Aquela noite era sua recompensa, e ela desfrutaria de cada momento perfeito.

O prosecco jorrava feito água, mas não havia álcool no mundo capaz de abafar o quingentésimo brinde da noite.

Dante podia contar nos dedos as pessoas que de fato se importavam com ele, e não eram os fanfarrões que o elogiavam no momento. Bando de hipócritas. Os saverianos até podiam fingir aceitá-lo, mas muitos se agarravam em silêncio a séculos de ódio, à espera de qualquer pretexto para se voltarem contra ele.

Ele tentava ignorar os olhares em sua direção, os olhos que buscavam qualquer sinal de diferença, mas a mesa principal ficava praticamente em um palco.

Ao menos a comida era de primeira. Pratinhos de azeitona, antepastos com presunto e pão crocante para mergulhar no azeite, um risoto tão cremoso que ele quase gemeu em voz alta. Dante podia até odiar se sentir um bicho de estimação enjaulado na Cittadella, mas jamais se cansaria de comer feito um.

Alessa ainda estava cumprimentando os convidados; cada movimento dela causava um turbilhão de atividades conforme a multidão à sua volta disputava um lugar ao redor de sua estrela. Ela era o centro do universo de Saverio, e ele não estava no mesmo sistema solar.

— Que bom vê-la feliz de novo. — Adrick tomou um gole de sua taça de cristal e franziu o nariz. — Eca. Quente.

Era bom mesmo. Ela estava feliz para caramba por finalmente ser aceita pela sociedade.

— Vou ver se ela precisa de alguma coisa — comentou Adrick. Ele e Dante estavam se revezando para levar petiscos para Alessa desde que perceberam que, provavelmente, ela e Kaleb não teriam a chance de se sentar para comer.

Diwata observava Dante do outro lado da mesa, mas virou o rosto quando notou que seus olhos sem querer encontraram os dele. Era difícil imaginar uma garota tão tímida enfrentando uma batalha contra os scarabei. Ao longo da noite, o máximo de comunicação que ela conseguiu realizar foi quando assentiu enquanto Nina tagarelava sobre a viagem que estava por vir.

— A gente não podia perder a noite de hoje, é claro — dizia Nina. — Por mais que isso significasse adiar nossa viagem missionária ao Continente porque todos os navios de passageiros estão lotados neste mês.

Dante franziu a testa. Aquilo poderia ser um problema.

— Mal posso esperar para chegar lá e viver a vida simples com o povo — disse Nina. — Sinto que fomos *chamados* para ajudá-los.

— Vai ser bem gratificante, sem dúvida. — Josef parecia um pouco menos entusiasmado.

Os colonos do Continente já sofriam o bastante sem o fervor religioso de Nina, mas Dante guardou aquele pensamento para si.

Renata chegou às pressas para informar às Fonti que estava na hora da apresentação com o Duo. Assim, Dante ficou a sós com Ciro, ouvindo-o rasgar elogios às pessoas, à arquitetura, à comida — aparentemente, tudo era *fascinante, espetacular, divino* —, até Adrick voltar.

Graças a Dea, pouco depois as trombetas soaram e os salvaram daquela situação.

Saida, Kamaria, Josef e Nina tinham se posicionado num círculo ao redor de Alessa e Kaleb na pista de dança. Ao primeiro toque das mãos de Alessa, uma explosão de neve e lampejos de chama floresceram ao redor deles, e a multidão se maravilhou.

Dante estava com dificuldade de curtir o espetáculo.

Era irritante saber que, toda vez que Alessa usava os poderes de uma Fonte, parte deles vivia dentro dela por um instante enquanto ele não tinha a mesma oportunidade. Não mais. Ele não tinha mais nada para oferecer.

— Não é lindo? — A voz de Diwata mal passava de um sussurro.

— Ah, claro. Lindo — disse Dante, pego de surpresa. Então ela *sabia* falar.

— Esqueci que você não consegue ver — comentou ela, parecendo alarmada com a própria audácia.

— Scusi?

— Auras. A energia de uma pessoa, por assim dizer. — De cabeça baixa, ela falava mais para as mãos do que para Dante. — É só isso que nós somos. Energia em diferentes formas. Você é azul-claro, como o mar ao amanhecer. É bem bonito.

— Ah... entendi. — Aquela era uma das conversas mais estranhas que ele já tivera, e olha que Dante já tinha conversado até com uma deusa em sua breve passagem pelo além. — Tenho certeza de que a sua também é legal.

— Ah, sim, é *gloriosa*. — Diwata assumiu uma expressão beatífica ao observar a próxima explosão de magia. — A da Finestra é dourada e a do Signor Kaleb é verde-clara. A da garota alta é escarlate. — Kamaria. Fogo. Fazia sentido. — E, quando compartilham os poderes deles, é como uma dança: cada luz se desloca para preencher os espaços vazios deixados.

Como Fonte, Diwata deveria entender como aquilo tudo funcionava, mas talvez os mentores de Tanp nunca tivessem explicado direito para ela.

Diwata estava meio certa. Ao tocar alguém, os poderes de uma Finestra absorviam e ampliavam um pouco da energia da pessoa em questão. Quando funcionava do jeito certo, o dom de Alessa transformava as faíscas do sujeito em chamas. Por outro lado, se ela absorvesse demais ou tentasse sugar de alguém sem poderes... doía pra caramba.

— Alessa fala sobre *tirar* poderes — disse Dante. — Você não vê dessa forma?

Alessa vivia falando com ele como era doloroso, por mais que entendesse por que ninguém queria se tornar sua Fonte e "compartilhar" seus dons com ela, quando ela só tirava.

— Talvez os mortais não sejam feitos para compreender os dons dos deuses — disse Ciro.

Ah, bom, *aquilo* ajudava muito.

— As cores se misturam? — perguntou Dante a Diwata.

A risada dela tilintava como sinos de vento.

— Ah, não, a energia de um indivíduo permanece distinta, mesmo quando ele troca suas luzes. Só na morte ela retorna para o universo.

— Eu já morri uma vez. — O próprio Dante não soube explicar por que dissera aquilo, mas ela não pareceu surpresa.

— Você sentiu sua energia se dispersando? — perguntou Diwata. — Doeu?

— Não sei se foi energia se dispersando ou dano nos nervos, mas, sim, doeu.

— Contando histórias de terror numa festa? — perguntou Ciro.

Diwata abriu um sorriso gentil.

— Prefiro histórias românticas com finais felizes.

— É claro que sim. — O sorriso de Ciro era afetuoso, embora condescendente. — Pessoalmente, sempre achei que a distinção entre um final feliz e um trágico está nos olhos de quem vê.

A apresentação chegou ao fim, e Ciro se levantou na mesma hora.

— *Bravissimo! Bravissima!*

Todos voltaram a se sentar enquanto os garçons passavam servindo bolo, mas Dante não teve um momento sequer para curtir o silêncio, pois Ciro logo voltou a falar:

— O demônio guardião em pessoa, hein? — Ciro deu uma risadinha nervosa diante do olhar furioso de Dante. — As pessoas não chegam a um consenso: vocês mudaram de time ou houve um mal-entendido a respeito da sua espécie? Você tem uma opinião?

Dante tomou o último gole de sua bebida.

— Várias.

— Adoraria ouvi-las.

— Não, obrigado.

Ciro pigarreou.

— Peço desculpas. Fui grosseiro no nosso primeiro encontro e agora estou piorando a situação. Estou simplesmente curioso. Veja bem, a minha ilha tem uma crença parecida, e se estivermos errados... se *eu* estiver errado... eu gostaria de corrigir o registro.

Dante tamborilou os dedos no copo.

— Eu precisaria de outra bebida.

— Claro.

Ciro acenou para um garçom que tinha ignorado Dante no segundo anterior.

Eles já sabiam a respeito do Divorando, mas Dante contou uma versão resumida da missão de Dea para ele, a de encontrar os ghiotte e impedir o que quer que Crollo estivesse planejando.

Ciro soltou um suspiro.

— Você viu outros avisos? Ou outra pessoa já experimentou algo parecido?

— Voltar dos mortos? — perguntou Dante. — Não. Só eu.

— Quero dizer, alguma outra pessoa, como a Finestra ou uma Fonte, já passou pela experiência de receber, hum, sinais ameaçadores?

Dante o encarou.

— *Você* já?

— Claro que não. — As narinas de Ciro se dilataram. — Lamento, mas tudo isso me parece meio improvável.

— Mais do que os deuses nos mandando um apocalipse a cada poucas décadas? — retrucou Dante.

Ciro abriu um sorriso frio.

— Nós já sabemos disso há séculos. É um pouquinho diferente confiar inteiramente em alguém que afirma ouvir a voz de Dea.

— Se Dante está dizendo que Crollo vai enviar outro ataque, então ele vai — disse Adrick, girando casualmente o garfo entre os dedos. — E, se tivermos que encontrar os ghiotte para impedi-lo, nós vamos.

Pelo menos *alguém* acreditava nele.

— Peço perdão — disse Ciro a Dante. — Sou cético por natureza, é mais forte do que eu. E, afinal de contas, você *é* apenas uma... pessoa.

Dante pegou seu prato e saiu sem dizer uma palavra. Seria mais fácil ser educado se mantivesse distância.

Cinco

Alessa fez a última reverência e o mestre de cerimônias chamou os convidados para a pista de dança assim que a orquestra iniciou uma melodia alegre.

— Está de olho em alguém essa noite? — perguntou a Kaleb. Eles ainda tinham algumas mesas para cumprimentar antes de se verem livres.

— Não. — Kaleb puxou o colarinho. — Meu plano é fazer amizade com o barman e ser antissocial pelo resto da noite.

— Nem pensar. Você é a estrela da noite. Eu te arrumo uma companhia, se você me disser o que está procurando.

— É exatamente por isso que eu não vou dizer. Não preciso de um cupido e, mesmo se precisasse, não seria você.

Alessa lhe lançou um olhar de desdém.

— Que deselegante. Eu seria um excelente cupido.

— Você foi trancada em uma torre desde que entrou na puberdade. Duvido que tenha um conhecimento tão amplo sobre homens solteiros de Saverio. — Kaleb fez uma pausa para cumprimentar educadamente um trio de matronas risonhas.

— Que tal Chasten Rutledge? — perguntou Alessa.

— Odeio barba — comentou Kaleb. — Não perca seu tempo. Não sou do tipo que curte relacionamentos.

Ela estava prestes a deixar pra lá, se não fosse pela cara que ele fez.

— Por que diz isso?

— Ah, fala sério. Você sabe que eu sou um tremendo de um idiota. Quem ia querer se prender a isso?

Alessa franziu os lábios.

— Já tentou ser *menos* idiota?

Ele lhe lançou um olhar de desdém.

— Por quê? Para algum coitado se apaixonar por mim e depois se desiludir quando eu parar de me esforçar tanto? Melhor começar sendo idiota do que virar um mais tarde.

— Ah. Criar baixas expectativas para não decepcionar as pessoas. Um clássico. Só que, apesar dos seus esforços, Kaleb, *eu* gosto de você. E como alguém que já sonhou em te eletrocutar com seus próprios poderes, isso é algo que eu nunca, e quero dizer nunca *mesmo*, esperava dizer.

— Vou ter que me esforçar mais, então. — Ele abriu um sorrisinho.

— Talvez, se você mostrasse um pouco *menos* da sua personalidade logo de cara, eu poderia te juntar com alguém legal. Me dê *uma* dica do que você procura num derriço.

— *Derriço?* — Kaleb arqueou a sobrancelha.

— Amásio? Amancebado? Amante?

Kaleb fingiu se engasgar de um jeito bem convincente.

— Me dê alguma coisa para começar — pressionou Alessa. — Não sou seu tipo por motivos óbvios, e você disse que Dante não é seu tipo, porque...

— Ele é irritadiço demais.

— Irritadiço? Você é uma das pessoas mais irritadiças que eu conheço.

— Exatamente. O papel já está ocupado.

— Mas você o acha *fisicamente* atraente?

— Faça-me o favor! Você quer tornar as coisas constrangedoras, é?! *Não*.

— Vou continuar perguntando até vencer pelo cansaço — disse Alessa.

— Argh, tá bom. Prefiro caras mais... delicados. Pouco musculosos, cílios longos, esse tipo de coisa.

— Caras bonitinhos.

Kaleb fez uma careta.

— Não fala *assim*.

Alessa inclinou a cabeça em direção a uma mesa próxima.

— Alejandro Gonzales? Recém-solteiro e *muito* bonitinho.

— Já peguei. — Kaleb abriu um sorrisinho malicioso.

Os dois riram baixinho.

— Vou pensar em alguém — disse Alessa. — Virou minha missão de vida.

— Achei que sua missão fosse salvar o mundo.

— Eu sei fazer mais de uma coisa ao mesmo tempo. — Ela deu um tapinha no braço dele.

— Ah, pelo amor dos deuses, me esconde. — Kaleb se abaixou atrás de Alessa; um esforço inútil, já que ele era consideravelmente mais alto do que ela. Uma mulher alta, de cabelo castanho-avermelhado, caminhava em direção a eles, acompanhada de um homem de barba grisalha e um rapaz mais novo, de cabelo escuro.

— Não são seus pais? — perguntou Alessa.

— E meu irmão. Ele é um santo. Você vai amá-lo. *Todo mundo o ama.*

Alessa arregalou os olhos.

— Você tem um irmão?

— Infelizmente. — Sem uma rota de fuga viável, Kaleb firmou os pés e encarou a família. — Mãe. Pai. Vocês já conheceram a Finestra. Alessa, este é meu irmão, Dottore Toporovsky.

— Por favor, me chame de Everett. — Uma versão de Kaleb de cabelo mais escuro, o sujeito tinha uma sinceridade nos olhos que jamais caberia em Kaleb.

— Espero que Kaleb esteja cumprindo seus deveres com respeito. — A mãe dele fez uma reverência, lançando um olhar incisivo para o filho. — Do jeito que o criamos para fazer.

— Kaleb é uma Fonte maravilhosa — disse Alessa. — Ele impressionou a todos em Altari com seus dons diplomáticos.

O pai de Kaleb contraiu o rosto.

— Peço perdão pelo choque dos meus pais — disse Kaleb lentamente. — Eles não estão habituados a achar que sou grande coisa.

Ah. Se existia alguém capaz de aliviar conversas constrangedoras com seu jeitinho cativante, esse alguém era o eloquente irmão de Alessa. Com um sinal, ela fez um rápido pedido de ajuda enquanto fingia arrumar o cabelo, e Adrick mudou de direção para ir até eles. O pai deles era fluente em língua de sinais por ter crescido com um pai surdo e se comunicara assim com os filhos desde a mais tenra idade deles, mas a mãe nunca tinha passado do básico, então os dois viviam usando aquela habilidade para escapar de situações complicadas.

— Este é *meu* irmão — disse ela alegremente quando ele se juntou ao grupo.

— É um prazer, como sempre. — Adrick cumprimentou os pais de Kaleb com um gesto de cabeça.

— Ah, o filho do confeiteiro — comentou o pai de Kaleb.

— O próprio — respondeu Adrick. — Filho de confeiteiros, irmão da divindade. — A sutileza no sorriso dele era algo que só alguém que partilhava de laços fraternos seria capaz de interpretar. Eles tinham progredido na recuperação do relacionamento depois de Adrick ter admitido sua inveja, mas Alessa sabia que ele se incomodava quando as pessoas diziam aquele tipo de coisa.

— Este é o *nosso* filho mais velho. — A Signora Toporovsky abriu um sorriso cheio de orgulho. — Everett é...

— Médico — murmurou Kaleb.

— Que maravilha — disse Adrick. Ninguém mais pareceu notar o tom de sarcasmo. — Eu sou aprendiz de farmacêutico, mas... quem sabe um dia. — Em seguida, ele deu de ombros, todo modesto.

O pai de Kaleb demonstrou aprovação com um aceno de cabeça.

— Uma nobre vocação. Seus estudos serão muito úteis.

— Estou surpreso por não termos nos conhecido antes — falou Adrick a Everett. — Achei que eu conhecesse todo mundo da cidade.

— Voltei do Continente faz pouco tempo. Fazia anos que eu não vinha a Saverio.

— Você não voltou para o Divorando? — perguntou Alessa. Até mesmo os colonos buscaram abrigo na Fortezza abaixo da Cittadella para a própria segurança.

Everett deu uma risadinha envergonhada.

— Receio que tenha esperado tempo demais. Veja bem, o último navio estava quase lotado, e uma mulher chegou no último segundo com seu bebê. Não pude deixá-los para trás.

— Aí ele passou semanas escondido numa caverna — Kaleb o interrompeu —, sobrevivendo à base de charque e frutas secas, e Dea ficou tão impressionada que poupou sua vida. Um verdadeiro mártir para ficar na história.

— Everett puxou a mim — comentou o pai de Kaleb, como se ele nem tivesse aberto a boca. — Já sou aposentado, mas fui médico antigamente. Fiz mais de cem partos e salvei bastante gente. Sempre digo que não existe vocação maior do que salvar vidas.

Alessa deu um tapinha no braço de Kaleb.

— Então você deve estar muito orgulhoso de seu filho por ter salvado tantas vidas no Divorando.

— Estou. Claro — falou o pai de Kaleb. — Depois que finalmente se comprometeu com um trabalho, ele agiu. Por um dia. Não é *exatamente* o mesmo que uma vida inteira dedicada a curar enfermos e feridos, mas todos nós temos vocações diferentes, imagino.

— Basta, querido — repreendeu a mãe de Kaleb. — Nosso filho usou os dons que Dea lhe deu. O que mais podemos pedir?

— A Finestra e eu realmente temos que ir. — Era impressionante como Kaleb estava conseguindo falar com o maxilar tão travado. — Várias pessoas querem falar com a gente, sabe? Pessoas muito importantes.

— O que foi aquilo? — perguntou Alessa enquanto Kaleb praticamente a arrastava, deixando Adrick orquestrar o papo furado sozinho. — Eu nem sabia que você tinha irmão.

— O que tem para saber? Ele te dá a roupa do próprio corpo, a comida do próprio prato e, se você estiver querendo briga, ele dá a própria cara a tapa. Quem não amaria ter um irmão assim?

Alessa franziu o nariz.

— Adrick já me deu muita dor de cabeça, mas pelo menos não teve a audácia de ser perfeito. — Ao avistar cachos grisalhos familiares, ela acenou para chamar a atenção deles. — Sua vez de conhecer a *minha* família.

Agora ela finalmente poderia apresentar Dante aos avós. Se conseguisse descobrir onde ele tinha se metido.

Dante não estava *se escondendo*, estava simplesmente mantendo-se fora do campo de visão.

Se isso significava ficar à espreita nos recônditos da festa, bem, então que assim fosse. Além do mais, desse jeito, ele poderia monitorar melhor qualquer um que se aproximasse de Alessa.

As vozes ficaram mais altas, as risadas mais ruidosas, e a maioria dos convidados mais velhos começava a se despedir, deixando o pós-festa para os mais jovens.

Dante se recostou numa coluna para ficar de olho enquanto Alessa conversava com dois idosos que só poderiam ser seus avós. A conversa deles era interrompida de poucos em poucos minutos por convidados, mas Alessa não perdia o fio da meada: oscilava entre língua de sinais e linguagem verbal para cumprimentar todo mundo com entusiasmo.

Alguns cachos tinham escapado do penteado elaborado, as bochechas dela estavam coradas e os olhos brilhavam. Radiante de alegria, a Alessa do momento era um contraste claro com a moça reclusa e infeliz que ele tinha conhecido quando ela era evitada e temida pelas mesmas pessoas que passaram a bajulá-la.

Brilhando feito um diamante em meio a pedras preciosas, Alessa encantava a todos. Até ele. Depois de uma vida nas sombras, Dante não se sentia tão confortável na luz.

Kamaria se aproximou a passos largos e arrancou o prato de Dante da mão dele.

— Vai lá chamá-la para dançar.

— Estou comendo.

— Pare de comer. Vá dançar.

— Não. — Com a mão que ficou livre depois de Kamaria ter roubado o bolo, Dante pegou sua bebida.

— Fala sério. É igual lutar, só que com menos sangue. Olha, você bota as mãos...

— Eu *sei* dançar. Só escolho não fazer isso.

— Se você não vai convidá-la, então eu vou. — Kamaria ergueu o próprio copo. — Pode segurar para mim?

Dante encarou o copo, mas não fez nenhuma menção de pegá-lo.

— Eu danço maravilhosamente bem, fica aí o aviso — disse Kamaria. — Já falaram para mim que isso me deixa irresistível. Ah, olha só quem *não* tem medo de dançar.

Alessa sorriu quando Ciro se aproximou dela. A orquestra estava prestes a começar a música seguinte, então o silêncio permitiu que Dante ouvisse a conversa deles, mesmo de longe.

— Espero que esteja usando sapatos confortáveis — brincou Alessa. — Metade da ilha está na expectativa de dançar com você.

Ciro se curvou e beijou o dorso da mão dela.

— Seria ousadia esperar que você seja uma dessas pessoas? Adoraria ver a magia que poderíamos criar juntos.

Se as taças de cristal da Cittadella não fossem tão grossas, talvez a de Dante tivesse se estilhaçado.

Alessa não fugia de tocar em alguém *com dons*, só os meros mortais. Como ele.

Alessa se afastou de Ciro ao fim da dança deles e quase esbarrou no peito de Dante.

— Me disseram para dançar com você — resmungou ele.

Ela arqueou a sobrancelha.

— E como eu poderia resistir a um convite tão entusiasmado?

Dante deslizou as mãos pela cintura dela, dedilhando os ossos dos quadris, quando a orquestra começou a tocar uma melodia lânguida e romântica.

A primeira volta nos braços dele a deixou sem fôlego.

— Achei que você não soubesse dançar.

— Eu *sei* dançar. Só *não danço*. Por que ninguém entende essa distinção?

— Um homem de muitos talentos. O que mais você vai revelar?

O corpo dela borbulhava como um copo de prosecco, radiante de alegria ao girar pela pista de dança iluminada com o homem dos seus sonhos.

— Há muita coisa que você não sabe de mim. — Com o polegar, Dante acariciou o pedaço de pele descoberta entre a manga e a luva de Alessa. — *Vorrei che fossimo soli.*

— A começar por metade das coisas que você diz. — Era inevitável se derreter toda quando ele falava com ela na língua antiga, mas, até onde Alessa sabia, ele poderia estar dizendo que seus sapatos estavam apertados. — Por acaso você vai morrer se disser algo fofo que eu entenda?

Ele refletiu sobre a pergunta.

— Provavelmente.

— Você não perde por esperar. Vou aprender a língua antiga e descobrir *todos* os seus segredos.

Então era ele quem arqueava a sobrancelha.

— E como você planeja fazer isso?

— Eu tenho meus métodos. — Sabe-se lá como, ele conseguiu conduzir a dança perfeitamente enquanto analisava o triângulo de pele descoberta abaixo do colarinho dela. Alessa arqueou as costas. — Gostou do meu vestido?

O grunhido afirmativo que recebeu em resposta foi um pontapé promissor para o interrogatório de Alessa.

— Gabriel Dante Lucente — disse ela. — Idade: vinte. Homem... *e como*. Línguas que fala: a comum e a antiga. Filho de Emma e...

Dante ergueu a sobrancelha.

— Ludovico. O que você está fazendo?

— Catalogando tudo o que eu sei sobre você até agora. Projetos de pesquisa sempre começam com as informações disponíveis. Altura: hum... alto? Peso: pesado, basicamente músculos. — Ela prosseguiu, apesar da risada debochada de Dante. — Cabelo: castanho-escuro, quase cacheado. Cor dos olhos: a mesma, mas com um toque de dourado.

— Posso brincar também? — perguntou ele. — Alessandra Diletta *Lucia* Paladino, dezoito anos...

— Quase dezenove. — Ela o interrompeu.

— Quase dezenove. Altura: baixinha, mas não *super* baixinha. Fala: rápido. Cabelo: castanho e meio ondulado. Olhos: ... hum...

Alessa fechou bem os olhos, confiando que ele guiaria os passos dela.

— Eu juro, se você não sabe a cor dos meus olhos até agora...

A risada de Dante ecoou pelo corpo dela.

— Eu *sei* qual é a cor, só não sei que nome se dá para olhos castanhos-esverdeados com dourado.

— *Cor de mel!* Porque castanho-esverdeado soa horrível. — Ela abriu um olho.

— Não se preocupe, *mia amata*. Seus olhos *não são* horríveis.

— Melhor tomar cuidado, senão vou ficar insuportavelmente arrogante com esse tipo de elogio.

— Você me conhece, sou ótimo com elogios — disse Dante. — *Che begli occhi*.

— Se deu mal, essa eu entendi — falou Alessa com uma risada, que foi interrompida quando Dante a girou para fora da pista de dança e a conduziu para um canto escondido do restante da festa.

Encurralando-a com as mãos firmes junto a uma pilastra, ele disse:

— Eu já vesti suas roupas chiques, já aturei pessoas chiques e cheguei até a dançar. Vou ganhar uma recompensa?

Ela mordeu o lábio.

— Não sei se deveríamos...

— *Definitivamente* deveríamos. — Ele traçou o contorno da mandíbula de Alessa e acariciou seu lábio inferior com o polegar. — Viu? Nenhum problema.

Má ideia. Ideia perigosa. Mas, claro, Dante nunca fugia do perigo.

Ela estava vibrando de empolgação, mas não ansiosa ou descontrolada. Talvez fosse *mesmo* capaz. Afinal de contas, já tinha evoluído bastante e dominava o próprio dom, em vez de ser dominada por ele, como costumava acontecer.

Assim que Alessa assentiu discretamente, Dante segurou o rosto dela com as mãos calejadas, delicado.

Ele começou devagarinho. Um toque de lábios que a deixou ávida por mais. Uma mordidinha, uma provocação. A cada toque, a confiança dela crescia. Ela seria capaz. Ela ia seguir em frente.

O mundo desapareceu, e então não existia mais nada além do cabelo dele entre seus dedos, do deslizar vagaroso dos lábios de Dante nos dela, do calor sedutor que se acumulava na sua barriga e a deixava de pernas bambas, fazendo-a agarrar-se a ele para se manter de pé.

Dante se contraiu. Só um pouquinho, mas havia uma tensão na postura dele que não estivera ali até então. Uma... determinação... nos movimentos. Como se ele estivesse se concentrando para conseguir beijá-la.

Perceber aquilo foi como levar um balde de água fria.

Alessa interrompeu o beijo e abriu os olhos. Dante encarava um ponto além da orelha dela. A mandíbula estava tensa e não havia mais nenhum resquício do fogo nos olhos dele.

Ela não ia chorar. Ela *não ia* chorar.

— É minha culpa.

— Fui eu quem mudou, não você — respondeu ele mecanicamente.

— A gente vai dar um jeito. A gente vai. Não estou tendo problemas com os outros.

— Só comigo, é? — Dante tentou sorrir.

— Não é porque é *você*, é o que eu *faço* com você. É como se...
— Ela se esforçou para encontrar uma forma de explicar. — Meu poder *quer*. E quando *eu* quero estar perto de você, esses fios de desejo se embolam todos e meu poder não sabe a diferença. Preciso aprender a separá-los.

— Prática — disse Dante, enrolando um cacho de Alessa no dedo. — Muita prática.

— Exatamente. — Não era só o prosecco que estava mexendo com os sentidos dela. Algo a inquietava. Algo... errado. — Espera.

— O que foi? — A voz de Dante soou longínqua.

A visão de Alessa começou a escurecer, a piazza foi desaparecendo e outra imagem surgiu no lugar: *uma mancha de sangue em uma pedra branca. Um desejo de ferir, cortar, machucar.*

Alessa estremeceu ao sentir o toque frio do metal. A mão de Dante, quente e firme, se fechou sobre a dela, tirando-a do punho de sua adaga.

— O que foi? — perguntou de novo, com expressão séria desta vez.

— Tem alguém vindo — sussurrou ela.

— Ah, *no fim das contas*. — A voz arrastada de Kaleb ecoou pelo mármore. — Não tem problema querer matar a irmã, porque *no fim das contas* você mudou de ideia. Quer uma medalha? Um título oficial? O Melhor Irmão de Saverio... *no fim das contas*.

Dante relaxou.

— São Kaleb e Adrick.

— Não, não é isso. — Alessa inclinou a cabeça, tentando captar o som novamente.

— Ela me perdoou, então por que você se importa? — retrucou Adrick.

— Ela é a Finestra! E você é o *irmão* dela! Um irmão que tentou *matá-la*! Desculpa não achar você tão encantador quanto o resto de Saverio.

A orquestra terminou de tocar sua música e a multidão irrompeu em aplausos, mas Dante não tirou os olhos do rosto de Alessa.

O momento já tinha passado, ou, mais provavelmente, nunca tinha acontecido. Não era nada. *Tinha* que ser nada. Ela caprichou no sorriso. Aquele deslize não ia voltar a acontecer.

— Deixa pra lá. Tive experiências ruins aqui, só isso. Uma lembrança me pegou de surpresa.

Uma voz, mas não exatamente palavras. Quase um sibilo.

Alessa gelou, como se a mão fria de alguém a tivesse agarrado pela nuca, e o clamor em sua mente ficou dolorosamente alto.

Ela puxou Dante pela camisa.

— Cuidado!

Uma figura saiu das sombras.

Seis

Dante girou, mas parou no meio do movimento de saque das facas ao ver Diwata. Vasculhou a área, mas não havia ninguém atrás dela. Estava prestes a perguntar a Alessa o que a alarmara quando Diwata mostrou os dentes e avançou, curvando os dedos finos em forma de garras.

Ele a pegou pelos pulsos e a segurou enquanto ela sibilava e cuspia. Não havia nada atrás daqueles olhos. Nenhuma emoção. Nenhum pensamento. Nenhuma pessoa. Apenas uma fúria cega.

— Ei! — gritou Dante no rosto dela. — Acorda!

Ele a quebraria como um graveto se não tomasse cuidado. Ela era basicamente uma menina, com ossos frágeis e delicados, mas, de alguma forma, tinha sido dominada por uma força feroz.

Alessa arrancou as luvas, rodeando Diwata por trás.

— *Não!* Deixa comigo — disse Dante.

Chamas tremeluziram entre as mãos de Diwata, tentáculos de fogo serpentearam em direção à ele. A magia dela poderia até não machucar Alessa, mas sua fúria desumana, sim.

Alessa passou um braço pelos ombros de Diwata e a puxou para trás, e Dante segurou firme enquanto Alessa fechava os olhos, concentrada.

Diwata ficou mole e Dante deitou seu corpo frágil no chão. Conferiu a pulsação dela. Lenta, mas presente.

Os cílios de Diwata tremularam e ela abriu os olhos. O sibilo rouco que saiu de sua boca não foi nada familiar:

O que é branco vira vermelho e depois preto
Para convocar o ataque
Enquanto a escuridão esconde a luz e o dia vira noite
E auréolas caem sobre os banidos
Os dons divididos de Dea devem ser unidos
Para mudar os rumos
Escolha lutar ou escolha morrer
Para que o que é amado não desaparecer.

Os olhos dela clarearam e ela gritou, estapeando as mãos de Dante.

— Calma, garota. — Ele recuou enquanto um som de passos chegava cada vez mais perto. — *Você* atacou *a gente*.

Ciro surgiu de um dos cantos do jardim.

— Que raios vocês fizeram?

Dante conteve um acesso de raiva enquanto Ciro se agachava ao lado de Diwata e sussurrava palavras de conforto. Afinal de contas, Dante estivera *mesmo* no chão segurando a parceira angustiada dele no meio de um baile.

Dante se levantou e arrumou o paletó quando Tomo e Renata surgiram às pressas e pararam de repente, absorvendo a cena bizarra: Alessa, pálida e desgrenhada, de pé diante de dois dignitários visitantes no chão, uma delas aos prantos.

— Ela teve algum tipo de ataque e nos agrediu — disse Alessa. — Tem algo errado com ela.

Diwata chorou mais alto. As lágrimas dela eram uma defesa melhor do que qualquer palavra.

Tomo engasgou.

— Absurdo. Somos todos amigos aqui. Tenho certeza de que a pobrezinha não quis *atacar* ninguém. Ela deve ter tido algum tipo de convulsão.

— Não foi convulsão — disse Dante. — Ela estava possuída.

— Deixe de ser bobo — retrucou Tomo com um sorriso forçado. — Vamos chamar o médico, mas tenho certeza de que ela vai ficar bem depois de descansar um pouco.

— Ela estava falando de um ataque — comentou Dante.

— Tomo, querido, ajude-os a entrar. — Então Renata se virou para Dante e Alessa. — Não tem *nenhum ataque*. A guerra de vocês já acabou. Não há mais nada a temer, nenhuma batalha a travar. Voltem para a festa e mostrem a Saverio que está tudo bem.

Alessa olhou para baixo.

— Sim, Renata.

Inacreditável.

— Vocês só podem estar de brincadeira — murmurou Dante.

Renata o encarou com um olhar carregado.

— Vamos voltar às nossas obrigações como anfitriões e acabar com qualquer rumor antes que se espalhe, e vocês dois vão *dançar*.

Pelo menos dançar significava que Dante poderia afastar Alessa deles. O rosto dela estava inexpressivo enquanto ele pegava sua mão. Tomo e Renata a haviam doutrinado a respeito da necessidade de sempre colocar o dever em primeiro lugar, e algumas duras palavras deles acabaram com toda a vontade que Alessa tinha de lutar.

Ninguém parecia ter notado o incidente. A dança seguia a todo vapor, o bar estava sitiado e a maioria dos cantos escuros estavam ocupados por casais.

Ao puxar Alessa para os braços, Dante percebeu, com uma satisfação sombria, que finalmente tinha provas: a ameaça de Crollo era inegável agora.

Não era bem o presente que ele pretendia entregar.

***

Alessa ainda sentia a estranheza que tinha sugado de Diwata com seu breve toque. Seus braços e pernas estavam rígidos, mas Dante a segurava com determinação enquanto a conduzia pela pista de dança com a precisão de um exercício militar.

— Respira. Um passo de cada vez — disse Dante.

A emoção mal contida na voz dele deixava claro que ele não estava voltando para a pista de dança por estar obedecendo ordens para variar um pouco. Dante só queria acabar logo com aquilo, e ela não estava pronta para conversar sobre o que tinha acontecido. Precisava ficar sozinha, desembaraçar os fios confusos na sua mente sem ter mil olhos voltados para ela. Sem os olhos *dele*.

— Olha para mim — disse Dante em voz baixa.

Não. Ela não conseguia. Ele veria coisas demais.

Um passo de cada vez. Um pensamento de cada vez.

— Alessa...

Antes de olhar para cima, ela recorreu a anos de treinamento para suavizar o próprio semblante.

— Hum?

Dante a observava tão intensamente que Alessa sabia que ele não acreditava naquela fachada.

— Como você sabia que tinha alguém vindo?

Ela deu de ombros discretamente.

— Eu ouvi alguma coisa.

— Não. Você *já sabia* que alguém queria machucar a gente. Por que está mentindo para mim? — O tom de voz ríspido a fez se encolher.

As últimas notas da música tremularam no ar, mas Dante não a soltou.

— Eu tive um mau pressentimento e algo ruim aconteceu. Só isso. — Assim que se desvencilhou, ela enxugou a testa. — Preciso ir ao toalete.

— Eu acompanho você.

— Não precisa. Kamaria está indo naquela direção.

Ela não esperou para ver se ele a seguiria. Não conseguiria fugir dele, mas precisava escapar. *Respirar*.

As paredes do pátio, resistentes o bastante para suportar uma infinidade de ataques, não foram fortes o suficiente para sustentá-la. Assim que chegou ao chão, Alessa abraçou as pernas. O gelo percorria suas costelas e espremia seus pulmões. Era um frio estranho e indesejável em um corpo de carne e sangue quentes.

— Sai da minha cabeça. Me deixa em paz. — Ela cobriu o rosto, mas não conseguia bloquear a lembrança dos olhos de Diwata, tão parecidos com os do capitão.

Estava errado. Tudo estava errado. Ela já tinha cumprido seu dever. Já tinha salvado Saverio. Salvado Dante. A própria Renata afirmara: a guerra deles já tinha acabado. *Tinha que ter acabado.*

Mas um arrepio de reconhecimento a percorreu assim que ela tocou Diwata. Aquele estranho eco na mente da outra era algo que Alessa conhecia, e o choque da semelhança não deixava dúvidas.

Uma semente fora plantada dentro dela quando, ao tocar um scarabeo à beira da morte, Alessa aproveitara o poder de controle mental coletivo da criatura para reunir seu exército. Agora que finalmente — quase — tinha dominado um poder mortal, outro estava se enraizando.

Ela não se mexeu ao ouvir o som dos passos de Dante. Ele a encontraria. Ele sempre a encontrava. Sempre a protegia. Mas a ameaça não estava voltada para ela. Não daquela vez. Daquela vez, o alvo era ele.

Sete

Dante se arrependeu de ter dado vantagem a Alessa quando a viu encolhida no canto do pátio, brilhando como uma joia perdida. Ele se agachou e a puxou para si com a delicadeza de quem segura uma borboleta entre as mãos.

— Ah, *poveretta*. Finalmente acredita em mim?

— Não é justo — sussurrou ela. A derrota vazia em seus olhos era cem vezes pior do que as lágrimas.

— Não, não é. — Dante queria um pretexto para deixar o baile e, agora que tinha um, sentia-se como um gatuno. — Quer voltar? Não precisamos falar disso agora.

Alessa se apoiou na parede para se levantar.

— O fim do mundo está se aproximando *de novo*. Por que perder tempo dançando?

Ela não parecia capaz de fingir indiferença diante das massas, de qualquer maneira. Precisava de um bom copo d'água e descanso. Dante poderia lhe dar tudo aquilo e levá-la para um lugar seguro.

Ele a ajudou a voltar para a suíte e a acomodou em uma poltrona com um copo d'água e uma baguete, que Alessa ignorou. Em seguida, sentou-se no sofá de frente para ela, com os cotovelos apoiados nos joelhos, observando-a olhar para o nada.

Uma hora antes, ela estava cheia de energia e alegria, mas, no momento... ele nunca a vira parada por tanto tempo. A culpa revirava seu estômago. Ele poderia ter deixado Alessa ignorar o ataque de Diwata e fingir que tudo estava bem por mais algumas horas, mas, em vez disso, a obrigara a encarar a situação.

Alessa soltou um grito gutural e jogou a bebida no chão, estilhaçando o copo numa explosão de água e cacos de vidro.

Com um palavrão, Dante se levantou.

— Não posso passar por isso de novo — gritou ela, desmoronando no chão. — Não posso, não posso, não posso. *Não vou* passar por isso de novo!

Ele a pegou no colo, catou os cacos de vidro das saias e a levou para o banheiro, onde estaria protegida de tudo o mais.

Ele sentou-se na beirada da banheira e a embalou no colo enquanto Alessa chorava e esbravejava — com os deuses, com Dante, consigo... não importava. Todos tinham a mesma resposta.

Quando ela enfim se acalmou, ele afastou mechas de cabelo de suas bochechas molhadas.

— Não faça isso — choramingou. — Vou machucar você.

— Você está fraca demais até para machucar um gatinho agora.

— Perfeito. Eu finalmente estou fraca demais para machucar você e confusa demais para me aproveitar da situação. — Ela enxugou os olhos, borrando a maquiagem. — Pare de me olhar, senão você nunca mais vai *querer* me tocar.

— Impossível. — Ele beijou sua testa, demorando-se por um bom tempo, apesar da fraca objeção de Alessa. Ela estava *mesmo* confusa. Mas Dante não sairia de perto dela. Ele foi incapaz de conter um sorriso. — Você chegou a comer alguma coisa na festa ou seu jantar foram três pratos de prosecco?

Ela fez beicinho, sem dizer nem que sim, nem que não.

— Vou interpretar isso como um não.

— Não estou com fome.

— Então vamos tirar esta camisa de força brilhante e te deitar na cama. Crollo não vai atacar de novo hoje à noite. — À medida que a tristeza e a raiva se esvaíam de Alessa, o colapso seria certo, então, em vez de preparar um banho, ele abriu a torneira e molhou uma toalha pequena.

Ela deixou que ele desabotoasse o vestido e tirasse seus braços das mangas finas salpicadas de gotas de sangue. Dante tentou não reparar em cada curva revelada enquanto ela apoiava-se em seu braço para sair das saias.

Não era o momento, lembrou ele às partes do seu corpo que estavam interpretando a situação incorretamente.

Ela se apoiou na parede e deixou que ele a esfregasse com o pano úmido.

— O que foi que eu fiz de errado? — choramingou. — Por que as regras mudaram para mim?

— Ah, *luce mia*. Não leve para o lado pessoal.

Com os olhos emoldurados pela maquiagem e a pele salpicada de sangue, ela era a coisa mais linda e frágil que Dante já vira. Ele teria transformado os próprios ossos em cola para consertar o mundo dela, se pudesse.

Como consequência do colapso nervoso, Alessa estava tremendo, então, quando ele terminou e a ajudou a vestir uma camisola, também a levou para a cama e a cobriu com as mantas.

— Você já morreu uma vez. — Ela fechou os olhos. — Por que não podem te deixar em paz?

Alguém bateu na porta.

— Vou atender — disse ele. — Vá dormir.

Era Kaleb, todo envergonhado.

— Deram meu quarto para Ciro e Diwata, e não tenho condições de lidar com minha família hoje.

Dante apontou para o sofá, mas Kaleb não parou de falar. Se tudo desse certo, Alessa dormiria em meio ao falatório. Ela era péssima para pegar no sono, mas, quando não se revirava na cama a noite inteira, dormia feito uma pedra.

Kaleb só sabia que Diwata estava "doente", e era evidente que não estava preocupado.

— Olha pra mim, meu nome é Adrick Paladino, tão charmoso que ninguém liga que tentei matar minha irmã. Ele nem é *tão* bonito assim, só tem aquele *tchan* que faz as pessoas gostarem dele.

— Aham. — Não havia muito o que dizer sobre aquilo. Dante deixou um travesseiro e um cobertor no sofá.

— Nós não. — Kaleb bateu no próprio peito. — Nós somos reais, sabe? Não somos *charmosos*.

Dante lançou um olhar espirituoso para Kaleb.

— Você não me acha charmoso?

Kaleb riu pelo nariz.

— Olha só pra gente. Praticamente amigos. E raramente tentamos nos matar agora.

— Incrível termos chegado até aqui sem ninguém se machucar.

— *Eu*. Você sabe que seria eu.

— Certo. — Dante pegou Kaleb pelos ombros e o forçou a se sentar. — Chega de falar. Chega de andar. Cala a boca e dorme.

— Você é um homem bom, Dante Gabriel. — Kaleb sorriu para ele.

— Errou a ordem.

— É porque sou um péssimo amigo. — Kaleb franziu a testa. — Não sei ser outra coisa.

— Você não é um péssimo amigo. Só é um bêbado chato. Vá dormir antes que eu sufoque você com um travesseiro.

Kaleb jogou uma perna no sofá e arregalou os olhos como as pessoas embriagadas fazem quando tentam impedir o mundo de girar.

Com um suspiro, Dante arrancou os sapatos de Kaleb e apagou a luz, deixando seu segundo tutelado da noite para dar atenção à primeira.

Felizmente, Alessa estava inconsciente, e ele se permitiu o luxo de se aninhar atrás dela sem que nenhum travesseiro para separá-los. Aninhando-se na nuca dela, ele absorveu seu cheiro inebriante. Desacordada, ela jamais saberia quanto tempo Dante teria ficado ali, acordado noite adentro, ressonando com uma ternura feroz.

Por que não podem te deixar em paz?

Ela o amava, mais do que Dante jamais havia se amado, e ele não a merecia. Um dia Alessa se daria conta disso.

Oito

Quando Alessa saiu da cama aos tropeços na manhã seguinte, Dante a aguardava com uma jarra de café fumegante e uma lata de biscoitos. Ele disfarçou o sorriso quando ela se jogou na cadeira em frente à dele com um resmungo e um olhar irritado para Kaleb, que roncava no sofá. Mesmo ranzinza, ela estava adorável com o cabelo desgrenhado, olhos borrados com resquícios de maquiagem e um beicinho.

Dante pigarreou. *Foco. Missão. Ghiotte. Guerra celestial.*

— Espera. — Alessa indicou com as mãos que queria o café.

Ele encheu duas xícaras minúsculas de espresso e a deixou tomar um gole antes de falar:

— Encontrei o Tomo lá embaixo. Ciro e Diwata pediram privacidade até partirem daqui a alguns dias, então você está dispensada das obrigações de anfitriã.

— Uma preocupação a menos — comentou Alessa com um suspiro. — Por onde a gente começa?

— Primeiro, a gente descobre o que aquela mensagem significa.

Alessa pegou um biscoito, examinou-o e o devolveu, repetindo o processo algumas vezes até encontrar algum do sabor que queria.

— Ainda assim, a gente não teria ideia de onde procurar os ghiotte. O continente é grande.

— Você está começando a falar que nem eu. — Dante empurrou a xícara dela para mais perto. — Pronto, otimismo líquido. Bebe, bebe.

Alessa virou o copo em um gole e pediu mais.

— Isso aí, garota. — Dante girou o pires com o dedo enquanto a observava morder a ponta do biscoito. Só percebeu que tinha perdido o fio da meada quando olhou nos olhos dela e viu que estava confusa. Vamos lá. A missão. — Todos os mapas da biblioteca são completamente obscuros: nenhuma montanha, nenhum rio, nada além do contorno litorâneo, então não temos muito por onde começar. Mas se eles conseguiram se localizar por séculos, não podem estar muito longe dos assentamentos.

Alessa estendeu a mão para a xícara quase vazia com dedos trêmulos, franziu a testa e a empurrou.

— Pode ficar com o resto.

Ele segurou a borda, ainda quente do calor dos lábios dela, na boca por um segundo antes de terminar a bebida.

— Meu avô coleciona mapas antigos — disse Alessa. — Duvido que algum tenha uma indicação do tipo "ghiotte vivem aqui", mas podemos dar uma olhada hoje à noite.

Dante não entendeu nada.

— Hoje à noite?

— Eles convidaram a gente e Adrick para visitá-los. Eu falei com você.

— Não falou, não.

Ela franziu a testa.

— Achei que tivesse falado.

— Eu teria me lembrado. — Dante puxou a gola da camisa.

— Hum. Bom, eu *pensei* em falar com você, então tive a sensação de que falei. O navio de Ciro só vai partir daqui a alguns dias, de qualquer modo, então por que não? Eles não moram longe da cidade. Não seria legal dar uma escapada?

Escapar, claro. Escapar da Cittadella, das festas, dos criados e das pessoas. Escapar *sozinhos*. Não para *conhecer a família*.

— Realmente não temos tempo a perder... — Ele parou de falar quando viu Alessa contraindo os lábios como se estivesse tentando não chorar. A Cittadella já tinha passado cinco anos a reprimindo e a obrigando a suprimir suas necessidades em prol do "bem maior". Ele a destruiria tijolo por tijolo antes de fazer o mesmo.

— Sim, claro, podemos ir — disse ele com um suspiro abafado.

Kaleb se levantou no sofá.

— Aonde vocês vão?

— Para a casa dos meus avós no interior — respondeu Alessa.

— Ah. — Kaleb murchou. — Divirtam-se.

— Você deveria ir — comentou Dante, um pouco rápido demais.

— Não. — Kaleb coçou a cabeça, dando um bocejo. — Vocês não precisam de alguém segurando vela.

— A gente não se importa. Sério. — Decidido, Dante foi até Kaleb e deu um tapinha no ombro dele. — Vem com a gente.

— Dante — disse Alessa devagar. — Você está com *medo* de conhecer meus avós?

Ele bufou.

— Não.

— Por favor, vem, Kaleb. — Ela pegou a calça de Kaleb largada no chão e a jogou nele. — Salve Dante da atenção desenfreada da minha avó.

Kaleb olhou para Dante e riu do que quer que tivesse visto no semblante dele.

— Cala a boca — murmurou Dante. Avós? Droga. Ele preferiria enfrentar Crollo sozinho.

Sem tirar os olhos da estrada, Dante assentia distraidamente enquanto Alessa relembrava as visitas que fazia ao interior quando era criança.

E então, ele percebeu algo que agora conhecia bem: a leveza determinada na voz de Alessa enquanto ela lutava para se manter ativa, apesar do medo que a espreitava.

Além do mais, Alessa estava usando luvas de novo. As mãos dela voavam enquanto ela fazia sinais para Adrick, que gargalhava.

— Não é justo — comentou Kaleb. — Eu e Dante não sabemos a língua de sinais e, até onde eu sei, vocês podem estar me insultando.

— É sempre uma suposição segura. — Adrick sorriu.

— Todo mundo na sua família sabe se comunicar por sinais? — perguntou Dante a Alessa.

Ela fez que sim.

— Minha mãe não é tão boa quanto os demais, mas o *nonno* nasceu surdo, então meu pai já cresceu acostumado com a língua. Quando Adrick e eu nascemos, ele já começou a conversar com a gente por sinais.

Adrick lançou um olhar de soslaio para Alessa.

— Lembra-se de quando você foi pega ensinando a toda a turma os sinais para certas... *cof, cof...* posições? Sua primeira advertência. Fiquei tão orgulhoso.

— *Primeira* advertência? — perguntou Dante. — O que mais você já aprontou?

Alessa apontou o dedo para o irmão.

— Nada *terrível*. Geralmente eu ficava sonhando acordada ou me esquecia do dever de casa.

Eles fizeram uma curva na estrada e um vilarejo apareceu, com telhados vermelhos ardendo ao sol. Um arrepio de repulsa percorreu a espinha de Dante. Ele não tinha notado a cidade mais próxima da casa dos avós de Alessa. Nem qual era aquela cidade.

— Como é que os professores sabiam o que você estava dizendo com os sinais? — perguntou Kaleb.

Alessa corou.

— *Bom*, alguns sinais não são tão difíceis de se entender.

Adrick e Kaleb riram, mas Dante não conseguia.

Firme. O solo sob seus pés era de terra batida. Não de cinzas. O ar fresco cheirava a grama e limões, não a fuligem.

Mas parecia o mesmo de cinco anos antes. E seu coração martelava como se ele estivesse correndo pela rua principal de novo.

A casa de Talia tinha sido seu ponto de referência ao longo de três anos de cativeiro, o único santuário restante. Independentemente da rispidez das palavras ou do impacto dos golpes que o homem *santo* lhe dava enquanto tentava lhe expurgar todos os pecados, ele se agarrava a um só pensamento: Talia, tio Matteo e tia Giulia estavam em algum lugar lá fora, e eles o amavam. Eles viriam buscá-lo.

No entanto, ninguém jamais aparecera. Então, como só lhe restara a amargura, ele se agarrara a ela e se salvara.

Ao escapar, seguira para o único outro lar que conhecia, ávido por alvos que o deixassem insultá-los, mas que ainda assim o acolhessem. Ao chegar ao topo da colina, acima da terra marcada onde deveria estar a casa deles, estava tomado por uma fúria justificada. Foi então que o último resquício de esperança também o abandonou, até que um rosto familiar surgiu dentro da loja do alfaiate, e Dante enfim pensou estar a salvo...

— Desculpe-me, o quê? — disse ele, percebendo tarde demais que Alessa tinha parado de falar.

— Eu disse que estamos quase lá. — O alívio ofegante de Alessa fez parecer que ela também estava fugindo.

O primeiro vislumbre de Alessa da pitoresca casa de campo com vista para o mar, emoldurada por colinas ondulantes e pomares de limão, a atingiu como uma pontada de fome.

— Entrem, entrem! — A *nonna* abraçou os netos antes de avaliar Dante de cima a baixo. Ao virar a cabeça, fingiu sussurrar para Alessa.

— Ele é *mesmo* ainda mais bonito de perto. Mas bem que podia ter um pouco mais de carne, né? Ninguém quer abraçar uma pedra.

As bochechas de Alessa pegaram fogo.

— *Nonna*, ele está *te ouvindo*.

— Bobagem! — Ela deu de ombros. — Entrem. Estou fazendo massa e preciso de um ajudante.

— *Eu* ajudo — disse Alessa.

Dante lhe deu uma leve cotovelada.

— Ah, *cara mia*, não confia em mim fazendo massa?

— Eu não confio que a *nonna* não vai me fazer passar vergonha se ficar a sós com você.

As bancadas estavam polvilhadas de farinha e o *nonno* estava mexendo uma enorme panela com seu molho especial. Alessa largou a bolsa na porta e acenou na visão periférica do avô até ele se virar com um sorriso de olhos enrugados. Assim, ela pôde apresentá-los através de sinais, lembrando-se de falar em voz alta para que Dante e Kaleb entendessem.

Nonna coagiu Dante a vestir um avental e o colocou para trabalhar batendo farinha e sal, repreendendo-o até ele descobrir o ritmo exato que ela esperava. Alessa trocou um olhar com ele e segurou um sorriso ao ver o falso desespero em sua expressão.

Adrick ia e vinha, buscando ovos e botando a mesa, e Kaleb pareceu ficar um pouco mais relaxado depois que arrumou uma taça de vinho para ocupar as mãos.

Em seu lugar favorito e com suas pessoas favoritas, o coração de Alessa estava tão cheio que parecia prestes a explodir. Contanto que continuasse se movimentando, falando e se comunicando com sinais, o medo não conseguiria alcançá-la. Muito embora tentasse.

Nonna a mandou para a pia com algumas louças para lavar, e a conversa diminuiu. Deveria ter sido tranquilo, mas ela sentiu um aperto no peito. Esforçando-se para respirar normalmente, Alessa esfregava uma tigela.

Estava começando tudo de novo.

Ela poderia perdê-lo. Poderia perder todos eles. Os amigos. A família. Eles tinham sobrevivido a um confronto com os deuses, mas, a cada vez que a moeda era lançada, as chances pioravam.

De repente, a vida de Alessa parecia uma casa de palha, com um vendaval se aproximando.

A *nonna* olhou para a janela e franziu a testa.

— *Patatina*, leve este rapaz bonitão e vá pegar o monstrinho para mim. Não importa o tamanho da nossa cerca, ele sempre foge, e meus velhos ossos não aguentam mais uma corrida hoje.

O "monstrinho" era um pônei bem gordo e pequeno, mas digno de sua fama, conforme Dante descobriu por si só quando tentou pegar o cabresto de Figuro e o animal disparou, arrancando-o de suas mãos.

— *Che cazzo fai?!* — vociferou Dante, correndo atrás dele.

Apesar das patas curtas e da barriga redonda, o velho pônei era mais rápido do que parecia, e Alessa estava quase sem fôlego de tanto rir quando eles finalmente conduziram Figuro para o curral.

Dante limpou a poeira da calça, carrancudo.

— Está entretida?

— Muito — disse Alessa. Por um instante ele foi só uma silhueta contra o pôr do sol, e o riso ficou entalado na garganta.

— Você está bem? — Conforme ele se aproximava, a luz ia mudando, revelando a ruga de preocupação entre as sobrancelhas de Dante.

— Claro. — Sorrir não deveria ser tão trabalhoso. — Vem, vamos ver os limoeiros. Você sempre diz que eles têm cheiro de casa.

Dante suavizou o semblante ao olhar para ela.

— Eu disse que *você* tem cheiro de casa.

— *Por causa* dos limões — rebateu ela com um sorriso atrevido.

Alessa já tinha se imaginado ali com ele centenas de vezes, mas, à medida que iam caminhando em meio às árvores cheias de frutas amarelas e suculentas, sob um céu rosa e dourado, ela sentia vontade de chorar.

Em vez disso, tirou uma das luvas e arrancou um limão grande de um galho baixo, raspando a casca com a unha para liberar o aroma.

— Quando a vida lhe der limões… — Ela parou de falar e levou a fruta ao nariz.

— Jogue-os em Crollo — completou Dante.

— Eu ia dizer "faça limoncello". Crollo não merece estes limões.

Dante pegou um limão.

— Eu comia limão em rodelas.

— Com açúcar?

— Não. Puro mesmo. Quanto mais azedo, melhor.

— Faz sentido. *Eu* sou a mais doce nesse relacionamento.

— É o que você vive me dizendo. — Dante olhou para ela.

Ela baixou a cabeça antes que ele ousasse fazer alguma coisa. Quando ele a beijara no baile, Alessa estava feliz e relaxada, mas mesmo assim o machucara. No momento, estava uma pilha de nervos. A próxima vez poderia parar o coração dele.

Tudo estava tão frágil... O futuro deles. A vida deles.

— Você já se sentiu tão feliz que chegou a se assustar? — Ela tentou furar a casca com a unha, mas tinha roído todas depois do ataque de Diwata. — Como se tivesse que prender a respiração ou tudo poderia explodir?

A simples frustração de ser incapaz de saborear a fruta ameaçava liberar o dilúvio de lágrimas que ela vinha evitando. Talvez nunca mais tivesse outro dia como aquele. Ela *não* ia desperdiçar nenhum segundo chorando.

— O tempo todo. — Dante pegou o limão da mão dela, cortou-o ao meio com sua adaga e lhe devolveu metade.

O sumo escorria da palma de Alessa, como se chorasse por ela.

Dante presumiu que Alessa conversasse na língua de sinais com a mesma destreza que falava, pois suas mãos voavam com o dobro da velocidade de qualquer pessoa durante o jantar, incluindo malabarismos impressionantes com utensílios e alguns quase acidentes antes de ele levar sua taça de vinho para um lugar mais seguro.

Ela e Adrick tentavam intercalar traduções verbais para Kaleb e Dante, mas Alessa vivia se perdendo em fluxos intermináveis de conversa, então eles passaram boa parte da refeição entendendo mal e porcamente o que estava sendo dito. Não importava. O brilho da afeição entre eles falava por si só. Toda a cena parecia algo saído de um livro infantil: o gentil patriarca de cabelos grisalhos, a casa aconchegante, decorada com artesanatos e bugigangas, assoalhos desbotados, passados de geração em geração. Aquilo tudo lhe doía, como se estivesse cutucando um dente bambo.

Quando todos já estavam estufados de massa, frango empanado e pelo menos três tipos de queijo, as mulheres expulsaram os homens da cozinha para lavarem a louça, mas Dante suspeitava que tivesse mais a ver com a necessidade de ter um tempinho a sós do que de seguir padrões de gênero.

Dante interpretou corretamente os gestos do avô de Alessa como um comando para atiçar o fogo na lareira, supervisionando devidamente a tarefa de sua posição na poltrona de couro, com um brilho nos olhos apesar da cara amarrada. Dante já tinha passado tempo suficiente tentando intimidar possíveis detratores de Alessa para se ressentir com aquilo.

As pilhas de mapas que Adrick desenterrou eram melhores do que os da Cittadella, e Dante os espalhou pela mesa enquanto Adrick e Kaleb começavam uma partida de xadrez bem competitiva. Mas, tal como Alessa já tinha falado em tom de brincadeira, não era como se algum dos mapas sinalizasse um esconderijo dos ghiotte.

Em pouco tempo, o fogo já estava crepitando, o avô estava cochilando e Dante se recostou para observar Alessa do outro lado da sala.

Embora nenhuma das duas tivesse limitações auditivas, Alessa e a avó seguiam se comunicando por sinais. Força do hábito, supôs Dante. A avó olhou de relance para ele e disse algo que fez Alessa corar. *Ou* elas estavam falando dele.

Dante era bom com idiomas, sempre teve um bom ouvido para eles, mas aquilo era diferente. Era um idioma que envolvia mãos — ele era bom naquilo — e expressões faciais — nem tanto.

Alessa parou no meio de um gesto e se aproximou dele.

— Não se *atreva* a aprender a língua de sinais tão rápido quanto você aprende tudo. Esta é a primeira vez em *séculos* que eu me sinto superior e quero saborear isso.

Dante se inclinou para mais perto.

— Você prefere que eu seja incapaz de me comunicar só para saber uma coisa que eu não sei?

Ela se empoleirou no braço da poltrona dele.

— É justo. Você vive usando uma língua que *eu* não sei.

Todos tomaram um susto com um ronco alto do avô dela.

A *nonna* correu em direção ao marido, secando as mãos no avental.

— Esse tonto vive reclamando de dor no pescoço, mas não para de fazer isso.

Ela o olhou em tom de repreensão, mas o acordou com delicadeza e gesticulou alguma frase que arrancou dele um resmungo, mas por fim ele se levantou e saiu num arrastar de pés.

Estalando a língua e balançando a cabeça, ela voltou a limpar as bancadas.

— Estou acabado. — Adrick bocejou. — Diversão demais ontem à noite. Quem dorme onde?

— Vocês dois podem ficar com a cama de hóspedes — disse Alessa. — A gente fica bem aqui fora.

Kaleb recuou.

— Não vou dividir cama com ele.

— Pode ficar à vontade no celeiro, então. — Alessa sentou-se de frente para Dante. — Achou alguma coisa?

Ele grunhiu negativamente.

— Nem sei o que procurar.

— O que Diwata disse mesmo? — Alessa encarou o nada. — O que é branco vira vermelho e depois preto...

— Aqui. — Dante jogou um bloco de notas para ela, mas caiu no chão. Falha dele.

Alessa pegou o bloco e leu o texto em voz alta.

— O que é branco vira vermelho e depois preto, para convocar o ataque, enquanto a escuridão esconde a luz, e o dia vira noite, auréolas...

— Estão falando do eclipse? — A *nonna* parou enquanto tirava o avental.

— Que eclipse? — perguntou Alessa.

A senhora deu de ombros.

— Seja lá qual for o próximo. Imaginei que estivessem falando disso: a lua cheia é branca, a lua nova é preta, a lua de sangue é vermelha, e o dia vira noite durante um eclipse solar. Você se lembra do eclipse parcial que tivemos quando você era pequena? Sua mãe estava toda preocupada de você ficar cega, até o *nonno* mostrar como fazer furos no papel para criar os semicírculos no chão.

— Eu lembro — respondeu Alessa. — As árvores faziam sombras em forma de lua crescente.

— Você sabe quando vai ser o próximo? — perguntou Dante.

— Aqui? — disse a *nonna*. — Não de cabeça, mas posso pegar meus mapas.

— Ela adora astrologia — comentou Alessa enquanto a avó ia às pressas para outro cômodo.

—Astrologia e astronomia não são a mesma coisa— disse Dante.

Alessa lhe lançou um olhar fulminante.

— Eu sei, mas ambas analisam estrelas, e não conheço nenhum astrônomo. Você conhece?

A *nonna* voltou com uma caixa cheia de mapas estelares e calendários, visivelmente decepcionada quando Dante recusou a oferta de ter sua personalidade dissecada com base na data de nascimento. Os primeiros mapas não eram muito úteis, mas ele *foi* informado que seu signo do zodíaco era compatível com o de Alessa. As mulheres pareceram aliviadas até demais.

— O que você teria feito se não fosse? — perguntou ele a Alessa.

Ela lhe deu um tapinha no joelho.

— Vamos só ficar felizes por não termos que descobrir.

A *nonna* balançou a cabeça.

— Não teremos eclipses totais pelo menos ao longo dos próximos sete meses.

Dante franziu a testa. Não fazia sentido Crollo enviar um alerta tão sério com tanta antecedência. Eles estavam deixando passar alguma coisa.

Nonna pediu licença para ir dormir, mas Dante continuou procurando. O fogo ardia baixo enquanto ele folheava um mapa atrás do outro. Por fim, Alessa pegou no sono e só restaram brasas.

Ele ajeitou a manta dela que estava caindo e enfim se recostou na poltrona com um suspiro. O alerta de Diwata tinha que ter *algum* significado. Se não era uma pista sobre o tempo, talvez tivesse a ver com pontos de referência. Deixando a cabeça pender para trás, Dante fechou os olhos.

Branco, vermelho, preto...

Dante se sobressaltou com o grito de Alessa.

— Não me deixa sozinha! — Ela tateava algo no escuro. Possivelmente ele, porque ela parou de buscar assim que tocou nele.

— Estou aqui — disse Dante, grato por ela estar cansada demais para perceber que o segurava com as mãos descobertas enquanto ele a envolvia nos braços. — O que houve?

— Um sonho. — Alessa tremia tanto que Dante cerrou os dentes reflexivamente. — Você. Depois... Desculpa.

Ah. Aquilo. Dante nunca sabia como acalmá-la quando ela sonhava com a morte dele. Já tinha acontecido algumas vezes, e ela ficava cheia de culpa toda vez, como se ele pudesse esquecer que tinha morrido caso ela não o lembrasse.

Alessa puxava freneticamente a manta, mas foi diminuindo a intensidade quando Dante começou a murmurar frases aleatórias na língua antiga, frases que mal faziam sentido juntas. Ela sempre se acalmava mais rápido quando não entendia o que ele dizia e não conseguia remoer cada palavra.

— Não quero lutar outra guerra — murmurou ela, sonolenta.

Ele sentiu outro aperto no peito.

— Eu vou lutar por você. Fique aqui, onde é seguro, e eu vou. É minha missão, não sua.

Ela lhe deu um tapinha no peito.

— Boa tentativa. Não vou deixar você fazer isso sozinho.

A satisfação e a frustração se misturavam. Dante a queria longe do perigo, mas não confiava em mais ninguém para mantê-la a salvo.

Os dois olharam para um clarão de luz. A *nonna* surgiu com uma lanterna na mão.

— Ah, que bom, vocês estão acordados.

— Desculpe — disse Alessa com a voz fraca. — A gente acordou você?

— Não, pensei em uma coisa. — Ela se aproximou arrastando os pés e pegou um dos mapas estelares que eles tinham deixado de lado mais cedo. — Eu estava pensando em Saverio, e nós estaremos muito a oeste, mas *haverá* um eclipse para parte do Continente em breve. Não há pessoas por lá para testemunhá-lo, mas, se houvesse, teriam a chance de ver uma lua de sangue e um eclipse solar. Estão vendo?

Dante se inclinou. Do outro lado da península, haveria uma lua de sangue em duas semanas, e então... ali estava: um eclipse solar total, no meio da manhã.

Dante apertou a mão de Alessa.

Um ano antes, ele teria deixado o mundo queimar. Mas, no momento, tinha um mês para salvá-lo. Por ela.

Nove

DIAS ANTES DO ECLIPSE: 28

Durante o café da manhã, Alessa contou a Adrick e Kaleb a respeito do eclipse e da previsão de desastre de Diwata.

— Quando vamos partir? — perguntou Adrick, recostando-se na cadeira.

Kaleb bufou.

— Não ouvi ninguém te convidando, Paladino.

— Se a minha irmã vai partir numa missão para encontrar guerreiros míticos... sem querer ofender, Dante... e impedir um ataque dos deuses *de novo*, eu vou protegê-la.

— Mas aí *eu* vou ter que protegê-la de *você* — resmungou Kaleb. — Como vamos partir numa missão se nem sabemos para onde vamos?

Alessa pôs a mão no joelho de Dante.

— Seus pais nunca mencionaram para onde os ghiotte exilados poderiam ter ido?

Dante fez que não.

— Se disseram, eu não captei.

— Eles não chegaram a te dar um mapa no nascimento? — Adrick provocou a irmã, sacudindo as sobrancelhas. — Tatuaram na sua bunda ou algo do tipo?

Alessa arregalou os olhos.

— Você acha que *eu* sei se o Dante tem tatuagens íntimas?

— Conheço alguém para quem podemos perguntar — disse Dante sem tirar os olhos da mesa. — Minha tia trabalhava no vilarejo aqui perto.

— Ela também é ghiotte? — perguntou Adrick.

— Não — respondeu Dante, curto e grosso. — Mas talvez ela se lembre de alguma coisa.

— Sua tia? — repetiu Alessa. — Aquela que...

— É. — Dante a interrompeu. Ele quase nunca falava dos pais ou da vida antes da morte deles, quando ele tinha doze anos, então Alessa não sabia muito sobre a outra família ghiotte com a qual ele crescera, mas sabia que *aquela mulher* tinha virado as costas para um órfão recém-fugido após três anos em cativeiro, maltratado simplesmente por ser um ghiotte.

Alessa não precisava saber de mais nada.

Talvez ela devesse nutrir mais compaixão pela única outra pessoa em Saverio que tinha amado — e perdido — um parceiro ghiotte, mas não conseguia.

Perder uma filha e o marido era uma tragédia.

Abandonar Dante era imperdoável.

A boca de Dante secou quando eles pararam em frente à modesta loja de costura.

— Você não precisa entrar.

Alessa pegou a mão dele. Ele pretendia soltá-la, dizer a ela para esperar ali fora, mas os dedos se fecharam ao redor dos dela e Dante abriu a porta antes que pudesse mudar de ideia. Ficou sem ar ao ver a mulher de meia-idade, com cabelos pretos e brilhosos e belas feições, cobrindo um manequim com tecido.

— Posso ajudar? — Ao levantar a cabeça, ela empalideceu. — *Ludo*... Gabriel?

Ela lançou um olhar nervoso para a porta. Ser casada com um ghiotte podia até ser considerado menos pecaminoso do que ser um, mas ela claramente não tinha se esquecido de como tinha chegado perto da fogueira.

— Tita — disse ele friamente. — Não vamos incomodar. Só preciso saber se Matteo ou meus pais chegaram a falar alguma coisa sobre o lugar para onde os banidos poderiam ter ido.

O olhar dela passou do choque à cautela.

— Saverio agora celebra você. Certamente não está fugindo, está?

— Não — disse ele. — Mas precisamos encontrá-los.

Ela pegou uma tesoura com as mãos trêmulas.

— Às vezes, quando vocês, crianças, estavam bagunceiras demais, eles brincavam sobre fugir para um lugar sem estradas, mas era só brincadeira.

Dante franziu a testa.

— Eu sempre imaginei que estivessem falando do Continente.

Ela assentiu rapidamente.

— Sim. Matteo dizia que ia lá fora construir um barco.

— Mas ele nunca...

Ela o interrompeu.

— Sinto muito, isso é o máximo que sei.

— *Grazie*. — Dante se virou para ir embora.

Alessa não se mexeu.

— Se pensar em mais alguma coisa, pode enviar uma carta à Cittadella. Essa é sua oportunidade de *ajudar*.

Seu tom acusatório provocou um rubor de culpa na mulher, que parecia incapaz de encará-lo.

— Espero que os encontrem. E sinto muito, *mesmo*. Por tudo.

— *Andiamo* — disse Dante em voz baixa, segurando a porta para Alessa passar. — Vamos.

Ele já tinha feito sua pergunta. Ponto final. Aquela parte de sua vida estava morta e enterrada, e ele nunca mais voltaria a visitar o túmulo.

***

Adrick e Kaleb esperavam do lado de fora com olhares curiosos, mas Alessa só fez que não com a cabeça, silenciando as inevitáveis perguntas. Ela não conseguia entender como pessoas tão importantes na infância de Dante moravam perto o suficiente da fazenda dos seus avós a ponto de que ela pudesse tê-las visto no mercado, ou construído castelos de areia ao lado da filha deles, a companheira de brincadeiras de Dante.

Dante ainda não tinha dito uma palavra quando eles se acomodaram em uma colina gramada com vista para um lago para almoçar baguetes, azeitonas e queijos, então Alessa atualizou Adrick e Kaleb a respeito do pouco que tinham descoberto.

— Barcos? Não é nada de muito relevante nesse contexto — disse Kaleb, limpando migalhas da camisa. — É óbvio que é preciso pegar um barco para chegar ao Continente.

— Navio. — Dante pegou uma pedra lisa. — É um navio que se pega para chegar ao Continente, não um barco.

— Dá no mesmo — disse Kaleb.

— Não dá, não. — Dante caminhou em direção à beira da água, jogou a pedra para cima e a pegou. — Matteo era marinheiro e sempre corrigia as pessoas dizendo que eram *navios*, não *barcos*. Eu nunca tinha pensado nisso até agora.

— Então a gente precisa encontrar um lugar com barcos, não navios — disse Alessa. — Uma cidade perto de um rio, ou de um lago, talvez.

— Ah, sim, isso dá uma peneirada nas opções — resmungou Kaleb.

— É um começo. — Dante fez uma pedra quicar na água.

Kaleb e Alessa relaxavam sob a fraca luz do sol enquanto Adrick e Dante buscavam as pedras perfeitas para fazer quicar e seguiam para o outro lado do lago. Dante preparou o braço para lançar uma pedra e aí ficou parado, de punho cerrado segurando mais uma, encarando as ondulações que se formavam.

— Você acha que ele está bem? — questionou Alessa, apoiada nos cotovelos para observar.

— Não. — Kaleb lançou uma pedra também, que caiu no lago com um baque. — Que foi? Você quis saber.

— Você deveria falar alguma coisa para nos *tranquilizar*.

Kaleb deitou-se de costas, deixando o sol brilhar nas mechas avermelhadas de seus cabelos.

— Nada como desenterrar um trauma familiar para dar início a uma missão.

— Falando nisso... seus pais...

— Não. — Kaleb jogou o braço por cima do rosto e fingiu adormecer.

Alessa sentou-se ao captar o final da conversa de Adrick e Dante.

— ... andei perguntando por aí, e Nina tem razão, então isso pode ser um problema — disse Adrick.

— O *que* pode ser um problema? — perguntou ela.

— Todos os navios de passageiros estão lotados — respondeu Adrick. — Não temos como ir ao Continente.

— Podemos usar o navio oficial — disse Alessa.

Kaleb deu um bocejo falso para combinar com seu cochilo falso.

— Esses navios só podem ser usados para diplomacia e operações militares oficiais.

— Vamos lançar uma missão diplomática para encontrar os ghiotte e unir nossos exércitos — disse Alessa. — O que pode ser mais oficial do que isso? — Ela preferiria se esconder numa caverna e fingir que nada daquilo estava acontecendo, mas o destino não oferecia escapatória. — Vou pedir a Renata para enviar a solicitação assim que voltarmos.

Adrick ficou impressionado.

— Você pode fazer isso?

— Eu sou a Finestra. Eles não podem dizer não para mim.

— De jeito nenhum. — Renata pareceu até se esquecer de que estava segurando uma faca sobre o prato.

Já Dante vinha fazendo o possível para se misturar às sombras perto da porta. Talvez não devesse ter deixado Alessa ir direto para a sala de jantar.

— Mas temos que encontrá-los — repetiu Alessa.

Renata baixou a faca.

— O Consiglio não vai permitir que o pânico se espalhe por toda Saverio só porque uns adolescentes traumatizados decidiram que um ataque sem precedentes vai acontecer a qualquer momento. Tomo, diga a ela.

— É totalmente normal se sentir desorientado depois do Divorando — disse Tomo, gentil e apaziguador. — Você passou cinco anos se preparando para a batalha e, agora que acabou, é possível sentir uma falta de propósito. Você simplesmente precisa de um novo foco. Um passatempo, talvez. Você poderia começar um projeto filantrópico.

Um músculo tremeliсou na mandíbula de Alessa.

— Vocês estão nos proibindo de deixar Saverio?

Renata fez um muxoxo ofendido.

— Claro que não. Se quiser visitar o Continente por conta própria, vá em frente.

Alessa se levantou da mesa.

— Ótimo. Vamos tomar nossas *próprias* providências.

— Viajar faz bem para a alma. — Tomo sorriu. — Divirta-se, querida.

— Boa viagem — disse Renata. — Mande nossos cumprimentos aos ghiotte, se os encontrar.

Dante segurou a porta para Alessa passar, furiosa.

— Não temos nada — desabafou Alessa, agitando as mãos em movimentos irritados enquanto subia as escadas. — Nem navios, nem soldados, nem suprimentos, nem mapas, nem cronograma, nem ideia do que está por vir.

— Vamos dar um jeito. — Dante estava quase aliviado. Aquela missão era dele, não de Saverio. Eles não precisavam de um navio de primeira classe carregado de suprimentos e nem de cavalos ou de soldados para apoiá-los. Burocracias e regras só serviriam para atrasá-los.

Eles dariam conta de tudo sozinhos.

Quando chegaram ao andar superior, Ciro saiu da suíte da Fonte.

— Aí estão vocês. Esperava encontrá-los antes de irmos embora.

Alessa correu até ele.

— Como está Diwata?

Ciro esfregou o rosto.

— Traumatizada, mas vai se recuperar. Os médicos insistiram que ela repousasse, mas ela não teve outros episódios, então planejamos partir hoje à tarde. — Ele olhou para Dante. — Eu lhe devo um pedido de desculpas. Não deveria ter menosprezado sua missão de encontrar os, hum, outros. Se houver algo que eu possa fazer para ajudar, por favor...

— Seu navio tem cabines de passageiros extras? — interrompeu Dante.

— Tem, sim. — Ciro gaguejou. — Por que pergunta?

— Será que você poderia fazer um desvio? — Dante ignorou a tentativa de Alessa de fazer contato visual. Ele não ia deixar escapar o primeiro golpe de sorte que estavam tendo.

Eles precisavam de um navio e Ciro tinha um.

Dez

Alessa sentia o estômago revirar ao som de cada passo de botas na prancha de embarque, numa litania silenciosa de *De novo. Não. De novo. Não.*

A embarcação de Ciro e Diwata era maior e mais elegante do que qualquer uma de Saverio, mas ainda assim era uma armadilha flutuante.

Ela observava o horizonte embaçado com cautela. Se a tripulação achava seguro zarpar, então devia ser seguro. Por outro lado, centenas de navios já tinham naufragado ao longo da história depois que outras tripulações tomaram decisões semelhantes. Graças aos registros de mortes e ferimentos marítimos da Cittadella, Alessa conhecia uma dezena de maneiras de perder um membro ou morrer no mar.

— Nunca estive num navio — comentou Dante, esticando o pescoço para olhar as velas.

Como se tudo aquilo fosse um prazer.

Que ousadia a dele, ser tão ridiculamente *atraente* enquanto eles navegavam rumo à ruína. Como ela ia planejar sua estratégia de sobrevivência se precisava se segurar na amurada para resistir à tentação de afastar um cacho da testa dele?

— Eu juro — murmurou Alessa —, se os deuses me fizerem passar por tudo isso e depois derem à próxima Finestra uma situação normal, vou levar *muito* para o pessoal.

— Talvez não aconteça mais — disse Dante, observando um marinheiro subir pelas cordas. — Talvez você seja a última Finestra.

— Não. Eu me recuso. O poder de uma Finestra só desaparece quando passa para a próxima, como em uma corrida de revezamento. Se eu ficar largada segurando o bastão... — Alessa olhou feio para o céu. — Quando tudo isso acabar, acho bom vocês devolverem os poderes dele ou tirarem os meus, estão me ouvindo?

— Ameaçando os deuses? — disse Dante. — Acho que tenho sido uma péssima influência para você.

— Ah, sem a menor dúvida. — Mentalmente, ela lançou um pedido de desculpas parcial para Dea.

Provavelmente era melhor não soar como ingrata quando os deuses poderiam enviar qualquer tipo de horrores — tempestades repentinas, peixes gigantes com dentes cortantes feito espadas, lulas com tentáculos tão compridos quanto as ruas de uma cidade...

Alessa deu um pulo quando algo roçou sua perna.

Não eram tentáculos. Apenas um gato.

— Oi, coisinha linda — Ela se agachou, estalando a língua para tentar atrair o felino da melhor forma possível, mas a bela criatura cinza se afastou, balançando o enorme rabo.

Dante correu para ajudar um marinheiro com uma bagagem pesada e o gato foi atrás dele, é claro. Por que escolher uma pessoa que claramente deseja sua afeição quando pode perseguir alguém que não está interessado? Ela franziu a testa. Talvez estivesse insultando a si mesma tanto quanto à população felina.

Adrick subiu a bordo, carregando uma bolsa no ombro, e caminhou até o membro da tripulação responsável pela transferência de bagagens para o navio.

— Você parece um cara corajoso. Já explorou o que existe além dos assentamentos?

— O que ele está tramando? — perguntou Kaleb.

Ela o silenciou.

— Finja que estamos conversando.

— Nós *estamos* conversando. — Kaleb fez um barulho exasperado enquanto Adrick rasgava elogios.

Alessa lhe deu uma cotovelada.

— Ter um pouquinho de carisma é uma mão na roda.

— O carisma é apenas uma mentira num pacote mais bonito.

A piada pronta implorava para ser feita. *Implorava*. Alessa mordeu o lábio inferior.

— Que foi? — falou Kaleb lentamente. — Assim seu lábio vai sangrar. Fala logo.

— Eu não sabia que você achava o pacote do Adrick tão bonito. — Ela se engasgou com a própria risada.

Kaleb massageou as têmporas.

— Eu *não acredito* que Dea viu alguma divindade em você.

Dante voltou a se juntar a eles, examinando um arranhão na mão.

— Como foi que você conseguiu se machucar tão rápido? — perguntou Alessa. — Você é um *passageiro*.

— Não é nada. — Ele pegou o estojo de mapas das mãos suadas de Alessa enquanto Ciro saía do leme de braços abertos, em sinal de boas-vindas.

— E lá vamos nós, rumo à aventura — proclamou Ciro. — Lamento profundamente não podermos oferecer uma hospitalidade mais luxuosa, mas temos apenas três cabines de passageiros, uma com uma cama e uma rede, duas com beliches. Então, infelizmente, vocês vão ter que dividir.

— Por mim, tudo bem. — Kamaria passou um braço em volta dos ombros de Saida. — Hora da festa do pijama.

Atrás de Ciro, Diwata acenou. Seu sorriso fraco fez Alessa se arrepiar. Não era culpa dela, mas era difícil esquecer a forma como ela os atacara. Seria bom se as cabines tivessem fechaduras resistentes.

Kaleb olhou ao redor e ficou boquiaberto quando Dante pegou a mala de Alessa.

— Eu vou ter que dividir quarto com o Adrick *de novo*? Ele é *seu* irmão. Fica você com ele.

Alessa franziu o nariz.

— Hum... Dividir cama com Dante ou com meu irmão? Vou ficar com Dante, obrigada.

— Vamos lá, coleguinha de quarto. — Adrick ergueu sua bolsa, exibindo um sorrisinho. — Em cima ou embaixo?

Kaleb ficou vermelho feito um pimentão.

Na cabine deles, Dante bateu o nó do dedo na parede de madeira, tentando adivinhar de qual tipo era.

Alessa parecia colada na porta.

— *Odeio* navegar. *Odeio*.

Dante olhou para a rede pendurada no canto.

— Posso distrair você.

Ela prendeu a respiração e entrou na cabine.

— Por favor, me distraia, sim. Me contando mais sobre a sua vida antes de a gente se conhecer, enquanto desfaço as malas.

Bom, valeu a tentativa. Ele se jogou na rede.

— O que quer saber?

— Tudo. — Ela abriu a mala e começou a tirar suas coisas. — Por exemplo, como você aprendeu a beijar tão bem? Não é o tipo de coisa que se aprende nos livros. Vai por mim, eu tentei.

— Não tem segredo. Conheci algumas garotas de cidade em cidade, me diverti em alguns celeiros. O de sempre.

— Deixando um rastro de corações partidos por Saverio?

— Duvido. Nunca fiquei tempo o suficiente para alguém se apegar.

— Você ficaria surpreso com a rapidez com que as garotas desenvolvem uma paixão devastadora quando alguém tem — disse ela, apontando para ele e franzindo a testa — a aparência que você insiste em ter.

Ele abriu um sorriso. Aquela reação provavelmente fora a primeira coisa encantadora que Dante notara nela. Justificadamente hostil com ele no começo, ela ainda gaguejava quando ele se aproximava, e sempre parecia *indignada* com aquilo. Por um tempo, Dante se convencera de que só estava se aproximando para perturbá-la. Aquilo não durou.

Alessa sacudiu um vestido.

— Então quer dizer que você passou anos aprendendo a lutar e a beijar. Uma ampla gama de habilidades.

Dante esticou o braço para pegar a corrente da rede, fingindo não notar que Alessa o observava. Ela realmente achava que estava sendo sutil.

— Não é tão diferente, na verdade.

— Sou toda ouvidos.

Ele abriu um sorriso lento.

— Prestar atenção, notar reações, aprender a prever os movimentos do outro. Muito simples, se você for observador.

Alessa arregalou os olhos.

— Eu devo ser terrível.

— O entusiasmo conta muito.

— Ah, *não* — disse Alessa, levando a mão à boca. — E se eu estiver roubando suas habilidades de beijo quando a gente se beija, e na verdade eu sou terrível nisso, e só vamos descobrir quando meu poder desaparecer?

Ela pareceu tão alarmada que ele viu-se sem poder rir, mas sentiu dor nas costelas de tanto que precisou segurar.

— Não tem graça! — Ela deu um tapa na direção dele. — E se eu tiver o pior beijo do mundo e você tiver que se contentar comigo?

— A gente treina dia e noite até você acertar. Um sacrifício que estou mais do que disposto a fazer.

Ela franziu a testa.

— Promete?

— Se eu prometo que não vou largar você se as *suas* habilidades de beijo acabarem sendo as *minhas*? Sim. Prometo.

Ela franziu os lábios.

— Qual foi o pior beijo que você já experimentou?

Ele coçou o queixo.

— É falta de educação falar dos outros.

— Pelo menos tem como me dizer qual é a minha posição no ranking?

— Humm. — Ele fingiu refletir. — Top cinco?

Ela ficou boquiaberta e indignada.

— Você é péssimo!

— Tenha pena das garotas que vieram antes de você, *luce mia* — disse ele com uma risada. — Elas nunca tiveram a menor chance.

— Espero que tenham sido tão sem graça que você um dia esqueça que elas existiram.

— Ah, que *bacana*.

— Eu deveria querer a concorrência dos seus antigos romances?

Dante balançou a cabeça.

— Você faz parecer muito mais emocionante do que eu me lembro.

— Que bom. Pare de lembrar. Na verdade, não pare, não. Tenho mais perguntas.

— Que Dea me ajude.

— Ela já ajudou. Com quem foi o seu *primeiro* beijo? Eu poderia muito bem viver indiretamente através das suas memórias.

— Não sei nem se vale a pena reviver minha *própria* memória, que dirá indiretamente. — Ele cruzou os braços. — Você primeiro.

Ela deu de ombros discretamente.

— Quando eu tinha treze anos, convenci minha vizinha, Maria Bocelli, que a gente deveria praticar para saber o que fazer quando finalmente tivéssemos uma oportunidade. Mas, pensando bem, ela era a garota mais bonita que eu já tinha visto, e eu passava mais tempo ansiosa pela prática do que qualquer coisa que pudesse acontecer depois, então acho que talvez eu tenha sido mais esperta do que me dei conta na época. Foi péssimo. Fui rápida demais, nossos dentes ficaram se chocando, ela lacrimejou e eu saí correndo e chorando.

Dante se encolheu.

— Eita. Vocês tentaram de novo?

— Eu *ia* tentar, mas não queria fazer besteira outra vez, e o vizinho tinha uma queda por mim…

— Por favor, não me diga que você seduziu um pobre garoto para virar sua cobaia. — Era fácil demais imaginar a pré-adolescente Alessa planejando beijar metade do bairro para fins de pesquisa.

— Claro que não. Eu perguntei, *gentilmente*, se ele queria praticar beijo e ele até concordou, mas Adrick ouviu a conversa e zombou tanto dele que o garoto nunca deu as caras. Enfim, fiquei com vergonha demais para pedir desculpas pessoalmente, mas escrevi uma carta para Maria.

— Uma carta de "desculpe pelo primeiro beijo horrível"?

— Basicamente.

— E aí? Ela confessou amor eterno?

— Nunca vou saber. Ganhei meus poderes antes de receber qualquer resposta. Sua vez.

Dante respirou fundo.

— Eu fui... precoce.

— Claro que foi. Quantos anos?

— Oito? Nove, talvez? Estávamos visitando meus tios, e os adultos sempre ficavam acordados até tarde contando as mesmas histórias chatas, então eu e a Talia fomos para a floresta...

— Seu primeiro beijo foi com sua *prima*? — Alessa fez uma careta.

— Ela não era minha prima *de verdade*. Não éramos parentes de sangue, só do tipo de amigos próximos da família que a gente não chama de Signor ou de Signora. Enfim, Talia me desafiou a chegar primeiro no topo de uma árvore. Ela jogou sujo, quase me derrubou, mas chegamos lá em cima ao mesmo tempo e... eu a beijei.

— Numa árvore. Parece até música de cantiga de roda.

— Eu fiquei todo orgulhoso, mas ela pareceu pouco impressionada.

— Quem perdeu foi ela, melhor pra mim. — A voz de Alessa ficou séria. — Depois eles foram mortos, e você passou anos vagando por Saverio, sozinho.

— Beijando e lutando e fazendo bicos. — Ele forçou um meio sorriso. — Não gaste suas lágrimas comigo.

Alessa fungou e voltou a se concentrar na bagagem. Enquanto revirava o conteúdo, seus movimentos foram ficando frenéticos.

— O que está procurando? — perguntou ele, bocejando. Ela fazia listas detalhadas antes de qualquer expedição, mas sempre esquecia alguma coisa, então ele tinha o hábito de conferir ambas as bagagens para garantir que o essencial estivesse ali.

Ela afastou o cabelo do rosto e revirou suas coisas ainda mais rápido.

— Eu sei que eu trouxe.

— Ei — disse ele, saindo da rede. — Seja lá o que for, está tudo bem.

Ela sacudia as mãos nas laterais do corpo enquanto ele atravessava a cabine.

— Os mapas — disse ela, com a voz embargada. — Eu estava com eles quando embarcamos. Não sei como...

— Eu os peguei — disse Dante em voz baixa. — Lembra-se?

Ela se virou.

— Pegou? Pegou! No convés. Você os pegou. Ah, graças aos deuses. — Ela soltou um suspiro trêmulo de alívio. — Achei que tivesse estragado tudo.

— Mesmo que você *tivesse* perdido os mapas, não teria estragado tudo — Dante a tranquilizou. — A gente consegue lidar com coisas bem piores do que um esquecimento, garanto.

Com lábios trêmulos, ela abriu um sorriso.

— Obrigada.

Antes de conhecê-la, ele nunca tivera que se preocupar em decepcionar ninguém e, se a ansiedade de Alessa com a possibilidade de decepcioná-lo servisse de indício, aquilo era uma bênção. Ela sempre ficava agitada, como se ele fosse deixar de se importar com ela por algum erro bobo.

Ao ouvir um trovão distante, Alessa fechou os olhos.

— Você acha que é um sinal de que Dea não quer que a gente faça isso?

— Ou de que estamos no caminho certo e Crollo está tentando nos atrasar.

As nuvens rugiram em resposta.

***

Diwata não disse uma palavra durante a refeição noturna no salão nobre, mas Ciro comandava a mesa como se desde o início tivesse sido ideia dele convidá-los para uma aventura. Saida, Adrick e Kamaria não deixavam a conversa morrer, enquanto Kaleb cutucava tristemente o peixe e Alessa planejava sua fuga. Com o estômago mais agitado do que o mar em tempestade, se ela não fosse logo ao convés, estaria em apuros.

— Sem duplas de casais — disse Saida, lançando um olhar repreensivo para Dante, que parecia desatento. — Casais são bons demais em jogos de adivinhação.

— *Scusi?* — perguntou Dante.

— Mímica — respondeu Kamaria. — Saida quer que a gente a entretenha fazendo papel de palhaço.

Ciro bateu palmas, animado.

— Adoro jogos. — Ele era, como dizia a *nonna* de Alessa, meio esquisitinho.

— Podemos fazer duplas de menino e menina — sugeriu Saida. — Kamaria e Ciro, Adrick e Alessa...

— Nem pensar — disse Kaleb. — Provavelmente eles têm algum código secreto de gêmeos. Eu fico com Alessa.

Kamaria acenou com a colher para ele.

— Ela disse que não era para ter casais.

Kaleb engasgou.

— Não é esse tipo de casamento!

— Bom, eu escolho Dante — declarou Saida. — Kaleb é um péssimo perdedor.

Kaleb jogou as mãos para cima.

— Você acha que o Dante vai perder com elegância? Ele não perde em nada!

Saida abriu um sorriso presunçoso.

— Então não vou ter que me preocupar com isso.

Dante dobrou o guardanapo.

— Estou fora. Vou dar uma olhada no convés.

— Me espera — disse Alessa, apoiando-se na mesa. Lá de cima, pelo menos, ela poderia ver o céu quando afundassem no oceano.

A situação lá em cima não era nada tranquilizadora. O vento estava mais forte e as nuvens eram ameaçadoras. Eles nem tinham contornado a costa sul de Saverio ainda e já se notava a agitação das ondas e o estalar das velas com o vento mais intenso.

O vestido de Alessa chicoteava seus tornozelos enquanto ela corria para a amurada.

— Vou ficar por aqui, me segurando como se a minha vida dependesse disso. Tome cuidado. Navios são perigosos.

Pouco depois de Dante ter saído para explorar, Kaleb perseguiu Adrick até o convés, gritando:

— Era *bolo*, de "bolorento"! Qual é a dificuldade de entender?

— Parecia uma quiche — disse Adrick.

— Redondo e comestível! Bolo é o chute mais *óbvio*. Não acredito que me juntaram com você *de novo*.

Adrick olhou para trás, dando um sorrisinho malicioso, feito para irritar.

— Você está me seguindo só para dizer o quanto não quer ficar perto de mim?

— Alessa deveria ter comido você no útero e poupado todo mundo! — Kaleb deu meia-volta e saiu batendo os pés.

Adrick se aproximou de Alessa.

— Se tiver tempestade hoje à noite, me ajuda a amarrar o Kaleb no mastro? A gente pode dizer que é para a segurança dele, mas, com sorte, um raio bate ali. — Adrick ergueu os braços e fez uma careta, numa imitação ridícula de eletrocussão.

— Seja legal — repreendeu Alessa. — Além do mais, Kaleb controla eletricidade. Não aconteceria nada com ele.

Ela tirou uma fita extra do bolso e fez sinal para Adrick se virar e se abaixar, para que pudesse prender os cachos do irmão num coque baixo.

— Você está parecendo uma ovelha fugitiva que perdeu a tosquia.

— Você tem o toque mortal; eu tenho o cabelo. — Adrick se endireitou e deu uma piscadela. — Aquele gato deveria estar aqui?

Uma rajada de vento gelado fez as velas se agitarem e então Alessa se virou e flagrou o gato fazendo acrobacias do outro lado do convés. Dante seguiu o olhar alarmado dela em direção à rede acima do animalzinho e então foi resolutamente naquela direção. Ela gritou para impedi-lo, só que o vento abafou seu protesto. Enquanto o navio balançava de um lado para o outro como se tivesse bebido o conteúdo de todos os barris a bordo, Alessa levou uma eternidade para atravessar o convés.

Dante desceu, com o gato debaixo do braço e uma expressão satisfeita que esmoreceu assim que ele viu a cara dela.

— O que você tem na cabeça? — Alessa estendeu a mão para pegar o animal. — É um *gato*. Gatos caem de pé. Você não é um gato. Uma queda dali poderia ter resultado na sua morte ou em um afogamento no mar!

O gato se debateu com as garras à mostra e Dante recuou e então botou o bichano no chão.

— Você parecia preocupada, então fui lá salvá-lo.

— Será que você poderia *tentar* evitar atividades que colocam sua vida em risco, por favor? — Alessa acalmou a voz, com esforço.

Dante *quase* revirou os olhos e então se afastou.

A cabine de Kamaria e Saida se abriu após Alessa bater na porta.

Kamaria desviou os olhos de um bloco de desenho e levantou a cabeça.

— Problemas no paraíso?

Alessa desabou na cama de baixo do beliche.

— Eu não entendo por que o Dante está agindo dessa maneira. Desde que eu voltei de Altari, ele anda se jogando de telhados e se metendo em brigas de bar, e agora está escalando cordas enquanto navegamos rumo a uma tempestade. Ele não tem mais poderes de cura, e não era tão imprudente assim quanto *tinha*.

Saida lhe lançou um olhar solidário.

— Talvez ele sinta que precisa se provar... ou algo do tipo.

— Nem a morte é capaz de impedir um cara de ser um idiota de vez em quando — disse Kamaria. — Ele foi derrubado e, sendo Dante, não pode simplesmente se levantar; ele tem que subir mais alto do que antes. Literalmente.

Alessa pegou um travesseiro e o pressionou contra o rosto para dar um grito curto, mas satisfatório.

— Estou começando a achar que ele está tentando morrer de novo.

— Ele é a confusão em pessoa — disse Kamaria com um aceno de cabeça. — Mas ele vale a pena, né? — Alessa abriu a boca para defendê-lo, mas Kamaria a interrompeu. — Não estou dizendo que ele *não* vale a pena. Só estou dizendo que, em poucos meses, vocês se conheceram, se apaixonaram, ele quase matou você, vocês lutaram numa guerra onde você *de fato* o matou, então o trouxe de volta do mundo dos mortos e, agora, depois de uma longa recuperação, ele não é mais o mesmo. Vocês dois passaram por *muita coisa* e provavelmente estão com mais tesão do que nunca. Talvez seja legal se botarem uma leveza nesse relacionamento, que tal?

— Então eu deveria calar a boca e deixá-lo mergulhar de cabeça no perigo?

Kamaria fechou o bloco de desenho.

— Claro que não. Apenas escolha suas batalhas. E, se ele não se importa o suficiente com seus sentimentos para se manter em segurança, encontre alguém que se importe.

— Isso é uma proposta? — perguntou Alessa com uma risada fraca.

Kamaria abriu um sorrisinho malicioso.

— Meu bem, você não pode comigo.

— Se eu conseguisse dominar *esse* olhar, eu certamente teria mais sorte no amor — disse Saida. — Me ensina a ser sedutora assim, Kamaria.

Kamaria balançou o dedo, repreendendo-a.

— Não se atreva a mudar nada a seu respeito. Você é uma preciosidade. Basta entrar nos lugares de cabeça erguida, como se *soubesse* a joia rara que você é, e os garotos vão rastejar aos seus pés.

— Awww — respondeu Saida, fungando. — Você gosta mesmo de mim.

Kamaria deu tapinhas nos joelhos da outra e se levantou.

— Já deu de tanta sinceridade para mim. Vou ver se alguma marinheira precisa de ajuda para manusear as velas. Ou o que quer que elas façam o dia todo. Abrir a escotilha? Qual é o melhor eufemismo marítimo para um pouquinho de diversão oceânica?

— Agitar o mastro? — refletiu Alessa. — Não funciona tão bem para garotas. Ahhh, lubrificar o pé-de-pinto! Não, mesmo problema. Meia-nau é engraçado, mas não é o que você está procurando. Todos a bordo... Talvez algo relacionado a bico de proa? Ah! Você pode se oferecer para pegar na rabeta delas!

Kamaria estalou os dedos e apontou para Alessa.

— Sabia que podia contar com você.

Saida parecia meio atordoada.

— Não consigo decidir se esse seu talento é um dom ou uma maldição.

Alessa grunhiu.

— As duas coisas, obviamente. Assim como tudo na minha vida. Argh, eu *realmente* preciso que este navio pare de sacudir. Prometam que vão inventar uma boa história sobre meu fim heroico para que eu não acabe sendo conhecida como a Finestra que morreu de enjoo marítimo.

— Você está bem verde mesmo. — Saida estalou a língua, solidária. — Tem *certeza* de que o enjoo é por causa do mar?

— Absoluta. Já faz seis meses que... — As bochechas de Alessa pegaram fogo. — Tenho certeza. Problemas amorosos e enjoo ao mesmo tempo é muita crueldade.

Kamaria deu uma batidinha na cabeça de Alessa a caminho da porta.

— Se for vomitar, por favor, que não seja no nosso quarto.

Onze

DIAS ANTES DO ECLIPSE: 27

Na noite seguinte, a tempestade seguia com força total, e Dante tinha certeza de que a cabine estava encolhendo.

Debruçada sobre sua cartilha na escrivaninha, Alessa levantou a cabeça quando um estrondo sacudiu as paredes, seguido por gritos abafados na cabine de Adrick e Kaleb.

— Eles vão acabar se matando.

— Não vão nada. No máximo vão se machucar. — Aquele tipo de animosidade ia acabar virando *alguma coisa*, mas não seria ele que contaria isso a ela. Além do mais, ele não queria pensar em Kaleb e Adrick. Queria levantar o queixo de Alessa e beijá-la até perder os sentidos, mas, quando tocou sua nuca, ela se esquivou tão rápido que ele quase deu um puxão involuntário no cabelo dela.

— Alessa, o que a gente está fazendo? — disse ele com um grunhido. — Até quando você vai continuar me evitando?

Dante nunca tinha sido muito de palavras, mas pelo menos conseguia *demonstrar* o que sentia. Agora, ele sentia-se amordaçado à medida que a distância entre eles aumentava.

— Não vou culpar você se for difícil demais esperar. — Alessa entrelaçou as mãos no colo.

— Não estou procurando uma *escapatória*. Estou pedindo para você *tentar*.

— Você não faz a menor ideia do que é ver a pessoa que mais importa para você no mundo morrer por sua culpa — disse Alessa, fungando.

Ele bufou.

— Eu *esfaqueei* você.

— Foi diferente. Ainda estávamos nos conhecendo.

— Nós *ainda* estamos nos conhecendo. E conheço o meu próprio corpo. Se eu digo que aguento, é porque aguento.

Ela deu uma risada descrente.

— Você está se ouvindo? Parece até que está se preparando para uma luta com um animal raivoso, não para viver um romance.

— Tá bom. — Ele estalou o pescoço. — Vou ver se precisam de ajuda lá no convés.

— Você não entende nada de navegação. Só vai atrapalhar. — O suspiro exasperado de Alessa foi a gota d'água.

— Eu não vou *atrapalhar*.

Ele já tinha aprendido uma dezena de ofícios, muitos deles mais perigosos do que navegar. Claro, naquela época era mais difícil feri-lo — Dante esmagou esse pensamento violentamente —, mas, mesmo que não fosse um ghiotte mais, não era indefeso.

Alessa se levantou, segurando firme a cartilha.

— Fique aqui comigo, é mais seguro.

— Por quê? Você nem chega perto de mim. — Um relâmpago estourou quando ele abriu a porta.

Ela recuou.

— Não é justo.

Talvez, mas, quando Alessa agia como se tivesse medo de quebrá-lo, Dante sentia-se *destruído*. Ela não queria que ele a protegesse, não queria que ele a tocasse. O que diabos ele *deveria* fazer?

Dante tinha sido contratado para arriscar a própria vida a fim de protegê-la, e Alessa agia como se ele fosse feito de vidro. Como se ele devesse se esconder de qualquer coisa perigosa.

De jeito nenhum. Ele já tinha se escondido uma vez na vida, e *nunca mais* cometeria o mesmo erro.

Lá fora, o vento fazia a chuva cair de lado, tornando o convés escorregadio e muito traiçoeiro, e a tripulação não recusava ajuda extra, então Dante logo encontrou um afazer que exigia foco o suficiente para afastar as piores lembranças.

Meses. Ele tinha desperdiçado *meses* de vida na cama, preso em um corpo que não parecia ser seu. A lembrança se insinuava por sua pele. Ele estava *vivo*, caramba. Não ia parar de viver agora.

A chuva o atingia como um chicote frio enquanto as ondas batiam no navio. Aquilo era perigoso e estimulante — exatamente o que ele precisava. E não era lugar para Alessa.

— Ei! — gritou Dante, puxando um nó para ter certeza de que aguentaria. — O que está fazendo aqui? Não é seguro.

O fogo ardia nos olhos de Alessa.

Ah, droga.

— Quer dizer, não é *in*seguro. É só... — Das duas, uma: ou Alessa conseguia rugir mais alto do que ele imaginava, ou um trovão tinha abafado qualquer som emitido por ela. — Você não sabe nada de navegação, então deveria voltar para a cabine, só isso.

Alessa segurou as cordas mais próximas.

— Se é seguro o suficiente para você, é seguro o suficiente para mim.

Mais uma onda cobriu as laterais do navio enquanto ela trepava no degrau mais baixo.

— Já chega, tá? Você já provou que tem razão. — Dante segurou as cordas de cada lado dela, prendendo-a entre a rede e seu corpo. — Já entendi.

— Duvido.

Uma onda forte o desequilibrou e ele puxou a rede, juntando seus corpos.

— Por favor, desça antes que se machuque.

— Só se você vier comigo.

Ele suspirou.

— Sei me virar.

— Você realmente não enxerga sua hipocrisia?

Um estrondo. Eles só conseguiram escapar por causa dos reflexos rápidos de Dante. Em choque, Alessa ficou paralisada, então foi mais fácil protegê-la antes que um pedaço do mastro, atingido pelo raio, se estilhaçasse no convés.

— Você está bem? — gritou ele.

Ela fez que sim, pálida. Já Dante, por outro lado, não teve tanta sorte. Sibilando, ele arrancou do braço uma lasca do tamanho de sua adaga. Ele não seria de muita utilidade para a tripulação se ficasse sangrando por todo o convés. Com a mão no bíceps, ele guiou Alessa de volta às cabines. Ao passarem pelo quarto de Adrick e Kaleb, ela gritou para que o irmão pegasse sua bolsa de medicamentos.

— Não preciso... — Dante se calou diante do olhar fulminante de Alessa.

Adrick chegou rapidamente, segurando a bolsa.

— Cirurgião novato, ao seu dispor. Limpe-o enquanto eu preparo a agulha, pode ser, mana?

Dante interceptou o frasco que Adrick jogou antes que caísse no chão.

— Sente-se — ordenou Alessa, apontando para a cadeira.

Todo aquele auê por causa de um cortezinho de nada... Resmungando, Dante fez o que Alessa mandou enquanto ela umedecia um pano. Sabe-se lá o que havia embebido no pano, mas ardeu feito o fogo do inferno quando ela encostou no braço dele. Dante conhecia bem a sensação.

Adrick afastou a mão dela.

— Isso vai doer. Melhor virar a cara.

Dante não tinha medo de uma agulhinh...

— *Cacete?!* O que foi que eu fiz pra você?

— Ah, engole o choro. Vou ser rápido.

E foi mesmo, graças a Dea. Poucos minutos depois, Adrick deu um passo para trás para admirar sua obra.

— A pomada está ali na mesa. Cubra o braço com um curativo limpo e mantenha a área seca.

Alessa mandou Dante apoiar o antebraço no braço da cadeira enquanto ela cortava o excesso de curativo. O pacote que sobrou escapuliu das mãos dela e rolou pelo chão.

Dante se levantou para pegá-lo.

— Senta — ordenou ela.

Ele obedeceu.

— Pelo visto, você está brava.

Ela foi sapateando atrás do curativo.

— Furiosa.

— Você não espera que eu me enrole num cobertor e fique em uma cadeira de balanço pelo resto da vida, né?

Cada ângulo do corpo de Alessa parecia irritadiço.

— Eu espero que você *tente* ficar vivo.

Se ela não tivesse ido ao convés, ele sequer teria ficado debaixo do mastro, mas aquela parecia uma discussão perdida.

— Sinto muito ter assustado você.

— Sente mesmo? — Os olhos dela brilhavam com lágrimas. — Porque você não para de fazer isso.

Ele se levantou um pouco, encolhendo-se de dor.

— *Senta aí* — explodiu ela.

— Então venha cá — disse Dante, falando baixo e com jeitinho. — Não consigo ver você chorar e não fazer nada.

Ela contraiu os lábios até pararem de tremer, daí voltou a falar.

— Manter você a salvo é como ser babá de uma criancinha que quer se matar.

Ele a puxou para o colo.

— Então pare de *bancar a babá* comigo. Não sou criança. Você me pediu para não fazer nada imprudente, e não fiz mesmo. Aquilo foi um acidente improvável.

— Eu já vi você morrer uma vez. Não quero ver de novo.

— Isso foi um *pouquinho* dramático... — Ele se calou ao perceber que ela o olhava feio. — Tá bom, *cara mia*, vou ficar longe das cordas, se isso te deixa mais tranquila. — Dante aproveitou a oportunidade para beijá-la, rápido e suave.

— E de todas as outras coisas perigosas...

Ele a interrompeu com outro beijo, fazendo que sim com a boca colada na dela. Os lábios de Alessa amoleceram e se abriram. Ela também queria aquilo.

A base do seu pescoço começou a formigar, mas Dante ignorou, intensificando o beijo até ela soltar um suspiro ofegante. O formigamento virou uma crepitação, uma ardência. Ele contraiu a mão. Recusava-se a se render. Não agora. Não quando ele finalmente...

Alessa se afastou, horrorizada.

— Estou machucando você de novo, não estou?

— Não é nada.

Ela se levantou às pressas.

— É disso que estou falando! As brigas de bar, as cordas. Se você quer provar que conhece seus limites, pare de forçá-los! — O lábio dela tremia. — Eu não sei nem se você quer mesmo me beijar ou se é só mais um desafio para provar o quanto é durão.

Ele recuou, chocado.

— Você acha que estou usando você para estimular minha adrenalina?

— Eu *não sei* o que você está fazendo.

— *Merda*, Alessa, o que um cara tem que fazer para ter um pouco de sossego? — Ele passou a mão pelo cabelo. — Pelo amor de Dea, eu *morri*.

Ela ficou um bom tempo de olhos fechados.

— Eu sei.

Mas ela não sabia. *Não tinha como* ela saber.

— Eu. *Morri*.

— Eu sei! — As lágrimas nos olhos dela pareceram congelar. — Eu *sei* que você morreu, porque *eu* tive que conviver com isso!

Ela se virou, abraçando-se como se fosse desabar caso se soltasse, e o peso daquela resposta o atingiu como uma tijolada na cara.

Até aquele momento, Dante estivera ocupado demais sentindo-se mal por sua própria situação e com raiva do mundo, com raiva dela — aí estava, sim, com raiva *dela* — para enxergar as coisas. Não estava com raiva por Alessa ter lhe tirado a vida que ele havia oferecido voluntariamente, e sim porque ela a devolvera incompleta.

Dante estava *com raiva* por não ser quem ele tinha sido e por ela fazer com que ele *quisesse* estar perto de alguém, porém sem a capacidade de fazê-lo. Com raiva por Alessa ter amolecido a pedra que envolvia seu coração e por ele ser incapaz de parar de *sentir* o tempo todo. E com raiva por ela ter tido a audácia de amá-lo, pois ele poderia machucá-la. Dante não merecia aquele tipo de responsabilidade.

— Vou trocar de roupa agora e não quero que você veja. — Não havia um pingo de emoção na voz dela.

Ele nem sabia que uma pessoa podia guardar tantos sentimentos de uma vez, e com certeza não fazia ideia de como explicá-los, então encarou o chão, grato por ela não estar olhando.

Quando a cama rangeu, ela estava encolhida debaixo das cobertas, de frente para a parede.

— Beijar não deveria doer. — A voz de Alessa estava embargada. — Não era para ser um... um *desafio*. Nem um teste. Ou seja lá o que você esteja tentando provar.

Ele esfregou as têmporas.

— *Não é isso* que estou fazendo.

— Tem certeza? Porque parece que você está desafiando os deuses a terminarem o que começaram. E talvez eu não possa te impedir, mas não sou eu quem vai fazer isso por eles.

Doze

DIAS ANTES DO ECLIPSE: 26

Histórias de ninar e sussurros abafados descreviam o Continente como um deserto onde pobres almas lutavam para sobreviver entre cada Divorando, cultivando colheitas capazes de nutri-las e enfrentando os violentos criminosos que tinham sido banidos de Saverio. Mas embora as construções que subiam a colina precisassem de uma pintura, e as árvores esparsas estivessem capengas, o assentamento estava mais para uma versão desbotada de Saverio do que para um cenário infernal.

Dante espiava a costa em meio à maresia, ouvindo apenas trechos da conversa entre Kaleb e Kamaria. Alessa não tinha aberto os olhos aquela manhã, fingindo dormir até ele sair. Ela nunca tinha feito aquilo até então, e a luz do dia não deixava espaço para ele se esconder da própria culpa.

Dante não queria que ela se preocupasse e, definitivamente, não queria vê-la chorar. Não tinha jeito. Ele teria que engolir o orgulho e pedir desculpas. Prometer que seria mais *cuidadoso*, ou seja lá o que ela quisesse ouvir. Ele deu uma mordida violenta no biscoito duro.

Ainda assim... Ele não deveria *ter* que fazer isso.

Segurando o gato, Ciro e Diwata se aproximaram para se juntar ao grupo, enquanto Kaleb falava com a boca cheia de migalhas:

— Meu irmão comentou que existe uma dezena de cidadezinhas, se é que podemos chamá-las assim, no interior do assentamento principal, mas, depois delas, é uma terra de ninguém, e vários exploradores já desapareceram por lá.

— Quem é que não *ama* lugares onde as pessoas desaparecem misteriosamente? — De olhos arregalados, Saida estava levemente histérica. — Eu estou *animadíssima* para partir sozinha rumo ao desconhecido.

— Você não estará sozinha. — Diwata ergueu o gato e encarou seus olhos dourados por um instante constrangedor, que pareceu uma eternidade. — Pronto. Esta deusa peluda vai proteger você.

Ciro se recuperou da confusão antes de todo mundo.

— Diwata vai ficar com o navio durante os reparos. *Eu*, no entanto, vou me juntar a vocês.

— Não há necessidade — disse Dante. — Estamos com tudo sob controle. E... com uma gata, aparentemente.

— Eu insisto. Meu navio foi insuficiente para vocês, então ofereço a mim mesmo como compensação. Um guerreiro mágico a mais no seu grupo só pode ser uma bênção.

Os outros olharam para Dante, que deu de ombros. Se o sujeitinho pomposo queria segui-los pelo Continente, que assim fosse. Ou ele entraria no ritmo, ou ficaria para trás.

Kamaria assobiou.

— Nossa, *olá*, Finestra.

Dante ergueu os olhos e se esqueceu de respirar. Alessa tinha substituído as saias e vestidos de sempre por uma calça justa, botas até o joelho e uma blusa branca esvoaçante que grudava nela a cada rajada de vento enquanto ela atravessava o convés.

— Hoje é "Dia de Se Vestir Igual ao Dante"? Ninguém me avisou — disse Kamaria. — Ah, espera, nem precisava me avisar.

Kamaria já estava acostumada, só que Alessa nunca se vestia daquele jeito, e Dante foi totalmente pego de surpresa ao ver como as roupas masculinas acentuavam as curvas dela. O vento era seu novo melhor amigo ou seu inimigo jurado, a depender de quem mais estivesse vendo o que ele via.

Kamaria lhe deu uma cotovelada com uma risadinha cúmplice.

— Minha — disse ele baixinho.

Ela gargalhou.

Alessa tropeçou quando o navio bateu em uma onda, e ele avançou para segurá-la. Por um momento, Dante achou que ela não fosse aceitar sua mão, mas ela cedeu de bom grado. As luvas de seda estavam úmidas do jato de água e, os dedos, rígidos.

Quando eles chegaram à lateral do navio, Alessa o soltou para se firmar na amurada, e ele lhe deu um biscoito. Mesmo pálida de náusea, vê-la observando a costa era todo um espetáculo à parte: o perfil delineado contra o céu nublado, gotículas do mar umedecendo sua pele. Seu cabelo estava preso em um coque bagunçado, e cachos soltos dançavam ao redor do pescoço.

Madre. Ele estava fascinado.

Alessa não olhava para ele.

— O capitão disse que devemos chegar à costa em uma hora.

— Você ainda está brava — disse ele.

— Um pouco. — Ela deu de ombros. — E não vou te beijar de novo até saber que você está fazendo isso pelos motivos certos.

— Ah, é mesmo? — Talvez ele devesse ter se irritado, mas não conseguiu esconder o sorriso. Dante não era um cachorrinho que rolava para ganhar um petisco. — Você acha que pode me manipular?

— Não estou *manipulando* ninguém. Estou dizendo na sua cara que não vou fazer parte do seu processo de autodestruição. Se você me beijar, deve ser porque *quer*, não por estar testando os limites do seu corpo. Só vou me sentir segura para me aproximar de você de novo quando tiver confiança de que você vai ser sincero e admitir fraqueza e, no momento, não sinto isso. Quando você me prometer que vai proteger sua vida com tanto cuidado quanto protege a minha, *aí sim* vou voltar a praticar beijos com você. Eis minhas condições. É pegar ou largar.

Ele cruzou os braços.

— E se você me beijar primeiro?

Ela empinou o queixo.

— Não vou. Sou a mestra do autocontrole.

— Você acha que tem mais autodisciplina do que *eu*?

A julgar por sua expressão, Alessa definitivamente não achava, mas não ia admitir.

— Sobrevivi cinco anos sem nenhum contato físico. Já provei minha resistência.

Ele se inclinou para mais perto.

— E, ainda assim, depois de poucas semanas na minha presença, você não resistiu à minha personalidade encantadora.

— Ha! Você passou metade do tempo de cara amarrada.

— Foi você quem tomou a iniciativa.

— Revisionismo. Não foram as *minhas* mãos que saíram explorando.

— Nós já decidimos que aquilo não contou. Você *com certeza* me beijou primeiro.

Alessa bufou.

— Então é a sua vez. Se você prometer tomar cuidado, pode me beijar sempre que quiser. Todo mundo sai ganhando.

Ela queria desafiá-lo? Tudo bem, então. Que começasse o jogo.

Alessa enganchou os polegares nas passadeiras do cinto ao pisar no cais, ajustando a calça sem que ninguém visse. Estava um tantinho apertada. Não necessariamente de um jeito *ruim*, se as provocações de Kamaria servissem de indício, mas era um sinal de que Alessa não tinha planejado muito bem sua roupa de aventureira.

Dante já estava no cais, acrescentando suprimentos à lista e impaciente com todo o processo de desembarque, enquanto Ciro se despedia de Diwata.

— A gente vai mesmo trazer a gata? — perguntou Kaleb.

— Acho que ninguém tem o poder de decidir aonde os gatos vão ou não. — Alessa se abaixou para oferecer a mão e finalmente foi considerada digna de coçar a parte de trás da orelha felpuda. — Que mocinha fofa.

— Fofa? — disse Kaleb. — Essa aí é uma diabinha.

— Ela só é espevitada. Temos que dar um nome *impetuoso* para ela. Tipo Fiore.

Dante a olhou de relance.

— Significa "flor".

Alessa fechou a cara.

— Continuo gostando mesmo assim.

Dante gritou para que todos o seguissem e ela teve que correr para alcançá-los, o que a alertou para mais um empecilho na escolha de roupas. Dedicar tanto espaço na mala para calças e blusas em vez de vestidos era prático o suficiente, mas talvez as roupas íntimas representassem um problema, ainda mais se tivessem que viajar a cavalo. Fitas e rendas ficavam bem por baixo de vestidos estruturados, mas ela teria que usar seu traje de treino todos os dias por baixo da roupa — ou se segurar de forma constrangedora — para evitar sacolejos desconfortáveis.

— Vamos precisar de cordas, armas, cantis, cobertores... — Dante listava os itens nos dedos enquanto eles andavam pela cidade portuária a passos largos. — Adrick, você é o responsável pelos suprimentos médicos. Saida, comida que resista à viagem. Alessa...

— ... mal consegue andar em linha reta — completou ela com um sorriso mordaz. Não estava no clima para ser mártir. — Todos nós precisamos de uma refeição quentinha e de uma boa noite de sono em camas de verdade antes de nos embrenharmos pela selva. Os marinheiros disseram que há uma estalagem perto dos limites da cidade. Ciro e eu vamos lá reservar quartos e começar a perguntar se alguém sabe onde podemos encontrar o que estamos procurando.

— Vou com vocês — disse Kamaria. — Com meu jeitinho, sou ótima em arrancar informações de estranhos.

Dante franziu a testa.

— Tudo bem. A gente se encontra lá ao entardecer.

Alessa espiava pelas vitrines enquanto eles passavam pelas ruas de paralelepípedos cheias de pessoas vestidas com roupas simples, sapatos práticos e chapéus que protegiam os rostos queimados de sol. Certamente uma das lojas teria o que ela precisava. Com sua silhueta, era provável que Kamaria não precisasse de muito suporte, mas Saida devia ter sugestões. Pensar naquilo a deixou levemente empolgada. Até que enfim Alessa tinha amigas para quem perguntar aquele tipo de coisa.

A recepção da estalagem estava vazia, mas a comida tinha um cheiro divino, então Alessa e Ciro arranjaram uma mesa na área comum enquanto Kamaria foi investigar os estábulos. Diferentemente do Continente em si, os colonos correspondiam perfeitamente às expectativas de Alessa: robustos, bronzeados e em forma, todos pareciam ser boas apostas em uma briga.

Do outro lado do recinto, uma jovem de pele marrom impecável e cabelos pretos e brilhosos gargalhava enquanto um rapaz sardento de cabelos ruivos dava um tapa na mesa para enfatizar o assunto em pauta, atraindo olhares irritados dos clientes próximos. Alessa estava mais interessada no colete de couro da garota. Com amarração na frente, deixava à mostra a maior parte de seu abdômen tonificado e destacava os ombros fortes. Seria um salto em relação às expectativas da Cittadella, mas, se fosse usado *por cima* de uma blusa...

Um homem corpulento de avental veio até a mesa deles para detalhar as ofertas da estalagem. Ciro pediu uma ampla seleção e, depois, ficou um tempo olhando para o nada antes de piscar e parecer se localizar.

— Sem querer ofender, Ciro... — disse Alessa. — Mas às vezes parece até que você acabou de acordar, sem fazer ideia de como chegou aqui.

O joelho de Ciro deu um tranco, balançando a mesa.

— De vez em quando eu me sinto assim. Como se estivesse me observando bem de longe, meio adormecido. Nossos curandeiros dizem que é uma reação ao trauma, mas não sei. Perdemos muita gente, e lamento todas as mortes, mas não me *sinto* traumatizado. Imagino que cada um lide com isso de maneira diferente. Você já se sentiu assim?

Alessa olhou pra baixo.

— Não exatamente assim. Mas, de outras formas, o Divorando deixou marcas que só agora estou começando a entender.

Um garçom chegou com a comida e tirou talheres embrulhados em guardanapos do bolso do avental.

— Nunca vi vocês por aqui — comentou. — De qual assentamento são?

— Não somos de nenhum assentamento — disse Alessa.

O homem semicerrou os olhos.

— Vocês não parecem ser da fronteira.

— *Eu* sou da nação insular de Tanp, e o restante do nosso grupo vem de Saverio — disse Ciro friamente.

— Não fiquei sabendo de nenhuma grande desova. — O homem ficou mais sério. — Acho melhor que vocês saibam desde já: aqui no Continente, não fazemos muitas perguntas, mas mantenham-se na linha se quiserem continuar por aqui. Nós cuidamos dos nossos. Sem testes ou tatuagens. Quem passa dos limites se arrepende. A fronteira está aí para isso, caso queiram esse tipo de vida.

— Ah, não somos *exilados* — disse Alessa. A garota de colete olhou feio para ela, e Alessa baixou a voz. — Não estamos *julgando* quem é. Mas nós estamos aqui a... hum... negócios.

O garçom parecia desconfiado.

— Que tipo de negócio?

— Uma espécie de caça ao tesouro. Vocês já ouviram falar de uma cidade do *outro* lado do Continente, perto de um corpo d'água...

— Não. — O garçom pegou a bandeja e foi embora às pressas.

A garota de colete e o rapaz ruivo penduraram a mochila nos ombros para sair.

— Ouvi o que vocês estão procurando — comentou a garota com Alessa ao passar. — Por que vocês querem encontrar a cidade submersa? Dizem que só fantasmas vivem por lá.

O coração de Alessa disparou. *A cidade submersa.*

— Você sabe onde fica?

A garota riu.

— Mesmo que eu soubesse, não contaria. Os trouxas que procuram a cidade submersa nunca voltam.

Treze

Dante caminhou por toda a extensão do assentamento e voltou, mas não conseguiu contratar um guia. Quando os céus se abriram para encharcá-lo, ele entendeu o recado e seguiu em direção à estalagem. Queria uma bebida gelada, uma cama quente e... *aquilo* que não poderia ter. A menos que Alessa tivesse desistido de tentar fazê-lo andar na linha. Ela havia estabelecido um limite e decerto seria a primeira a ultrapassá-lo, ou ele não se chamava Gabriel Dante Lucente.

Pedir desculpas era uma coisa — ele estava pronto para fazê-lo —, mas ceder e deixar que ela achasse que tinha mais autocontrole? Nem pensar. Seria *ela* que o beijaria, e *só depois* Dante diria o que fosse necessário para encerrar toda a discussão.

Adrick e Kaleb estavam jogando baralho na sala de jantar quando Dante entrou todo ensopado.

Kaleb fez uma careta.

— Não conseguiu encontrar um guia?

— Não. — Dante desabou numa cadeira. — Parece até que foram alertados. Assim que eu abria a boca para perguntar, todo mundo se fechava.

— Vai ver eles não gostam de forasteiros. Ou dinheiro não tem o mesmo peso aqui. — refletiu Adrick. — Talvez pudéssemos fazer um escambo ou então oferecer algum tipo de serviço?

Kaleb bufou.

— Fique à vontade para oferecer seus serviços, mas eu tenho meu orgulho.

— Você nem valeria o suficiente, de qualquer maneira. — Adrick passou uma chave para Dante por cima da mesa. — Quarto número três. Já faz um tempo que Alessa subiu.

Dante girou a chave nas mãos. Se ficasse enrolando um pouco, talvez ela caísse no sono e o recebesse com um beijo antes de se lembrar de que estava brava. *Voilà*, fim de jogo.

Ele pediu uma cerveja e a bebericou em silêncio enquanto Kaleb e Adrick não paravam de trocar farpas.

— Você vai ficar aí pingando em tudo a noite inteira? — perguntou Kaleb.

Adrick bebeu um gole de cerveja.

— Ele está com medo da minha irmã.

— Não estou, não.

— Claro que está. E não culpo você. Ela vira bicho quando está brava. Espero que esteja preparado para se humilhar.

Dante se remexeu na cadeira.

— Eu não me humilho.

— Todo mundo diz que nunca vai se humilhar e, quando menos espera, sai fazendo um grande discurso sobre o quanto ama a pessoa e vai fazer *tudo* o que ela quiser.

Dante olhou feio para ele.

Adrick deu de ombros.

— Você podia comprar um presente. Ela se distrai fácil com coisas brilhantes.

— Eu já comprei um presente para ela. Acha que vai funcionar?

Adrick pareceu impressionado. Chocado, até.

— Depende de quanto brilho tem.

Dante tirou o pacote do bolso traseiro e o pôs na mesa.

Kaleb o desembrulhou e começou a rir.

— Ei, o que vale é a intenção.

Alessa tentou fingir desinteresse quando Dante entrou no quarto, mas os músculos dele flexionaram de um jeito que chamou muita atenção quando ele tirou a camisa encharcada.

— Está tentando pegar pneumonia só para me irritar? — disse ela, olhando por cima da cartilha.

— Não está nem frio lá fora.

— Não era para você molhar o curativo. Senta aí para eu trocar. — Ela fez um novo curativo no bíceps de Dante, sentindo um arrepio a cada toque de pele na pele. — Pronto, está cicatrizando bem.

Os olhares se encontraram e ela não conseguiu se mexer. O quarto parecia quente e pesado, e Alessa estava morta de vontade de subir no colo dele, tomar seu rosto entre as mãos e beijá-lo até esquecer como se respirava, fazer dos seus braços uma fortaleza impenetrável. E ela queria sacudi-lo por preocupá-la e fazê-la ficar brava, porque aquilo estava lhes custando momentos preciosos de um tempo que se esgotava.

Dante ergueu a mão na direção dela e quebrou o encanto. Alessa recuou um passo e desviou o olhar enquanto protegia a ponta do rolo do curativo para que não desenrolasse. Se ela cedesse primeiro, ele continuaria sendo inconsequente, e os dois já nutriam temores suficientes sem Dante dando suas demonstrações de autoflagelação.

— Comprei uma coisa para você — disse ele com a voz rouca. — Não posso estar com você a cada segundo, e não quero que você fique desprotegida.

— Eu não estou *desprotegida*. Só porque não mato todo mundo que eu encosto não quer dizer que não posso.

— Claro, claro — respondeu ele, um tanto quanto apaziguador. — Mas você deveria estar armada o tempo todo.

— Devo amarrar uma espada às costas? Enfiar uma balestra no bolso? — Ela deu um tapinha na bolsa abarrotada de coisas. — Não tem muito espaço para armas.

Dante lhe deu um pacotinho e observou seu rosto enquanto ela desembrulhava: uma bainha de couro e uma adaga fina e prateada com filigranas cuidadosamente trabalhadas no cabo.

— Ah, que linda — sussurrou Alessa. Vindo de Dante, uma arma afiada significava mais do que qualquer joia ou carta de amor.

— É leve, menor do que a minha. Deve caber melhor na sua mão. Teste o cabo.

Ela girou a adaga do jeitinho que ele a havia ensinado, pegando-a com destreza.

— Ah, sim. Gostei muito.

— A alça deve caber na sua perna. Tive que fazer uma estimativa, mas acho que cheguei bem perto. — O sorriso de Dante era presunçoso, mas merecido. Ele certamente tivera oportunidades de medir as coxas de Alessa com as mãos.

Alessa levantou a camisola e estendeu a perna, mas precisava usar ambas as mãos para prender a alça, e a barra não parava de cair, bloqueando sua visão. Ao levantar a cabeça, notou o olhar atento de Dante. Muito atento.

— Pode me dar uma ajudinha? — pediu ela.

Dante se ajoelhou diante dela. O cabo de metal estava frio e, a mão dele, quente. Mordendo o lábio, ele prendeu a alça de couro sem pressa e verificou o ajuste.

— O que acha? — Ela apontou para o dedo do pé, escondendo um sorriso. — Está apertado o suficiente?

Sentado sobre os calcanhares, Dante soltou um longo suspiro.

— Você está bem?

Ele se limitou a encará-la.

— Preciso de um minuto.

Ah. Ela passou o dedo pela faixa de couro.

— A adição de facas parece ter me deixado muito mais atraente. Talvez eu devesse fazer um par, uma para cada perna.

Ele esfregou o queixo.

— Talvez eu não sobrevivesse. Do jeito que está já é difícil.

Ela fez menção de retrucar.

— Não. — Ele levantou o dedo para adverti-la. — Não estrague o momento.

— Eu? — Alessa tocou o próprio peito. — Eu só ia perguntar o grau de dificuldade.

— Já está estragando. — Dante lançou um olhar de súplica para o teto. — A coisa mais linda que eu já vi, e você está *estragando*.

— Só estou preocupada com seu bem-estar.

— Não. Não vou entrar nessa. — Dante se levantou, sem tirar os olhos da coxa de Alessa. — Me deixa ter esse momento.

— Você parece meio atordoado. Tontura? Todo o seu sangue indo para outro lugar?

Ele mordeu os lábios.

— E você parece *tão* inocente...

— Eu realmente estraguei sua fantasia? — perguntou Alessa, passando o dedo pela coxa nua enquanto caminhava até ele. O calor nos olhos de Dante dizia que ela não tinha estragado nada. — Ainda acho que seria melhor ter duas adagas.

— *Luce mia*, eu vou comprar quantas armas você conseguir amarrar no corpo. Dez. Vinte. Uma para cada coxa, tornozelo, quadril... — Dante passou a mão pelo corpo dela e parou em cada lugar onde um lutador astuto poderia esconder uma arma. — Uma aqui. — Um dedo deslizou pelo vale entre os seios dela. — Outra aqui, na base das suas costas.

Ela começou a ficar ofegante.

— Quanto tempo você passou pensando nisso?

Dante fechou os olhos por um longo instante.

— *Muito* tempo.

— Ficou com vontade de me beijar, não ficou?

Dante recuou.

— Fiquei com vontade de muitas coisas, mas *eu* tenho autocontrole.

Droga. Alessa estava certa de que o havia convencido.

Ela se virou com um resmungo.

— Pode ir tirando estas roupas molhadas antes de chegar perto da cama. Não vou dormir em um colchão úmido.

Sem pressa, ela começou a revirar a mala enquanto Dante tirava a camisa, depois a calça...

Por que ele não estava vestindo roupa nenhuma? Será que já tinha desistido? Alessa sacudiu uma camisola como se realmente se importasse *muito* com roupas amarrotadas.

Não pôde deixar de olhar; era mais forte do que ela. Com um semblante levemente inocente, Dante estava a um braço de distância, vestindo somente um sorriso.

— Meus olhos estão aqui em cima — disse ele.

Ela levantou a cabeça na mesma hora.

— Você está fazendo isso de propósito.

— Estou, sim. — Ele se inclinou para a frente. — Estou testando seu autocontrole. Quanto tempo você acha que aguenta?

Ela sentiu um calor subindo pelo pescoço.

— O tempo que for necessário.

Então Dante pegou a mão dela e roçou os lábios na parte interna do pulso.

— Isso não conta.

O corpo traidor de Alessa discordava.

— Trapaceiro.

O fogo entre os dois não parava de aumentar, mas Dante sequer piscou. E nem tomou a iniciativa de pegar as próprias roupas.

Ela também sabia jogar aquele jogo.

— Devo me juntar a você nesse novo estilo de vida? — Com um olhar presunçoso, Alessa puxou a camisola e a deixou cair no chão, mantendo a faca amarrada.

Dante engoliu em seco. Mantendo o contato visual, ela tirou as roupas íntimas.

— Tão libertador... Obrigada por escolher um coldre que não requer roupas.

O olhar de Dante, ardente e intenso, a percorria em um ritmo dolorosamente lento, e ela lutou contra o impulso de cruzar os braços e as pernas enquanto todos os nervos do seu corpo se acendiam. Havia um fogo dentro dela. Uma fornalha. O mundo inteiro estava em chamas. As coisas não estavam saindo do jeito que ela planejara, *de forma alguma*.

Dante se inclinou quase imperceptivelmente na direção dela, mas depois se conteve, passando a mão pelo cabelo com um "Merda" bem baixinho.

Alessa se virou para esconder o sorriso triunfante e lhe dar a melhor visão possível enquanto se abaixava — devagarinho — para pegar a camisola.

— Devemos considerar o primeiro round um empate?

— *Não*. — Dante vestiu as roupas bruscamente, resmungando na língua antiga. — Reivindique sua vitória. O primeiro round é seu.

Ela vestiu a camisola.

— Se lhe serve de consolo, eu teria atacado caso não estivesse tão irritada com você.

Dante suspirou.

— Não. Isso *não* me serve de consolo.

Alessa acordou algumas horas depois sentindo-se... estranha.

Ela sentiu um calafrio e franziu a testa. Não estava com frio. Estava bem quente, na verdade, mas a pele formigava, sensível como se estivesse prestes a ter febre, e a cabeça doía, como se houvesse uma dor de cabeça pairando por ali.

Dante grunhia em uma poltrona de frente para a lareira. O desconforto era *dele*, não dela. Era isso que ela havia sentido. Mais uma vez, havia alguém na sua mente.

— O que houve? — disse ela, afastando as cobertas.

— Não consigo parar de tremer. — Os olhos dele estavam distantes e, as bochechas, coradas.

— Precisa de cobertor?

— Estou com um. Mas não está funcionando. — O quarto estava abafado e quente, mas o corpo dele tremia.

— Me deixa ver seu braço. — Se a ferida tivesse infeccionado... Uma onda de medo a expulsou da cama. Dante começou a desenrolar o curativo antes que Alessa chegasse até ele, mas a pele ao redor dos pontos estava em um tom de rosa saudável, sem manchas ou descolorações.

Eles expiraram em uníssono, e a respiração de Dante acabou se transformando em tosse. Ele arregalou os olhos, assustado.

— Acho que meus pulmões estão ferrados.

A mão de Alessa pairou na testa dele.

— Você está quente.

— Chame Adrick. Ele vai saber qual veneno poderia causar...

— Você não foi *envenenado*. Está doente.

Ele ficou profundamente ofendido.

— Eu nunca adoeço.

— Como ghiotte, talvez não. Mas agora adoece. — Ela lhe deu um sorriso pesaroso.

Dante se afastou.

— *Ou* pode ser *veneno*.

Alessa inspirou pelo nariz, clamando silenciosamente para que Dea lhe desse paciência.

— O que você está sentindo?

— Meu peito está pesado, minha cabeça está confusa e minha pele dói.

— Parece um resfriado.

Ele franziu a testa.

— Eu já vi você resfriada e não tinha *nada* a ver com isso.

Alessa revirou os olhos, olhou feio para ele e depois revirou os olhos de novo para enfatizar.

— Ah, *não*, mas é *claro* que não. Sua doença deve ser muito pior porque você é um homem forte e eu sou uma florzinha delicada.

— Eu não estava... — Um ataque de tosse o interrompeu. — Não tenho tempo para ficar doente.

— Admiro sua determinação, mas o corpo humano não está nem aí para os nossos planos. Talvez da próxima vez você pense antes de ficar zanzando por aí no meio de uma tempestade. Provavelmente não é nada sério, mas você está com uma leve febre.

Dante cruzou os braços.

— Se eu estivesse com febre, estaria *quente*. Eu não estou quente, estou com *frio*.

Alessa suspirou de novo.

— Incorreto. Quando você *tem* febre, como é o caso agora, sua temperatura corporal aumenta, o que faz tudo parecer mais frio em comparação. Se já tivesse ficado doente, ia saber disso. Você vai se sentir melhor depois de repousar um pouco.

— Ou morrer durante o sono por causa do *veneno*.

Ela precisou reunir todo o autocontrole do mundo para não revirar os olhos de novo.

— O mestre de estábulo nos disse que a gente só pode pegar os cavalos depois que a tempestade passar, de qualquer modo, então fique confortável.

— Ainda acho que é veneno.

— E continua errado — disse ela, dando uma olhadinha para trás. — Vou pedir um chá e ver se eles têm uma garrafa de água quente.

— Como é que isso vai ajudar se eu já estou quente? — murmurou ele.

Dante ainda estava resmungando quando ela voltou para preparar um xarope quente com limão, especiarias e um toque de uísque.

Ele reclamou da pouca quantidade de uísque, fez cara feia quando Alessa o mandou beber mesmo assim e, se existia um jeito irritado de engolir as coisas, então Dante dominava a técnica. O cara suportava lesões corporais graves sem reclamar, mas *aquele* desconforto aparentemente o feria em algum nível moral profundo intolerável aos olhos dele.

— Por que estou com frio *e* suando? — resmungou.

— Eu já expliquei. Vou pegar uma camisa limpa para você. — Ela cruzou os braços enquanto ele puxava o cobertor. — É para *tirar* a roupa.

Ele lhe lançou um olhar espirituoso.

— Não gostei de você dizendo isso *nesse* tom.

— Tudo bem. Pode ficar aí suando em bicas, então.

Dante afastou o cobertor para tirar a camisa, e cada movimento — até os tremores — exalava mau humor.

Quando ele pegou um livro, ela o arrancou da mão dele.

— Nada de ler. Você precisa descansar.

Dante virou para o outro lado, puxando as cobertas bruscamente. *Homens...* Sinceramente.

Uma hora depois, Dante encarava o teto, mal demais para dormir. De alguma forma, os lençóis machucavam sua pele e ele conseguia sentir a chuva no telhado.

Alessa se aproximou e relaxou o semblante ao olhar para ele.

— Você parece um pouco melhor. Provavelmente vai voltar ao normal amanhã.

Ela ajeitou os lençóis ao redor do peito dele e desviou o olhar em vez de encará-lo.

— Da primeira vez que me viu sem camisa, você desaprendeu a falar — murmurou ele. — Agora nem consegue me olhar?

Por que ele tinha dito aquilo?

— Porque não gosto de ver você doente ou machucado. E, por mais que eu tenha te achado menos irresistível temporariamente, você é mais do que músculos para mim, sabia disso?

Ele deu uma risada suave e amargurada.

— Não posso te beijar. Não posso te proteger. Que utilidade eu tenho?

— Deixa de ser ridículo. Você não é mais meu guarda-costas e é mais do que apenas um corpo, de todo modo. Se bem que é um baita corpo, e eu agradeceria se você o mantivesse inteiro até eu poder aproveitar bem meu investimento. — Alessa sentou-se na beirada da cama e apoiou o dorso da mão na testa dele por um momento.

Era *realmente* bom ser cuidado, mas embora ele estivesse doido para se entregar à ternura de Alessa, algo o impedia.

Dante nunca tinha precisado daquele tipo de coisa, nem quando criança. Os ghiotte não ficavam doentes e, na juventude, seus machucados cicatrizavam tão rápido que a mãe dele não precisava cuidar. E depois que seus pais se foram não restou mais ninguém para se preocupar com Dante enquanto ele sangrava em pisos frios após brigas, mordendo a língua enquanto os ossos se recompunham, escondendo-se como um animal para que ninguém detectasse o momento de vulnerabilidade e partisse para o ataque.

Se o mundo o ensinara alguma coisa, era que expor a jugular era o mesmo que pedir para alguém mordê-la.

Alessa analisou o rosto dele.

— Desculpe por estar sendo tão chata, mas é que eu me preocupo com você.

— Não precisa. — Ele queria soar firme e tranquilizador, mas pareceu irritado.

Em vez de ficar magoada, Alessa fez um muxoxo de desdém.

— Ah, claro, como se eu conseguisse simplesmente parar de me preocupar. Dante, por favor. Eu te amo, e isso significa que, de vez em quando, vou me preocupar com você, é inevitável.

Ele fechou a cara.

— Odeio isso.

— Ficar doente não é divertido.

— Não é isso. É estar *assim*. Precisando... — Ele ficou em silêncio.

Alessa contraiu os lábios.

— De mim? Você odeia precisar de mim?

— Não. Quer dizer... — *Sim*. Mas não do jeito que ela pensava.

— Você já cuidou de mim. Por que isto é diferente?

Porque o fazia relembrar os dias sombrios após o Divorando. Porque fazia seu peito doer de um jeito que ele não conseguia explicar.

Ele encarou uma corda no teto.

— Esquece.

Alessa havia se apaixonado por um cara forte e completo, capaz de protegê-la sem hesitar. Não por *este cara*. Reclamão, destruído, patético. Sua garganta ardia.

— Você acha que eu sou fraco.

Ela afastou um cacho suado da testa dele.

— Cuidar de si mesmo não é *fraqueza*, e evitar o perigo não faz de você um covarde. Mesmo que fizesse, eu preferiria ter você vivo e cauteloso do que corajoso e morto.

Alessa voltou a alisar as cobertas sobre o peito de Dante e parou para apoiar a mão no coração dele.

— Entendo a perda que você teve. A perda de algo essencial para quem você achava que era. E isso está te consumindo. Mas você ainda está *aqui*, e não precisa ser invencível.

O coração dele batia rápido demais, vigoroso demais, como se cada batimento fosse um ato de rebeldia. Por um momento, Dante imaginou Alessa passando a mão entre suas costelas para embalá-lo, acalmando seu frenesi. Talvez o coração dele também não conseguisse se esquecer do momento em que havia parado de bater.

— Acho que talvez o amor seja isso — disse ela.

Ele franziu a testa, confuso com a mudança de assunto.

— O quê?

— Se permitir ser vulnerável. É preciso ter coragem para amar alguém e ser amado, sabendo que existe uma chance de perder a pessoa, ou de causar dor nela caso perca você. Mas, mesmo assim, vale a pena correr o risco.

A dor cresceu.

Seria ótimo se ele pudesse se cobrir do amor dela como se fosse um cobertor, para aquecer as partes mais frias da sua alma.

Seria ótimo se ele pudesse acreditar que o amor era o que bastava para protegê-los.

— Essa é a diferença entre nós — disse ele, quase num sussurro. — Você tem medo da *possibilidade* de perder alguém que ama, e eu não conheço outro fim para essa história.

Catorze

DIAS ANTES DO ECLIPSE: 25

Dante acordou com o sol radiante, em um quarto vazio.

A boca estava seca e o estômago, vazio, mas, fora isso, estava se sentindo bem. Até se lembrar da noite anterior.

Che figura di merda. As coisas que ele tinha dito em voz alta... Alguém deveria ter lhe avisado que a febre humilhava um homem mais rápido do que uma garrafa de uísque.

Encontrou seu grupo sentado em cadeiras de madeira no quintal atrás da estalagem, estudando seus mapas. O papo parou abruptamente quando Dante se aproximou, mas eles tiveram a decência de não perguntar como ele estava se sentindo.

Depois da chuva, a paisagem estava mais viva, a vegetação mais verde e o céu mais azul. Teria sido um ótimo dia para partir em missão, se eles soubessem para onde ir.

Dante apoiou a mão no encosto da cadeira de Alessa.

— Não podemos ficar sentados aqui esperando por outra pista. Vamos ter que visitar os outros assentamentos, ver se eles sabem alguma coisa sobre essa cidade da qual Alessa ouviu falar. Ninguém viu a garota que mencionou a cidade desde então?

Alessa fez que não.

— Não desde o primeiro dia, e mais ninguém parece saber nada sobre o lugar. Mas o mestre de estábulo nos passou a lista dos cavalos disponíveis. Posso mostrar nossas opções.

A ternura que ela demonstrara na noite anterior não estava presente mais, e a irritação também não. Ele já tinha se humilhado. Era melhor aceitar a derrota e — Dante fez uma careta — *pedir desculpas*.

— Que roupa é essa? — perguntou ele enquanto todos caminhavam em direção aos estábulos. Alessa estava bonita (ficava bonita em tudo), mas o traje de couro por cima da blusa parecia uma prisão para os seios. Eles não podiam estar felizes.

Alessa bufou, indignada.

— Um colete. Acho que me faz parecer durona.

— Não, quer dizer, eu *gosto*. Só parece restritivo.

— Serve de *sustentação*. — Ela deu um pulinho. — Está vendo? Nada balança.

— Certas coisas não deveriam ser enjauladas — resmungou Dante. Ele teria muito mais dificuldade para desamarrar aquilo se ela o deixasse tocá-la de novo um dia. — Deixa que eu abro.

Alessa jogou a trança por cima do ombro e levou a mão à porta do celeiro.

— Eu consigo.

— Eu *sei* que consegue. Estou sendo cavalheiresco. — Ele segurou a porta para ela passar e a seguiu estábulo adentro. O ar ali dentro estava quente e adocicado com o cheiro de couro e feno.

Alessa apontou para a fileira de animais que relinchavam suavemente nas baias.

— O preto é rápido, mas tem fama de mordedor; o cinza é mais lento, mas confiável; e o do meio se assusta facilmente. Escolha qual você quer montar.

Dante deslizou o braço ao redor da cintura dela.

— Essa *não* é uma das opções — disse ela.

Dante esticou o pescoço para ver por cima da baia mais próxima.

— Aquele. Pronto.

Ela se virou nos braços dele para encará-lo.

— Está admitindo derrota?

— Ai, *luce mia*. Estou levantando a bandeira branca.

— É *tão* difícil assim prometer que vai tentar não se machucar?

— É sim, na verdade, porém eu mataria um deus para beijar você de novo, então *acho* que posso aguentar perder uma aposta.

Ela desviou do beijo dele com um sorriso.

— Ainda precisamos de uma estratégia para eu não te machucar.

— Você está remoendo demais o assunto — comentou ele. — Só precisamos voltar à ativa.

— É isso! — disse Alessa, triunfante. — É tipo cavalgar.

Ele estreitou os olhos.

— Isso por acaso é uma das suas metáforas safadas?

A risada dela aqueceu o pescoço de Dante.

— *Eu* não sou o cavalo. Meu *poder* é o cavalo. Quando você me conheceu, o cavalo fazia o que bem entendia e atropelava qualquer um que chegasse perto demais. Mas nós o domamos, e agora ele geralmente se comporta direito, contanto que eu mantenha a mão na rédea.

— Ah... — Dante inclinou a cabeça. — Aonde isso vai dar?

— Eu não sou boa de beijar e andar a cavalo ao mesmo tempo. Acabo me distraindo, as rédeas escapam dos meus dedos e ele dispara toda vez. Até eu treiná-lo melhor ou você beijar pior, não sei direito como mantê-lo no estábulo, mas nós já o domamos uma vez e podemos domar de novo.

Ele respirou fundo.

— Talvez essa seja a sua melhor metáfora de todos os tempos. Ou a pior. Então, se você é a cavaleira e seu poder é o cavalo, eu sou o quê?

Ela franziu a testa, pensativa.

— O fazendeiro bonitinho que me distraiu e me fez cair?

— E eu levei um coice?

— Algo do tipo.

Ele soltou um suspiro.

— Você precisa de um cavalo melhor.

Lá fora, Adrick e Kaleb suavam ao redor da fogueira, tentando acender charutos enquanto o dono da estalagem arrumava madeira extra em uma pilha organizada.

— Quer um? — perguntou Adrick.

— Não ponho na boca coisas que cheiram a pé queimado — disse Dante, sentando-se em uma das cadeiras de madeira.

— Ah, não, o cheiro é culpa nossa — comentou o dono da estalagem, apontando para uma coluna de fumaça no horizonte. — Os meninos quase destruíram a cidade inteira da última vez que tentaram queimar as tocas dos scarabei. Não tem ninguém se oferecendo para desenterrar e ver se funciona, mas não custa tentar.

Alessa estremeceu.

— Eu não sabia que os scarabei cavavam buracos tão perto dos assentamentos.

O homem abriu um sorriso presunçoso ao se virar para ir embora.

— A gente se acostuma.

Saida recuou e o seguiu de volta à estalagem.

— Ciro, gostaria de tomar um chá comigo? Lá dentro?

— Espere por mim — disse Kamaria. — Odeio chá, mas o cheiro é melhor do que este de demônios assados.

Alessa abanou o rosto enquanto Kaleb soprava uma baforada de fumaça do charuto.

— Não sei qual cheiro é pior. Será que vocês dois poderiam se afastar um pouco?

Kaleb e Adrick se retiraram, soltando fumaça feito chaminés, e ela se acomodou no braço da cadeira de Dante. Sua bolsa escorregou do ombro e caiu no colo dele com mais força do que ele gostaria.

— O que tem nesse troço? — Dante enfiou a mão ali e tirou um livro ornamentado.

Alessa arrancou o livro das mãos dele.

— É provável que você já esteja quase fluente em outra língua e eu preciso correr atrás. Por que não lê para mim? Talvez eu aprenda alguma coisa ouvindo.

Dante semicerrou os olhos.

— Não é assim que as pessoas geralmente aprendem línguas? — Ele não conseguiu traduzir a resposta que ela lhe deu em sinais, mas o movimento vigoroso das mãos pareceu rude. — Entendido. Que tal se *você* ler e eu ajudar se você empacar?

— Você só quer rir da minha pronúncia.

— Não vou rir. Prometo. — Um nó de tensão e culpa se desfez no peito dele com o sorriso provocante que Alessa lhe deu ao fazer toda uma encenação para abrir o livro.

— *Ti troverò*. — Ela fez uma pausa, esperando, supôs Dante, sua avaliação.

Em vez disso, ele lhe deu um beijo no cabelo.

— Gosto de ouvir a língua antiga saindo da sua boca.

Alessa continuou a leitura, pronunciando errado palavra sim, palavra não, com um ronronar sedutor que despertava uma mistura confusa de desejo e justa indignação. Mas a sensação de tê-la no colo era muito agradável, então ele podia perdoar os graves crimes cometidos contra sua língua materna.

— Pelo menos *tente* entender — disse Dante quando ela terminou e olhou para ele em busca de esclarecimentos. — "*Cuore*" é coração. Você sabe essa.

— Água... procurando alguma coisa. — Ela balançou a cabeça. — Foi o máximo que eu entendi.

— Compreensível. Me dá aqui. Olha:

Meu coração está em pedaços, mas meu corpo, inteiro,
Encontrarei você onde as tempestades rugem e as estradas são
pavimentadas com água,
Onde as pontes nunca desmoronam e os corpos nunca colapsam,
E meu coração, enfim, curar-se-á para se igualar.

Alessa virou a página e passou os olhos pela tradução seguinte.

— Parece haver um tema.

Dante espiou por cima do ombro dela. Perda, solidão, a busca por ruas intocadas e submersas.

Alessa se levantou e Dante fez uma careta quando ela se inclinou para frente e mexeu na pilha abandonada de mapas até encontrar um que mostrava ilhas perto de uma faixa do Continente.

— Olha. O litoral aqui combina com essa parte do outro lado da península. Talvez esteja submersa agora, mas essa região e as ilhas próximas já tiveram uma rede de canais.

Canais. Dante respirou fundo.

— Barcos, não navios.

Eles sabiam onde encontrar os ghiotte.

Quinze

Se dependesse de Dante, ele teria cavalgado noite adentro, mas no ato do pôr do sol o cavalo que estava carregando a bagagem deles parecia prestes a desabar. Então quando avistou um rio, ele anunciou que levantariam acampamento ali e desmontou. Ele segurou a cintura de Alessa quando ela passou a perna por cima do cavalo com um gemido de dor e a ajudou a descer. Ela se recostou nele com um suave suspiro de satisfação e, apesar de já ter salvado a vida de Alessa mais de uma vez, Dante não sabia se já se sentira mais herói do que naquele momento.

— Que dor na bunda — comentou ela.

— Queria poder ajudar — disse Dante com um sorriso irônico. — Mas tenho quase certeza de que ofenderíamos o restante do grupo se eu fizesse uma massagem na região agora.

Enquanto montavam acampamento, Kaleb foi até os limites do campo para cobrir uma depressão no terreno com terra.

— Mais ninguém se incomoda? Os scarabei estão *logo ali*.

— Incomoda, sim. — Saida abriu um sorriso tenso. — *Muito obrigada* por lembrar.

Enquanto isso, Kamaria juntava gravetos e Kaleb soltava uma descarga elétrica fazendo um barulho crepitante com a boca, como uma criança brincando de faz-de-conta no parquinho.

— Dar um sacode nos scarabei hibernados com eletricidade? — disse Kamaria. — Não tem *como* acabar mal.

— Estamos em cima dos nossos inimigos jurados! — gritou Kaleb. — Os demônios adormecidos que desejam nossa carne! Os insetos infantis que vão insurgir para devorar a humanidade! Deveríamos esfaqueá-los, ou queimá-los, ou *algo assim*!

Kamaria chutou um torrão de terra nele.

— Crollo não facilitaria as coisas assim. Por mais que você exterminasse um campo inteiro de scarabei, mal faria diferença para o próximo Divorando.

— Alguém topa um carteado? — Adrick tirou um baralho do bolso da camisa. — Podemos nos entreter enquanto o Kaleb é devorado pelos scarabei que ele acordou antes da hora.

— Ha! — vociferou Kaleb. — Não tem como eles me matarem. Já sobrevivi a um Armagedom.

— Tal qual uma barata — disse Adrick alegremente.

Ciro voltou, carregando a sela de seu cavalo. A gata surgiu das sombras para roçar as pernas de Dante, mas logo se distraiu com um grilo. Gatos eram seres enigmáticos por natureza, mas aquela parecia estranhamente determinada a acompanhar o grupo, quando poderia, em vez disso, estar caçando ratos em um celeiro aconchegante.

Kamaria estalou os dedos e chamas azuis brotaram dentro do círculo de pedras que tinha sido arranjado às pressas.

— Ei, Dante, sinto que estou meio despreparada para ver saqueadores sanguinários e cidades ocultas de guerreiros abençoados pelos deuses. Você pode nos dar um intensivão sobre os ghiotte ou algo do tipo?

Dante não ergueu os olhos enquanto descarregava os sacos de dormir.

— Eu só conheci a minha e mais uma família de ghiotte.

— Literalmente qualquer informação já ajudaria — respondeu Kamaria. — Todos nós estamos esperando um número indeterminado de pessoas que nem *você*, e isso é meio intimidador.

— Não esperem uma recepção calorosa. Fomos caçados por séculos e alertados de que confiar nosso segredo a qualquer um pode nos colocar em perigo.

— Mas eles vão receber *você* bem, né? — perguntou Saida.

— Todos os ghiotte que eu conhecia morreram, e não tenho como provar que já fui um deles. Duvido que fiquem animados em me conhecer.

Alessa observava o rosto de Dante, mas ele não a encarou. Ela vivia derrubando os muros que ele construía, e naquele momento ele precisava dos muros fortalecidos, não o contrário.

— Sou treinado em diplomacia — disse Ciro. — Ficaria honrado em fazer nossas primeiras abordagens.

Dante fechou a cara.

— Pode deixar a comunicação comigo. Vamos precisar dos seus poderes em algum momento, mas mantenham a identidade de vocês em segredo, a princípio. Vocês foram tratados como heróis enquanto nós tínhamos fama de vilões. O ressentimento é inevitável.

— Ah, cara — resmungou Kaleb. — Eu fico todo me coçando quando não uso meus poderes todos os dias.

— Achei que só acontecesse comigo — disse Saida.

— Pelo menos você pode deixar escapar uma brisa sem levantar nenhuma suspeita. As pessoas tendem a notar se você começa a soltar faíscas.

— Então vamos descarregar nossas necessidades agora mesmo. — Kamaria finalizou o arranjo da fogueira. — Tive uma ideia que eu queria testar, de todo modo.

Ciro sentou-se em uma grande pedra de frente para Dante enquanto eles saíam.

— Todos eles parecem trabalhar igualmente bem juntos. Nunca passou pela minha cabeça tentar usar meus poderes com outra pessoa além da Diwata.

Dante mexeu as salsichas que estavam em uma panela.

— Diwata disse que sabia ver a aura das pessoas, ou a cor dos poderes delas, ou algo do tipo. Você também faz isso?
Ciro limpou uma partícula de terra de sua túnica.
— Diwata é uma alma pura e eu a adoro por isso, mas nem sempre vemos o mundo da mesma maneira.
A caça da gata por um grilo acabou com um ruído crocante e Ciro afastou a mão às pressas quando o animal encontrou um novo alvo.
— Volúvel criatura, admiro sua independência, mas você não terá meu sangue.

Furioso, Kaleb limpou a poeira da roupa depois que a tentativa de Alessa e Saida de criar um funil de vento e fazê-lo voar acabou por derrubá-lo.
Estrelas surgiram na visão de Alessa e ela soltou a mão de Saida abruptamente.
Ela engoliu em seco uma vez. E de novo.
— Você está bem? — perguntou Saida.
Alessa dispensou a preocupação de Saida com um gesto, murmurando algo a respeito de água, e virou-se em direção ao brilho da fogueira. A escuridão lhe deu tempo para disfarçar as piscadas aceleradas para evitar um desmaio. Mas a noite também escondia o chão adiante.
Ela tropeçou em uma pedra e amparou a queda com as mãos e os joelhos.
O chão à frente do seu rosto era escuro demais. Vazio demais. Ela tateou o solo em busca da grama que deveria estar ali, mas encontrou apenas o vazio. Outro buraco. Alessa semicerrou os olhos para enxergar direito na escuridão, mas não conseguiu encontrar um contorno suave no fundo. As bordas do buraco não estavam inclinadas, como se a terra tivesse se acomodado em cima de alguma coisa, e sim desmoronadas. Como se algo já tivesse saído dali.
Com o coração na boca, ela se levantou às pressas e seguiu mais rápido em direção à luz.

Claro que os scarabei também deixaram montes de cavidades. Milhares tinham atacado Saverio no último Divorando. Eles tinham que ter vindo de algum lugar.

Ciro ficou imóvel na beira do acampamento, olhando para o céu noturno. Aos seus pés, os olhos de Fiore brilhavam no escuro.

— O céu é muito diferente lá na terra de vocês? — Alessa falou baixinho para evitar assustá-los.

A visível confusão de Ciro a fez duvidar do que sabia sobre astronomia. Então ela continuou:

— O hemisfério sul não tem um céu diferente?

— Ah, sim. — Ele deu uma risada constrangida. — Peço desculpas. Tenho tido um pouco de dificuldade para me concentrar ultimamente.

Alessa abriu um sorriso irônico.

— Eu *sempre* tenho dificuldade para me concentrar.

— Nossos curadores chamavam isso de dissociação — disse Ciro. — Uma reação de defesa e afastamento diante do trauma da guerra.

Aquilo *de fato* explicaria os lapsos de Ciro. No entanto, não explicava como Alessa detectava os pensamentos e sentimentos das pessoas.

Ela engoliu em seco.

— Por um acaso, você e Diwata não encostaram num scarabeo durante o Divorando, encostaram?

Ciro fez uma careta.

— Pelo amor dos deuses, não. *Você* encostou?

— Estávamos perdendo. — Ela agitou as mãos nas laterais do corpo. — Dante estava ferido e nossas tropas estavam uma bagunça. Eu... me arrisquei e usei o poder do scarabeo.

— O que aconteceu?

— Por um momento, entrei na mente de todos ao mesmo tempo, vendo a batalha de todas as direções. Eu poderia fazer o exército inteiro funcionar como um coletivo só de querer que isso acontecesse. — Ela fez uma careta. — Talvez tenha sido um erro.

Ciro se recompôs.

— Bom, não cheguei nem perto de nenhum e, mesmo assim, estou meio abalado. Então eu diria que estamos apenas lidando com o típico trauma pós-guerra.

Os dois riram, com esforço.

Dante estava arrumando dois sacos de dormir afastados dos restantes, do outro lado de um bosque, e se levantou quando ela se aproximou.

— Você está bem? Está pálida.

— Estou meio desidratada. Será que você...

No mesmo segundo, ele lhe entregou seu cantil, observando-a como se ela estivesse prestes a desmaiar, o que faria sentido.

— Beba tudo e venha se deitar.

Depois de acomodá-la no saco de dormir, ele se deitou ao lado dela, apoiado em um cotovelo para observar seu rosto. Dante era teimoso feito uma mula quando precisava cuidar de si, mas virava uma galinha choca quando Alessa demonstrava o menor sinal de desconforto.

Eles estavam juntinhos, o mais perto que era possível em sacos de dormir separados.

Ao som da respiração de Dante pegando no sono, Alessa pôs-se a observar as estrelas. Era tão agradável deitar-se sob o céu aberto ao lado dele que ela não queria desperdiçar aquele momento dormindo, e suas pálpebras ficaram pesadas muito antes de ela permitir que se fechassem.

Alessa foi acordada por uma escuridão marcada por monstruosidades e uma fumaça densa feito água. Um sonho. Mas ela estava acordada.

Dante se mexeu ao lado dela.

Não era um sonho ou uma visão dela. Era *dele*.

O pico de medo era todo dela.

Um sibilar fraco se transformou num murmúrio confuso que ela sentiu que deveria entender, mas não conseguia. Pensamentos? Os pensamentos de Dante? Não. Ele jamais soaria tão sinistro. Não para ela.

Os scarabei? Impossível. Todos os scarabei adultos tinham morrido, derrotados por Alessa ou por seu exército no Divorando. Os únicos demônios restantes eram a prole em desenvolvimento adormecida debaixo da terra.

Dante murmurou algo ininteligível. Ele vinha enfrentando essas visões havia meses, sozinho, enquanto ela as ignorava e rejeitava os medos dele. Alessa não tinha o direito de silenciá-las. Tremendo, ela permitiu que o espetáculo se desenrolasse na própria mente. Olhos — milhares de olhos, vazios e sem vida — e uma piazza inundada de sangue. Preso. Sufocando.

Arfando, Dante sobressaltou-se. A silhueta dele era uma mancha de escuridão mais densa que tudo o mais.

— Estou aqui — sussurrou ela. Ele segurou a mão dela, raspando os calos ásperos na pele nua. Ela segurou firme, fazendo todo o esforço possível para conter seu poder. Ele precisava dela. Ela não iria, *não poderia* acrescentar dor ao medo dele. — Está tudo bem. Você não está sozinho.

Para além das colinas, o céu brilhava com o amanhecer, mas nem mesmo o primeiro vislumbre da luz do dia conseguia afugentar a sensação de que algo sinistro os observava. À espera.

Dezesseis

DIAS ANTES DO ECLIPSE: 24

O sol nasceu sobre uma carroça em ruínas. Os suprimentos deles estavam destruídos e espalhados pelo campo, havia rações faltando e restos de comida esmagados pela terra.

Animais selvagens. Esse foi o veredito coletivo.

Alessa não tinha tanta certeza. A exaustão poderia explicar por que ela praticamente desmaiara na noite anterior, mas não as visões de Dante que ecoavam na sua mente.

Havia algo *errado* com ela. Até onde sabia, *ela* poderia ter sabotado os suprimentos.

Adrick voltou de uma inspeção aos arbustos e anunciou que os cavalos haviam sumido. As cordas tinham sido cortadas.

Ainda dentro do saco de dormir, Kaleb tentou se levantar e caiu, debatendo-se como um peixe fora d'água.

— Quem ficou de guarda?

Todos se apressaram em defender a própria inocência, mas Dante interrompeu todas as acusações.

— Chega. Já aconteceu. Animais selvagens não cortam cordas e, se tem alguém que quer nos atrasar, significa que estamos chegando perto.

Enquanto o grupo procurava por sobras, Alessa se esgueirou pelo campo em direção ao buraco escavado. De dia, parecia inofensivo. Nada mais do que uma vala circular que poderia ter sido revirada dias, semanas ou meses antes.

Ela se agachou para tocar a terra.

Um sussurro, o mais leve zumbido de consciência.

Ela tirou a mão rapidamente e se afastou às pressas.

Carregando os suprimentos restantes, o grupo seguiu a pé, consideravelmente mais devagar do que antes.

Ao meio-dia, Alessa estava dolorida, suada e seus pés latejavam. Pelo menos aquilo aliviava um pouco a ansiedade.

Eles seguiram avançando pela tarde inteira. Saida se agarrava a cada faísca de otimismo, Kamaria fazia uma piada atrás da outra e Ciro contemplava a paisagem como se o grupo estivesse numa excursão. Dante não parava de examinar os arredores enquanto roçava os polegares nos punhos das adagas.

Ele podia até não admitir estar nervoso com um possível encontro com os ghiotte, mas *ela* estava. Um Dante era a quantidade perfeita. Uma cidade inteirinha de pessoas como ele era uma ideia extremamente intimidadora.

— Ruínas à frente — avisou Dante. — Podemos parar por lá para passar a noite.

Alessa piscou e subitamente ele estava parado na frente dela, franzindo a testa de preocupação.

— Desculpe, o que você disse? — perguntou Alessa. Não tinha nenhuma lembrança de tê-lo ouvido falar. Nem de ter atravessado o último trecho de terra. Uma hora inteira tinha passado voando.

— Não disse nada — respondeu Dante. — Mas você tem encarado o nada por mais tempo do que o normal.

Ela riu para disfarçar a confusão.

Ao pôr do sol, eles chegaram ao local desejado. Uma cidade inteira em ruínas subia pela encosta, as estruturas externas pareciam prestes a desmoronar com qualquer ventania mais forte.

— Arrepiante — sussurrou Kamaria.

— O meu povo acredita que os espíritos caminham contentes entre nós, desde que não tenhamos a intenção de fazer mal a eles — disse Ciro num tom de voz tranquilo.

— Eu *gostaria* de acreditar nisso — comentou Saida com um calafrio.

— Não estamos aqui para incomodar vocês — disse Kaleb em voz alta.

Adrick deu um passo largo para trás.

— Por favor, afaste-se do grupo antes de invocar espíritos vingativos.

— Não tenho medo de fantasmas. — Kaleb deu um grito ao ver um projétil peludo passar por seus pés e Saida caiu na gargalhada.

Kamaria largou o saco de dormir com a bagagem.

— Alguém tem água?

— Vamos encontrar — disse Dante.

— Preciso mijar — anunciou Kaleb.

— Obrigado por compartilhar — disse Adrick. — Na verdade, espera aí; eu também preciso.

Os garotos seguiram por um beco enquanto Saida e Kamaria começavam a procurar lenha, e Dante levou Alessa para buscar água potável.

O dorso da mão de Dante roçava o de Alessa a cada passo enquanto eles percorriam a cidade antiga, seguindo os últimos raios de sol.

As estruturas iam ficando mais sólidas e intactas à medida que avançavam, e a luz do crepúsculo suavizava os telhados desabados a ponto de ser possível imaginar a cidade que um dia houvera ali.

Alessa quase podia fingir ser apenas uma garota comum, passeando ao pôr do sol pelas ruas de paralelepípedo com um cara bonito e flertando despretensiosamente, como nunca tiveram a chance de experimentar. Talvez, em um futuro sem o espectro constante do Divorando, os casais pudessem ficar na rua até tarde, temendo apenas uma bronca dos pais protetores, e não o retorno dos monstros.

— Você acha que as pessoas voltariam a morar aqui? — perguntou ela.

Dante olhou ao redor.

— Se Crollo um dia se der por vencido, poderia ser um bom lugar para se viver.

A terra era mais plana do que em Saverio e as ruínas eram mais extensas do que a cidade erguida naquelas costas íngremes, mas ela sentia o cheiro da água por perto. Devia ter sido um porto movimentado em algum momento.

— Minha *nonna* e eu brincávamos de ser donas de estalagem nos tempos antigos — comentou Alessa com um sorriso. — Um estabelecimento rústico onde todo mundo era bem-vindo, ninguém se sentia sozinho e os viajantes contavam histórias de terras distantes. Talvez isso volte a ser possível um dia.

Ela conseguia visualizar prédios restaurados, janelas floridas e ruas de pedra cheias de vozes. Se a batalha que estava por vir fosse o último ato dos deuses, Alessa lutaria por mais do que Saverio. Ela lutaria pela chance de recuperar aquele mundo, finalmente poder reconstruí-lo.

Mais à frente, a névoa se reunia sobre um rio que cortava a cidade. Eles encontraram um trecho de grama na margem e Alessa tirou as botas para entrar na água, tampando um cantil e jogando-o para Dante antes de encher o próximo.

Ela sentiu água nas costas.

— Com licença — disse Alessa com as mãos na cintura. — A gente não vai *tomar banho*.

Dante jogou água nela novamente, com um sorriso inabalável.

Ela não teve escolha. Dante se abaixou com uma risada enquanto o conteúdo do seu último cantil encharcava sua camisa.

Ela voltou cambaleando até ele, pés descalços escorregando nas pedras, e estendeu a mão que Dante observava cautelosamente.

— Não vou te puxar porque não quero que você pegue outro resfriado — disse ela, segurando firme antes de dar outro passo. Se bem que os contornos do peito dele estavam bem delineados no tecido molhado. Se ela *fosse* puxá-lo para dentro d'água, talvez a visão completa valesse a pena.

Dante arqueou a sobrancelha.

— E o que foi que você acabou de pensar?

Ela soltou a mão dele rapidamente.

— Nossa, você leva um choque toda vez? Como é que eu vou manter algum ar de mistério se você sabe quando estou te despindo com os olhos?

— Eu sempre soube — disse Dante com os olhos brilhando de diversão.

— *Mentiroso* — arfou Alessa.

— Até quando você não me suportava, ficava toda corada toda vez que eu chegava perto. Por que você acha que eu fazia tanto isso?

— Bom, eu *esperava* que fosse porque você gostava de ficar perto de mim.

Dante abriu um sorriso torto.

— Só percebi isso mais tarde.

Alessa refletiu sobre aquilo enquanto calçava as botas.

— Se você sabia o tempo todo, por que vivia insistindo que eu não te queria?

— Eu sabia que você me *queria*, só não achava que você queria a *mim*.

— Isso aí é algum enigma? — perguntou ela, erguendo os olhos enquanto amarrava as botas. — Porque eu não entendi.

— Fazia anos que você estava sozinha. Eu estava lá. Não deixei isso fazer a minha cabeça. — Dante se aproximou e olhou para os lábios dela. Também devia ter percebido que estavam a sós pela primeira vez desde que ele prometera tomar cuidado e ela prometera beijos em troca.

Mãos nas rédeas, ela lembrou a si. *"Cavalo" mágico no estábulo. Portas trancadas.*

Dante foi paciente e lhe deu tempo para categorizar todas as sensações, tão distintas daquelas que Alessa experimentava ao tentar usar seus poderes: um roçar de lábios, *em vez de uma pegada firme*; um agradável acúmulo de calor, e *não o estouro de um raio ou uma rajada de vento*. Pouco a pouco, ela desembaraçou os fios do desejo.

— *Mi manca il tuo tocco* — murmurou ela.

Dante se afastou para olhá-la.

— Impressionante. Você *quase* enfatizou as sílabas certas.

Ela não pôde evitar um sorriso triunfante enquanto ele se inclinava para beijá-la de novo.

— Andei treinando.

— Com quem?

— Não estou falando de *beijo*. Espera, você está me distraindo. — Era impossível se lembrar das conjugações enquanto ele traçava uma fileira de beijos no pescoço dela. — *Ho una fantasia. La vuoi sentire?*

Ele deu uma mordidinha na orelha dela.

— *Com toda certeza* quero ouvir sua fantasia. Ou você pode me mostrar.

Ela conteve o próprio poder com um "Calma lá" mental.

— *Definitivamente* não estamos prontos para isso, mas pesquisei algumas palavras, e aposto que você consegue descobrir o resto.

Depois de ouvir algumas palavras cuidadosamente escolhidas, Dante levou a cabeça ao ombro de Alessa com um gemido risonho.

— Me deixa *tentar*. Se me matar, vai valer a pena.

Um grito atravessou o ar.

Dante deu meia-volta, protegendo-a.

— Fique atrás de mim.

Dezessete

O coração de Alessa martelava nos ouvidos enquanto os dois atravessavam as ruas estreitas e os cantis batiam na lateral do corpo a cada passo.

Dante fez uma curva e parou tão abruptamente que ela quase colidiu com as costas dele. Em seguida, o rapaz levantou o dedo para adverti-la a ficar em silêncio e sacou uma adaga com a outra mão.

Ciro e Saida estavam parados no cruzamento escuro logo à frente, de mãos para o alto, confrontados por uma mulher que erguia uma faca. Dali daquele ângulo, Alessa só via uma trança escura e comprida.

— Eu deveria é ter cortado a garganta de vocês em vez de libertar seus cavalos — disse a garota.

Aquela voz. Era a garota do pub, aquela que os havia alertado que não procurassem a cidade submersa. E aquilo significava...

Alessa deu um pulo para trás quando o garoto ruivo, inexplicavelmente sem camisa, saltou das sombras e atacou Dante. Eles caíram no chão numa confusão de chutes e socos.

Ao se desvencilhar, Dante cortou o peito do adversário.

O garoto olhou para baixo e riu enquanto a gota de sangue parava de escorrer quase imediatamente e o corte se fechava.

Ghiotte. A palavra implícita ecoava no silêncio.

Kaleb entrou na briga, mas o ruivo o derrubou no chão.

— Espera! — disse Dante. — Escuta...

A garota rosnou e brandiu a faca.

Dante era maior e mais forte, mas ela era rápida — perigosamente rápida —, e *ele* não estava lutando para matar. Seus movimentos eram evasivos, defensivos, não pensados para ferir.

Já a garota tinha outros planos.

Dante lhe deu uma rasteira, mas ela se levantou num piscar de olhos, com intenções assassinas em cada movimento. Enquanto a garota avançava, Dante fez a única coisa que Alessa jamais esperaria.

Ele largou as adagas.

Todos, exceto a garota, congelaram quando as armas caíram na pedra.

De palmas vazias, Dante levantou as mãos.

— Por favor. Me escuta.

Era *aquilo* que eles procuravam. Aqueles eram os aliados de que precisavam, se alguém sobrevivesse por tempo o suficiente para explicar.

Alessa conteve um grito enquanto a garota levava a faca em direção à garganta de Dante, parando pouco antes de romper a pele. Com a lâmina no pescoço dele, os dois se encararam.

As nuvens se afastaram, banhando a rua com um luar fraco, e alguma coisa mudou na expressão da garota. Seria dúvida? Medo?

Ela baixou a faca e recuou.

— *Gabe?*

O mundo de Dante virou de cabeça para baixo.

Talia. Ela ainda tinha o mesmo cabelo liso, tão preto que quase chegava a ser azul, preso em uma trança em vez de duas, e a mesma pinta em formato de lua crescente abaixo do olho esquerdo — mas, mesmo assim, Dante não a teria reconhecido se não fosse pela maneira como ela pronunciava seu nome, tão apressada que quase deixava cair a última consoante. Sempre apressada. Sempre gritando para que ele corresse mais rápido, subisse mais rápido.

Dante piscou algumas vezes, só para ter certeza de que não estava imaginando tudo aquilo.

— Eu achei que você estivesse morto. — Ela parecia irritada, como se todo aquele desfecho tivesse sido uma escolha dele. — Tudo pegou fogo. Sua casa. Seus...

— Será que alguém pode dar uma ajudinha aqui? — gritou Kaleb.

— Controla o seu amigo, por favor? — disse Dante. Talvez Kaleb não resistisse por muito tempo à tentação de atacar.

— Recuar! — gritou Talia. — Ele é um dos nossos.

O ruivo contraiu os lábios.

— Prove.

Talia apontou a faca para ele.

— Se eu estou dizendo que ele é, é porque ele *é*!

Aquela era a Talia que ele lembrava. A garota que gargalhava enquanto pulava das árvores para atacá-lo e que enfiava cebolas cruas na fronha dele. A garota que a mãe de Dante carinhosamente chamava de "feroz", mas só porque não sabia o quanto o próprio filho também sabia ser selvagem.

— Você esteve vivo, em Saverio, esse tempo todo? — perguntou Talia.

Não era para ser uma pergunta de duas partes, então Dante só respondeu a metade fácil.

— Eu me mudei várias vezes.

Talia olhou de relance para os companheiros de Dante.

— Quem são *eles*?

— Aliados. Eles sabem da gente. Não tem mais ninguém caçando ghiotte.

Talia bufou, desdenhosa.

— Mentira. Não tem como as pessoas mudarem de ideia tão rápido.

— Talvez. Mas a história oficial é que não somos mais os vilões.

— É por isso que você está aqui? Um enviado oficial para nos avisar que estamos *perdoados*? — Talia abriu um sorriso irônico. — Pedido de desculpas não aceito. Pode mandar Saverio enfiar as desculpas naquele lugar.

— Não. Não é por isso. Precisamos da ajuda de vocês. *Eu* preciso da ajuda de vocês.

— Você se despencou até aqui para pedir *ajuda*.

— Sim, pois é, é importante.

— Então desembucha. — Talia cruzou os braços. — Rápido.

— É... meio que uma longa história.

Talia trocou um olhar com seu companheiro, um sinal tácito que o levou a escalar o prédio mais próximo para olhar por cima dos telhados.

— A neblina está indo embora — avisou o ruivo lá de cima. — Se quisermos chegar hoje à noite, temos que partir agora.

Talia bateu a faca na palma da mão.

— Tudo bem. Vamos levar vocês, mas não somos nós que decidimos se podem ou não ficar.

Enquanto todos arrumavam as coisas às pressas, Talia baixou a cabeça e olhou para a gata que brincava com suas botas.

— Vocês trouxeram um bicho de estimação?

Dante ajeitou a mochila no ombro.

— Veio sem ser convidada.

Ciro riu baixinho.

Alessa e os outros os seguiram a uma distância segura enquanto Talia os guiava em direção à costa, onde a névoa ia ficando cada vez mais densa. Dante aproveitou a chance para avaliá-la, categorizando o máximo possível de informações sobre a estranha que um dia ele conhecera.

Ela estava mais alta. Óbvio. Não era mais criança. Mas ainda era pequena e feroz.

De todas as mudanças, a cautela de Talia era a que mais contrastava com suas lembranças. Ela avançava como um espectro, todos os sentidos em estado de alerta. A mãe dela sempre fora cautelosa e insistia que eles mantivessem a discrição para proteger seu segredo, enquanto Talia se rebelava, assumia riscos e ria dos machucados, independentemente de quem estivesse por perto. Dante chegara até a repreendê-la uma vez, dizendo que ela faria com que todos eles acabassem mortos. Depois de tantos ferimentos, o momento em que Dante ficara do lado da mãe de Talia tinha sido a primeira vez que ele sentira que a machucara de verdade. A única vez que ele a vira chorar.

O companheiro ruivo de Talia apertou o passo para acompanhar Dante.

— Você cresceu com Talia, foi?

— Isso. — Se o cara quisesse mais respostas, teria que fazer mais perguntas.

— Onde você esteve esse tempo todo, então? Decidiu que era melhor ser um bichinho de estimação dos mortais?

Dante lhe deu um sorriso frio.

— Comprei minha própria coleira e tudo.

O ruivo bufou.

— Bom, eu precisava saber *algumas* coisas. Meu nome é Blaise, aliás.

— Deixa ele em paz — disse Talia.

— Só estou conhecendo nosso novo irmão. — Blaise soltou o remo e deu um tapa no ombro de Dante um pouco forte demais para ser considerado afetuoso.

— Ele *não é* nosso irmão. Ainda não. Então cala a boca.

— Ai. Está pegando pesado com seu velho amigo.

— Não. Estou pegando pesado com *você*, para que não saia contando tudo o que já ouviu.

— Só estou dando um toque nele. Todo mundo *adora* carne fresca. Ele vai precisar dormir no…

— Blaise! — Talia lhe lançou um olhar de advertência.

— *Desculpa.*

— Aquele é nosso. — Talia apontou para duas sombras entre os juncos logo à frente. Barcos. — Só para ghiotte. Vamos sinalizar se os demais puderem vir.

Blaise limpou os dentes com uma adaga curta.

— Se uma hora se passar e vocês não virem o sinal, sugiro que comecem a correr.

— E se a gente se perder? — perguntou Kaleb. — Tem névoa demais para enxergar qualquer coisa.

— Essa é a ideia — respondeu Talia. — Ninguém pode nos encontrar, a menos que a gente queira. Quem não consegue remar até lá não merece chegar.

— Essa hostilidade é um pouco excessiva — disse Ciro.

— Ah, *sinto muito*. — A voz de Talia exalava sarcasmo. — Por acaso chamamos vocês para cá? Vocês são nossos *convidados*?

Ciro teve o bom senso de calar a boca.

Talia entrou no barco mais próximo.

— Ninguém pisa em Perduta sem um convite explícito. *Não saiam do barco, a não ser que sejam orientados a fazê-lo.* Gabe... Dante... *tanto faz...* você vem com a gente.

Alessa lançou um olhar apavorado para Dante.

— Está tudo bem — articulou ele silenciosamente. Mas, para os ghiotte, falou em voz alta: — Podem me dar um minuto? — Então, virando-se de costas para eles, Dante baixou o tom de voz. — Todos vocês, esperem o sinal e *fiquem* no barco. Não façam nada que possa provocá-los.

Os outros assentiram, mas ninguém parecia feliz com a situação.

— Toma cuidado — sussurrou Alessa.

Dante fez que sim, o máximo que podia arriscar. Se alguém que ele *conhecia* estava sendo tão hostil assim, mal podia imaginar como o restante dos ghiotte trataria forasteiros. Alessa estaria mais segura se Dante mantivesse o foco *nele*. Ele iria primeiro e descobriria no que estavam se metendo.

Talia acomodou-se na frente do barco como uma rainha enquanto os garotos remavam. Braçada a braçada, Dante sincronizava a própria respiração com o movimento dos remos.

Talia limpou a faca no casaco, sem tirar os olhos do rosto dele.

— O que você andou fazendo esse tempo todo?

Dante contraiu a mandíbula. Tinha se preparado para bater na porta de uma fortaleza murada com um discurso cuidadosamente formulado, do tipo "levem-nos ao seu líder", uma versão editada dos acontecimentos para estranhos desconfiados. Não aquilo. Não ter que relembrar os últimos anos de sua vida para um fantasma vivo do seu passado.

— Passei alguns anos nas mãos de um cara que estava determinado a me "corrigir" — disse ele. — Depois disso, fiz alguns bicos e participei de lutas pagas. Trabalhei como guarda na Cittadella por um tempo.

Talia levantou a cabeça de supetão.

— *Você* protegeu os *abençoados*? Por quê?

— Era um trabalho — disse ele, tentando não demonstrar que estava na defensiva. — E pensei que, na biblioteca deles, eu conseguiria encontrar pistas sobre o lugar para onde os banidos tinham ido.

Os ombros de Talia relaxaram um pouco.

— Foi assim que você nos encontrou?

— Não exatamente. E você? Sua mãe disse que você tinha morrido.

Talia contraiu os lábios.

— Aposto que sim. Depois do que aconteceu com sua família, nós imaginamos que seríamos os próximos, então papai e eu planejamos nossa fuga. *Ela* decidiu que não valia a pena deixar Saverio por nossa causa, então ficou.

Dante se encolheu.

— Sinto muito.

— Não sinta. — Talia olhou feio para ele. — Estamos bem melhores sem ela. As únicas pessoas em quem podemos confiar são o *nosso povo*.

Talvez ela não o considerasse um deles se soubesse a verdade, mas ele lidaria com aquilo mais tarde. Um passo de cada vez.

— O que acontece quando chegarmos lá? — perguntou Dante.

— Você vai apresentar seu caso aos nossos líderes.

— Eleitos? — Esses líderes poderiam ser qualquer coisa, de elites ricas a pontífices religiosos. Ele não tinha um bom histórico com nenhum dos grupos.

— De jeito nenhum — respondeu Talia. — Realizamos competições trimestrais, e os campeões integram o conselho principal.

Lutadores. Pelo menos ele estava acostumado com aquele tipo.

— Se o conselho decidir que você pode ficar, você está dentro. Caso contrário, você vai embora. Rápido. De qualquer maneira, provavelmente não vão matar *você*.

— E meus amigos?

— Convencer qualquer um a confiar *neles* é seu trabalho.

Mais à frente, uma ponte alta enquadrava um arco de neblina densa, como um portal para outro mundo. Para além da ponte, as silhuetas dos prédios ganhavam forma em meio aos redemoinhos de névoa.

O casco do barco tocou a margem de pedra de uma grande praça.

— Boa sorte — disse Blaise num tom sinistro enquanto eles desembarcavam.

Os prédios estavam escuros e vazios, mas a sensação era de que alguém os observava em silêncio, de lugares escondidos, enquanto eles caminhavam em direção ao enorme prédio no fim da rua. Lá dentro, tochas enormes, do tamanho de um homem, ardiam. No entanto, a construção era tão gigantesca que as tochas pareciam palitinhos de fósforo tremeluzindo no fundo de um poço seco. Havia figuras espalhadas pelos bancos tortos de ambos os lados do corredor largo, mais algumas nas margens escuras e nas varandas na parte de cima. Por anos, o captor de Dante havia zombado dele, dizendo que ele era o último ghiotte. Nas ruínas fumegantes da casa de Talia, Dante acreditara.

Agora, algo parecido com tristeza envolta em entusiasmo lhe tirava o fôlego.

Seu povo. Finalmente.

Dezoito

Alessa observou o barco desaparecer na escuridão, deixando apenas um fragmento de luar na água.

Dante nunca confiava em ninguém, mas parecia acreditar que podia confiar naquela garota que não via fazia anos. Foi Talia quem tinha falado que as pessoas que procuravam a cidade submersa nunca voltavam, e ela soltara os cavalos como forma de alerta para que não os seguissem. O que parecera uma história inverossímil na estalagem agora estava mais para uma ameaça. E se Dante finalmente tivesse encontrado uma parte do seu passado, mas estivesse prestes a ser traído outra vez?

— Será que precisamos *mesmo* dos ghiotte? — perguntou Saida. — Até agora, nós nos saímos bem sem eles.

— Tarde demais. Eles estão com Dante. — Kamaria olhou para o barco. — Quais são as chances de isso ser uma armadilha?

— Cinquenta por cento? — Saida batia um dedinho no lábio, pensativa. — Não, vou de 49 por cento. Não vou abrir mão do meu título de otimista do grupo, muito obrigada.

Alessa afagou o braço de Saida distraidamente, como se, ao tranquilizá-la, pudesse acalmar o próprio pânico crescente. Se o sinal não viesse, ela não ia fugir. Não sem Dante. Eles vieram em busca de companheiros de batalha, mas Alessa lutaria contra todos antes de ir embora sem ele.

Eles esfregavam os braços para espantar o frio conforme a hora se arrastava.

— Mais alguém viu aquilo? — Ciro apontou para um minúsculo lampejo de luz ao longe.

— E lá vamos nós. — Kamaria entrou no barco com mais elegância do que Kaleb, que resmungava e se atrapalhava todo, fazendo a embarcação balançar.

Adrick e Kaleb pegaram os remos, mas os de Kaleb mal tocavam a água, e o barco começou a boiar em um arco desleixado.

— É para puxar, não empurrar. — Adrick se inclinou para ajustar a pegada de Kaleb. — Assim.

— Espero que todo mundo goste de peixe — disse Kamaria. — Porque vamos ficar neste barco pelo resto da vida.

Alessa encarava a escuridão turva.

Tal qual uma miragem, uma cidade fantasmagórica começou a surgir. O gotejar da água e o som dos remos eram pontuados pela correria de roedores.

Eles seguiram por um amplo canal antes de virarem para um menor ao lado. O único ponto de luz parecia mais uma isca do que um farol, mas o grupo não tinha escolha a não ser segui-la em um labirinto de canais.

— Caindo aos pedaços — resmungou Kaleb. — Minha esperança era de que a parte do "submersa" fosse só uma licença poética.

— Meus pés deveriam estar tão molhados? — perguntou Kamaria em um sussurro rouco.

Saida empalideceu.

— Tem água entrando.

Alessa abafou um grito quando uma mancha peluda correu por cima dos pés dela e a gata pulou para a margem.

— Isso conta como *a gente* pisando na ilha? — perguntou Kamaria. — Porque não parece justo.

Kaleb se levantou, fazendo o barco balançar.

— Não vou ficar sentado aqui esperando me afogar.

— Senta — disse Alessa. — Eles mandaram a gente ficar no barco.

— Então não deveriam ter nos dado um barco com um buraco — retrucou Kaleb. — Se me querem morto, podem me matar em terra firme.

Kamaria jogou água nele com a ponta do remo.

— Ainda temos nossos poderes, seu cabeça-dura. Não somos indefesos.

— Eu sou — disse Adrick com alegre resignação. — Lutem bem, viu? Eu não vou atrapalhar.

O canal estreito não parecia muito fundo, mas a menos que quisessem sacrificar as bagagens e nadar, eles não tinham escolha.

— Tudo bem, vamos sair, então — disse Alessa. — Vamos ficar todos juntos e nada de movimentos bruscos.

Saida pediu silêncio com gestos desesperados quando todo mundo começou a resmungar e sussurrar alto em meio ao caos da retirada das bagagens e saída do barco que afundava rapidamente.

Prédios altos cercavam o grupo, as janelas quebradas pareciam olhos cegos mirando no grupo patético. Enquanto isso, o canal engolia lentamente o barquinho, deixando para trás apenas ondas suaves que tocavam as margens.

Adrick engoliu em seco.

— A iluminação é perfeita para uma emboscada mortal. Talvez não tenha sido uma boa ideia entregar Dante e as nossas armas.

O novo poder de Alessa a alertara sobre o ataque de Diwata, mas ela não tinha como direcioná-lo e só sentia o medo dos amigos. Esse dom amaldiçoado que só lhe dizia o que ela já sabia não era lá muito útil.

— Vamos nos dividir em equipes? — sugeriu Ciro, sem emoção. — Devemos nos separar ou ficar juntos? Qual é o procedimento padrão ao enfrentar um exército invisível?

— Já violamos uma regra — sussurrou Saida. — É melhor esperarmos.

— Eles não sabem que nosso barco afundou — rebateu Adrick. — Provavelmente estão se perguntando por que estamos demorando tanto. Temos que seguir a pé.

Ele deu um passo à frente, uma luz reluziu e uma flecha flamejante estourou a seus pés.

Pela primeira vez na vida, Dante não estava muito confiante em relação às próprias chances.

— Parece que é a vez de Nova como presidente — disse Talia com certo desdém. — Poderia ser pior. Não deixe que ela tire você do sério. Seja respeitoso. E não olhe nos olhos de Leo. Ele encara qualquer coisa como um desafio.

Olhares os acompanhavam enquanto eles seguiam pelo corredor a passos largos, mas Dante se concentrou nos dois ghiotte que os aguardavam no final.

Aos pés do altar, Talia se ajoelhou.

— Apresento Gabriel Dante Lucente. Os pais dele eram ghiotte. Crescemos juntos.

A mulher — Nova — tinha cabelo bem preto, curto de um lado e raspado do outro, pele marrom-escura e a presença mais imponente que ele já tinha visto. Já Leo, por outro lado, parecia ter uns 25 anos, com bochechas proeminentes e uma feição expressiva, pele bronzeada e uma juba de cabelo loiro-escuro. Ele exalava encrenca.

— Veio sozinho? — perguntou Nova a Dante.

De alguma forma, ele suspeitava que ela já soubesse a resposta.

— Mais seis pessoas. Não são ghiotte.

— E o que o traz aqui, Signor Lucente?

— Venho em uma missão. *Nossa* missão, dada a nós por Dea.

Leo apoiou as mãos nos joelhos.

— Os saverianos finalmente perceberam, hein?

Dante olhou nos olhos dele.

— Eu percebi.

— E, depois de todos esses séculos, Dea enviou *você* como mensageiro para pedir que voltemos como um pequeno exército de Saverio para o próximo Divorando? — A risada irônica de Leo contagiou os outros. — Não. Os saverianos que se virem sozinhos, e espero que sofram por isso.

— Não é o Divorando — disse Dante. — É pior. No fim do mês, Crollo vai mandar um ataque. Aqui. Algo que só os ghiotte podem derrotar.

— E *como* você sabe disso? — perguntou Nova.

— Quer um resumo ou a história completa?

Ela entrelaçou as mãos.

— A versão *verdadeira*.

Uma porta se abriu com um rangido em algum lugar da catedral ao mesmo tempo que Dante escolhia suas palavras com cuidado. Não mentiras, e sim omissões. Os ghiotte eram ainda menos receptivos a estranhos do que ele esperava, e ele precisava ter cuidado. Eles ainda não sabiam quem estava em seu grupo, e Dante manteria as coisas assim, por enquanto. A elite de Saverio os perseguira por séculos. A última coisa que ele queria era que suspeitassem que Alessa era o atual ápice da sociedade saveriana.

Dante foi vago. Evitou nomes e pronomes. Contou-lhes que havia assumido o cargo de guarda-costas da Finestra e que, quando acidentalmente esfaqueara a salvadora — ele não gostou das risadinhas que todos deram ao ouvir aquilo —, descobriu que o dom da Finestra também podia absorver seus poderes de ghiotte.

Os ghiotte se endireitaram nos assentos quando Dante chegou à parte do Divorando.

Ele sentiu embrulho no estômago ao relembrar aqueles terríveis momentos em que soube que Alessa ia morrer, em que percebeu que poderia salvá-la. Que precisava salvá-la.

A lembrança ainda parecia rasgar seu coração, mas, mesmo assim, ele falou sobre o assunto como se tivesse tomado uma decisão racional.

Os guerreiros de Dea queriam uma história de guerra, não de amor.

— O exército estava prestes a ser derrotado. Estaríamos perdidos sem a Finestra, então me arrisquei — disse ele. — O poder da Finestra ampliou o meu e o transformou em algo que poderia proteger mais do que uma pessoa, mas eu... quase morri, e enquanto estava... inconsciente, vi Dea. Ela me avisou que Crollo enviaria outro ataque, um ataque maior, e que eu precisava encontrar vocês para detê-lo. — Dante concluiu a história meio sem jeito. — Então é por isso que estou aqui.

O eco das palavras tácitas ressoava no silêncio:

Eu morri. Eu voltei. Mas não sou mais um de vocês.

Houve uma espera interminável antes de Nova se manifestar.

— Nós, mais do que ninguém, sabemos como Dea é poderosa e por que ela nos deu nossos dons. Mas sabemos nos defender sozinhos.

— Eu sei. Vocês são os únicos capazes disso. É por isso que preciso da ajuda de vocês.

Leo bufou.

— Nós ajudamos os nossos.

Dante cerrou a mão.

— Eu vi sangue correndo pelos canais de vocês. Uma piazza inundada de sangue. Lutaremos juntos ou morreremos sozinhos.

Nova deslizou os dedos pelo braço da cadeira.

— É uma história convincente, mas nós não somos uma monarquia, rapaz. Podemos permitir que você fique por aqui em liberdade condicional, mas o conselho não ordenará que ninguém se junte à sua luta. Se quer soldados, terá que convencê-los.

— Entendido.

— E não permitimos não-ghiotte sem um responsável para aceitar as consequências caso eles nos traiam, então seus companheiros devem ir embora.

— Eu assumo qualquer punição que eles possam merecer — disse Dante.

— Membros em liberdade condicional não têm esse privilégio. Talia, você também responderá por eles?

— Não — disse Talia categoricamente. — Por ele, e só por ele.

Dante congelou quando um homem se aproximou. Barba curta, cabelos escuros — mais compridos do que já foram um dia — e os mesmos olhos suaves. O pai de Talia.

— Eu respondo pelos companheiros dele.

Dante desviou o olhar do homem que já chamara de "Tio".

— E se eles nos traírem? — perguntou Nova a Matteo.

— Aceitarei qualquer punição que o conselho decretar.

Os olhos de Nova brilharam à luz das tochas.

— Até a morte?

Kamaria apagou a chama da flecha com seus poderes antes que Adrick virasse uma tocha humana.

— Então é isso. — Adrick apagou uma brasa fumegante das suas botas. — Vamos esperar aqui.

— Você está bem? — murmurou Kaleb.

Kamaria escondeu a mão nas costas, segurando uma pequena esfera de fogo.

O vento aumentou e então morreu abruptamente quando Saida o abafou. Alessa nunca tinha sentido tanta inveja dos poderes delas, mas *eles não deveriam estar mantendo a discrição?*

Antes que ela pudesse sussurrar para que parassem, duas figuras surgiram em meio à névoa. Mais uma surgiu de trás de uma coluna. Outras pareceram se materializar onde o luar se misturava com as sombras, deslocando-se com graciosidade felina e movimentos predatórios. Corpos humanos com rostos monstruosos, sorrisos zombeteiros com dentes afiados. Máscaras, percebeu Alessa com um discreto alívio.

— Desculpem-nos, não nos vestimos para a ocasião — avisou Kamaria alegremente. — Ninguém nos disse que haveria um baile de máscaras.

Um dos desconhecidos fez sinal para que eles os seguissem.

— Seus aposentos os aguardam.

— Aposentos de *hóspedes*... ou de prisioneiros? — sussurrou Saida.

— Acho que não temos muita escolha, de qualquer maneira — murmurou Kamaria.

Alessa se adiantou para liderar o grupo enquanto seguiam o cortejo macabro.

— Se vocês decidirem não nos ajudar, podemos ir embora, certo? — Kamaria quis saber.

A única resposta que obteve foi o som da água e o suave choque dos barcos vazios nas paredes de pedra.

O líder parou em frente a um casarão em formato de U com um pátio cercado e ligado à rua por uma ponte curta e estreita. Ele destrancou o portão e apontou para a porta aberta do imóvel e para a escuridão faminta dentro de suas paredes precárias.

— Que graça — murmurou Ciro.

Alessa acenou majestosamente para seus captores — *anfitriões* — e entrou no pátio. Saida a seguiu, sussurrando uma oração.

Os portões bateram alto quando os ghiotte mascarados os trancaram ali.

— Alguém voltará para buscá-los ao amanhecer.

— O que acontece ao amanhecer? — sussurrou Saida.

Kaleb largou seu saco de dormir com um suspiro.

— Provavelmente nossas execuções.

— Talia, Matteo. Uma *palavrinha*. — Nova os chamou para subir ao altar e aí inclinou a cabeça em direção a Leo para discutir o destino de Dante.

Ele mexia nos cabos das adagas à medida que a conversa se prolongava.

Antes que pudessem dar um veredito, um garoto atravessou o corredor às pressas e sussurrou algo que fez Leo se levantar de supetão, com um olhar assassino.

— Sente-se, Leo — explodiu Nova. — Hoje sou *eu* quem comanda. Talia, você os informou sobre nossas leis, não informou?

Talia fez que sim com tanta veemência que poderia ter esmigalhado uma noz sob o queixo.

Dante manteve a expressão neutra. *Merda.* Ele tinha avisado ao grupo para permanecer no barco.

— Parece que eles não deram ouvidos. — Nova se dirigiu outra vez a Matteo. — Ainda vai responder por eles?

— Peguei este garoto no colo no dia em que ele nasceu. Conheço o pai dele desde o dia em que *eu* nasci. Se ele diz que são confiáveis, eu confio neles.

Nova suspirou.

— Tudo bem. Liberdade condicional. E deixe nossas regras mais do que claras da próxima vez.

Talia desceu a escada, furiosa, e agarrou o braço de Dante.

— Vamos lá fora *agora* para eu poder gritar com você.

Ele se aproveitou do seu tamanho para desacelerar o passo no corredor. Não ia fugir, não importava o quanto ela estivesse brava.

Eles mal tinham saído quando ela se virou para Dante.

— Fonti? Você trouxe malditas *Fonti? Che cazzo fai*?! Botei meu nome na reta por você!

— *Mi dispiace...*

Ela cuspiu no chão.

— Você tem muita sorte de Nova estar de olho no meu pai, senão seus amigos já estariam mortos. Agora meu *pai* vai pagar se eles fizerem besteira de novo!

— Basta! — Dante teve que gritar para ser ouvido. — Sinto muito. Me parecia uma estratégia melhor apresentar nosso caso antes de mencionar quem eles são.

— Você poderia ter contado para *mim*. — A voz dela falhou na última palavra.

— Eu sei. Eu deveria ter contado. Mas do nada você estava *lá*, e não estava morta, e achei que você fosse dizer não e ir embora, e... não consegui.

Talia respirou fundo.

— Você é o maior idiota do mundo. Eu deveria te dar uma surra por isso.

Ele estendeu as mãos, contraindo-se sutilmente caso ela atacasse sem aviso.

— Não vou nem reagir.

Talia deu uma risada.

— Que graça tem? Vou esperar para te pegar de surpresa.

Ele baixou os braços.

— Mal posso esperar, então.

— *Stronzo*. — Talia fez um gesto rude na direção dele enquanto alguém surgia atrás dela.

— Dê um desconto para o garoto, Natalia. — Matteo deu um tapinha nos ombros tensos da filha.

A raiva amarga subia pela garganta de Dante enquanto ele olhava nos olhos do tio.

— Ei, filho. — Matteo o encarou antes de se recompor, balançando a cabeça. — *Mi scusi*. É como ver um fantasma.

— É, é mesmo. — A raiva de Dante aumentou ainda mais ao ouvir o tremor na voz de Matteo. Não foi *ele* quem tinha sido largado para trás.

— Papai, podemos resolver isso depois? — disse Talia. — Se você não voltar para dentro, Nova pode mudar de ideia.

— Claro. Tudo bem. — Matteo parecia grato por ter um pretexto para se retirar. — Mas você vai ficar na nossa casa hoje à noite, e não aceito não como resposta.

Dante não teve nem chance de opinar, pois Matteo entrou correndo.

— Vamos — disse Talia em voz baixa. — Ele vai levar a noite inteira para conseguir aplacar a fúria de Nova.

Dante respirava mais aliviado a cada passo para longe da catedral.

A raiva de Talia provavelmente tinha se dissipado, pelo menos temporariamente. Ele agradeceu pelo silêncio dela. Pela escuridão. Concentrou-se no frio da chuva que molhava seu rosto e invadia suas roupas. Qualquer coisa para manter o controle.

Ao chegarem em frente a um prédio estreito e modesto com vista para um canal tranquilo, Talia tirou uma chave do bolso.

— Ainda não acredito que você trouxe as malditas *Fonti*.

De algum modo, o interior da casa parecia exatamente igual à antiga cabana de Talia em Saverio. Até o cheiro era idêntico, de linho e sândalo. A enxurrada de lembranças fez a cabeça de Dante girar.

— Esta chave é para emergências — disse Talia. — Não para você se esconder no escuro.

Um lampejo de vermelho na visão periférica de Dante o alertou segundos antes de a mão pesada de alguém lhe dar um tapa nas costas.

— Privilégio de melhor amigo — disse Blaise. — Meus parabéns, cara. Liberdade condicional é melhor do que morte.

Dante grunhiu um agradecimento, guardando as facas nas bainhas.

— Cadê meus companheiros?

Blaise riu.

— Estão recebendo os devidos cuidados.

Dante sentiu embrulho no estômago.

— *Como assim?*

Blaise deu de ombros.

— Eles desrespeitaram a regra número um e pisaram em nossa ilha sem permissão. Não vão ter a mais confortável das noites.

Dante sacou as facas novamente.

— Se alguém machucá-los...

— Relaxa — disse Talia. — Temos regras aqui. Nova disse que eles podem ficar, e nós não lutamos contra pessoas frágeis a menos que elas ataquem primeiro. Talvez eles tenham que dormir no chão duro, mas vão sobreviver. Eu sugiro que você cause uma boa primeira impressão amanhã, se quiser que as coisas continuem assim.

Dante relaxou. Mas só um tiquinho.

— E quem exatamente eu preciso impressionar?

— Todo mundo. — Blaise abriu um sorriso sombrio. — Você já ia ter um monte de desafios, mas agora as pessoas vão fazer fila para colocar você no seu lugar.

Dante arqueou a sobrancelha.

— Eu devo impressionar as pessoas, fazer amizade com elas ou lhes dar uma surra?

— E qual é a diferença? — Rindo como se tivesse feito a piada mais engraçada do mundo, Blaise saiu correndo porta afora.

— Bom, a noite foi divertida — disse Talia, deixando a chave numa tigela em cima da bancada.

Os anos tinham sido longos, e a lista de perguntas de Dante era ainda maior, só que ele não sabia por onde começar. Quando crianças, eles passavam os dias tentando superar um ao outro ou elaborando jogos de guerra, nunca relembrando traumas passados. Nenhum dos dois tinha um manual para aquilo.

O tapete ornamentado, porém velho, abafava os passos de Talia enquanto ela andava pela salinha de estar.

— Então o que exatamente você acha que Crollo vai enviar?

— Não sei. — Dante passou a mão pelo cobertor desbotado e familiar que cobria o encosto do sofá. — As imagens mudam o tempo todo, como se ele quisesse me deixar na dúvida. A única coisa que sempre volta é o sangue. Muito sangue. O que eu ainda estou tentando descobrir é o *propósito*.

— O *propósito* não é nos matar? — perguntou Talia.

— Acho que não. Se Crollo quisesse, ele simplesmente mataria. A história é essa, certo? Dea e Crollo discordaram sobre a humanidade dever ou não existir, então fizeram uma aposta, e todos nós fomos peões em cada rodada até hoje. Só que, mais cedo ou mais tarde, todos os jogos terminam, e agora as coisas mudaram.

Talia parou de andar.

— Mudaram como?

— O propósito do Duo Divino deveria ser lembrar às pessoas de trabalharem juntas, certo? Pois bem, o poder da atual Finestra era forte demais para apenas um parceiro. Havia cinco no Pico da Finestra dessa vez. E agora Dea diz que Crollo vai mandar algo ainda pior. Para *mim*, parece...

— O dobro ou nada — disse Talia.

— Exatamente. — Dante fez que sim. — Crollo está cansado do jogo, então ele vai aumentar as apostas. *Eu* acho que Dea quer que eu conclua seu plano original. Sua bênção diz que ela nos deu três dons, certo? As Fonti com os poderes, uma Finestra para ampliá-los e lutadores com uma fonte de cura. Os lutadores são os ghiotte, mas como as pessoas entenderam errado e nos culparam por roubar uma fonte que nunca existiu, todos pagam o preço. Na minha opinião, Dea quer que *eu* coloque os jogadores que faltam no tabuleiro pela primeira vez desde que isso começou. Então Crollo enviará seu pior ataque para que possamos vencer a aposta de Dea de uma vez por todas.

Talia o observou.

— E se não vencermos?

Ele olhou nos olhos dela.

— Fim de jogo.

DEZENOVE

DIAS ANTES DO ECLIPSE: 23

Na manhã seguinte, Dante acordou de sobressalto no quarto de hóspedes da casa de Talia, sentindo-se extremamente culpado. Ele deveria ter se revirado na cama de tanta preocupação, mas a familiaridade o envolvera como um cobertor e ele dormira feito uma pedra.

Ele se vestiu bem rápido e abriu a porta, mas quase morreu de susto quando deu de cara com Talia do lado de fora.

Ela enfiou um café espresso na mão dele.

— É o primeiro dia do resto da sua vida e você já dormiu até tarde?

— Você poderia ter me acordado — disse Dante, bebendo o café de um gole só enquanto eles desciam as escadas.

— Rá. Da última vez que eu te acordei, você me deu um soco na barriga.

Dante deu uma risadinha.

— Você me deu um chute no saco em troca.

— E faria de novo. Anda logo.

— Cadê minha equipe? — perguntou ele enquanto os dois atravessavam uma ponte pequena. — Preciso saber que estão seguros.

— Eles *estão*. Pelo amor de Dea, mantenha a calma. Eu não lembrava que você era tão impaciente. — Ela lhe deu um chute no pé. — Quer meu conselho?

Ele contorceu a boca com a velha vontade de irritá-la.

— Na verdade, não.

Ela lhe deu um soco no ombro.

— Babaca teimoso.

— Aprendi com a melhor.

— É, aprendeu mesmo. Olha só, ninguém vai te dar a menor chance se acharem que você está recebendo ordens de forasteiros. Se é você quem *dá* as ordens, aí é diferente. Um de nós finalmente no controle da situação, sabe? Eles são só seus lacaios, ou sei lá o quê. — Talia o avaliou. — É esse o caso, né?

— Claro. — Ele quase tinha se esquecido de como ela era mandona.

— Acho bom. Você dificultou tudo trazendo forasteiros, *especialmente* porque são abençoados. Você espera que as pessoas façam parte dessa sua missão maluca só porque é ghiotte? Muito difícil. Lealdade tem limites. Ninguém sabe mais nada a seu respeito, e você está começando em desvantagem. Tem que correr atrás do prejuízo.

— Então me fala. Qual é o plano?

— Passo um: conseguir a bênção do conselho. Feito, mas foi por um triz. A próxima parte é mais difícil.

— Qual é a próxima parte?

— Causar uma boa primeira impressão. Quero dizer, *segunda* impressão. As pessoas precisam te ver comigo antes de te verem com a gentalha que você trouxe. Deixe muito claro que você é um de nós.

Dante fingiu coçar o bíceps para ver se o curativo debaixo da manga estava seguro. Os pontos deveriam continuar ali por mais alguns dias, mas ele teria que arriscar tirá-los antes. Parecia uma tatuagem que indicava que Dante era um impostor, um forasteiro. O tipo de cara que mentiria para a amiga mais antiga porque não suportava a ideia de vê-la descobrindo a verdade sobre quem ele era. Ou não era.

Talia o apresentou aos lugares onde os ghiotte se reuniam, moravam, brincavam e trabalhavam. As pessoas estavam desconfiadas, olhando-o de cima a baixo, mas Talia era claramente querida, e seu apoio parecia ter peso.

— Eu nunca vou conseguir me lembrar de todos esses nomes — disse Dante depois de se atrapalhar em mais uma apresentação.

— Não se preocupe. Eu conheço todo mundo.

Nem em sonhos Dante tinha imaginado que ainda existiam tantos ghiotte no mundo — com certeza em número o suficiente para formar um exército —, mas sempre que ele tentava direcionar as conversas para sua missão, Talia lhe dava cotoveladas fortes, a ponto de deixar hematomas.

— Parece até que você nunca ouviu falar de estratégia — disse ela. — Por acaso se esqueceu de todos os nossos jogos de guerra?

— Não somos crianças brincando de soldado na praia, Talia. Isso é coisa séria.

— Então é ainda mais importante. Se você começar uma campanha de recrutamento agora, ninguém vai dar as caras e você vai fazer papel de bobo. As pessoas precisam saber quem você é e que você merece o respeito delas primeiro.

O dia de Alessa começou com um estrondo.

— Levantem! — O captor ruivo estava parado em meio a uma nuvem de poeira junto à porta que ele tinha batido na parede. — Eu sou Blaise, e vocês estão em condicional. Hora de me impressionar.

Ela sentou-se abruptamente, com o coração acelerado.

— Cadê o Dante?

— Fazer perguntas *não* me impressiona. Arrumem suas coisas. É hora do passeio. — Blaise batia o pé no chão enquanto todos se levantavam dos sacos de dormir às pressas, desgrenhados e sonolentos. Depois de terem se vestido e pegado a comida que foram autorizados a levar, o grupo seguiu Blaise até o lado de fora, semicerrando os olhos contra a súbita luz do dia.

— Estão vendo *aquilo*? — disse Blaise, alto e extremamente devagar. — *Aquilo* é um canal. É tipo uma *estrada*, só que é feita de *água*. E se vocês caírem, a gente aponta e ri. *Aquilo* ali se chama *ponte*. Se vocês tiverem muito medo de pular o canal, podem ir até a ponte e atravessá-la feito bebezinhos.

Enquanto Alessa espiava os becos, na esperança de ver Dante, Adrick, Ciro e Saida seguiam Blaise, fazendo perguntas espertas. Parecia que a maioria dos ghiotte morava na ilha de Perduta, mas algumas famílias tinham fazendas no continente, e ainda havia alguns vilarejos de ghiotte também.

— Fascinante — disse Adrick enquanto Blaise explicava o sistema de trocas.

— Que puxa-saco — comentou Kaleb. — Desculpe, Alessa, mas não suporto o seu irmão.

Kamaria deu tapinhas no ombro dele.

— Continue tentando se convencer disso.

Blaise bateu palmas.

— Andem logo. Não tenho o dia todo.

Depois de uma hora perambulando por vielas aleatórias e pontes pitorescas, porém não muito empolgantes, eles não tinham encontrado nenhum outro ghiotte além de Blaise. Alessa começou a suspeitar que o passeio servia apenas para mantê-los longe dos outros. Quando Blaise os levou de volta para o alojamento lamentável, os pés dela latejavam de dor.

Alguém tinha deixado suprimentos enquanto o grupo estava fora — baldes, panos, vassouras, lonas, martelos e pregos, alguns colchões finos, mesa e cadeiras bambas, tudo amontoado em um canto do pátio.

— Ah, os detalhes que transformam uma casa num lar — disse Ciro com cara de dor.

— Sua cesta de boas-vindas — comentou Blaise. — Querem uma moradia melhor? Então mãos à obra.

Kaleb torceu o nariz e pegou uma vassoura, Kamaria encheu os braços de panos e Ciro espiou dentro de um balde como se nunca tivesse visto um na vida. Enquanto isso, Blaise ficou no portão, supervisionando o trabalho deles — e, presumivelmente, garantindo que ninguém fugisse.

Só a gata parecia feliz com o novo lar: ela corria atrás de redemoinhos de poeira e zombava do cativeiro deles entrando e saindo pelas grades do portão.

— Será que conseguimos treiná-la para abrir o cadeado? — perguntou Kaleb. Como resposta, ela balançou o rabo com desdém.

Verdade seja dita, a casa era mais bonita à luz do sol. Construída com rochas sedimentares, devia ter sido um belo lar para uma família rica de antigamente, e a construção tinha um aspecto sólido, apesar da negligência.

O térreo tinha janelas altas (fechadas com madeira podre), uma sala grande (coberta de poeira) e uma cozinha estreita (lotada de lixo e ladrilhos quebrados).

Kamaria atravessou o pátio, que dava para um céu azul intenso.

— Vou dar uma olhada no andar de cima.

— Vou limpar a poeira. — Saida se agachou, com as mãos estendidas, direcionando o ar para soprar o grosso da poeira para fora. Alessa segurou a mão dela para acelerar o processo e Kaleb mirou as faíscas para que elas enxergassem melhor. Adrick pegou uma vassoura e Ciro começou a limpar as maçanetas com um pano úmido.

Tossindo e piscando para afastar a poeira dos olhos, Alessa não estava conseguindo ver direito para onde estava indo enquanto ela e Saida limpavam uma seção após a outra.

Kamaria surgiu de um canto da casa e anunciou que o telhado estava em péssimo estado, que não havia portas para as varandas e os parapeitos estavam destruídos.

— Melhor dormir aqui embaixo de novo, senão alguém pode rolar, cair e morrer.

— Podem agilizar um pouco aí? — disse Kaleb. — Minha cicatriz está coçando.

— Precisam de luz? — perguntou Kamaria. Quando Kaleb assentiu com semblante de dor, ela assumiu o comando. Ele se encostou numa parede e levantou o tapa-olho para coçar a cicatriz deixada por uma garra de scarabeo que lhe custara um olho no

Divorando. Estava bem menos horrível do que nas semanas logo depois do ataque, mas ele costumava fazer careta de dor quando algum movimento repuxava o tecido.

— Tenho uma pomada que pode ajudar. — Adrick se aproximou, revirando seu kit de suprimentos medicinais, mas Kaleb recuou quando o outro pegou um pote.

Adrick pôs as mãos na cintura.

— Eu sou médico, cacete. Posso te mostrar como massagear a região para atenuar a cicatriz, ou você pode continuar se coçando toda vez que irritar a pele com essa sua careta perpétua. Você decide.

Kaleb consentiu com um resmungo e, aborrecido, Adrick se ajoelhou e balançou a cabeça.

Um zumbido estranho, como os ruídos de uma conversa distante ou um enxame de abelhas minúsculas, vibrou na cabeça de Alessa. Ela teve a estranha sensação de que, caso quisesse, poderia libertar as abelhas, mas alguma coisa a alertava para ter cuidado. Eram *suas* abelhas, e ela não conseguiria capturá-las de novo.

Ela se recompôs. A privação de sono ou o esgotamento depois de um dia intenso a estavam deixando patética. Seria ótimo se Dante estivesse ali, com sua força constante.

Alessa sentiu um embrulho no estômago, tamanha preocupação. Não queria pensar no que poderia estar acontecendo para que ele não tivesse voltado ainda.

— Te peguei de novo! — disse Talia, se gabando.

Dante se levantou, espanando a poeira da calça depois de mais um ataque surpresa.

— Eu *deixei* você ganhar.

Ela lhe ofereceu a mão.

— Desde quando você deixa alguém ganhar em alguma coisa?

— Você disse que eu tinha que causar uma boa impressão.

— Você acha que ser um *perdedor* ajuda nisso?

— Cheguei a comentar que quase morri um tempo atrás? — Ele fez sinal para que ela fosse na frente.

— *Pffff*. Nós somos ghiotte. Quase morrer não é nada.

Ah, se ela soubesse...

Talia não parava de insistir que os amigos dele estavam em segurança, mas "segurança" poderia significar muita coisa, e Dante estava louco para constatar pessoalmente.

— Já passei por obstáculos suficientes para libertar os reféns? — perguntou ele.

— Não me lembro de você ser tão impaciente — comentou Talia, revirando os olhos.

— Preciso saber que eles estão bem.

— Argh. Já que você nitidamente não confia em mim, vamos levar comida para eles e você vai ver que estão *bem*.

Eles não voltaram para a casa de Talia, ainda bem, e sim para um prédio com fileiras de mesas e uma cozinha movimentada do outro lado de um balcão cheio de comida.

— Onde é que pagamos? — perguntou Dante enquanto eles examinavam a seleção de pães frescos, queijos e carnes curadas.

— Não pagamos. Esta é a cozinha comunitária.

— Todo mundo come aqui?

— Claro que não. A maioria cozinha em casa, mas, quem quiser, pode vir. Perduta é uma família. Todo mundo deve contribuir com suas habilidades e todo mundo recebe o que precisa.

Que irônico. Marcados e rejeitados por supostamente terem roubado a mítica fonte de cura de Dea, os ghiotte acabaram construindo uma sociedade mais igualitária do que Saverio poderia imaginar.

— Você está tão nervoso — disse ela, dando-lhe um tapinha nas costas. — Relaxa.

— Passei anos tomando cuidado com tudo. Acontece.

Dante prestou mais atenção aos prédios de cada lado dos canais enquanto saíam da cozinha. Algumas lojas e cafés eram parecidos com qualquer estabelecimento de Saverio, mas outros estavam com portas abertas e não havia nenhum funcionário visível.

Talia o flagrou espiando uma dessas lojas, cheia de roupas em bom estado, mas não novas, e disse a ele que ficasse à vontade.

— As pessoas doam coisas que não querem e pegam aquilo de que precisam. Sem desperdício não falta para ninguém.

Eles tinham viajado com pouca bagagem, e todos no grupo de Dante precisavam de roupas limpas. Era fácil selecionar itens para os garotos e para Kamaria, já que ela preferia calças e tinha quase a altura dele, com quadris estreitos o suficiente para que ele pudesse adivinhar o que caberia, mas Dante nunca tinha escolhido roupas femininas.

Ao observá-lo examinando um vestido, Talia se compadeceu.

— Este aqui não tem saia dividida, então seria difícil de se movimentar, e elas não estão aqui a passeio. — Revirando as araras, ela selecionou saias, blusas e roupas íntimas. — Isso deve caber na baixinha com covinhas...

— Saida.

— Tanto faz. Talvez esse vestido seja ousado demais para os puritanos de Saverio, mas deve servir na outra.

— Alessa.

Talia semicerrou os olhos.

— Por que disse o nome dela assim?

— Assim como? — Dante manteve o punho escondido nas costas para que ela não visse o pedaço de renda que ele tinha roubado. De braços cheios, ele a seguiu para o lado de fora e, então, os dois deixaram o movimentado centro de Perduta para irem a uma área residencial.

— Qual é sua moeda de troca, aliás? — perguntou Talia enquanto passavam por um parquinho onde um rapaz gritava palavras de incentivo para crianças que escalavam árvores, empolgadíssimas.

— Esqueci de perguntar ontem.

— Hã? — disse Dante.

— Sabe como é, o que *você* vai fazer para contribuir com a comunidade? Você vai precisar dizer na sua cerimônia de juramento.

— Espera aí. Cerimônia de juramento?

Talia parou de repente.

— Ah, *cavolo*! Esqueci. *Eu* sou responsável por você, então *eu* que deveria explicar como funciona. Os novatos ficam em condicional até fazerem um pedido oficial para se juntar à comunidade. A votação acontece no último domingo de cada mês, e todo mundo que comparece pode participar, então quanto mais amigos você fizer, melhor. As pessoas podem falar a favor ou contra você, todos dão um sinal positivo ou negativo com o polegar, e depois disso o conselho decide. Se eles aprovarem, você pode reivindicar uma casa e virar um residente permanente. Se não aprovarem, você tem permissão para ir e vir, mas não para morar por aqui. E se você receber muitos sinais negativos ou se o conselho decidir vetar a maioria, você é expulso da ilha de vez.

Dante fez contas rápidas de cabeça.

— Então se eu não conquistar pessoas suficientes ou se o conselho não for com a minha cara...

— Tarde demais.

— Eles vão me expulsar dias antes de Crollo atacar?

— *Agora* você está pegando o espírito da coisa.

— E qual é a *sua* moeda de troca? — perguntou ele.

— Eu cuido dos suprimentos. Caço, coleto, compro ou negocio com assentamentos em troca de coisas que nós não conseguimos fabricar aqui.

— Posso escolher isso também?

Ela deu de ombros.

— Até *poderia*, mas não é o mais atraente. O que mais você sabe fazer?

Antes de virar guarda-costas de Alessa, ele passara anos usando seus poderes para vencer lutas pagas, mas mesmo que ainda *tivesse* seus poderes de ghiotte, não seria nada de especial por ali. Além disso, embora tivesse tentado outras coisas, ele nunca tinha permanecido em um lugar por tempo suficiente para aprender algo de verdade.

— Passei um verão trabalhando com um ferreiro. Que tal?

Talia arqueou as sobrancelhas.

— Isso vai ser útil enquanto nos preparamos para a guerra.

Os sons da cidade iam desaparecendo à medida que os dois se afastavam do centro e iam para uma região mais tranquila. Depois, seguiram para outra, ainda mais tranquila, até começarem a surgir prédios abandonados de cada lado. A casa onde Talia os escondera ficava *bem* fora de mão.

Mais à frente, Blaise estava de guarda em uma pontezinha que levava a um casarão com portão.

— Se pretende dar apoio moral a eles, seja rápido — disse Talia. — Meu pai provavelmente está fazendo lasanha em sua homenagem e eu estou morta de fome.

Dante esfregou o queixo.

— Vou ficar com eles hoje à noite.

— O *quê?* Por quê?

Dante deu de ombros.

— Estamos numa missão. Preciso ser um bom companheiro e trabalhar em equipe.

— E vai fazer isso dormindo no chão de uma casa xexelenta? — Talia revirou os olhos. — É por causa do meu pai?

— Não. — Dante a encarou. — Já disse, eles são minha equipe. Se eles têm que dormir sem nenhum conforto, então eu também tenho.

— Se eu soubesse que você ia ser tão nobre, teria mandado Blaise arrumar uma casa melhor.

— *Existem* casas melhores?

Ela pensou.

— Provavelmente não. Qualquer coisa em bom estado já deve ter sido ocupada.

Dante ficou sem ar ao ver Alessa varrendo o pátio, meio suja de poeira, mas, tirando isso, ela estava bem. Ele não teria que matar ninguém naquele dia.

Assim que Blaise abriu o portão, ela levantou a cabeça, jogou a vassoura de lado e atravessou a pontezinha às pressas. Enquanto abraçava Dante pelo pescoço, começou a falar:

— Estava começando a achar que eles tinham matado você e que nós seríamos os próximos. Para onde você foi ontem à noite? O que aconteceu? O que andou fazendo?

Dante se desvencilhou e lançou um olhar discreto para Talia.

— Estou bem. Pensamos que seria melhor se eu conhecesse algumas pessoas antes que o grupo inteiro complicasse as coisas.

Alessa disfarçou o semblante, mas não antes de Dante perceber o lampejo de dor.

A culpa revirou seu estômago, mas ele explicaria assim que Talia fosse embora.

Alertados pelo tumulto, os outros saíram da casa. Estavam cheios de olheiras, mas sem sinais de ferimentos ou maus-tratos. Dante relaxou um pouco mais a mandíbula.

— O que você contou a eles? — perguntou Talia a Blaise.

— Pouca coisa. Só os mantive fora do caminho.

— Que bom. — Talia enfiou uma cesta de comida nos braços de Adrick. — Vamos pôr alguns pingos nos is agora mesmo. Os saverianos veneram vocês porque precisam de vocês para proteção. Nós não. Então podem ir parando com esses truquezinhos mágicos. Os boatos já estão se espalhando, mas ninguém precisa ver isso.

— Poxa, que barra — disse Adrick. — Se Kaleb não puder fazer as pessoas falarem com ele na base da eletrocussão, que escolha ele tem?

Kaleb abriu um sorrisinho desdenhoso.

— Olha quem fala, a única pessoa sem poderes na ilha inteira.

— Parem com isso — disse Dante. — Vocês ouviram, sem magia.

— Não podemos esconder os nossos poderes para sempre — resmungou Kaleb. — Vamos precisar deles para lutar contra "o grande mal".

— Uma coisa de cada vez — anunciou Talia. — Segurem seus poderes enquanto Dante faz a estreia dele. Entendido? — Ela olhou para cada um deles, esperando um aceno de cabeça ou um resmungo qualquer.

— Não temam. — Ciro fez uma reverência galante, e Dante bem que poderia ter avisado que aquilo só faria irritar Talia ainda mais. — Eu não conseguiria fazer toda uma cena mágica nem se quisesse.

Talia apontou para Adrick.

— Achei que fosse *ele* quem não tivesse poderes.

— Ah, sim, eu *tenho* poderes — disse Ciro, com a seriedade de um professor idoso. — No entanto, não passo de uma mera lente de aumento.

— Você só pode estar de brincadeira — comentou Talia, beliscando a ponte do nariz por um segundo antes de olhar feio para Dante. — Você trouxe *todos* os soldados mágicos que conseguiu encontrar?

— Nem *todos*.

Talia resmungou uns palavrões e abriu o portão bruscamente.

— Todo mundo para dentro. — Então, de propósito, soltou o portão antes que Dante passasse.

— *Sim?* — perguntou ele.

— A tagarela te olha como se você fosse um pedaço de bolo e ela quisesse lamber o glacê.

— E daí?

— *E daí* que acho bom ela parar com isso, senão as pessoas podem achar que você tem um conflito de interesses.

Complicação. Alessa estava remoendo aquela palavrinha enquanto Blaise fazia toda uma cena ao fechar o portão e trancafiá-los. Dante levara o dia inteiro para vir atrás dela porque Alessa era uma *complicação*.

Tudo bem. Ela sabia ser paciente. Diplomática. O que fosse necessário.

Com os últimos raios de sol bloqueados pelo prédio, o pátio estava sombrio. Kamaria fez uma bolinha de fogo e Dante distribuiu o restante das roupas e comidas antes de acomodar-se nos degraus desgastados para contar o que tinha visto e descoberto no tempo que passaram separados.

— Então quer dizer que um deus vingativo enviando uma invasão apocalíptica não é motivação suficiente para eles? — perguntou Kamaria quando ele terminou. — Pensei que essa seria a parte fácil.

— Eles não têm que se juntar a nós — disse Dante. — Não é uma luta deles.

— É uma luta para salvar o mundo. A luta é de todos — retrucou Saida.

Dante fez um som de frustração.

— Vocês não viveram a vida deles. Não fazem ideia de como é.

— Ser odiado e temido? — disse Alessa. — Discordo.

Dante não mordeu a isca.

— Não estamos em um concurso de impopularidade. Nós precisamos *convencê-los* a trabalhar com a gente.

— Se Talia é como se fosse sua família, por que simplesmente não pede para eles se juntarem a nós? — Kaleb chutou uma pedra. Grande demais para ser chutada, a julgar pela careta que ele fez. — Quanta lealdade, hein?

— Isso *é* lealdade. Ela está sendo sincera.

— E se eles decidirem que não vão ajudar, o que acontece? — perguntou Alessa. — A gente desiste e vai para casa?

— Claro que não. Vamos fazer o que for necessário.

— E o que seria isso? — perguntou Kaleb.

— Em primeiro lugar, eles precisam acreditar que sou o líder dessa operação. — Dante olhou para cada um deles, mas apesar de alguns olhares carrancudos, ninguém fez objeção. Por último, ele olhou para Alessa com uma careta. — E não podem saber sobre *nós*.

Saida fez um som de solidariedade. Alessa mordeu a língua. Por um breve instante. Assim que os outros se dispersaram para se preparar para dormir, ela segurou a mão dele e apontou para a escada.

No andar de cima, eles encontraram uma varanda que parecia resistente, embora faltasse um pedaço do parapeito, aí sentaram-se com as pernas penduradas para fora. Dante tinha passado por uma verdadeira montanha-russa emocional, preso entre seu passado e seu presente, e dava para *sentir* a pressão crescendo dentro dele, mas Alessa estava disposta a esperar.

Sabia ser paciente.

Ela balançava os pés, batendo os calcanhares na parede externa.

A qualquer momento.

Se ao menos ela soubesse assobiar…

A qualquer instante.

— Ver Talia e seu tio depois de todo esse tempo, encontrar seu povo... — arriscou ela. — É muita coisa. — Ela não ia *forçá-lo* a compartilhar nada, simplesmente abriria a porta de leve. Um convite.

— Pois é. — O semblante dele era indecifrável.

Ela se imaginou passando um convite por baixo de uma porta com a fresta muito apertada.

— Você está bem?

— Não sei. — Dante pegou um caco de ladrilho e, distraidamente, esfregou-o entre o polegar e o indicador.

— Quer falar sobre isso?

— Tenho permissão para me recusar? — Um sorriso discreto se insinuou no canto da boca de Dante.

— Sim, mas *não deveria*. Não dá para guardar seus sentimentos para sempre.

— Ah, aposto que consigo. — Dante jogou o ladrilho no canal lá embaixo, enquanto a água refletia o pôr do sol dourado. — Assim... eu coloquei meus pais e eles na mesma caixa. A caixa se foi. Só que agora Matteo e Talia estão vivos, então meus pais também deveriam estar. Quero dizer, se duas pessoas podem voltar do mundo dos mortos... — Ele soltou um suspiro pesado. — Isso está mexendo comigo.

— Você conversou com seu tio?

— Não. E nem sei se quero.

Aquele não parecia ser o fim do assunto, mas Dante se calou. O silêncio tomou conta do ambiente enquanto a última faixa de sol desaparecia no horizonte e Perduta era mergulhada em um luar azul-prateado.

Dante já tinha conversado o suficiente por aquela noite, mas Alessa ainda o observava. Com *muita* atenção.

Ele arqueou a sobrancelha.

— Sim?

— Você está todo desleixado — comentou ela. — Dá todo um ar perigoso.

— Isso incomoda você? — perguntou ele com uma risada.

— *Agora* não. — Ela balançou a cabeça vigorosamente. — Só estava pensando que talvez eu não tivesse coragem de abordar você no Fundo do Poço naquele fatídico dia se você parecesse ainda mais intimidador.

— Quem diria que uma barba poderia mudar o curso de nossas vidas?

Não era a barba por fazer, mas *algo* estava incomodando Alessa. Seu nariz franzido sempre a entregava.

— Então — disse ela, mexendo na unha do polegar. — Você é nosso corajoso líder e eu sou só mais uma da equipe, né?

— Algo do tipo. — Dante se inclinou para bater o ombro no dela. — Ah, fala sério. Ficar às escondidas? Fruto proibido? Não sentiu *nem um pouquinho* de saudade dessa época?

— Eu preferiria vivenciar um relacionamento *normal*, onde podemos nos tocar *e* não precisamos manter segredo. Quando será que vamos poder ter *isso*?

Ele passou o braço ao redor dos ombros de Alessa para lhe dar um beijo rápido na bochecha.

— Em breve. Só precisamos riscar "Construir um exército de soldados poderosos" e "Vencer uma batalha contra os deuses" da nossa lista de afazeres, e aí sou todo seu.

— Argh. Por que nossa lista de afazeres *nunca* diminui?

De repente, começou a ventar mais forte e os cabelos de Dante começaram a açoitar seus olhos. Ele viu Alessa disfarçar um calafrio.

— Vem, vamos entrar. — Ele a ajudou a se levantar, o tempo todo usando o braço como uma barreira entre Alessa e a beira da varanda. No andar de baixo, Dante sentiu uma pontada de arrependimento ao ver o chão duro de pedra, um claro contraste em relação à cama macia e os lençóis limpos que ele havia recusado de novo.

— Acho que vamos todos dormir aqui hoje — disse Kaleb com um suspiro abatido.

— Finja que é uma festa do pijama. — Saida pôs as mãos na cintura. — Aconchegante.

O espaço fechado deixava Dante inquieto.

Ele *poderia* escapar. Caso precisasse. Mas se tentasse dormir no andar de cima, Alessa insistiria em ir com ele, e com todas aquelas paredes capengas, não dava para confiar que ela não rolaria pela lateral da casa.

Cerrando os dentes, Dante resignou-se a passar uma noite no escuro claustrofóbico.

No entanto, ele enlouqueceria se ficasse prensado entre as pessoas na sala principal, então, quer fosse uma decisão prudente ou não, eles arrastaram dois sacos de dormir para o estreito e empoeirado espaço que um dia já fora uma cozinha.

Provavelmente Dante não dormiria nem um pouco, mas pelo menos poderia se virar sem esbarrar em ninguém. Não poderia nem gastar a energia excessiva ou canalizá-la para consertar a casa sem perturbar todo mundo.

Relutante, ele entrou no saco de dormir.

Havia *outra* maneira de gastar energia.

Ignorando os sons não tão distantes vindos do outro cômodo, Dante se ajeitou atrás de Alessa e ela remexeu aquele bumbum lindo contra ele — um gesto tentador o suficiente para que ele sentisse vontade de se enfiar no saco de dormir dela sem ligar para a falta de portas, caso soubesse que poderia seguir em frente sem morrer.

Tão perto, mas tão longe, com duas camadas de roupas *e* dois sacos de dormir entre eles, Dante se arrependeu de cada momento de autocontrole que os mantivera separados quando ele podia tocá-la. E, como era um masoquista, ele falou baixinho exatamente onde botaria as mãos se pudesse, recompensado e desarmado pela respiração ofegante dela.

O gemido fraco foi abafado por um ronco alto no corredor

Sti cazzi. Dante esperava que os deuses estivessem curtindo o tormento dele.

Vinte

DIAS ANTES DO ECLIPSE: 22

Dante acordou com um grunhido e, ao rolar para o outro lado, deu de cara com Talia olhando feio para ele, com o pé cravado em suas costas.

Não era assim que ele queria que ela o encontrasse, mas a casa estava lotada e cada canto abrigado tinha sido ocupado por alguém. Ele tinha dormido. Talia não podia culpá-lo por estar meio perto demais de Alessa.

Até parece. Claro que podia.

— Ficar aqui para jogar em equipe, *né*? — gritou Talia dando uma olhadinha para trás enquanto Dante fechava o portão ao saírem. — Quando a gente diz "Fodam-se aqueles abençoados desgraçados", não é para fodê-los *literalmente*, sabe?

Dante correu para alcançá-la.

— Não tem ninguém fodendo com ninguém. — *Tecnicamente.*

— Dormi no chão, praticamente colado em meia dúzia de pessoas, dentro de uma casa sem telhado que vocês escolheram para a gente. Mil perdões se você não gostou do lugar onde eu fui parar.

Talia lançou um olhar furioso para o céu.

— Eu *juro*, se você estragar tudo por pensar com a parte errada do corpo...

— Deixa que *eu* me preocupo com minhas partes, obrigado.

— Acho bom. Ninguém vai te dar a menor bola se acharem que você está envolvido com um *deles*. — Talia cerrou as mãos e, em seguida, as soltou com esforço. — Você veio aqui pedindo ajuda numa missão que parece uma loucura, e eu me esforcei ao máximo para garantir que todo mundo pense que *eles* seguem as *suas* ordens, e não que você está sendo manipulado por sua...

— *Chega*. — Sua mandíbula chegou a doer de tanto conter as palavras. — Já entendi.

Talia estava certa, e Dante odiava aquilo. Se as pessoas suspeitassem que ele estava envolvido com a Finestra, presumiriam que ele estava recebendo ordens da igreja, e então ninguém ouviria uma só palavra que ele dissesse.

— Você é bom com facas?

— Hum. Razoável. — Dante tocou o cabo das adagas. — Por quê? Vamos resolver nossas diferenças com sangue?

— Não me tente.

Ele deu um passo para o lado, por via das dúvidas.

— Ainda não acredito que você trouxe vários Fonti e uma *Finestra*. — Talia fez um som de desdém.

Uma Finestra, foi o que ela disse. *Uma*. Porque Talia só sabia a respeito de Ciro.

Dante se preparou para tocar no assunto, mas ela o interrompeu antes que ele falasse qualquer coisa.

— Agora que as pessoas sabem quem você é, precisam *respeitar* você — disse Talia enquanto os dois seguiam em direção ao que parecia ser uma área de treinamento atlético em um canto da praça, cheia de caixas de armamentos: arcos, flechas, lanças, facas e shurikens afiados. — Em Perduta, isso se resume a habilidades. Você as tem. Acerte uns alvos, vença algumas lutas e você está feito.

— E isso basta? As pessoas vão me seguir numa batalha se eu acertar alguns alvos?

— É um começo. Nenhum ghiotte resiste a um desafio. Ofereça um bom desafio *e* mostre que é um líder digno, e eles vão fazer fila para te seguir. Você nasceu para isso. — Alheia ao desconforto de Dante, Talia seguiu em frente. — Siga meu exemplo.

Leo e um grupo de homens musculosos perambulavam por degraus largos perto dos alvos, *ignorando* Dante tão intensamente que dava para sentir na pele.

— *Papo furado!* — gritou Talia... *em direção* a Dante, não *para* ele, já que ele não tinha dito nada. — Aposto que você nem consegue acertar o alvo.

Ah. Entendido. Dante sacou as facas, girou uma e a pegou.

— Escolha a distância.

Despreocupada, como se não tivesse notado a atenção que atraíam, Talia andou uns dez passos de distância dos alvos.

— Vou começar com uma bem fácil. De nada.

A adaga de Talia zuniu pelo ar e, vibrando, cravou o alvo a um palmo do centro.

— Você melhorou — disse Dante lentamente. — Que bom que não vou precisar tirar sua faca da minha mão. *De novo.*

Talia bufou.

— Você me desafiou.

— Era para você mirar *entre* os meus dedos. — A adaga de Dante acertou o centro. — Ainda sou melhor do que você.

— Estou só aquecendo. — Talia se alongou exageradamente antes de atirar a outra faca.

Nada mal. Mas ele conseguia fazer melhor. Ficar se exibindo para uma multidão não era a praia dele, mas habilidades significavam respeito, e Dante precisava de todo o respeito possível. Todos o observavam, avaliando e medindo seu valor. As pessoas podiam até não gostar de seus companheiros, mas, até onde sabiam, *Dante* era um deles. Aquilo era crucial.

— *Che culo!* — Talia deu um gritinho quando a faca dele derrubou a dela do centro do alvo. — *Brutto figlio di puttana bastardo!*

— *Uau*, seu vocabulário *expandiu*. — Ele estava rindo demais para se defender dos golpes brincalhões de Talia. — Também senti sua falta.

Ela marchou até o alvo para arrancar a adaga de Dante.

— Sorte de principiante.

Dante viu Leo de soslaio e reprimiu o sorriso. Estavam sendo vigiados.

— Você ainda é péssimo em arco e flecha? — perguntou Talia, pegando dois arcos. — Porque estou a fim de derrotar você.

Dante pegou o arco que ela jogou para ele.

— Você está com sorte. Não tenho treinado recentemente.

— Hora de consertar isso. — Ela lhe deu uma cotovelada para que Dante saísse da frente. — As damas primeiro.

— Dama? Onde? — Dante agarrou o punho dela a meio caminho de acertá-lo em cheio. — Eita, canalize essa agressividade para algo saudável, sim?

A primeira flechada de Talia acertou bem no alvo, e Dante a deixou comemorar antes de preparar a própria flecha.

Sua primeira flechada passou longe, para o grande deleite de Talia. Ela acertou outra flecha no meio do alvo e deu um salto mortal para trás, pousando levemente e lhe dando o dedo do meio com a mão livre.

— Foi pura sorte. — Dante estalou o pescoço, fazendo careta.

— Ah, o que foi? Está desejando ter dormido numa cama de verdade em vez de ter bancado o mártir no chão com a Dona Tagarela e o esquadrão brilhante? — disse Talia com um olhar sarcástico. — Qual é o poder da princesinha, afinal?

Dante ergueu a flecha, conferindo se estava reta.

— E aí? — perguntou Talia.

Droga. Não tinha mais como se esquivar daquela revelação.

Dante baixou a flecha.

— Alessa é a Finestra — murmurou ele, mexendo na aljava como se procurasse a maior flecha já feita.

— O quê? — Talia balançou a cabeça. — *Espera*. Não. Aquele tal de Ciro disse que *ele* era a Finestra.

Ao ouvir o grito de Talia, Leo virou a cabeça na direção dos dois.

— Ciro é de Tanp — respondeu Dante em voz baixa. — Alessa é a Finestra de Saverio.

Talia arregalou os olhos.

— Então... quando você disse que trabalhava para a *Finestra*, estava falando *dela*?

— Estava. — Dante prolongou a palavra.

Respirando fundo, Talia ergueu o arco e mirou — não nele, felizmente —, acertando o meio do alvo novamente.

— Deixa eu ver se entendi. — Talia preparava mais uma flecha, a expressão sombria. — Quando você aceitou o trabalho de guarda-costas e acidentalmente esfaqueou a Finestra e toda aquela história... *nada* daquilo tinha a ver com o cara esquisito que fala feito um velho? Era a tagarela animadinha desde o início?

— Hum. Sim? — Ele não pretendia terminar com um ponto de interrogação, só que o tom de Talia exigia mais do que uma resposta simples.

Talia não o deixou atirar antes de acertar outra flecha. E mais uma. Quando enfim ficou sem flechas, ela pegou as dele e também usou todas.

Algum tempo depois, ela se recompôs.

— *Mais alguma* informação que você queira compartilhar?

— Na verdade, não.

Talia arrancou o arco da mão dele.

— Você *tinha* que voltar para a minha vida com várias Fonti, *duas* Finestre e uma guerra santa na agenda, né?

Dante a seguiu até o arsenal.

— A velha Talia teria adorado uma guerra contra os deuses e teria se oferecido para lutar de olhos fechados e de mãos atadas.

— Pode até ser, mas *esta* Talia preferiria ter tido a chance de botar o papo em dia com o melhor amigo depois de ele ter passado anos desaparecido.

— Você vai ter muitas oportunidades de me dar uma surra como nos velhos tempos depois que lutarmos contra o apocalipse.

Talia se virou tão depressa que ele quase tropeçou nela.

— Acho bom. Melhor amigo é coisa difícil de se encontrar.

— Sim, eu sei — disse ele em voz baixa. — Eu nem tentei. Só fui ter amigos poucos meses atrás.

Ela ficou séria.

— Você não teve nenhum amigo?

— Não. Alessa foi a primeira, depois ela arrastou o restante do grupo.

Talia olhou feio para ele.

— Você não pode me obrigar a gostar deles.

— Tudo bem, não precisa gostar. Mas eles não vão me pedir para escolher um lado, e espero que você também não.

— Bom, *agora* não posso, não se a preciosíssima Princesa Finestra e seu bando de desajustados mágicos não se dispõem a isso.

— Dá uma chance a eles. Você vai acabar se afeiçoando.

— Duvido.

À medida que a tarde avançava, os dois iam entrando em sintonia, e o sorriso de Talia ia perdendo a rigidez defensiva. Por fim tornou-se um sorriso genuíno, revigorado pelo desafio. Dante não tinha espaço para distrações, mas não era inevitável se deixar relaxar naquela amizade, como se tivessem passado apenas dias separados, não anos.

Quando o céu desabou à noite, Talia dispensou convites de amigos que passavam por ali e ficou com Dante na piazza vazia. Apesar da chuva, eles passaram horas atirando flechas juntos, contentes com o silêncio, ouvindo apenas o som das flechas acertando os alvos e o sussurro da chuva.

Depois, Talia o acompanhou até a casa para abrir o portão e fingiu lhe dar um chute no traseiro quando ele entrou.

— Faça boas escolhas!

Tipo não ser pego de conchinha com a Finestra de novo. Mensagem recebida.

Dante entrou na casa e sacudiu a chuva do cabelo. Com o lixo retirado, o chão limpo e os cobertores pendurados nas janelas, a casa estava com um aspecto muito melhor. Mas ainda apinhada.

Alessa estava sentada perto da lareira, observando as chamas dançarem, enquanto Kaleb e Adrick brigavam por causa de um atiçador de fogo e Kamaria dava risadinhas, fazendo as chamas saltarem toda vez que elas chegavam perto demais, e depois fingindo surpresa quando tentavam pegá-la no flagra.

— Como está indo a campanha de recrutamento dos ghiotte? — Kamaria abandonou o jogo enquanto Dante atravessava a sala.

— Ainda não conquistei todos eles, mas os ghiotte amam um desafio, e Crollo é um bom desafio — disse Dante. — Vamos conseguir. — Alessa levantou a cabeça ao ouvir o som da voz dele. Como sempre fazia.

Kamaria não pareceu muito impressionada.

— Acho que é um começo.

Dante sentou-se atrás de Alessa e afastou seus cabelos para lhe dar um beijo na nuca.

— Os passos um e dois estão concluídos: nós os encontramos e eles estão nos dando uma chance.

Alessa fez uma careta, contraindo os ombros, e Dante apertou os polegares em cada lado do pescoço dela.

— O que você está... aaahhh — ela gemeu enquanto ele ia descendo uma vértebra por vez.

— Vão pro quarto — disse Adrick com um grunhido bem-humorado.

— Quando vamos poder entrar para esse exército? — perguntou Kaleb, puxando o atiçador das mãos de Adrick.

— Em breve. Assim que eu... — Quando ele chegou à base das costas de Alessa, ela soltou um som baixinho e, por um instante, Dante se esqueceu do que estava falando. — Assim que eu tiver ghiotte suficientes do meu lado, vamos trazer vocês.

Saida deu um joinha e Kaleb conseguiu responder com um sarcástico:

— Eba.

A chuva lá fora virou um dilúvio, agitando as janelas, mas nem o tempo e nem todas as reclamações do grupo foram capazes de estragar o bom humor de Dante. Ele sentia-se quase em paz — uma ideia estranha, talvez, com uma batalha épica por vir, mas ele finalmente estava onde precisava estar, com as pessoas com quem precisava estar.

E Talia... era Talia. Estava magoada e amargurada — Dante sabia bem o que era aquilo —, mas ela não lhe dera as costas quando ele aparecera ali com estranhos. Mesmo depois de flagrá-lo numa situação comprometedora com Alessa naquela manhã, Talia ainda estava ali. Ainda estava do lado dele. Provocá-la com todos aqueles velhos insultos, ouvir insultos em resposta era como abrir uma porta na linha do tempo da vida dele.

Dante tinha se esquecido de como era ter alguém que o conhecia desde sempre, que o criticava, mas perdoava tudo no fim das contas. Tinha se esquecido de como era ter uma família.

Uma parte quebrada de si tinha sido remendada. Uma parte que Dante pensava estar perdida para sempre, que não se encaixava mais do mesmo jeito, mas que não necessariamente estaria fadada a *não* se encaixar mais. Ele só não sabia ainda como arrumar as peças.

Pela primeira vez em anos, Dante quase conseguia imaginar um mundo em que *ele* também poderia se encaixar perfeitamente.

Vinte e um

DIAS ANTES DO ECLIPSE: 21

Quando Alessa acordou ao amanhecer, viu que Dante já estava acordado e andando de um lado para o outro no pátio.

Ela limpou folhas secas de um banco debaixo de um limoeiro retorcido e sentou-se em uma ponta, dando um tapinha na outra para chamá-lo. Ele ocupou todo o espaço restante, forçando os corpos a se encostarem do quadril ao ombro. *Bom banco*.

Dante encarou o portão trancado enquanto ambos comiam doces amanhecidos de café da manhã.

— Já faz dias que estou rodeado de ghiotte e ainda não vi nenhum sinal dos meus poderes voltando.

Alessa sentiu um aperto de solidariedade no coração.

— Ainda está cedo.

Dante podia até não reconhecer o sentimento, mas ela conhecia muito bem a amarga dor se ser traída por um poder que deveria trazer força e ser isolada das pessoas de quem mais precisava.

— Sabe — disse ela —, antes eu achava que você odiasse ser ghiotte.

Ele bufou.

— Eu também.

— Eu reconhecia o sentimento, porque passei boa parte da vida desejando ser diferente.

Dante finalmente olhou para ela.

— Diferente como?

— Eu achava que tudo seria mais fácil se eu fosse que nem o Adrick, que não vivia esquecendo as coisas e decepcionando as pessoas. Ou como Renata, que sabia ser uma heroína corajosa e poderosa. Mas eu não sou assim. Sou diferente. Meus poderes também são. E finalmente aceitei que não tem como mudar quem eu sou, mas posso ser mais gentil comigo e mudar minha *percepção* de mim mesma.

Ela lhe lançou um olhar cheio de significado.

— Não é tão simples — disse Dante com a mandíbula contraída. — Meus poderes eram a única coisa que me ligava ao meu passado. A isto aqui. A todos aqui. Não importa o que eu *sinto*. Importa o que eu sou. Ou pelo menos o que eles acham que eu sou.

Alessa fez menção de massagear as têmporas, mas segurou as mãos. Dante já tinha problemas o suficiente para se preocupar. Ele se levantou e começou a andar pelo pátio como um animal enjaulado. Ninguém gostava de ficar confinado, mas, para ele, era pior.

Talia era uma desgraçada por fazê-lo passar por isso. O que a lembrou...

— Talia sabe da gente?

Dante franziu a testa.

— Talvez desconfie, mas não, eu não contei a ela.

— Você não deveria ao menos poder contar para *ela*?

— Talia guarda um ressentimento muito grande. A mãe não-ghiotte a abandonou quando as coisas ficaram difíceis. Essas coisas marcam. — Dante se afastou do banco ao ouvir o som baixinho de chaves. — Dê a ela uma chance de conhecer você primeiro.

Talia podia até não ser a pessoa mais amigável de todas, mas era a amiga mais antiga de Dante, então Alessa se preparou, abriu um sorriso apaziguador — ou assim ela esperava — e se levantou para cumprimentá-la.

— Bom dia, Talia. Nós ainda não tivemos muita oportunidade de conversar, mas todo amigo de Dante é nosso amigo.

— Que sorte a minha — disse Talia, sem um pingo de emoção.

Boa tentativa, nervosinha. Seria necessário muito mais do que meia dúzia de respostas desaforadas para espantá-la.

Assim como Kamaria, Talia tinha a confiança de quem não se importava com o que os outros achavam dela, mas ao passo que o charme e o humor de Kamaria transformavam isso em carisma, o estoicismo de Talia a afiava até virar uma lâmina.

Tentativa número dois.

— Dante nos contou muito sobre você. — Àquela altura, o sorriso de Alessa estava mais para determinado do que para amigável, mas teria que servir. — Vocês dois devem ter sido dois pestinhas na infância.

Talia olhou de relance para Dante.

— Não me lembro de você ser tão tagarela assim.

— Eu falei que nós subíamos nas árvores juntos. — Dante deu de ombros.

Talia deu uma risada de desprezo.

— O mais certo seria dizer que brigávamos para ver quem chegava mais rápido no topo. Lembra aquela vez que você quebrou o braço e chorou feito bebê?

— Pera lá — disse Dante. — Eu nunca falei com ninguém do seu medo de abelhas.

— Eu tinha cinco anos! — Talia bateu no braço dele. — E você disse que elas tinham veneno mágico!

Ao ouvir a risadinha de Alessa, Talia fechou a cara imediatamente.

— É realmente necessário deixá-los trancados? — perguntou Dante enquanto Talia brandia as chaves.

— Você espera que eu confie neles sem supervisão?

— *Eu* confiaria minha vida a eles. Bem que poderíamos chegar a um meio-termo.

— Tudo bem. — Talia jogou as chaves por cima do portão. — Se eles queimarem a cidade, a culpa é sua.

Todo bom exército precisava de armas, e Dante precisava provar seu valor, então Talia o levou à forja, onde seu amigo Jesse o encheu de ferramentas e luvas e o conduziu ao fogo para ver o que ele sabia fazer. Estava absurdamente quente, mas era satisfatório ver como as habilidades que ele aprendera anos antes tinham retornado depressa.

Alguns minutos depois, uma garota loira mais ou menos da idade deles, de pele clara e cabelo curtinho, apareceu e subiu na cerca ao lado de Talia para assistir. *Kira*, Talia lembrou a ele. Isso. Dante a conhecera no dia anterior. Batendo os pés e flexionando os dedos, ela nunca parecia ficar parada.

Jesse, um cara musculoso de pele escura e longos cabelos pretos amarrados em uma trança, limpou a fuligem do queixo.

— Que tipo de armamento você acha que vamos precisar quando chegar a hora?

Dante concluiu o golpe e, em seguida, ergueu o martelo enquanto pensava.

— Tudo e qualquer coisa, na verdade.

Jesse franziu a testa.

— O arsenal não é tão grande e já está abarrotado. Temos uma artilharia aceitável, mas nunca tivemos uma guerra em larga escala. Você vai precisar de um lugar para armazenar tudo.

— Não tem catacumbas lá embaixo da basílica? — perguntou Talia. — Ah, espera, estão alagadas. Não vai funcionar. Vamos dar um jeito.

— A forja vai funcionar sem parar — disse Jesse. — Espero que a gente dê conta.

— Conheço alguém que é bom com fogo. — Dante ergueu o dedo.

Talia fez uma careta.

— As pessoas ainda estão superando a sua chegada desastrosa. É cedo demais para soltar os fanfarrões purpurinados.

— E quando *nós* vamos conhecer os novatos? — perguntou Kira.

— Uma coisa de cada vez — disse Talia. — A gente integra os bostinhas cintilantes assim que cuidarmos do recrutamento.

Jesse pôs as luvas.

— Algum desses bichinhos do palácio sabe lutar?

— Todos eles passaram por um treinamento básico — disse Dante. — Mas só estive na Cittadella por um mês, então fiz o que pude.

— Eles deixaram um guarda-costas treinar os abençoados? — perguntou Kira.

— Fui contratado depois que a Finestra me viu lutar, então, sim — disse Dante. — Quando as Fonti apareceram, pediram dicas.

— Vamos ver o que eles sabem fazer, então — disse Jesse, agitando as sobrancelhas sugestivamente.

— Não — retrucou Talia.

Kira vaiou.

— Ah, fala sério. Quero ver como os mais mimadinhos de Saverio se viram em uma briga.

Talia lançou um olhar para Dante, como quem diz "Está vendo o que quero dizer?", enquanto Kira e Jesse faziam apostas sobre quem ia chorar primeiro, uma Fonte ou uma Finestra. Apesar das provocações ininterruptas, os ghiotte mais jovens, que tinham crescido em Perduta, não pareciam ter o ódio profundo que Talia nutria pelos saverianos, mas isso não significava que eles os respeitassem.

— É impossível escondê-los para sempre — comentou Kira. — Os boatos vão ficar piores do que a realidade se você demorar.

— Você sugere que a gente os jogue aos lobos? — perguntou Talia enquanto Dante tirava uma coluna de metal das chamas que, com sorte, se tornaria uma espada caso ele fizesse o trabalho direito.

— Eu *sugiro* que você os solte das gaiolas em um momento em que as pessoas tenham coisas melhores para fazer do que lutar — disse Kira com um olhar contundente.

Dante ficou de boca fechada. Já havia mil maneiras de sua missão dar errado, e mais mil quando as metades da sua vida colidissem.

Uma coisa era juntar lenha, outra coisa muito diferente era acender um fósforo estando em cima da pira.

***

Alessa pegou um balde d'água pesado e cambaleou pela sala principal, derramando gotas a cada passo. Ao se abaixar para fazer carinho em Fiore, algo prendeu sua atenção. Ela sentiu *alguém* se aproximando.

Kamaria estudava um pedaço de madeira.

— Alguém sabe fazer uma cama? Ou um telhado?

Kaleb largou seu martelo com um baque ao ouvir a batida à porta, a qual Alessa sabia que aconteceria antes mesmo de se concretizar.

Um homem bonito e mais velho, com cabelo preto e linhas de expressão ao redor dos olhos, estava do lado de fora.

— *Ciao*, meu nome é Matteo. — Ele gesticulou para um carrinho cheio de madeira, ferramentas e tecidos. — Imaginei que vocês pudessem precisar de ajuda para arrumar a casa.

Dante teria opiniões a respeito daquilo.

— Ah, sim, a gente precisa mesmo — disse Kaleb. — Você sabe consertar telhado?

Matteo sorriu.

— Minha especialidade.

Diferentemente da filha, Matteo os estudava com interesse, não com cautela, enquanto eles se apresentavam. Os outros descarregaram os suprimentos e Alessa levou Matteo ao andar de cima para mostrar as piores partes do telhado.

— Você é a garota sobre quem minha filha reclama tanto? — quis saber Matteo ao montar sua escada.

Alessa corou.

— Provavelmente.

— Sinto muito por isso. — Matteo riu. — Talia às vezes é intensa, mas tem um bom coração. Contanto que você não o contrarie, não vai contrariá-la. Ela vai se acostumar.

— Não tenho intenção de contrariar ninguém.

Alessa não sabia o que Talia achava de seu relacionamento com Dante, mas aquilo parecia vago o bastante.

Matteo pediu que ela lhe passasse um martelo, então Alessa ficou por ali para bancar a assistente, entregando itens e oferecendo-lhe uma perspectiva de quem olhava de baixo. Estava orgulhosa de si por estar contendo um milhão de perguntas, ainda mais quando Matteo tinha cedido primeiro.

— Ele já te contou muita coisa sobre o passado dele? — Matteo fez uma pausa para enxugar o suor da testa.

— Um pouco. Dante não é muito de falar, mas sei sobre os pais dele e o básico do que aconteceu depois.

O sorriso de Matteo era tenso.

— Então você sabe mais do que eu. Não vou bisbilhotar. Ele vai conversar comigo quando estiver pronto.

— Admiro seu autocontrole. Não sei quanto tempo vou resistir sem pedir histórias constrangedoras da infância dele.

Matteo riu, aliviando um pouco da tensão melancólica.

— Acho que preciso me redimir com ele antes de começar a contar histórias. Tenho muito pelo que me desculpar.

O semblante de Alessa provavelmente dissera tudo, porque as rugas no rosto de Matteo se aprofundaram.

Considerando o que descobrira, Alessa sentiu-se ainda mais justificada em guardar rancor da esposa de Matteo, mas pensar em como ele se sentira ao saber que havia deixado alguém que amava para morrer lhe deu embrulho no estômago.

No entanto, não cabia a Alessa dizer aquilo, não era ela quem deveria aceitar ou não o pedido de desculpas.

O olhar de Matteo desviou para trás de Alessa e ele pareceu tenso ao ouvir uma voz rouca falando perto demais do ouvido dela.

— Não precisa ficar *cuidando* deles, Matteo. — Um homem de cabeleira dourada entrou no cômodo, avaliando com os olhos azuis as paredes vazias e o chão de pedra antes de se voltar para Alessa. — Ouvi dizer que a realeza saveriana estava na nossa ilha e vim prestar minhas homenagens.

Ele estendeu a mão, com a palma virada para cima, e Alessa pôs a mão na dele, por mais que não estivesse de luva. Ele sorriu, e ela quase se surpreendeu ao não ver dentes afiados.

— Leonardo Piero Rossi, dos Rossi de Perduta, o último de uma longa linhagem da família fundadora de Perduta. Pode me chamar de Leo.

Alessa sentia a presença silenciosa de Matteo atrás dela enquanto Leo levava sua mão aos lábios. Aquilo era um teste. Ela não sabia de quê, mas tinha que passar sozinha.

Ela tomou uma decisão impulsiva.

— Alessandra Diletta Lucia Paladino, dos Paladino de Saverio, a última de uma longa linhagem de confeiteiros e produtores de limão.

Os dentes brancos de Leo brilharam com a risada que ele deu.

— Muito bem, *principessa*. Aqui nós não nos curvamos a gente do seu tipo, e é bem sábio de sua parte saber disso.

— Há muito menos reverências na Cittadella do que se possa imaginar. E não espero nenhuma, lá ou aqui. Apenas cumpri meu dever de proteger minha casa e meu povo, como você faria.

— É por isso que você está aqui, não? É o que o seu ghiotte afirma.

Falar antes de pensar já a havia prejudicado muito no passado, mas aquele homem era perspicaz demais para cair em mentiras, e algo lhe dizia que ele preferia a franqueza à enrolação, então ela seguiu seus instintos mais uma vez.

— Apesar de anos de maus-tratos, um dos seus se mostrou melhor e mais honrado do que qualquer um de nós. Dante salvou milhares de vidas, incluindo a minha. Ele teria vindo para cá sozinho, mas nós insistimos em acompanhá-lo, para retribuir nossa dívida ajudando a proteger o povo *dele*.

— Hum. Se os deuses vão realmente enviar um ataque a Perduta, por que mandar o único aviso para alguém que nem estava aqui?

Ah. Ela já tinha sido assombrada por aquele pensamento o bastante para reconhecê-lo: *por que os deuses tinham escolhido aquela pessoa e não qualquer outra?*

Ela deixou a autodepreciação colorir seu sorriso.

— Eu, de todas as pessoas, nunca entendi por que os deuses escolhem as pessoas que escolhem, mas eles fizeram melhor ao escolher Dante do que a mim. Espero que você possa perdoá-lo por nossos erros destrambelhados. As intenções deles são apenas nobres.

Leo a estudou por tanto tempo que Alessa teve que se concentrar para não se mexer.

— Veremos — disse ele por fim. Então parou a caminho da saída e olhou para um amontoado de pedras que havia caído do telhado.

— Diga aos seus amigos para tomarem cuidado, *principessa*. É um lugar perigoso para quem não olha por onde anda.

Vinte e dois

— **Tem festa hoje à noite** — anunciou Blaise, escancarando a porta.

Alessa afastou o cabelo suado da testa. Nunca tinha se sentido *tão* inadequada para uma festa.

— Uma festa de boas-vindas? — Saida parou de espanar a casa e levantou a cabeça com um sorriso esperançoso.

— Não. Mas *provavelmente* as pessoas vão estar se divertindo demais para pensar em violência, então vocês têm permissão para comparecer. — Blaise esfregou as mãos, ansioso. — A cada domingo acontece um encontro para os habitantes de Perduta, e vocês chegaram na hora certa. *No entanto*, como diz o ditado, "Estar limpo é estar perto do divino", e vocês estão mais fedidos do que um demônio. Peguem suas roupas de festa e vamos lá.

Blaise voltou ao modo guia turístico depois de conduzi-los ao fórum de um grande edifício cheio de colunas que cheirava a maresia.

— Nesta parede, temos um afresco pintado, hum, há um tempão.

— Precisamos mesmo de aula de história? — perguntou Kaleb.

Blaise seguiu em frente como se não tivesse ouvido.

— No piso, temos um mosaico de um artista que certamente era famoso por muitas coisas, mas, aqui em Perduta, nós admiramos mesmo é como ele usou azulejos de vidro para criar genitálias com cantinhos bem pontiagudos. Apenas o melhor para os favoritos de Dea. E, entrando à esquerda, a adorável Talia com seu segundo melhor amigo.

Talia fez um gesto para que ele fechasse a boca e Blaise deu um passo para trás para deixá-la falar.

Dante estava carregando um pacote cheio de roupas e Talia tinha variado seu estilo de sempre, de deusa da batalha casualmente assustadora; no momento, vestia uma túnica azul-escura transparente e uma calça legging clara que destacava os músculos das pernas. Além disso, ela também tinha passado uma sombra azul cintilante nas pálpebras e soltado o cabelo, o que deveria ter suavizado sua aparência, mas, de alguma forma, a fazia parecer ainda mais intimidadora.

— Muito gentil da sua parte nos convidar para sua festa — disse Saida.

— Não convidei — respondeu Talia com um sorriso desdenhoso. — E não é minha festa. Mas não paro de ouvir que não posso manter vocês trancafiados para sempre.

O que Talia perdia em simpatia, compensava em eficiência.

— Os vestiários ficam nas duas pontas do corredor. A entrada para as banheiras fica depois. Os construtores originais planejaram um para as mulheres e outro para os homens, mas ninguém liga para qual você vai escolher, contanto que não aja feito um tarado. *Tarados* têm que tomar banho no canal. Tarados que tentarem qualquer gracinha têm que dormir no fundo da baía.

Ela foi para um lado enquanto Blaise foi para outro, e então o grupo se dividiu.

— Existe algum banheiro privativo? — Alessa ousou perguntar.

Talia lhe lançou um olhar incisivo.

— Não para você. Na verdade, parta do princípio de que *nada* é para você, a não ser que eu diga. Se você for fresca demais, sugiro que tente de manhã cedo. *Muito* cedo. Por enquanto, acho bom aceitar ou ir para a festa... assim.

Ai. Alessa recolheu o que restava de sua dignidade e seguiu em frente.

— Então, Talia — disse Kamaria. — Como tudo isso sobreviveu ao Divorando sem a proteção do Duo?

— Você acha que a gente *precisa* da proteção de vocês? — zombou Talia. — Que gracinha.

Kamaria sorriu, arrogante como sempre.

— O restante do mundo precisa. Nós meio que somos importantes.

— E ainda assim, aqui vocês são uns ninguéns. Não precisamos de vocês. A gente tranca tudo, fica do lado de dentro e eles passam voando direto.

— Vocês... se escondem? — perguntou Kamaria.

Talia já estava com a faca na mão antes mesmo de Alessa perceber que ela estava armada.

— Está nos chamando de covardes?

— Jamais. — Kamaria soou excepcionalmente séria.

Talia baixou a adaga.

— Acho bom.

Saida tossiu, chamando a atenção de Talia e evitando derramamento de sangue, por enquanto.

— Peço perdão. Nós aprendemos, erroneamente, que viver fora das ilhas-santuário significava morte quase certa. Kamaria estava expressando admiração.

Kamaria fez que sim vigorosamente.

— Isso. Admiração.

Talia se irritou.

— Vocês estão vendo plantações em algum lugar da ilha? Prédios de madeira? Algo especialmente apetitoso?

Kamaria avaliou Talia de cima a baixo, mas teve o bom senso de não responder em voz alta.

Talia bufou.

— Não deixamos nada à mostra que possa tentá-los, e eles deixam a gente em paz. Simples.

— Bom, eu estou impressionada — comentou Saida. — Sobreviver por tanto tempo *e* construir uma sociedade? Incrível.

Talia relaxou um pouco a postura.

— Toalhas ali, banheiras por aquela porta.

Então ela saiu, e Alessa soltou um suspiro de alívio. Não tinha levado em conta que "o que fosse necessário" para conquistar os ghiotte pudesse incluir ficar pelada na frente da aterrorizante paixonite de infância de Dante.

Kamaria se encostou na parede.

— Acho que estou apaixonada.

— *Sério?* — Alessa não conseguiu disfarçar o lamento na voz. — *Aquela* é sua mulher perfeita? Grosseira e violenta?

— Acho que nós duas temos um tipo, né? O inferno pode se materializar na terra... foi mal, eu não deveria dar ideias a Crollo... mas eu *vou* conquistá-la.

— As pessoas não são conquistas, Kamaria — Saida a repreendeu. — E você mal falou com ela.

— Os deuses me entregaram a mulher ideal. Quem sou eu para rejeitar o destino?

Alessa torceu o nariz.

— Ela parece preferir esfaquear a flertar.

— Ah, olha quem fala — disse Kamaria. — Quantas vezes você e Dante quase se mataram nesse romance turbulento de vocês?

— A gente não *gostava* disso.

— Se você diz...

Alessa tirou as roupas sujas e se enrolou em uma toalha. Mas ao abrir a porta para a sala principal, soltou um grito e quase a deixou cair.

—Ah, meus deuses, eu vi a bunda do Kaleb. — Ela fechou bem os olhos, só que a imagem já estava gravada no cérebro.

— Não, era Adrick — disse Kamaria.

— Pior ainda! Por que não tem nenhuma *parede*?

Não eram dois banheiros separados. Eram dois vestiários que davam para *um* salão compartilhado com duas piscinas, divididas apenas por uma meia parede e colunas estreitas demais para terem alguma utilidade. A julgar pela rápida espiadinha na piscina mais próxima, eles não eram os únicos ali.

Kamaria riu alto.

— Que bela maneira de fazer amigos. Amo este lugar.

Saida deu uma risada nervosa.

— Se dermos mais uns passos, teremos cobertura. Olhos no chão, meninas.

Kamaria segurou Alessa pelos cotovelos — que estavam colados no peito para que ela pudesse tapar os olhos sem deixar cair a toalha — e a incentivou.

— Vamos, minhas patinhas pudicas. Sigam-me. — Então aumentou o tom de voz. — Ei, Dante! Não, não se preocupa, não vou deixar que elas topem com nenhuma parede.

— Não olha para ele — sibilou Alessa.

— Por que não? Ele não liga.

Saida deu risadinhas mais altas.

— Ok, parem. Sentem-se — ordenou Kamaria.

Alessa ousou abrir um olho e sentou-se na beira, confirmando com a visão periférica que a meia parede, de fato, bloqueava a visão da outra piscina. Não que aquilo impedisse alguém de vê-las caso passasse ao lado.

Duas jovens e uma mulher mais velha com uma criança encaravam as três do outro lado da água.

— Peço desculpas por minhas amigas. Somos novas aqui. Kamaria. Oi. Prazer em conhecê-las. — Sua toalha caiu no chão e ela desceu os degraus lentamente, murmurando um "Podem *tentar* ficar de boa?" numa breve olhadinha para trás.

Saida e Alessa trocaram olhares sérios, e então Saida contou até três em silêncio.

As duas tiraram as toalhas ao mesmo tempo e deslizaram para a água, mergulhando até o pescoço.

— Aaaah, que delícia — comentou Saida.

Kamaria já estava batendo papo com as duas jovens.

Alessa apoiou a mão na toalha descartada, para não perdê-la.

Dante se banhou rapidamente, mantendo o ombro ferido virado para a parede. Havia retirado os pontos naquela manhã, mas a cicatriz de carne recém-curada certamente seria motivo de perguntas que ele não poderia responder, caso algum ghiotte reparasse.

Ele foi o primeiro a se vestir e sair, arrumando os cabelos úmidos.

Talia aguardava sem a menor paciência.

— Não se esquece do que eu disse. As pessoas precisam saber a quem você é leal. Especialmente esta noite, você *precisa* ser ghiotte acima de tudo.

— Eu *sou*. — Dante sentiu um enjoo ao dizer aquela meia-verdade, mas não era o momento certo de contar a ela. Ele não estava pronto.

O dia nem tinha terminado ainda, ele já havia passado por meia dúzia de situações arriscadas, e agora todos estavam entrando no coração da sociedade ghiotte.

Os outros chegaram — as bochechas de Alessa estavam bem vermelhas — e, assim, todos partiram.

Na piazza, havia gente por toda parte — dançando, beijando, fazendo acrobacias ou torcendo pelos acrobatas, lutando, dando soquinhos em braços alheios ou soltando gargalhadas.

Talia recuou para falar com o grupo enquanto eles se aproximavam da basílica.

— Sirvam-se do que quiserem lá dentro, mas não sejam mal-educados. Vocês estão fazendo um teste para o papel de novos vizinhos menos irritantes do mundo. Não ferrem com tudo.

Uma súbita rajada de vento que, sem outra explicação plausível, provavelmente fora causada pelos nervos de Saida, apagou uma das tochas que iluminava o caminho, e Talia franziu a testa.

Kamaria levantou a palma da mão.

— Quer que acenda?

— Não — rebateu Talia. — A gente não precisa de magia para acender a porcaria de uma tocha.

Kamaria baixou as mãos.

— Então tá.

Ciro ficou para trás, parecendo desconfortável.

— Acho que vou esperar aqui fora um pouquinho.

— Quer que eu fique com você? — perguntou Alessa.

— Não, não. Pode ir. Não sou muito fã de barulheira e multidões.

Barulheira e multidões eram... um eufemismo. Passar pelas portas gigantescas da catedral era como ser sugado para dentro de um ciclone de cores, sons e movimentos.

— Deixe-me adivinhar: aquela era a hora mais movimentada do dia para frequentar o banheiro? — Dante gritou para ser ouvido por cima da música, que parecia estar vindo de músicos em cada varanda, todos debilmente empenhados em tocar a mesma canção.

Talia não disfarçou o sorriso debochado.

— Um trotezinho de leve nunca machucou ninguém. Desculpe por não termos nenhum SPA privativo ou criadas para servir seus bichinhos mimados aqui.

Ele revirou os olhos.

— Eles não têm criadas na Cittadella.

— Servos? — Talia não diminuiu nem quando uma jovem desceu do teto e foi controlando a queda com uma faixa de tecido sedoso enrolada no corpo.

— Sim. Tudo bem. Eles *têm* servos — respondeu Dante, sem tirar os olhos de outra acrobata, para evitar levar um chute.

— Espero que não tenha se acostumado com isso.

— Eu era um empregado. E temporário, ainda por cima.

— Você tinha um uniformezinho fofo? — provocou Talia. — Um cubículo com seu nome?

— Está se divertindo?

— Sempre. — Talia pegou duas bebidas de uma bandeja que passou por eles, e então ambos avançaram em meio ao tumulto de pessoas. Enquanto atravessavam a *bacchanalia*, ela ia mostrando os principais figurões de Perduta e dando a Dante um resumo das principais rixas, alianças e dinâmicas de poder, as pessoas que ele precisava conhecer e quais evitar.

No altar, Leo, o membro do conselho de cabelos dourados, estava esparramado em um trono, com uma mulher de cabelos escuros no colo e uma loira massageando seus ombros. Com brilho nos olhos, Leo observava a folia à sua frente como um predador carente de sangue — ou outro tipo de desejo — à procura de um oponente à altura. Ou de uma presa tentadora.

Então ele olhou para Dante, e sua voz grave se destacou, apesar de toda a barulheira:

— Venha cá, novato.

Dante hesitou por um segundo. Não foi bem uma recusa, ele só criou um intervalo para mostrar que estava *escolhendo* ir até ele, e não obedecendo a uma ordem instantaneamente.

Até mesmo um lobo solitário reconhecia um líder de matilha quando via um. Caras como Leo podiam até curtir fazer as pessoas se ajoelharem, mas com certeza não tinham o menor respeito por quem o fazia.

Exibindo caninos afiados, Leo gesticulou para o trono vazio.

— Sente-se.

Dante deu um passo à frente. Esperava não estar caindo em uma armadilha capaz de causar o primeiro grande motim dos ghiotte.

Vinte e três

Enquanto encarava as costas de Dante à medida que ele era engolido pela multidão, Alessa tentava evitar a sensação de que ele a deixara para trás de propósito. Obviamente, no entanto, era o que tinha acontecido.

As portas se abriram, revelando um delírio febril de algazarra e sons, pulsando com música e corpos em movimento.

Saida puxou as saias cor-de-rosa transparentes.

— Quando eles disseram "festa", eu estava imaginando algo um pouco mais formal.

Alessa tinha escolhido uma blusa de renda e uma saia azul-marinho de sua escassa seleção; Kamaria estava usando sua habitual calça marrom-clara e uma túnica decotada; e os meninos tinham o eterno luxo de poder vestir calças escuras e camisas claras de botão em quase todas as ocasiões, então se encaixavam bem entre os ghiotte mais bem-vestidos. Mas não parecia haver um código de vestimenta. Nem uma exigência de *usar* vestimentas.

— Aquilo é tinta? — perguntou Adrick em voz baixa.

Um jovem robusto rebolava no ritmo da música, vestindo só um pedaço de tecido em volta da cintura, a menos que se levasse em conta as chamas pintadas de vermelho que subiam por suas pernas em direção ao que quer que estivesse coberto.

— Será que a gente morreu no Divorando sem perceber? — perguntou Kamaria. — Estamos no céu?

Alessa arregalou os olhos para uma garota que engolia uma espada.

— Você acha que isso é normal para eles?

— O quê? — Kamaria se recompôs. — Você quer dizer centenas de jovens quase invencíveis, muitos deles órfãos, vivendo em segredo e fugindo? — Ela acenou para uma garota posando sobre os pés de um garoto que plantava bananeira com uma das mãos. — Sim, isso é basicamente o que eu esperaria.

Ao redor deles, um grupo gargalhava em uma confusão de braços e pernas.

— Eles são *mesmo* bem jovens, né? — Saida refletiu. — Por que será?

Kamaria franziu a testa, pensativa.

— Não existe nenhum jeito delicado de perguntar: "Vocês mataram os mais velhos ou simplesmente os trancam dentro de casa depois que escurece?".

— Melhor não começar com essa pergunta — comentou Alessa.

Um homem e uma mulher de calças e coletes de couro iguais vieram saudar Adrick estendendo duas garrafas de vidro azuis e falando em uníssono:

— Quer?

Adrick deu uma piscadela.

— Depende do que vocês estão oferecendo e se vêm em conjunto.

A mulher riu.

— Por enquanto, bebidas. Bem-vindo a Perduta.

Eles botaram as garrafas nas mãos dele, mandaram beijos ao mesmo tempo e saíram juntos.

— Nós *não* estamos mais em Saverio. — Adrick usou os dentes para abrir uma das garrafas, então franziu a testa ao perceber que não tinha nenhuma mão livre.

Exasperado, Kaleb revirou os olhos, arrancou a rolha da boca dele e a guardou no bolso.

— Não vai correr atrás da Dante Feminina? — perguntou Kaleb a Kamaria enquanto Adrick tomava um gole e passava a garrafa para ela.

Ela abriu um sorriso e levou a garrafa aos lábios.

— Se ela deixasse...

— Por que todo mundo gosta daqueles que são bons com facas? — perguntou Kaleb. — Eu sou o único que não quer dormir com lâminas? Vocês todos precisam de ajuda.

Adrick abriu a segunda garrafa e tomou um gole.

— Você só está com inveja porque se passasse a noite com alguém armado, estaria morto na manhã seguinte.

— Pelo amor dos deuses, se beijem logo! — gritou Kamaria.

Kaleb lhe lançou um olhar assassino.

Adrick bufou.

— Só nos sonhos dele.

— Vou lá ver o que está acontecendo nos cantos escuros dessa devassidão — disse Kaleb com um sorriso sem graça.

— Nós deveríamos ficar longe de confusão — murmurou Adrick.

— Que chatice.

Kaleb seguiu em direção a um bar improvisado onde um rapaz que aparentemente vestia uma espécie de cota de malha e mais nada estava despejando bebida diretamente na boca de quem passasse. Com um suspiro, Adrick foi atrás dele.

Kamaria pegou Alessa e Saida pelas mãos.

— Venham, vamos mostrar a esses guerreiros abençoados que sabemos nos divertir.

— Eles com certeza são bastante... livres, né? — perguntou Saida enquanto elas contornavam uma pista de dança efervescente, onde os bancos tinham sido arrastados para formar uma fronteira improvisada.

Os arquitetos que tinham projetado aquela construção como um testemunho para os deuses provavelmente não aprovariam a dança abertamente sensual, só que os ghiotte sentiam-se tão confortáveis com o próprio corpo que não parecia falta de educação olhar, e toda aquela destreza física natural fazia deles dançarinos tão ridiculamente habilidosos que era preciso muita força de vontade para *não* olhar.

Kamaria chegou mais perto de Alessa.

— Tem alguma coisa que eu precise saber ao ficar com um ghiotte?

— Tipo o quê? — Alessa seguiu o olhar de Kamaria, que encarava Dante e Talia do outro lado. Uma garota de cabelos espetados e pintura corporal chamou Talia, que fez charme com um sorrisão. Então ela *sabia* sorrir. Aquilo era reconfortante.

— Ela é tão parecida com o Dante que você deve ter *algum* conselho — comentou Kamaria enquanto a garota pegava Talia pelas mãos e a levava para a pista de dança, onde seus corpos começaram a se movimentar como chamas gêmeas.

Alessa franziu a testa.

— Ele nunca foi *tão* rabugento assim.

— Ou você tem a memória muito ruim ou o amor quebrou sua bússola emocional. — Kamaria soltou um som que quase lembrava um lamento quando Talia olhou de relance na direção das duas, com olhos incisivos apesar da pose relaxada, cabeça erguida, pescoço retesado, lábios entreabertos com um leve indício de sorriso. — Ela está brincando comigo, não está? Vocês viram aquilo, né?

Saida respirou fundo.

— Vi, sim.

Kamaria expirou ruidosamente.

— O que é que eu *faço*?

— Tentar falar com ela de novo? — arriscou Saida.

Kamaria bufou.

— Não se combate fogo com conversa. A gente combate fogo com fogo. Vamos lá dançar.

— *Assim?* — disse Alessa.

— Não, não *assim*. Por mais que eu adore provocar Dante, agora que vocês dois voltaram a ser amantes proibidos que não podem se tocar, seria maldade. Venham comigo para eu me exibir e provar que não me importo com o fato de ela estar dançando com outra pessoa.

— Mas você *se importa* — disse Saida. — E muito.

— Sim, mas é assim que se joga o jogo.

Alessa fez um esforço para parar de imaginar o que os ghiotte poderiam pensar e tentou imitar os movimentos sensuais que Kamaria fazia com os quadris.

Falhou miseravelmente.

Kamaria enxugou as lágrimas pós-crise de riso.

— O que é que você está *fazendo*?

— Ninguém ensina esse tipo de dança na Cittadella, e eu não era convidada para as festas civis — disse Alessa.

— Relaxe os músculos. — Kamaria segurou os quadris de Alessa para guiá-la. — *Relaxe*. Pelo amor de Dea, é como ver um potro aprendendo a andar.

— Tive uma ideia. — Alessa pegou as mãos de Kamaria. No momento em que as peles se tocaram, ela sentiu seus movimentos se transformarem no giro sinuoso que tinha tentado fazer antes.

— Caramba, garota. Se continuar assim, talvez até eu me apaixone por *você*.

Embora a maioria dos presentes fingisse ignorá-las, Alessa praticamente enxergava a notícia da chegada de seu grupo se espalhando pela multidão. Seu coração acelerava a cada quase-olhar em sua direção, o sutil afastamento de quem estava por perto.

Forasteiros. Inimigos. Os outros.

Alessa não sabia exatamente como os ghiotte vinham se referindo ao grupo, mas era tudo familiar demais, a sensação de ser indesejada tinha deixado marcas tão profundas que era como dar uma nova topada com o dedinho do pé antes mesmo de se recuperar da pancada anterior.

Alessa não tinha bebido, mas a pista de dança parecia balançar.

— Vou pegar um ar — disse ela.

Enxugando o suor da testa, ela se dirigiu para um lado mais vazio do salão, mas um homem moreno com músculos enormes bloqueou seu caminho. Observando-a de cima a baixo, ele deu um sorriso de escárnio.

Alessa olhou nos olhos dele sem pestanejar. Tinha experiência de sobra no enfrentamento de estranhos que a encaravam com nojo. Não ia dar o braço a torcer.

O homem se virou com um resmungo de desdém e Alessa seguiu em frente. Já tinha tolerado aquilo em outras ocasiões. Toleraria de novo.

À medida que ia se espremendo pela multidão, sua mente parecia viajar em um monte de direções. Lampejos de alegria, empolgação, raiva, desejo e tristeza floresciam e sumiam, fundindo-se em uma cacofonia de emoções. Ela chegou à parede e virou-se de costas para se apoiar ali. Não tinha conseguido chegar nem perto da porta, mas pelo menos agora tinha um pouco de espaço para respirar.

Talvez fosse mais um efeito colateral de seu estranho sexto sentido, ou uma mudança audível na multidão, mas sua atenção se voltou com tudo para o altar.

Por algum motivo inexplicável, Dante estava sentado em um trono ao lado de Leo. Uma jovem sedutora servia bebidas para eles, a cabeleira dela mais eficaz para cobri-la do que o vestido — uma descrição generosa para as tirinhas de tecido que ela usava —, mas Dante não pareceu se dar conta daquela provável belíssima visão enquanto ela servia os copos. Bom sujeito.

Os dois homens pareciam estar à vontade, no sentido militar da palavra — alertas, prontos para a ação —, mas Alessa não conseguia esquecer a sensação de que o futuro de todos estava em jogo.

Dante não estava acostumado a jogar conversa fora com alguém cujo colo estava tão ocupado, mas se Leo não ia reconhecer a presença da jovem que acariciava seu tórax, não era Dante que iria fazê-lo.

Leo riu baixinho.

— Gostou?

Dante levou um segundo para perceber que ele estava falando do trono.

— Belo trabalho manual, mas não estou a procura de um.

Leo inclinou a cabeça.

— Bom saber. A cada poucos anos surge um novo garoto determinado a virar rei. É muito cansativo.

— Estou aqui para conseguir aliados, não súditos.

Era a verdade. Dante precisava conquistar o cara, não *bater* nele, e aquilo era muito mais difícil. Ele sabia lutar. Mas não levava o menor jeito para política.

— O que *exatamente* você quer da gente, novato? — perguntou Leo.

— Que treinem com a gente, que se preparem para o que Crollo estiver tramando.

— Nós nunca paramos de treinar. Nunca baixamos a guarda. O que faz você pensar que já não estamos preparados?

— É preciso mais do que habilidades individuais para formar um exército.

Com um toque suave, Leo interrompeu a mulher que beijava o seu pescoço e pegou uma garrafa de líquido ocre.

— Scottare. Especialidade de Perduta.

A mulher morena lambeu o próprio pulso e a loira o salpicou com grânulos pretos enquanto Leo servia dois copos.

— O sal realça o calor — explicou Leo para Dante. — Mas você vai ter que se virar sozinho. Compartilhamos muitas coisas em Perduta, mas Chiara e Vittoria são só minhas. — Sem pressa, Leo lambeu o sal do pulso de sua dama e ergueu o copo. — *Saluti*.

— *Saluti*. — Dante se preparou. Uma bebida de ghiotte com certeza bateria pesado.

O álcool desceu queimando, mas bateu *bem*. No entanto, se bebesse além da conta, teria uma noite difícil. Depois do Divorando, ele se dera conta de que boa parte de sua tolerância ao álcool e a rápida recuperação se dava graças aos seus poderes de cura ghiotte. Ele não queria saber que tipo de ressaca o néctar de Crollo poderia causar, e precisava se manter lúcido.

Leo se levantou e apontou para a pista de dança. Como se tivesse dado um comando, os dançarinos mais próximos ao estrado recuaram com um movimento fluido e, por um segundo confuso, Dante achou que Leo o estivesse chamando para dançar.

Suas palavras seguintes dissiparam *esse* medo.

— Qual é sua arma de escolha?

Vinte e quatro

Havia gente demais para avançar sem encostar em ninguém, mas Alessa seguiu em frente mesmo assim. Ninguém ali corria perigo em contato com seus poderes. Todos eram Fonti ou ghiotte, a não ser Adrick. E Dante. O espaço diante do altar foi esvaziando à medida que os dançarinos mais próximos recuavam, formando uma densa muralha humana pela qual ela mal conseguia passar.

— Sem arremessos, a não ser que queira resolver isso lá fora — disse Leo enquanto Dante sacava as facas. — Vence quem fizer o segundo corte.

— Não o primeiro? — perguntou Dante.

— Qualquer um pode dar sorte uma vez. — Leo o saudou com uma de suas facas e a luta começou.

Era como estar presa em um pesadelo recorrente — Dante, cercado por uma plateia hostil, encarando um oponente —, mas aquilo era pior do que da primeira vez que Alessa o vira lutar no Fundo do Poço. Naquela época, ele era um desconhecido e ninguém estava armado. Além do mais, embora naqueles tempos ela não soubesse que ele tinha poderes capazes de salvá-lo, agora sabia que ele *não tinha*.

A maioria dos presentes mal percebeu a luta de facas que estava prestes a começar — mais uma típica noite na terra dos quase imortais —, mas alguém gritou "Alguém vai apostar no novato?", e os espectadores mais próximos vibraram como se fosse um jogo. E era mesmo, até onde eles sabiam. O que era uma facada para alguém que não temia se ferir?

Mas Dante *não era* mais um ghiotte. Por causa dela.

Leo o rodeou, girando sua arma casualmente, e então atacou feito uma víbora. Foi perto, mas Dante ergueu o braço para mostrar à multidão a pele intacta.

Eles se esquivavam, defendiam-se e atacavam.

Alessa quase gritou quando um grupo de dançarinos desatentos bloqueou sua visão. Quando voltou a ver, Leo estava limpando sangue da bochecha.

Acabaria no segundo corte, como Leo dissera. Dante já tinha feito o primeiro. Mais um corte e ele poderia encerrar aquilo sem nenhum arranhão. Mas os passos de Dante não pareciam tão ágeis ou certeiros como de costume.

Ela olhou para a garrafa meio vazia entre os dois tronos. *Ah, por favor.*

Em um momento, Dante estava desviando de um golpe. No momento seguinte, foi empurrado para a frente por um ghiotte irritado que não estava prestando atenção.

Ele se recuperou, mas não rápido o suficiente.

O golpe seguinte de Leo rasgou a camisa de Dante e o cortou do peitoral até chegar ao abdômen.

Alessa abafou um grito quando as bordas rasgadas da camisa foram escurecendo como as pontas de um papel em chamas.

Dante não olhou para baixo, simplesmente assentiu e seguiu adiante.

Não dava para ter noção da profundidade do corte, nem o quanto o rasgo na camisa revelava. Dante também não sabia por quanto tempo poderia sangrar antes de causar suspeitas ou um desmaio, mas, de um modo ou de outro, precisava acabar logo com aquela luta, senão todos em Perduta descobririam que ele era uma fraude.

Seu foco se reduziu ao homem à sua frente. Leo era maior, com um alcance mais longo, e provavelmente também era mais forte, mas mais massa significava menos mobilidade, então Dante tinha vantagem no quesito velocidade.

Não muita vantagem, mas teria que ser suficiente.

Dante observava cada mudança no peso de Leo, cada movimento mínimo de seus olhos.

Leo avançou. Dante desviou.

Ele tinha que manter Leo na ofensiva e esperar que ele atacasse, para que, assim, se expusesse.

Leo era um cão de caça, não de guarda. Não esperaria muito tempo.

Dante ergueu uma das adagas, pronta para cortar, enquanto a outra ia esfaquear. O próximo passo de Leo decidiria qual entraria em ação.

Dante girou, desviando por pouco da ponta da faca de Leo, e cravou a ponta de sua adaga na parte mais carnuda do ombro do oponente.

Leo olhou para o sangue que se espalhava por sua manga. A música ainda tocava e metade da pista de dança ainda estava cheia de gente, apesar da batalha a poucos metros de distância.

Leo estendeu a mão.

— Boa luta.

Dante a apertou.

— Boa luta.

— Da próxima vez, não vou dar mole para você. — Leo abriu um sorriso. — Curta sua noite. Você não vai ter dificuldade para encontrar alguém para comemorar a dois.

Comemorar. *Claro.* Comemorar dando o fora dali antes que ele sangrasse até a morte.

Alessa o alcançou quando ele se desvencilhou do aglomerado de dançarinos.

— Machucou muito? — perguntou ela em voz baixa.

— Não sei — disse ele, mal movendo os lábios. — Mas alguém vai reparar que ainda estou sangrando se eu não sair daqui agora mesmo.

Ela assumiu a vanguarda, bloqueando a visão da camisa de Dante, e os dois foram abrindo caminho em meio à multidão, lentos demais para o gosto dele.

Dante manteve as costas retas e a expressão neutra, mesmo enquanto o calor úmido encharcava o cós da calça. Quanto sangue uma pessoa tinha no corpo, afinal?

Por fim, eles chegaram à porta e Dante entrou em contato com o ar puro, respirando profundamente para não desmaiar.

Ao lado do prédio, Dante parou para levantar a camisa e conferir o estrago. Não foi um corte profundo o suficiente para expor suas entranhas, mas aquela era a única notícia boa.

— Merda. — Ele apoiou uma das mãos na parede. — O que a gente faz agora?

Alessa suspirou.

— Não está esguichando, então não atingiu uma artéria. Acho que não, pelo menos. Se conseguirmos te limpar e costurar o corte sem infeccionar, você vai ficar com uma cicatriz feia, mas vai ficar bem. A gente consegue. Eu consigo. Precisamos botar pressão até o sangramento diminuir, então vou chamar Adrick. — Alessa juntou as mãos às dele. — Um deles deve ter visto, né? Eles vão nos procurar. E aí vamos procurar algo que sirva de curativo temporário até conseguirmos tirar você daqui e dar pontos nisso.

Não foi Adrick que os encontrou.

— O que está fazendo aqui fora? — perguntou Talia. — Você deveria estar lá dentro bebendo e comemorando a vitória.

Com o rosto contraído de dor, Dante manteve a voz casual.

— Só estou me limpando.

—Ah, faça-me o favor. — Os passos de Talia se aproximaram deles. — Ninguém liga para sangue aqui. Ostente o sangue com honra.

Alessa pressionou com mais força e Dante deixou escapar um grunhido de dor. Ele precisava se deitar. Precisava de curativos. Precisava que Talia *fosse embora*.

Alessa se abaixou para ficar escondida, mas o sangue não parava. E Talia também não.

— Sério mesmo? Você está com *ela* agora? — A julgar pelo semblante de Talia, ela havia chegado à conclusão errada. O que ainda era melhor do que a verdade.

— Você pode nos dar um minuto, por favor? — rebateu Dante.

Talia devia ter sentido o medo por trás da raiva dele, porque não foi embora. Ela se inclinou e arregalou os olhos para a camisa de Dante, encharcada. Para as mãos de Alessa, ensanguentadas. E para uma ferida que qualquer ghiotte já teria superado.

— Por que seu corte não está cicatrizando? — Talia exigiu saber. — O que foi que ela fez com você?

Dante substituiu a mão de Alessa pela dele e se virou de frente para Talia. Caso se mexesse devagar, não corria risco iminente de morrer de hemorragia — uma pequena vitória em uma batalha perdida.

Talia não era boba. Não havia outra explicação.

— Eu não sou ghiotte — disse Dante. A amargura queimava mais do que a ferida. — Não mais.

Vinte e cinco

Talia se afastou. Da verdade. De Dante.

Ele estava ofegante.

— Eu fiz parecer que tinha *quase* morrido, mas é mentira. Eu *morri*. — *Cazzo*. Não era o momento para ficar tonto. — Alessa manteve um fragmento dos meus poderes, o que foi suficiente para trazer meu corpo de volta, mas não meu dom.

— Você o *estragou*? — Talia cuspiu em direção a Alessa.

Alessa arquejou, mas Dante sabia que ela não ia chorar. Ainda não. Ele já a abraçara vezes suficientes em momentos de crise, por isso sabia bem. E faria de novo, caso sobrevivesse àquele ferimento.

— Não é culpa dela — disse Dante. — Se ela não tivesse tentado, eu teria morrido.

— As pessoas vão surtar. — Talia estremeceu. — Só de saber que é possível...

— Você vai contar? — Dante sustentou o olhar dela, desafiando-a a desviar os olhos.

— Se eu contasse, eles pensariam que eu menti a seu respeito. E *essa* mentira não tem perdão aqui.

Ele fez que sim.

— Então vamos manter em segredo. Se alguém descobrir, vou dizer que você não sabia.

Talia desviou o olhar.

— Ela não pode tentar de novo? Simplesmente... devolver o resto?

A risada amarga que Dante deu em resposta virou uma careta.

— Só Dea é capaz de consertar isso, e ela não está dando ouvidos.

Talia parecia pensativa.

— Você vai conseguir treinar amanhã?

— Não. Não tem como — intrometeu-se Alessa. — Provavelmente não é fatal, a não ser que infeccione, mas ele precisa de pontos e de tempo para se recuperar antes de poder fazer qualquer coisa pesada.

— Você nunca vai conseguir passar do período de liberdade condicional se alguém descobrir. — Talia olhou ao redor da piazza. — Mas todo mundo está aqui agora... Meus deuses, que *péssima* ideia.

— Que ideia? — perguntou Alessa.

— Não é da sua conta — retrucou Talia.

Dante suspirou.

— Talia, por favor. Estamos com um problema aqui.

Talia grunhiu baixinho.

— Me encontrem lá nas termas daqui a uma hora. Você não vai morrer antes disso, né?

Dante franziu a testa.

— Não, mas...

— Então *vão lá*. Vou dizer que você foi embora com outra pessoa. *Qualquer pessoa*, menos ela. E não deixem que ninguém veja vocês dois juntos, e nem perceba que você ainda está... — Talia franziu o lábio — *ferido*.

Dante até teria suspirado, mas não podia mais se dar ao luxo de fazer movimentos desnecessários. O que quer que Talia tivesse planejado não seria suficiente. Até ela mesma parecia ciente disso.

Eles estavam oficialmente ferrados.

***

Quando se aproximaram das termas, as pernas de Alessa pareciam um macarrão que tinha cozinhado demais.

Dante estava se tornando um peso morto à medida que a perda de sangue e o álcool faziam pleno efeito.

— Merda — balbuciou Dante pela décima vez. — *Meeeeeeerda*. Um segundo mais rápido e isso não teria acontecido. *Um* segundo.

— Vai ficar tudo bem — disse Alessa, ofegante. — Talia tem um plano.

Dante deu uma risada desdenhosa.

— Os ghiotte não entendem merda nenhuma sobre curar feridas. Provavelmente vai ser algum tônico feito de pó de giz que sobrou da última vez que uma pessoa normal veio aqui.

— Quanta positividade... — Alessa fez uma pausa para respirar, tirando o braço de Dante dos ombros.

Ele se apoiou na parede, dando um gemido.

— *Cazzo*, que dor. *Se quer me foder, me beija*.

— Adoraria, mas você ainda está sangrando e tenho certeza de que te mataria, então vamos deixar isso para lá por enquanto.

A risada de Dante logo se transformou em um palavrão.

— Que horas são?

— Pouco depois da meia-noite. Por quê?

— Adivinha? — Ele soou estranhamente animado.

— O quê? — Ela alongou os ombros com uma careta de dor.

— É o nosso aniversário! — O sorriso dele era absurdamente fofo e completamente inadequado, já que estavam ensanguentados, mas ela não conseguiu evitar sorrir também.

— Dante, meu amor, se minhas contas estiverem certas...

— Você é boa de conta — declarou ele, como se fosse um fato.

— Sou, é?

— É. Eu me lembro. Você disse que não sabe como sabe as respostas, mas sempre sabe. Portanto, é boa de conta.

— Não sei se isso é cem por cento preciso, mas tudo bem. Enfim, se minhas contas *estiverem* certas, nós nos conhecemos há mais ou menos oito meses, e acho que *ninguém* considera sete meses e três semanas um aniversário de namoro.

— O aniversário não é de quando a gente *se conheceu*. Ninguém conta a partir do dia em que se *conheceu*.

Ela balançou a cabeça.

— Bom, nosso primeiro beijo foi mais ou menos uma semana e meia depois disso...

— Duas semanas. — Ele ergueu dois dedos ensanguentados. — Aconteceu depois de *duas* semanas.

Ela franziu os lábios para não rir. Ou chorar de tão fofo que era ele ter se lembrado.

— Eu vou acreditar em você. Mas ainda faz sete meses e uma semana. E a primeira vez que a gente, *sabe*, foi alguns dias depois disso. Fomos apressadinhos, né?

Ele deu de ombros discretamente.

— O mundo estava acabando.

— É justo. Mas ainda assim não é um aniversário. Mesmo que você queira chamar sete meses de aniversário...

— Para isso especificamente, eu quero.

— Então tá. Mas ainda faltam alguns dias.

— Nananinanão — disse ele, balançando o dedo. — Não é um aniversário de *beijo*. Nem do dia em que *nos conhecemos*. Nem *aquele* aniversário.

Alessa segurou o dedo de Dante e pôs seu braço em volta dos ombros dela de novo.

— Desisto. De qual aniversário você está falando?

Ele riu baixinho.

— Nosso esfaqueamentosário.

Ela deixou escapar uma gargalhada.

— *Mentira*. É mesmo?

— É, sim! Ha! Ai. — Os dois finalmente chegaram às termas, e Alessa conseguiu abrir a porta sem fazer movimentos bruscos com Dante. — Sete meses atrás... ai, *merda*, que dor... eu arrastei você, completamente desorientada, para a Cittadella. E olha só para a gente agora.

Ela esfregou as têmporas com uma risada fraca.

— Será que a gente pode *tentar* não fazer disso algo recorrente?

Uma hora depois, Dante estava deitado com a cabeça no colo de Alessa em um canto úmido das termas, cada vez mais mal-humorado. Ainda não havia sinal de Talia, e qualquer efeito entorpecente do álcool já tinha desaparecido há muito tempo, deixando apenas a dor pulsante onde a faca de Leo o cortara.

Se tivessem buscado Adrick, ele poderia ter levado os pontos e já estaria repousando na casa, mas, em vez disso, eles estavam encharcados de sangue em um chão frio e úmido.

Pelo menos Alessa estava ali, passando os dedos pelo cabelo dele e o distraindo da melhor maneira possível. Dante tentou se concentrar no toque dela e deixar tudo o mais desaparecer.

Aqueles eram seus momentos favoritos, os quietos. Não *literalmente* quietos, já que Alessa raramente ficava em silêncio quando acordada, mas os momentos em que eles não estavam fazendo nada nem falando sobre nada importante. Os momentos em que ficavam simplesmente ali, juntos.

Dante levou a mão dela à boca e falou na palma de Alessa por segurança.

— E se eu não conseguir?

— Você nem sabe o que ela está planejando.

— Não estou falando disso. Estou falando de tudo. Como é que eu vou fazer para transformá-los em um exército se nem sou um deles? Eu sou uma fraude. Um mentiroso. Aqui não é meu lugar.

— Seu lugar é ao meu lado — disse ela. — E é onde você está. E você pode fazer qualquer coisa.

Ele começou a balançar a cabeça, mas ela o segurou.

— *Nós* vamos conseguir.

— E se não conseguirmos?

— Então vamos cair juntos, lutando lado a lado. — Alessa prendeu o lábio entre os dentes por um momento. — Certa vez você me perguntou o que eu queria fazer antes do Divorando. Sua vez. O que *você* quer fazer antes do que quer que venha a acontecer com a gente?

Ele lhe lançou um olhar malicioso e Alessa riu de novo.

— Sonhe mais alto. Você está tendo uma segunda chance com seu tio e Talia, uma oportunidade de finalmente conhecer seu povo. Você passou muito tempo sozinho.

— Sozinho não — disse ele. — Não estou mais sozinho.

— Você entendeu o que quero dizer. Talvez você pudesse... sei lá... fazer amigos? Encontrar a paz?

Ele suspirou profundamente.

— Por que você sempre tenta me fazer ser uma boa pessoa?

Ela se curvou para lhe dar um beijo na testa.

— Porque eu te amo.

— *Ti amo, luce mia* — sussurrou ele em resposta.

Os dois tomaram um susto quando a porta se abriu com força.

O calor subiu pelo pescoço de Dante enquanto Alessa o ajudava a se levantar, mas eles tinham problemas maiores para lidar do que a possibilidade de Talia ter ouvido algo.

— Não faço a *menor* ideia se isso vai funcionar, mas eu trouxe algumas roupas, já que as suas estão ensanguentadas. — Talia se aproximou e jogou um monte de roupas aos pés deles, então apontou uma adaga para Alessa. — Se você contar qualquer palavra disso para alguém, vou arrancar seu coração e comer, entendeu?

— Entendido — disse Alessa.

Dante se contorceu pela quingentésima vez.

— O que é?

Talia tirou uma grande chave do bolso e gesticulou para a única porta que havia na parede oposta.

— La Fonte di Guarigione, é claro.

A última esperança de Dante morreu.

— Não tem graça.

Eles já sabiam que a fonte de cura de Dea era, na verdade, os próprios ghiotte, não uma fonte mítica que tinha sido criada a partir de um erro de tradução.

— Não estou brincando — respondeu Talia. — Acho que Dea tem senso de humor, já que depois que o primeiro ghiotte foi banido porque o povo achava que nós bebíamos de uma fonte que nunca existiu, ela abençoou uma das termas aqui para aumentar nossas habilidades de cura... e ninguém precisa *beber* a água. Mas a fonte pode ajudar um ghiotte gravemente ferido a se curar um pouco mais rápido, e usá-la regularmente parece retardar o envelhecimento...

— Eu sabia — disse Alessa, o que rendeu mais um olhar fulminante de Talia.

— Membros em liberdade condicional não devem saber disso até serem aprovados por votação, e então acontece um batismo cerimonial, mas meu pai tem uma chave a mais. Proteja-a com a sua vida.

Dante a pegou, a cabeça a mil por hora.

— Vou recuperar meus poderes?

Talia contorceu os lábios.

— Não faço ideia. É nossa. Não deixamos mais ninguém usar, então não sabemos que efeito tem em pessoas comuns. Talvez não aconteça nada. Me faça um favor e não deixe rastros de sangue na câmara. — Ela olhou para Alessa de cara feia. — Vocês dois podem se limpar aqui fora, mas *você* não pode usar a *fontana*. É para *nós*, não para gente que nem você.

— Entendido — disse Alessa no tom de voz empertigado que usava para esconder a irritação.

— Vou ficar de guarda lá fora — avisou Talia. — Se alguém aparecer, vou falar que um dos novatos é um recatadozinho besta e eu estou sendo *legal*. Boa sorte.

Dante pegou a mão de Alessa assim que Talia saiu. Ele precisaria segurar-se em alguma coisa caso aquele fiapo de esperança se rompesse.

Após apertar a mão dela uma vez, tão forte quanto possível sem machucá-la, Dante respirou fundo e a soltou antes de tirar a roupa e entrar na banheira principal.

A ardência da água salgada na carne crua foi o suficiente para distraí-lo dos sons de Alessa se lavando ali perto. Ele estava tremendo quando saiu e encarou a porta da câmara. Tinha passado anos e anos odiando quem era, ressentindo-se do poder com o qual havia nascido, e agora *precisava* daquele poder de volta.

Por Alessa. Por eles.

Por *ele mesmo*.

As mãos tremiam quando ele inseriu a chave na fechadura ornamentada.

A câmara poderia fazer parte de qualquer SPA de luxo de Saverio, se não fosse pelo brilho azul sobrenatural da água. Paredes de pedra, pisos de mármore, colunas decorativas e uma piscina circular, grande o suficiente para uma dezena de pessoas e projetada como um anfiteatro subaquático, com escadas que desciam por toda parte.

Alessa observava da sala principal atrás dele, e Dante não precisou olhar para trás para saber que ela também estava prendendo a respiração enquanto ele entrava na água.

Pés, joelhos, cintura, peito. Praticamente sem parar para respirar, ele mergulhou por completo, rodeado pela luz azul brilhante.

Dante permaneceu debaixo d'água até sentir o peito doer. Até os pulmões gritarem. Até não ter escolha a não ser emergir ou se afogar.

Arfando, ele sacudiu a cabeça. Piscou.

O mundo voltou ao foco.

Seu mundo voltou ao foco. Vestida apenas com uma toalha, Alessa pairava à porta, os olhos cor de mel arregalados. Dante não teve coragem de olhar para o corte no peito, mas levantou o braço. O corte havia sumido, nenhuma cicatriz no local onde havia tirado os pontos.

— Mais uma vez.

Ele mergulhou de novo, e quando emergiu, seguiu o olhar de Alessa, mas já conseguia sentir.

O corte estava cicatrizando.

Seu coração batia dolorosamente. A fonte o havia curado, mas o teria *consertado*? A esperança era a tentação mais perigosa de todas.

Ele espirrou água para a borda da piscina e estendeu a mão, mas Alessa não queria chegar mais perto.

— Estou com medo — disse ela, abraçando-se.

— Também estou. — Dante saiu da água e caminhou até ela, estendendo a mão. — Só vamos saber se tentarmos.

Com a respiração trêmula, ela pôs a mão na dele.

Nada. Sem dor. Uma cor vibrante dominou as bochechas de Alessa, e uma primeira onda de exultação vibrou nas veias dele.

— Agora, o verdadeiro teste. — Ele diminuiu a distância entre os dois até a toalha de Alessa roçar nele e Dante sentir o toque de suas coxas cálidas. Ele deu um beijo nos lábios de Alessa, mas ela resistiu, com a espinha rígida e a boca firme, tentando conter a paixão para que seu poder não tomasse conta.

Mas *aquela* era a questão. Aquela *sempre* foi a questão. E, daquela vez, era *mesmo* a questão. Ele precisava saber.

— *Sei mia* — sussurrou Dante. Inclinando a boca em direção a ela, ele a provocou até os lábios de Alessa ficarem maleáveis e macios.

A personalidade dela costumava confundi-lo de várias maneiras, mas o corpo era um livro aberto. E Dante soube o momento exato em que Alessa abandonou o autocontrole. Os lábios se entreabriram e ela se tornou fogo líquido, fundindo-se a ele.

Ainda não havia nenhum sinal de alerta na base da espinha dele, nenhuma ameaça iminente de dor.

Alessa ardia de desejo e ele *não estava* sofrendo por isso. *Finalmente.*

Suas mãos se tocaram enquanto ela desenrolava a toalha, que Dante em seguida jogou do outro lado da câmara. Ele intensificou o beijo, embriagado de desejo, alívio e alegria. Alessa devia ter sentido e começado a confiar plenamente, porque suas mãos se enredaram no cabelo dele enquanto ele a agarrava pela cintura, erguendo-a.

Mantendo o braço entre Alessa e a parede fria, Dante pressionou as costas dela e murmurou "*Brava la mia ragazza*", enquanto ela o envolvia com as pernas.

Aquela Alessa não era a garota inexperiente da primeira vez dos dois. Ela florescera como um botão finalmente exposto à luz. A luz *dele*.

Alessa não era tímida nem acanhada, e conhecia melhor o próprio corpo agora. Ele teria passado uma eternidade redescobrindo cada ponto sensível do seu corpo, mas Alessa estava, como sempre, impaciente. Era impulsiva. E ele a amava por isso.

Ela enganchou o braço no pescoço dele e o encontrou com a outra mão, o que o fez gemer um palavrão. Nada romântico. Ele deixaria o romance para depois. Para a próxima vez. Mas ali... Dante estava perdendo o fio da meada. Ela estava pronta, *mais* do que pronta, e se contorcendo com o corpo colado no dele.

Ele também não tinha *muito* controle, mas a atiçou — atiçou-se — por um incrível segundo, apossando-se dos lábios dela em um beijo intenso e profundo que a fez implorar — *Molto bella*, ele amava quando Alessa implorava —, e então... *Finalmente*.

Alessa gritou, cravou as unhas nos ombros dele. Ele ficou imóvel por um momento, saboreando o reencontro, a harmonia irregular das respirações. Mas sua garota teimosa e exigente mal podia esperar e se arqueou para ele, chamando seu nome, resfolegada, flexionando as mãos e o agarrando. Implorando para que Dante se movimentasse.

Movimentar-se também era bom. Ele faria durar da próxima vez. Ele a trataria feito uma rainha da próxima vez. Da próxima vez. Mas ali — ali ela estava berrando o nome dele, com a cabeça jogada para trás, olhos fechados, lábios entreabertos em um grito silencioso, e aquilo era a coisa mais linda que Dante já tinha visto em sua miserável vida.

Ele só tinha que segurar até... Alessa cravou as unhas nele e se esticou, soluçando o nome dele novamente, e ele gemeu o dela, a única palavra de que conseguia se lembrar.

Talvez a única palavra que conhecia.

Amar de verdade significava não deixar sua amada cair, e, embora Alessa sentisse Dante tremendo, ela se arrepiou de prazer com a sensação de deslizar pelo corpo dele até os dedos dos pés tocarem o chão.

Com uma das mãos apoiada na parede acima dela, Dante se inclinou para afagar o pescoço macio.

— *Vita mia*.

Ela distribuiu beijos pelo pescoço e pela mandíbula dele. Ele tinha gosto de sal, de homem e de Dante, e se existisse uma forma de capturar o som dos arfares dele, ela o ouviria todas as noites.

Ele roçou a bochecha na dela, raspando o restolho de barba, e ela agarrou os ombros trêmulos dele. Enquanto subia e descia os dedos pelas costas dele, ela sussurrava seu nome, quase chorando de alívio, amor e alegria por voltar a poder compartilhar prazer, e não dor, com Dante.

Ele tinha voltado para ela. Tinha voltado a ser ele mesmo.

Ela ficou abraçada a ele até a onda de emoção passar, murmurando frases que Dante a ensinara na língua antiga, expressões afetuosas que pareciam música quando ele as proferia, mas que nunca saíam direito quando Alessa tentava.

A respiração ofegante se transformou em risadas que ressoaram no peito de Dante.

— Seu sotaque continua terrível. *Ninguém* pode ser tão ruim sem querer.

Ela lhe deu um tapinha nas costas.

— Estou tentando ser romântica.

— Você me ama. — Dante recuou, sorrindo, e sem a menor vergonha das lágrimas que molhavam suas bochechas.

Ela fingiu um olhar severo, mas sua expressão não cooperava.

— Amo mesmo. *Amore mio*.

— Sou capaz até de ignorar o sotaque horrível quando você diz isso. — Ele a beijou outra vez antes de se afastar. — Se Talia vier nos procurar, provavelmente é melhor eu estar de calça.

— Tenho a impressão de que os ghiotte não ligam muito para roupa. Talvez a gente possa viver essa vida nudista, no fim das contas.

— De jeito nenhum. Sou um cara egoísta e não quero que mais ninguém veja você do jeito que eu vejo. — Ele lhe deu um tapinha na bunda. — Vá se vestir.

Talia estava andando de um lado para o outro no saguão quando Alessa acompanhou Dante até o lado de fora, alisando o cabelo e tentando não entregar que haviam feito exatamente o que tinham acabado de fazer.

Dante, claro, estava totalmente composto. Um talento nato. Às vezes era perturbador como ele conseguia disfarçar os próprios sentimentos sem nenhum problema. Se o que ele sentia era tão forte quanto o que ela sentia, como Dante conseguia esconder tão fácil?

Ela guardou aquele pensamento para outra ocasião.

Talia alternou o olhar entre Dante e as bochechas coradas de Alessa.

— E aí?

Alessa ficou quieta.

— Deu certo — respondeu Dante, levantando a camisa para mostrar seu peito sem cicatrizes.

— Seus poderes voltaram?

— Voltaram. Testados e comprovados.

Talia soltou um suspiro.

— Como foi?

— Incrível.

Alessa mordeu o lábio. Era *óbvio* que ele a estava sacaneando.

— Vai voltar para a festa? — Talia abriu a porta.

— Não. — Dante coçou o pescoço. — Acho que vou dar a noite por encerrada.

Talia pareceu prestes a dizer alguma coisa, mas pensou melhor e se contentou com um olhar de advertência.

Alessa não ia deixar Talia estragar aquele momento. Tinha Dante de volta. Podia tocá-lo e ser tocada — ficou corada só de lembrar —, por mais que tivessem que manter tudo em segredo. Ela preferia ter momentos às escondidas do que nenhum, e não queria abrir mão daquilo.

Dante devia estar em total sintonia com ela, porque indicou as escadas com um gesto de cabeça quando chegaram à casa.

— Vamos dormir sob as estrelas. Eu esperei tempo demais para abrir mão de você agora.

— Não tem porta.

— Então é melhor não perdermos tempo.

Dante enfiou os sacos de dormir debaixo de um braço e estendeu a outra mão para ajudá-la na perigosa subida pelas escadarias abandonadas. Mesmo no escuro, ela confiava plenamente nele.

Ele jamais a deixaria cair.

— Segura minha mão — disse ele.

E foi o que ela fez.

Vinte e seis

DIAS ANTES DO ECLIPSE: 20

Aconchegada no braço de Dante, Alessa deslizava os dedos por cada músculo dele enquanto a luz do sol da manhã aquecia a pele dos dois através das brechas no teto.

Bem ali, logo abaixo da caixa torácica do lado direito, Alessa traçou uma linha entre os músculos abdominais de Dante, que se contraíram.

Ele alegava não sentir cócegas, mas ela estava determinada, caçando cada mínimo tremor e decorando suas vulnerabilidades para uma futura emboscada que provasse que ele não passava de um mentiroso.

— Estive pensando — comentou ela.

— Bom pra você. — Dante lhe deu um tapinha no ombro com um bocejo.

Ah. Ele parou de respirar por um segundo quando Alessa deslizou o dedo pelo contorno do músculo onde o quadril encontrava o torso.

— Por que você acha que todos os outros dons de Dea foram concedidos ao acaso, mas não o dos ghiotte?

— Deveríamos ser o exército dela — disse ele. — Não faria sentido ter soldadinhos brotando em tudo que é canto.

— Com todos os outros poderes é assim. — Ela voltou a atenção para o outro lado de Dante, mas voltaria em breve. Toda boa investigação precisava ser minuciosa, e Alessa nunca tinha se dedicado tanto aos estudos.

— A Finestra deve ser líder, então Dea dá esse poder a alguém que saiba liderar. As Fonti... bom, elas são quase como um recurso, de certa forma, então não precisam crescer com outras pessoas iguais. Ela provavelmente queria que nós passássemos habilidades de geração em geração, então as manteve preservadas dentro das famílias.

— Os ghiotte sempre se juntam com outros ghiotte, então? — perguntou ela, *como quem não queria nada*.

Dante levantou o queixo dela com um dedo.

— Pode perguntar diretamente o que você quer saber.

Sua intenção de ser casual tinha ido por água abaixo. Ela se apoiou em um cotovelo, deixando a camisola escorregar pelo ombro, mas Dante não se distraiu com a tentativa de arapuca. Continuou avaliando o rosto dela enquanto a mão vagava.

Ah, pois bem. Ela já tinha falhado em ser casual mesmo...

— Os ghiotte chegam a escolher ficar com alguém que não é ghiotte? Quer dizer, existem regras a respeito desse tipo de coisa?

— A gente não sabe nem se vai viver até o mês seguinte e você está aí preocupada com a eternidade? — O sorriso de Dante passou de zombeteiro a carinhoso ao ver o que quer que tivesse visto no rosto dela. — Não estou nem aí para *regras*. Faço minhas escolhas. Mas, se serve de consolo, conheci pessoas que tinham parceiros não-ghiotte, então, mesmo aqui, nem todo mundo se casa com outro ghiotte.

Ele contraiu os lábios com a leve virada de cabeça que Alessa deu ao ouvir o verbo "casar".

— Então o que acontece com os filhos? Quer dizer... eu não... não estou *pedindo* para ter filhos com você, só estou curiosa para saber como esse lance da hereditariedade do dom funciona.

Dante pigarreou.

— Ah. Bom. É bem simples. Se um bebê tem o pai ou a mãe ghiotte, ele é ghiotte.

— Tipo, um meio-ghiotte?

— Não. Um ghiotte.

Alessa franziu a testa, pensativa.

— Então eles só herdam o dom de um dos pais?

— Se sua mãe sabe cantar, mas seu pai é desafinado e você tem ouvido absoluto, você não continua sendo filha do seu pai?

— É diferente.

— Não é, não — disse Dante com firmeza. — Você é filha dos seus pais, quer seja mais parecida com um deles, ou soe como o outro, ou o que quer que seja. As pessoas não são divididas assim. Se Tomo e Renata tivessem um filho, ele não seria meio descendente dos ancestrais de Tomo e meio dos de Renata. Ele seria uma só pessoa, descendente dos dois. É soma, não divisão. Um filho de um ghiotte é ghiotte. A mãe da Talia não era uma, lembra?

— Então se outras pessoas têm parceiros não-ghiotte, e se não existe a necessidade de preservar a linhagem ou coisa do tipo, por que seria tão terrível alguém descobrir que estamos juntos?

— Não é *só* porque você não é ghiotte. Você é a *Finestra*. — Dante ajeitou o cabelo dela atrás da orelha e passou o polegar por sua mandíbula. — Em Saverio, você é símbolo de comunidade e segurança. Aqui, você é um lembrete de que os ghiotte tiveram as duas coisas negadas.

— Eu *odeio* ser um símbolo — disse ela. — Você realmente acha que a Talia já não percebeu que somos um casal?

— Sem prova não há crime.

Alessa recuou.

— Ah, que *lindo*; agora eu sou um crime.

A risada dele ressoou pelo corpo dela.

— Vale lembrar que quando ficamos juntos pela primeira vez, era *sim* um crime, e eu cumpri pena por isso.

— Valeu a pena? — Ela distribuiu beijos pelas bochechas dele.

Em um movimento rápido, ele a encaixou debaixo dele.

— Eu passaria cem anos acorrentado se isso me rendesse um dia com você.

Ao contrário de Dante, Alessa *sentia* cócegas, e deu um grito quando Dante achou o ponto sensível ali na lateral de sua caixa torácica.

— Não pense que não sei o que você está tramando — disse ele com um sorriso vitorioso. — Não parei para pensar, mas você está usando seus poderes o suficiente para, sabe, prevenir certas coisas?

Ela afastou um cacho rebelde da testa dele.

— Entre ajudar Saida e secar a roupa, acender lanternas com Kamaria e passar o tempo todo soprando a poeira que todo mundo vive trazendo para dentro de casa, tenho bastante confiança de que estou impenetrável.

Ele esboçou um sorriso.

— Não é esse o sentido da palavra.

— Claro que é. Se não tem como você me engravidar, estou impenetrável. — Ela apoiou a testa no esterno dele, eufórica com a satisfação de não haver nada entre os dois.

— Hum — refletiu ele. — Embora eu não tenha nenhuma intenção de engravidar você hoje à noite...

Ela recuou para avaliar o rosto dele.

— *Hoje à noite?*

— Concentre-se. — Os lábios de Dante encontraram o vão suave atrás da orelha dela. — "Impenetrável" significa algo que não se pode penetrar, como uma fortaleza.

— Ah, *não*. Abaixem a ponte levadiça, derrubem as muralhas...

Dante percorreu a coxa de Alessa com a mão e ela acabou se esquecendo de procurar uma metáfora melhor.

— Achei os dois! — gritou Kamaria da porta.

Dante afundou o rosto no cabelo de Alessa com um grunhido.

— Vá *embora*.

— Talia veio te procurar, mas nem percebemos que vocês tinham voltado ontem à noite.

Ah. Claro. Talia.

Alessa estendeu a mão para ele com um bocejo sonolento que quase o fez expulsar Kamaria — mas não. Ele tinha um trabalho a fazer. Também acabou se lembrando da pouca quantidade de roupa que ele e Alessa estavam usando.

— Hum. Se ela ainda estiver aqui, avise que vou descer em um segundo.

Ele deu um beijo rápido em Alessa e se desvencilhou das cobertas para procurar as roupas. Poderia voltar aos braços dela naquela noite. Em todas as noites, dali em diante. Eles ainda teriam que se evitar durante o dia, mas as noites dela seriam todas dele.

Ignorando o "fiu-fiu" de Kamaria, Dante saiu pela porta como um homem que tinha nascido de novo. Nada poderia abatê-lo.

Até aquele momento, tinha andado por Perduta pisando em ovos, e só a palavra de Talia o impediria de cair. Agora, depois de vinte anos sendo um pária em todas as circunstâncias, ele estava cercado pelos seus e não precisava mais fingir ser algo que não era.

Não era mais o momento de temer que um arranhão ou um machucado pudesse entregá-lo.

A verdade o fortalecia e o deixava confiante. Preparado. Quase invencível.

Era hora de construir um exército.

Vinte e sete

Alessa desceu a escada ao mesmo tempo que Blaise irrompeu no pátio e saltou por cima do banco erguendo um caderno sujo.

— Hora de distribuir as tarefas. Não toleramos preguiçosos por aqui. Todo mundo trabalha ou está fora.

— Qual é o *seu* trabalho? — resmungou Kaleb.

— Babá. Óbvio. — Blaise tirou um lápis de trás da orelha. — Alguém por aqui tem habilidades úteis?

Adrick limpou a garganta.

— Sou farmacêutico e médico.

Blaise inclinou a cabeça.

— É o quê?

— Eu, hum, cuido de pessoas doentes ou feridas, engesso ossos e... bom, hum...

Blaise não esboçou reação.

— Ou seja, nada *útil*.

— Acho que não. — Adrick corou.

— Manda ele limpar penicos — sugeriu Kaleb.

— Nós temos *esgoto* — disse Blaise.

— Espera, eu sei cozinhar — avisou Adrick. — Bolos, biscoitos, bolinhos, tortas... — Ele enumerou nos dedos uma longa lista de guloseimas irresistíveis.

— Se você sabe mesmo fazer tudo isso, vão deixar você ter o que quiser. — Blaise anotou no caderno: "Cacheado: Cozinha". — Quem mais?

— Eu também sei cozinhar, mas meu poder é controlar o vento — disse Saida. — Caso precisem... hum... secar lençóis?

Blaise fez que sim.

— Lavanderia.

Kaleb ainda parecia irritado.

— Eu consigo controlar eletricidade.

— Esses trecos aí quebraram há séculos — disse Blaise. Adrick murmurou algo em voz baixa que soou suspeitosamente como "escavador de merda" e Blaise conferiu a lista. — Ele cuida do lixo, então.

— Por que *eu* tenho que cuidar do lixo? — perguntou Kaleb.

Blaise abriu um sorrisinho.

— Porque eu não gosto de você.

Depois de informar que havia crescido em uma ilha de pescadores, Ciro foi enviado para um barco de pesca, enquanto as garotas ficaram com a lavanderia comunitária perto da piazza.

Alessa torceu o nariz. Dante estava em uma missão e ela estava determinada a lhe dar apoio. Sendo invisível.

Dante escondera sua verdadeira identidade por anos antes de conhecê-la. *Ela* escondera o relacionamento dos dois de todo mundo até o Divorando. Aquilo não era diferente.

Atuação. Era só isso. Todos tinham que *agir* como se Dante fosse o líder, ele tinha que *agir* como se não estivesse apaixonado por Alessa e ela ia *agir* como se os dois não passassem de aliados.

Cada um tinha um papel a desempenhar. Ela também faria a parte dela, mesmo que isso significasse manter distância no campo de batalha.

***

— Onde você esteve? — perguntou Talia quando Dante a alcançou.

— Dormi no andar de cima. Noite agradável. Imaginei que seria bom ter um pouco de espaço.

Ela parecia levemente desconfiada, mas não insistiu.

— No fim das contas, desaparecer depois de ter dado uma surra em Leo na noite de ontem fez as pessoas falarem ainda mais. Quando a noite acabou, metade da ilha já achava que você o tinha cortado até o osso.

— Isso é bom?

— Óbvio. Leo é uma força, mas você se saiu bem. — Talia o cutucou e deu um sorriso. — Como eu disse, você nasceu para isso.

Uma nova onda de alegria o deixou sem fôlego. Ele *tinha* nascido para aquilo. Ele *era* um ghiotte, e os outros o seguiriam para a batalha. Ele finalmente poderia mostrar quem era de verdade e o que sabia fazer.

Talia pegou um espresso em um bistrô perto da piazza e acenou para os outros clientes, mas felizmente não arrastou Dante para uma nova rodada de apresentações.

— Alguns querem ser seus amigos, outros querem te ferrar, e o resto quer ter uma chance de enfrentar você, mas *todo mundo* quer te conhecer. E *isso* significa que podemos começar a recrutar.

Ela certamente entrara em ação na noite anterior, e alguns de seus amigos os esperavam na piazza. Não era um número suficiente para vencer uma guerra, mas era um começo.

Dante já tinha sido apresentado à maioria, mas Talia repassou os nomes, associando cada um deles a uma habilidade: o soco de Jesse deixaria qualquer um banguela, ninguém era capaz de correr mais rápido do que Anya em toda Perduta, os saltos de Kira desafiavam a gravidade, Torin dava um chute circular devastador...

— Eles são os melhores dos melhores — declarou Talia. — Quero dizer, se você for capaz de ignorar o fato de que Jesse sempre se "esquece" de trazer dinheiro para as bebidas, Anya insiste em usar cores que não combinam e Maya morde. Não a chame de baixinha, a não ser que queira perder um dedo. — Sorrindo, Talia gritou por cima de uma rodada de insultos: — Mas, *apesar* das enormes falhas de personalidade, eu confiaria minha vida a eles.

Dante esperou que ela continuasse, mas todos se viraram para olhar para ele.

Ah, claro. Líder.

— Hum, ótimo. Vamos começar, então. Para criarmos uma força unificada capaz de se manter firme e não fugir... — Ele levantou a mão para interromper os protestos. — Sei que todos aqui são corajosos. Mas já vi soldados prontos para a batalha, alguns veteranos de treinamento, entrarem em pânico durante um ataque de scarabei. A gente vai precisar de mais do que coragem. Depois de recrutar, vamos precisar treinar até que o primeiro instinto de todos, na hora da verdade, seja recorrer ao treinamento e não ceder. É a única maneira de manter o máximo de nosso contingente vivo.

Então os semblantes ficaram sérios e o entusiasmo geral se apagou como uma vela soprada. Talvez Dante não devesse ter começado sua apresentação falando de mortes em massa.

Talia deu um tapinha nas costas dele.

— Então mãos à obra!

Ou não. Com gritos e assobios, os ghiotte se levantaram de um salto e Dante soltou um suspiro de alívio. Ele sabia lutar, mas tinha muito o que aprender sobre liderança.

Enquanto os outros se juntavam para uma sessão de estratégia improvisada, Dante puxou Talia de lado.

— Metade da ilha estava pronta para me apunhalar pelas costas poucos dias atrás e agora todos toparam?

Talia abriu um sorriso exasperado.

— Você apareceu aqui com os santos de Saverio. Claro que as pessoas foram hostis. Mas *eu* tenho garantido a todo mundo que você é da família, então as pessoas estão dando uma chance a você, como *já teriam dado* desde o início se você não tivesse sido tão idiota.

Dante coçou o queixo.

— Diplomacia não é muito a minha praia.

— Não me diga. — Talia gargalhou. — Quando éramos pequenos, nós achávamos que o lutador mais forte sempre vencia, mas, no mundo real, é preciso ser inteligente também. Felizmente *eu* sei o que estou fazendo. De nada.

O apoio de Talia fazia Dante sentir como se tivesse recebido um convite para uma reunião de família e agora estivesse rodeado por centenas de primos que ele nunca tinha visto na vida. Os amigos dela o acolheram tão depressa e com tanto entusiasmo que Dante acabou perdendo um pouco do equilíbrio. Eles agiam como se ele sempre tivesse feito parte daquele grupo, respeitando seu julgamento como se ele de fato fosse o líder de um exército que ainda nem existia.

Era bom. Muito bom. Quase bom *demais* após anos sem se importar com o que os outros achavam dele.

Por muito tempo, Dante só se deparara com portas sendo fechadas na sua cara. Ele não sabia muito bem o que fazer agora que estavam sendo abertas.

Os novos comandantes de seu exército montaram uma variedade de equipamentos em uma área altamente visível do campo de treinamento, fazendo chacota uns dos outros alto o suficiente para atrair o máximo de atenção possível e enchendo Dante de perguntas instigantes sobre a ameaça que estava por vir.

No curto tempo desde sua chegada, Dante e Talia já tinham lidado com um monte de novidades, mas *aquilo* eles conheciam bem. Táticas. Estratégias. Competição.

Não era fácil provar seu valor por meio de lutas, brigas de espada, lançamentos de facas e arco e flecha enquanto disparavam palavras do tipo "gigante infernal" como um chamariz para a "diversão" que seria lutar contra os deuses; mas se eles tinham que vender o próprio peixe, que ao menos fosse na forma de combate.

Dante aceitou desafios a manhã inteira, meio que esperando fazer inimigos toda vez que vencia, mas Talia não estava brincando quando disse que a melhor forma de conseguir aliados era provando-se o melhor em... bom, em tudo, na verdade.

E deu certo. Pouco a pouco, os ghiotte foram chegando: sozinhos, em pares e, então, em grupos.

Ao meio-dia, um grupo de curiosos se reuniu e o encheu de perguntas, sugestões e argumentos para fazê-lo entender por que cada um merecia estar na linha de frente para enfrentar os oponentes mais difíceis.

Os ghiotte criados no exílio apresentaram várias perguntas sobre as visões de Dante, sobre Saverio e todos os detalhes sangrentos do Divorando, mas ficaram especialmente interessados em especular acerca dos horrores que os esperavam.

— Espero que Crollo não esteja anotando — murmurou Talia depois de ouvir umas garotas especularem em voz alta se os deuses poderiam virar as pessoas do avesso e fazer com que as entranhas virassem pele.

A piazza estava tão animada que parecia até que estavam organizando uma partida esportiva de bairro, e não uma guerra.

Quando a multidão cresceu a ponto de não ser mais possível se dirigir a todo mundo individualmente, Dante subiu os degraus a contragosto. Não daria para liderar um exército sem fazer alguns discursos; no entanto, ele mal tinha começado a falar quando eclodiu uma briga entre dois ghiotte, que riam e ao mesmo tempo se atracavam como se quisessem se matar. Dante cruzou os braços e esperou que os dois se cansassem. Não se juntou aos aplausos estridentes.

A primeira luta inspirou outras, e ele teve que desviar de mais braços e pernas em movimento.

Ok, então os soldados perfeitos de Dea não eram *exatamente* uma força de combate disciplinada.

Dante finalmente tinha conseguido a atenção dos ghiotte, mas eles eram caóticos.

Vinte e oito

Alessa estava determinada a não reclamar — não em voz alta, pelo menos —, mas ampliar os poderes de Kamaria e Saida para secar roupa de cama e aquecer tonéis de água era um trabalho incômodo, e estava longe de ajudar na salvação do mundo.

No final do turno, Alessa e as garotas encontraram Kaleb no refeitório para almoçar, e apesar do constante fluxo de chegadas, as mesas ao redor deles permaneciam vazias.

Adrick circulava pelo salão com uma cesta de quitutes; seus gracejos e seu charme autodepreciativo chegaram a arrancar alguns sorrisos. Seus docinhos conquistaram ainda mais.

Kaleb fez um som de desdém.

— O que ele está fazendo? Era para nós sermos discretos.

— *Nós* que somos os abençoados, não ele — disse Alessa. Se carisma pudesse ser usado como arma, Adrick teria o melhor arsenal da equipe deles.

— *Eles* não sabem disso — rebateu Kaleb.

— Ele acabou de contar para todo mundo — disse Alessa.

Kaleb apontou o garfo para ela.

— Isso é algum tipo de telepatia entre gêmeos? Vocês sentem a dor um do outro? Se for, peço desculpas desde já, porque vou ter que pisar no seu pé agora.

Alessa se afastou.

— Não é uma coisa entre *gêmeos*. Eu o vi fazer o estalar de dedo da magia.

Kaleb ficou completamente sem expressão.

— Eu tenho até medo de perguntar o que seria um estalar de dedo da magia e como uma irmã saberia disso.

Alessa reagiu com um som enojado.

— Assim — disse, mostrando-lhe o sinal que representava magia e explicando que ela e Adrick muitas vezes usavam fragmentos de sinais, gestos de mão discretos ou leves torções de pulso que a maioria das pessoas provavelmente não enxergaria como algo além, e aquilo permitia que ela compreendesse mais o irmão do que outras pessoas.

Kaleb pegou sua colher.

— Ainda acho esquisito, mas não vou pisar no seu pé.

Cochilando com o queixo apoiado nas mãos, Kamaria se desequilibrou e quase deu de cara na tigela de sopa.

— Hã? Perdi alguma coisa?

— Coisas bizarras de gêmeos — disse Kaleb, para a confusão de Kamaria.

— Pãezinhos? Ciabatta? — Adrick se aproximou da mesa deles com um sorriso no rosto coberto de farinha. — As baguetes estão fazendo o maior sucesso.

Kaleb pegou uma e mordeu com força.

— Eita — disse Adrick. — Tem gente mal-humorada aí. Não vai fazer amigos com *esse* comportamento.

Alessa se encolheu ao ouvir uma explosão de gargalhadas vindas da mesa de Dante.

— Eles realmente não gostam da gente, né? — comentou Kamaria.

Kaleb deu outra mordida agressiva no pão.

— Já falei como eu *adoro* ser rejeitado em vez de levar uma vida de glória na minha terra?

— Pelo menos finalmente estamos podendo sair — arriscou Saida, mas nem ela era capaz de manter tanta positividade.

Alessa se levantou com um suspiro.

— Melhor a gente ir antes que comece a chover.

Ela já tinha experiência de sobra devido às rejeições sofridas em Saverio. Não gostava da ideia de reprisar o papel para desconhecidos em uma terra hostil.

Quando voltaram à casa, Ciro já tinha chegado de seu turno ostentando pescados frescos e queimaduras solares. Todos deram uma olhada no balde de peixes de olhos esbugalhados e se esqueceram de como se fazia contato visual, então Alessa se ofereceu para ajudá-lo a prepará-los na cozinha, que agora tinha mesa e cadeiras, graças aos esforços contínuos de Matteo.

Alessa escolheu o menor e menos viscoso dos peixes, enquanto Ciro pôs um grandalhão na bancada, e então ficou imóvel, com a faca suspensa.

— Você *já fez* isso antes, né? — perguntou Alessa enquanto a gata entrava trotando na cozinha, miando e se esfregando nas pernas dela. — Desossar um peixe?

Ciro se recompôs.

— Claro. Tendo crescido numa vila de pescadores, esse é o tipo de coisa que eu já fiz várias vezes.

Ela balançou a cabeça. Às vezes, Ciro parecia um ator pronto para interpretar um papel, porém com as falas mal ensaiadas.

Ele brandiu a faca como se o peixe morto pudesse atacar a qualquer momento.

— Eu não consigo decidir se é um milagre que sacos de carne e ossos possam fazer tantas coisas ou se é uma tentativa lamentavelmente decepcionante de criação.

Alessa riu de nervoso.

— Não sei se gosto da ideia de ser o primeiro rascunho dos deuses.

— Quem disse que somos os primeiros? — Ciro cortou o peixe pelo meio e então lançou um olhar questionador para Alessa. — Você está bem?

Alessa tentou sorrir, mas se assemelhou mais a uma careta.

— Às vezes meus pensamentos parecem zumbir como um enxame de abelhas raivosas.

— Enquanto isso, minha mente é puro silêncio, chega a ser alarmante — disse ele. — Suave e abafada, como uma névoa densa sobre os meus pensamentos. Muitas vezes, é como se eu estivesse me observando por trás de uma porta de vidro e minha boca falasse palavras que não são minhas.

A apatia de Ciro ainda era preferível à sua tentativa de manter a mente sob controle por pura força de vontade, mas, independentemente de qual caso fosse pior, não havia como negar que eram diferentes.

Ciro olhou para a faca com a testa franzida.

— Você disse que encostou em um scarabeo. Eu não. Talvez não estejamos sofrendo do mesmo problema.

— Ou talvez Crollo esteja tentando nos sabotar para que a gente não possa combatê-lo.

— Talvez. — Ciro se enrijeceu. — Mas, se estivesse, Dea nos teria provido com uma solução, não acha?

Segundo o Verita, o livro sagrado de Saverio, Dea sempre provia. Quando Crollo concebeu o Divorando, Dea criou ilhas-santuário e salvadores que as protegessem. Quando Crollo enviou o fogo, Dea enviou a chuva. Os deuses davam e tiravam por suas próprias razões inexplicáveis, mas, para cada desafio, uma solução era oferecida.

Se ao menos pudessem descobrir qual era a solução da vez...

Ciro relaxou a postura enquanto lhe mostrava como limpar e desossar o peixe com movimentos habilidosos.

— Está gostando do seu novo emprego?

— Na lavanderia? Diria que não. — Alessa respirava pela boca. Talvez nunca mais fosse ter apetite de novo.

— Vai procurar outra profissão se continuar por aqui?

— Acho que não vai ser necessário. — Alessa pegou a gata assim que ela pulou na bancada e aí a colocou de volta no chão.

Ciro lançou um olhar severo para a gata e lhe jogou um peixe pequeno.

— Uma oferta pelo seu silêncio, sua fera.

A gata se escondeu debaixo da mesa, observando-o com olhos inabaláveis.

— Mas você está apaixonada — disse Ciro. — E o povo dele está aqui. Presumi que você se juntaria a ele.

— Não imaginei que você fosse um cara romântico, Ciro.

— Ele deu a vida por você. Certamente você faria qualquer coisa para que fiquem juntos, não?

Fiore atacou de novo e, quando eles finalmente defenderam seus espólios, teria sido ridículo responder em voz alta.

Claro que Alessa faria qualquer coisa para ficar com Dante. Ela o amava. Mas ele havia se apaixonado por ela quando não tinha mais ninguém, e agora havia se reunido com seu povo, com pessoas que se importavam com ele.

Talia era uma alfineteira em forma de gente, mas estava bem claro que morreria por ele, e Matteo parecia determinado a voltar para a vida de Dante, quer fosse como seu tio, amigo ou para preencher o vazio deixado pelo pai.

Alessa pegou Fiore e afundou o rosto na pelagem macia do animal. Tinha esperança de que ela e Dante construíssem uma vida juntos em Saverio quando tudo aquilo terminasse, mas talvez agora ele quisesse um futuro diferente.

Vinte e nove

DIAS ANTES DO ECLIPSE: 19

Na manhã seguinte, Alessa acordou de um pesadelo em que se afogava em sangue, cercada por mil olhos desencarnados. Ansiava por uma pilha de cobertores quentinhos e aconchegantes ou um colchão macio, mas só tinha um chão de pedra frio e a umidade praticamente intrínseca àquela construção antiga.

Dante já tinha ido embora. Apenas um leve cheiro de fumaça e a lembrança do calor em suas costas sugeriam que ele tinha estado ali.

Pela brecha nas cortinas, a rua lá fora parecia mais obscura do que seu sonho. Ela estava tensa e cheirava mal, mas a ideia de ir sozinha às termas e tirar a roupa sem ter ninguém para ficar de guarda na porta — ou pelo menos ficar por perto caso aparecesse um desconhecido mal-intencionado — revirava seu estômago. Alessa já tinha enfrentado muitas coisas assustadoras na vida, mas pelo menos estivera vestida em todas as ocasiões.

Ela não era insensível a ponto de acordar alguém tão cedo, mas irmãos não recebiam a mesma consideração e, de qualquer forma, Adrick tinha seu turno na cozinha, então Alessa o cutucou até acordá-lo e fez um sinal para que ele a seguisse até lá fora.

— A torre de marfim transformou você em uma puritana e tanto, né? — Adrick abafou um bocejo enquanto os dois caminhavam pelas ruas envoltas em neblina.

— Quem diria que passar anos vendo as pessoas se afastarem ao verem minha pele nua me deixaria um tantinho desconfortável em ficar sem roupa na frente de desconhecidos?

— Falando em nudez, Kamaria teve a impressão de que você e Dante estavam, hum... *trocando poderes* na manhã seguinte à festa, mas eu achei que as atividades de vocês estivessem... cof cof... limitadas pela falta de poderes dele, então tenho perguntas.

Alessa prendeu uma risada envergonhada.

— Eu não faço nenhuma pergunta sobre a *sua* vida amorosa.

— Porque você nunca foi fã de tragédias. — Adrick tropeçou em um paralelepípedo solto. — Não estou pedindo *detalhes*, e eu estava pronto para te dar crédito por controlar o bom e velho paranauê de Finestra, mas um dos cozinheiros me disse que aquele tal Leo quase cortou o Dante ao meio durante uma *luta de facas*... não sei como foi que eu perdi *isso*... e ele não parecia fatalmente ferido ontem. Para dizer a verdade, eu o vi levar um chute no rosto e ele *deveria* estar com os dois olhos roxos pela tarde... então que história é essa?

Alessa manteve a cabeça baixa, contando mentalmente os paralelepípedos para que ele não pudesse interpretar sua expressão.

— Você acreditaria que os poderes dele se regeneraram espontaneamente agora que ele está rodeado de ghiotte?

— *Talvez*, se você tivesse conseguido dizer isso sem um ponto de interrogação.

Um rubor de culpa se espalhou pelas bochechas dela.

— O segredo não é meu, não posso contar. Você vai ter que resistir à curiosidade e ficar feliz por mim.

— *Aí* já é pedir demais — disse ele. — Tudo bem, não precisa me contar nada, mas espero que saiba que pode confiar seus segredos a mim. Eu falhei com você uma vez, ou duas, mas não sou mais aquela pessoa.

— Eu sei. — Foi um choque perceber que Alessa dizia aquilo sem reservas. Nos meses anteriores, Adrick tinha provado o desejo de se redimir e, pela primeira vez desde aquele terrível momento na cozinha da Cittaldella, ela *de fato* confiava plenamente nele.

Uma pontada de dor a atingiu no sopé do crânio e Alessa arfou, segurando o braço de Adrick.

— Eita. — Adrick a levou até um degrau e a ajudou a se sentar. — O que houve?

Ela respirou pelo nariz até a vertigem passar.

— Nada. Estou bem.

Adrick fez um muxoxo.

— Para de palhaçada.

Ele era seu irmão. Seu irmão gêmeo. Os laços entre eles tinham se desgastado, mas jamais se rompido. Mesmo quando Adrick fora horrível com Alessa, ela jamais perdera a ciência de que ele ainda a *amava*. Então ela lhe contou. Sobre as vozes, os episódios de tontura, a noção de coisas que ela não deveria ser capaz de sentir, inclusive a preocupação que o irmão exalava naquele momento e que ela sentia como se fosse dela.

— Por favor, não conte para ninguém. Todo mundo vai ficar com medo de mim de novo. Não posso... — Ela enfiou os nós dos dedos na boca. — Só consegui ter amigos há pouco tempo.

— Eu disse que guardaria seus segredos, não disse? — Adrick sentou-se ao lado da irmã com um suspiro pesado. — O que você vai fazer?

Ela abriu um sorriso fraco.

— Esperar que a próxima batalha contra os deuses conserte o que a última estragou?

Adrick passou a mão pelas costas dela.

— Quanta ousadia tentar fazer o papel de heroína *e* vilã enquanto me coloca em um papel de coadjuvante de novo.

Ela abraçou os joelhos. Sua fase heroína tinha acabado no Divorando, mas os deuses não paravam de escrever o roteiro. Tinham escolhido Dante para aquele capítulo, e Alessa não sabia que papel restava para ela.

A amante. A vilã. Ou o monstro.

Trinta

Se alguém tivesse perguntado a Dante um ano antes o que ele achava do dogma "a comunidade antes do individual" de Saverio, ele teria rido. Na verdade, já tinha rido. Mas ao ver o bando de "guerreiros" em busca de diversão que Dea lhe enviara, Dante começou a duvidar se aqueles valores não estariam enraizados nele, afinal.

Os ghiotte eram todos habilidosos e atléticos — chegava a ser incrível —, mas eles não tinham interesse em trabalhar em equipe; concentravam-se somente em superar uns aos outros. As formações iam por água abaixo porque todo mundo queria ficar na linha de frente, e eles não conseguiam se concentrar em nada por mais do que alguns minutos antes de tudo se resumir a caos ou gritos de "Olha isso!".

Eles também tinham uma tendência irritante de se dispersar em busca de atividades mais divertidas. Dante passava metade do tempo apagando incêndios — de vez em quando literalmente —, e manter a atenção deles era uma luta constante. Se em seu início como guarda-costas de Alessa ele soubesse que um dia também teria que transformar um grupo caótico em uma unidade de combate coesa, teria feito algumas anotações.

Os dias de Dante vinham sendo consumidos por treinos de combate, turnos na forja e sessões de estratégia com seus comandantes. E, graças ao telhado cheio de buracos, ele só podia ansiar por algumas horas inquietas de sono, amontoado na sala principal com todo mundo.

Já era tarde para receber visitas quando ele voltou para casa após algumas rodadas de cerveja com Blaise e Jesse. Levemente bêbado, Dante não teve capacidade para assumir seu usual estado de alerta ao ver alguém do lado de fora, mas tinha conseguido evitar Matteo com sucesso até o momento, e não sabia se estava pronto para quebrar aquela sequência.

— *Come stai?* — disse Dante, cumprimentando-o com cautela.

— *Bene* — disse Matteo com um aceno de cabeça. — Tenho vindo aqui para ajudar a consertar a casa.

— Eu sei.

— Talia disse que você atende por Dante agora? Seu pai teria adorado. Ele sempre quis que esse fosse seu primeiro nome, mas sua mãe era tão teimosa que ele nunca teve a menor chance.

Dante deixou o silêncio se prolongar.

— Adoraria receber você para jantar qualquer dia desses. Seus amigos também, se eles quiserem. É só escolher o dia. — Matteo limpou a garganta. — Olha, sei que você não quer falar comigo, mas preciso dizer uma coisa.

— Então diga.

Matteo respirou fundo, nervoso.

— Se eu imaginasse que havia qualquer chance, qualquer chance mesmo, de você ter sobrevivido, nós *nunca* teríamos ido embora. Eu juro.

— Já passou. Eu superei.

— Duvido. — Matteo abriu um sorriso tenso.

Dante olhou feio para o céu que escurecia.

— Está ficando tarde.

— *Certo*. Vou parar de te atrapalhar. — Matteo se virou, lançando um último olhar para trás, com uma expressão tão conflitante que era difícil interpretá-la. Por fim, foi embora.

Dante não teve forças para entrar. Não havia ar suficiente.

Quando Dante era mais novo, Matteo parecia importantíssimo, um herói. Só que heróis não tinham permissão para morrer. Definitivamente não tinham permissão para decepcionar as pessoas.

Alessa atravessou com cuidado o chão lotado de dorminhocos, seguindo em direção à porta, e olhou para o contorno do telhado lá no alto. Mesmo na escuridão chuvosa, ela reconhecia aqueles ombros.

Levantando a barra da camisola, ela desviou das poças no pátio e passou pela cachoeira que descia os degraus até a sala da frente — o cômodo que Alessa mentalmente já considerava deles, apesar do enorme buraco no telhado.

Dante estava tentando consertá-lo. No meio da noite. Em uma chuva torrencial.

— Você nunca dorme? — disse ela, cruzando os braços para se proteger do frio.

Dante olhou para baixo através do buraco.

— Não consigo dormir em um espaço cheio de gente.

— Você passou anos dormindo em despensas e celeiros.

— Despensas *vazias*. — Dante arrancou uma telha com um grunhido. — Celeiros *vazios*.

Algo dizia a Alessa que aquilo não tinha a ver com a situação do pouco espaço para dormir. Ou pelo menos não *só* com aquela situação.

— Que tal descer aqui e sentar comigo? — Alessa amansou a voz para que ele achasse que era por ela.

Dante desceu pelo buraco e eles se enfiaram no canto mais seco da sala.

— Vocês já progrediram — comentou ele, olhando para o telhado parcialmente consertado.

— Foi mais mérito de Matteo.

Dante contraiu a mandíbula.

Ela levou a mão dele ao colo e a virou para traçar as linhas da palma.

— Acho que ele sabe que você o está evitando, mas não sei se entende o motivo.

— E o que é que eu deveria dizer? "Você me abandonou?" — Dante balançou a cabeça com um sorriso amargurado. — Não é nem justo ficar com raiva. Ele achou que eu tivesse morrido.

Dante sempre parecia falar com mais facilidade quando ela não olhava diretamente para ele, então Alessa encarou o chão e ficou acariciando a mão dele até ele finalmente voltar a falar.

— Quando minha tia me falou que eles tinham morrido, aquilo me destruiu — disse ele com dificuldade. — Mas também foi um alívio, de um jeito horrível. Eles não tinham *me esquecido*. Não tinham vindo porque *não podiam*. Só a morte poderia tê-los afastado. — Dante fechou os olhos. — Agora que sei que eles estavam vivos esse tempo todo, não consigo parar de sentir raiva.

— Mas você perdoou a Talia?

— Ela era criança. O que poderia ter feito? — Dante olhou furiosamente para a escuridão. — Matteo era meu herói. E, quando precisei ser salvo, ele não apareceu.

Alessa encostou a cabeça no ombro dele. Dante podia até não querer encarar seu passado, mas só os deuses sabiam o que os aguardava, e talvez ela não estivesse mais ali ao lado dele quando tudo terminasse.

Dante merecia enfrentar a batalha de sua vida sabendo que era amado e que nunca mais ficaria sozinho.

Trinta e um

DIAS ANTES DO ECLIPSE: 18

Três dias depois de ter recuperado seus poderes, a campanha de recrutamento de Dante já era oficialmente um sucesso. Meio que um sucesso. Os ghiotte eram lutadores incríveis, mas formavam um *péssimo* exército.

Kira marchou até ele, estalando um chicote na direção das fileiras desalinhadas de soldados impacientes. Já tinha gente se dispersando.

— Estou pronta para esfolar esses preguiçosos.

— Sério mesmo. — Blaise passou o braço pelo ombro dela, alheio ao perigo. — É como tentar arrebanhar gatos.

Jesse grunhiu em concordância, e os outros fizeram que sim com a cabeça.

Dante esfregou a testa. Eles tinham razão. Aquilo não estava funcionando.

— Precisamos dividir para conquistar — disse ele. — Pessoal, me digam suas três maiores forças. Físicas, mentais, o que vier à cabeça.

— Como isso vai ajudar? — perguntou Kira. — Assim, eu sou rápida e sou boa ouvinte, mas dificilmente esse tipo de coisa ganha uma guerra.

— Pode ser que sim — disse Dante. — Vamos precisar de mensageiros para manter todo mundo informado durante a batalha. Blaise, sua imaginação é, francamente, assustadora. Qualquer coisa que você inventar vai pegar o outro lado de surpresa. Você pode comandar nossa equipe de ideias. Jesse, as pessoas param para ouvir quando você fala, então você fica encarregado dos lutadores na linha de frente. Descubra quem é capaz de assumir mais responsabilidades e separe-os em esquadrões. Garanta que eles saibam *por que* você os escolheu e aproveite para inflar um pouco o ego deles. Anya, você identifica os melhores arqueiros e pode começar a mapear os melhores pontos ao redor da cidade.

Kira levantou a mão.

— Você é o general. Não deveria mandar em todo mundo?

— Não posso estar em todos os lugares ao mesmo tempo — disse Dante. — Além do mais, quando chegar a hora da batalha, as tropas vão precisar confiar na liderança de vocês individualmente.

Por volta do meio da tarde, eles conseguiram atribuir uma especialidade a todos, e seus oficiais selecionaram um ou dois subordinados para auxiliá-los. Talvez agora pudessem fazes as coisas sem recorrer a Dante para cada questão.

Enquanto isso, Talia estava tramando sua própria missão. Uma missão da qual ele não queria fazer parte.

— Quantas vezes vou ter que pedir antes de você perceber que não vai conseguir escapar de ir lá em casa? — perguntou Talia enquanto eles recolhiam as armas descartadas no fim do dia.

— Não vim aqui para uma reunião familiar. — Dante arrancou uma flecha. — Eu tenho um trabalho a fazer.

Ele já deveria ter aprendido que não podia tirar os olhos dela. O chute circular de Talia o acertou em cheio nos joelhos e Dante caiu de costas com um baque.

— Ei!

Ela o encarou.

— Se você está bravo com meu pai, fale com ele. Para de engolir seus sentimentos, você vai acabar se engasgando.

— Olha quem fala! — Ele a puxou pelo tornozelo, derrubando-a de bunda no chão. — Não estou te obrigando a voltar a Saverio para ter uma conversa franca com sua mãe, estou?

— Eu adoraria ver você *tentar*. — Eles perderam o fio da meada por um momento quando Talia lhe deu uma chave de braço. — Ela fez uma escolha. Já meu pai cometeu um erro. É diferente.

Com certa relutância, Talia o soltou quando ele lhe deu um tapinha de desistência.

— Pelo menos *você* teve a chance de *abandoná-la*. — Dante ficou deitado no chão para recuperar o fôlego.

Talia se sentou de joelhos, irritada com a rapidez com que a luta tinha acabado.

— Você não quer dizer que *ela* me abandonou? Você realmente acha que é melhor?

— Talvez não devesse ser, mas é.

— Dante, seus pais *morreram*. Eles não te abandonaram porque quiseram.

— Sei disso — disse ele, mal mexendo os lábios. Claro que sabia. Seus pais foram assassinados. Não tinham feito as malas e metido o pé na estrada. Mas, mesmo assim, parecia uma traição, como se eles tivessem atravessado uma porta para algum lugar proibido para ele. E Matteo tinha *mesmo* ido embora.

— Mas *nós* abandonamos você — disse Talia com um suspiro profundo. — Sinto muito, Gabe.

Dante abriu a boca para corrigi-la, mas parou. Porque ela *estava* falando com Gabe. Ele podia até ter deixado o nome antigo para trás, mas aquela criança raivosa ainda estava dentro dele, e era *ele* que precisava superar.

— Não tem o que perdoar. — Dante respirou fundo. — Eu sei que não foi a intenção de vocês me deixar para trás. — Se a última parte da frase saiu meio abafada, Talia fingiu não perceber.

Ela se jogou no chão ao lado dele, rolando de costas para encarar o céu.

— Sentimentos são idiotas.

Ele deu uma risada relutante.

— Com certeza.

— Mesmo achando que você tinha morrido, ir embora de Saverio sem você foi tipo arrancar um membro. Eu deveria ter me recusado a ir.

— Se tivesse feito isso, provavelmente teriam te matado. Seria pior.

Talia bufou, mas logo começou a gargalhar.

— Awww, que coisa fofa. Acho até que vou tatuar isso na bunda: "Terem te matado provavelmente seria pior", uma citação de Gabriel Dante Lucente.

Ele abriu um sorriso.

— Pelo menos nós dois sobrevivemos. Não existe ninguém em quem eu confie mais do que em você para ficar de olho em mim durante uma batalha.

— Ah, faça-me o favor. É você quem vai ficar de olho em *mim*, porque vou ficar na sua frente. — Ela cobriu o rosto dele com as mãos, como se o protegesse de uma ameaça invisível. — Mas você ainda precisa conversar com ele.

Dante grunhiu.

— Quantos sentimentos você quer que eu enfrente em um só dia?

— Fala sério, não vai ser tão ruim. — Ela lhe deu uma leve cotovelada e uma mais forte quando ele não reagiu. — Você realmente é tão covarde assim?

Ele fechou os olhos.

— Talvez.

Ela deu um soquinho nas costelas de Dante e então riu, ameaçando um golpe mais forte de novo.

— *Basta!* — Ele segurou os pulsos dela com uma só mão.

— Se eu consigo lidar com sua trupe mágica, você consegue engolir o orgulho e ir conversar com o papai.

Ela não tinha o direito de dar aquela cartada. Sem chance.

— *Você* está conseguindo lidar? — disse Dante. — Porque precisamos saber como lutar juntos, e a única coisa que você tem feito é botar todos eles para fazer trabalho braçal. Sabotar os aliados numa guerra não me parece "conseguir lidar".

Talia se debateu no chão como um peixe fora d'água num ataque de fúria.

— *Tudo bem!* Eles podem treinar com a gente, mas nada de magia até eles provarem que sabem seguir nossas regras. E mantenha todos eles longe de mim.

— Ótimo. — Ele assentiu decisivamente, sem saber se tinha ganhado ou perdido.

Ao voltar correndo para casa, Dante lançou um olhar fulminante para as nuvens que rugiam no céu. Só podia ser alguma espécie de piada divina aquela estiagem durante o dia inteiro e depois o aguaceiro ao cair da noite.

Ele entrou na casa e deu de cara com Kaleb.

— Já se passou uma semana. Quando vamos treinar?

— Amanhã — respondeu Dante. Ele procurou por Alessa, mas não havia sinal dela.

Kamaria pulou na direção dele.

— Quando a gente vai...

— Amanhã! — Esquivando-se de mais uma rodada de perguntas, Dante seguiu em direção à cozinha, onde encontrou Alessa de quatro debaixo de uma mesa recém-colocada ali. Enquanto tentava alcançar alguma coisa, ela arqueou as costas em uma pose que certamente não era para ele, mas deveria ter sido.

Dante provavelmente deixou escapar algum som de apreciação, porque Alessa sentou-se abruptamente e bateu a cabeça na mesa.

— Desculpe. — Ele se agachou para acariciar o cocuruto dela e ela quase o derrubou, afundando o rosto na camisa dele. Franzindo a testa, ele ficou acariciando as costas dela, que continuava a abraçá-lo.

— Ei — disse ele em voz baixa. — Você está bem?

Ela fez que sim vigorosamente.

— Senti saudade.

Ele lhe deu um beijo no topo da cabeça.

— Eu também.

— Quando vamos começar…

— Amanhã — disse ele com uma risada exasperada. — Talia topou. Finalmente.

Ela fez beicinho.

— Eu já estava pronta para te encher o saco.

Dante riu.

— Teria que entrar na fila.

Trinta e dois

DIAS ANTES DO ECLIPSE: 17

— **Você está com cara de quem mastigou vidro** — comentou Alessa suavemente enquanto Dante arrumava as armas em um canto isolado da área de treinamento. — Está pensando até que ponto a opinião da Talia sobre a gente pode piorar?

Dante franziu a testa.

— É só ficar na sua e evitar contato visual.

— Ah, sim — disse ela. — Porque tentar evitar chamar atenção *sempre* funcionou comigo.

Transferindo o peso do corpo entre os pés, Alessa mirou o alvo a dez passos à frente, uma adaga em cada mão. Se conseguisse mandá-las na direção certa, seria capaz de evitar empalar alguém.

Ela girou uma adaga no ar e a pegou direitinho — o único truque que sabia fazer. Talvez parecesse menos impressionante depois da décima vez, mas ela já estava parada ali havia tempo demais para ir embora casualmente.

Depois de lançar um olhar discreto à sua volta, na esperança de que nenhum ghiotte estivesse prestando atenção, Alessa levou uma das mãos às costas.

— Vá para *lá*.

A primeira adaga voou alto e despencou na metade do caminho. A ponta foi parar no espaço entre dois paralelepípedos e ficou vibrando como uma flor assassina.

Ela ignorou ostensivamente uma risada abafada do outro lado da linha invisível que os separava das forças ghiotte.

Dante moveu o pulso em uma versão em câmera lenta do movimento que ela estava tentando fazer.

— Assim, ó.

Bem, ela *achou* que estivesse fazendo igualzinho àquele gesto, mas pelo visto não era o caso.

Respirar fundo. Mirar, inspirar e lançar.

Não acertou *exatamente* o alvo, mas talvez tenha passado de raspão pelo topo.

Ele pegou a mão dela e a segurou por mais tempo do que o estritamente necessário antes de repetir o movimento.

— Tenta de novo.

Daquela vez, a faca de Alessa voou como se tivesse vontade própria e foi parar bem no centro.

Alessa abafou um gritinho vitorioso.

— Não teve nada de meu nesse lançamento, né?

— A primeira impressão é a que conta — resmungou Dante.

— Você deveria estar me *treinando*, não fazendo todo mundo achar que tenho dons como você. — Era realmente irritante como era fácil fazer aquilo com as habilidades dele. Se ela não o amasse tanto, certamente o odiaria com gosto.

Alessa estava orgulhosa de si por ter escolhido o caminho ético, mas deixou aquilo de lado rapidamente quando Talia se aproximou dos alvos.

— Lembre-se do que eu disse sobre o pulso — disse Dante.

— Pode me lembrar? — pediu Alessa, cerrando os dentes.

Dante manteve uma distância profissional enquanto pegava a mão dela outra vez e a impulsionava no exato movimento que tinha lhe mostrado antes.

Alessa se concentrou em roubar os poderes dele. Poderia deixar para trabalhar no desenvolvimento de habilidades verdadeiras quando Talia não a estivesse avaliando.

Ao ver centenas de ghiotte observando seus amigos e Alessa em ação, *sem* o uso de magia, Dante se arrependeu de uma série de escolhas de vida.

Ele tinha andado tão concentrado em encontrar os ghiotte e ganhar a confiança deles que tinha se esquecido completamente de manter o treinamento de batalha dos saverianos, e agora eles estavam no centro de *muitas* atenções hostis.

Os amigos de Talia e seus novos recrutas podiam até ter aceitado trabalhar com ele, mas não significava que o apoio era *incondicional*.

Dante queria passar o dia todo protegendo Alessa — caramba, ele preferiria trancá-la em uma torre onde ninguém pudesse vê-la —, mas ele só chamaria mais atenção se ficasse na cola dela, e correria o risco de arruinar todo o seu progresso *e* pintar um alvo nas costas dela ao revelar o relacionamento dos dois para as pessoas erradas.

Com o cabelo trançado, uma túnica branca esvoaçante e leggings azul-claras, Alessa parecia doce e inocente. Ela era mais durona do que parecia, mas dava pinta de isca.

Se ele não tomasse cuidado, os ghiotte a devorariam viva.

Trinta e três

DIAS ANTES DO ECLIPSE: 15

Dois dias depois, Alessa abaixou o arco, dando um suspiro, enquanto ouvia outro grito de comemoração do outro lado do campo de treinamento.

Nada como estar cercada pelo exército de super-soldados de Dea para sentir-se uma garota completamente inadequada. E após mais um dia vendo os ghiotte lutarem, jogarem facas e atirarem flechas sem o menor esforço, Alessa quase chegava a acreditar que eles *curtiriam* uma guerra contra os deuses.

Kamaria esfaqueava um oponente imaginário.

— Por que estamos aqui se não podemos treinar com o exército de verdade?

— Nós somos o entretenimento — disse Kaleb.

— Que nada, nós somos o inimigo em comum que os une — Adrick entrou no papo.

Alessa esticou o pescoço para poder ver o que Dante estava fazendo com uma fileira de arqueiros ali perto. Ela até *sabia* por que ele precisava estar com o outro grupo, mas ainda assim sentia um peso no estômago com a facilidade que ele vinha demonstrando para ignorá-los. *Ignorá-la*. Não fazia o menor sentido mentir para si. Doía a facilidade com que ele a ignorava.

Dante a evitava em público, mas sempre voltava para ela à noite. Verdade seja dita, normalmente ela já estava dormindo, e quando ela acordava de manhã ele já tinha saído. Mas ele voltava. Ela se apegava àquele fato.

Assim que Dante ganhasse a confiança de todos, eles não teriam mais que esconder o relacionamento.

Com sorte. Ou eles completariam a missão e Saverio os estaria esperando de braços abertos.

Ou... todos eles morreriam e Crollo exterminaria a humanidade.

Tudo bem, ela não estava fazendo um esforço *espetacular* para manter o otimismo naquele momento.

— Adrick, você tem que *empurrar*, não cutucar o céu — gritou Dante.

A onda de empolgação que dominou Alessa ao vê-lo correndo na direção deles foi completamente vergonhosa.

— Kaleb, mantenha o escudo levantado, senão ele vai arrancar seu braço. — Dante parou de frente para Alessa e o coração dela deu outro pulo. *Patético*.

Ela levantou o arco e alinhou a mira.

— Talia está deixando você cruzar a linha invisível?

— Ela está comandando treinos de combate lá na basílica. — Dante mordeu o lábio, um brilho travesso nos olhos. — Imaginei que seria bom ver como os excluídos estão se saindo. Ponha o cotovelo para fora, não para baixo.

Ele se posicionou atrás de Alessa, botando uma das mãos em seu quadril para ajustar a postura e, com o outro braço, contornou o outro lado para corrigir a pegada dela.

Alessa sentiu um calor invadir suas bochechas.

— Achei que não era para você chegar perto de mim.

— Passei o dia todo ajudando outras pessoas. — A respiração de Dante balançou os cachos soltos perto da orelha dela. — Agora vim ajudar você.

As pontas dos dedos dele roçaram a pele nua acima da cintura dela, que sentiu os joelhos bambearem.

— Por favor, me diga que você não tem "treinado" outras pessoas assim. — Ela virou a cabeça levemente, e a barba por fazer de Dante roçou sua bochecha.

— Não *desse* jeito — disse ele, aproximando-se mais. Com a mão sobre a dela, eles puxaram a corda do arco juntos.

Zing. A flecha voou trêmula, mas acertou o alvo.

Quando Alessa inspirou novamente, estirou seu colete de couro ao limite, o que fez com que seu modesto decote se destacasse.

Dante ficou ofegante.

— *Mi fai impazzire.*

— Não sei o que isso significa — disse ela. — Mas caso queira manter a ilusão de que somos apenas colegas, acho que seria melhor me soltar.

— *Significa* que, se eu me afastar agora, não vai ter mais ilusão nenhuma. — A voz de Dante saiu roufenha, apesar do divertimento.

Alessa inclinou os quadris para trás, comemorando em silêncio o gemido frustrado de Dante.

— Pare de rebolar e atire essa flecha antes que eu arranque esse maldito colete — murmurou ele.

Ela puxou a corda para trás mais rápido do que pretendia e acabou lhe dando uma cotovelada no esterno.

— Ai — disse ele com uma risada. — Eis um jeito de resolver o problema.

— Ei — disse Alessa. Talia olhava feio para os dois da escada da basílica. — Tem gente nos observando.

Dante recuou, juntando as mãos na frente do corpo.

— Continue treinando. — Seu tom de voz foi tão brusco que todo o corpo de Alessa se contraiu. — Kamaria, você se lembra de *alguma coisa* que eu te ensinei?

Kamaria mostrou o dedo do meio quando ele se afastou.

Saida abriu um sorriso acanhado.

— Vocês dois são muito fofos. Ele te ama tanto...

Kamaria riu pelo nariz.

— Aquilo não era amor, era tesão.

Saida arregalou os olhos e lançou um olhar de censura para a outra.

— Não estou dizendo que ele *não* a ama. — Kamaria recuou na mesma hora —- Só que... deixa pra lá. Desculpa. Pode me ignorar.

— Não tem problema. — Alessa estendeu a mão para arrumar a trança, que já tinha começado a se desfazer antes de Dante bagunçá-la ainda mais. — Eu entendi o que você quis dizer.

Ela preparou outra flecha e levantou o arco de novo. Ah, se fosse tão fácil levantar seu ânimo... Em um minuto, ele era o Dante *dela*, brincalhão e cheio de fogo; no seguinte, não passava de um estranho, frio e indiferente. Tão fácil quanto trocar de chapéu.

Era perturbadora a facilidade com que ele fazia aquilo.

— Espadas — disse Talia, sem nenhuma explicação.

— Lanças — respondeu Dante, sem pedir uma. Acompanhar as conversas que iam e vinham por toda a mesa de jantar era tipo monitorar seis malabaristas ao mesmo tempo.

— Flechas flamejantes. — Kira se manifestou com a boca cheia de pão.

— Machados. — Talia fingiu esmagar alguma coisa. — Aquelas coisas com bolas em cada ponta de uma corrente.

Todos na mesa olharam para Dante novamente.

— Hum... adagas?

Talia fez que não.

— Pequenas demais. Cavalos?

Dante limpou o prato com uma casca de pão.

— Para o quê? Não estou entendendo o que estamos fazendo.

Talia lhe lançou um olhar exasperado.

— Planejando nosso arsenal.

Jesse pegou um monte de garrafas do balcão e começou a distribuí-las.

— Não fazemos ideia do que Crollo pode nos enviar, então precisamos estar prontos para tudo.

— Temos que pensar alto para derrotar os demônios. — Blaise usou um garfo para simular uma luta de espadas. — As maiores espadas já feitas. Ou algo com pontas duplas e pegadores no meio, para que a gente possa girá-lo. Espera, que tal uma lâmina comprida de um lado e uma foice do outro? Esfaqueia de um lado, puxa e corta outra cabeça em um movimento só.

— Ou acaba arrancando suas próprias tripas sem querer — disse Talia. — A gente não precisa inventar *novas* armas. A gente só precisa de tudo que conseguirmos imaginar como útil.

Blaise começou a passar cervejas pela mesa.

— Que tal, tipo, óleo fervente, ou armadilhas? Ahhhh, catapultas!

Talia destampou a garrafa.

— *Você* sabe construir uma catapulta?

— Alguém deve saber. — Blaise engoliu sua bebida como se nunca tivesse visto nenhum líquido na vida. — Que tal uma maça? Esse é o nome daqueles porretes que têm espinhos, né?

Dante sentia a presença de Alessa do outro lado do refeitório como uma carícia em sua nuca. Já tinha sido brutal o suficiente descobrir que não podia se aproximar dela, só que agora que tinha todas as condições físicas de ficar com ela e nunca tinha a oportunidade, ele sempre era instigado por uma espécie de instinto primitivo que o fazia querer atravessar o salão e botá-la no ombro, e que se danasse a missão.

Enquanto Alessa estava em Altari, ele tinha conseguido se distrair porque ela estava longe, mas agora ela estava *bem ali*, e sua concentração era consumida por todo o esforço de fingir desinteresse.

Talia não tinha mais feito nenhuma pergunta sobre a conexão dos dois, portanto, até onde ela podia *afirmar*, Alessa era apenas mais uma integrante de sua equipe. Porém, diante da desconfiança da amiga, ele não podia arriscar nem um olhar demorado, o que era um pedido impossível quando Alessa andava por aí com aquele colete.

Muitas das outras garotas também usavam trajes semelhantes, inclusive Talia, mas não era a mesma coisa. Não para ele, pelo menos. Talia era uma arma viva, talhada com precisão para um propósito, com traços definidos e músculos enganosamente esbeltos. Em Talia, um colete de couro fazia sentido. Era prático, resistente.

Em Alessa, o couro macio e volumoso amarrado com firmeza no peito parecia uma trufa de chocolate amargo com um recheio cremoso, cada curva ainda mais deliciosa devido ao contraste.

— Explosivos! — Blaise bateu na mesa, fazendo os copos tremerem.

Dante tossiu e voltou a se concentrar na tarefa em mãos.

Que grande general ele estava se revelando. Não conseguia nem manter o foco ao se preparar para uma guerra santa.

Dante pegou seu bloco de notas, escreveu ARSENAL em letras maiúsculas na parte de cima e encarou a página até seus olhos perderem o foco. Ele precisava se recompor.

Quando tudo aquilo acabasse, ele teria que arrumar um passatempo, ou acabaria seguindo Alessa por aí feito um cachorrinho apaixonado. Talvez pudesse aprender um instrumento e escrever letras de música com os trocadilhos indecentes dela. Ou poderia começar a desenhar para mapear as sardas minúsculas que cobriam a ponte do narizinho dela. Mas um desenho não daria conta de capturar as manchinhas verdes e douradas nas suas íris, nem a perfeição tridimensional do seu corpo inteiro. *Escultura*. Sim, assim ele poderia posicioná-la como bem entendesse, moldar suas curvas favoritas em mármore. Fazer uma escultura dela iria exigir *muita* pesquisa. Arte era coisa séria.

De canto de olho, ele viu Alessa devolvendo a louça.

Então ele pegou seu prato já vazio e se levantou.

— Preciso terminar um negócio lá na forja. Sessão de estratégia amanhã cedo?

Talia o dispensou sem olhar, ocupada demais explicando para Blaise por que álcool de alta graduação seria um péssimo líquido para atear fogo, já que explodiria e mataria os seus próprios soldados antes de alcançar os inimigos.

Dante já conhecia os becos bem o suficiente para interceptar Alessa a um quarteirão de distância. Quando sibilou seu nome, ela se virou de prontidão, punhos erguidos em uma pose defensiva — garota esperta —, mas ficou radiante assim que viu quem era.

Ele estendeu a mão para segurar a dela.

— Vem comigo.

As nuvens tempestuosas tinham esvaziado as ruas, mas Dante parava para conferir cada cruzamento, guiando-a para longe dos caminhos mais conhecidos até os limites da cidade, onde os prédios eram mais rústicos e abandonados.

A chuva começou a cair e os dois correram em direção a uma ponte coberta mais à frente, rindo enquanto se enfiavam dentro de um abrigo improvisado.

Ela passou a língua pelo lábio inferior, mas ele não a beijou logo de cara. Havia um toque de vulnerabilidade e sinceridade naquela versão de Alessa — sem maquiagem, com filetes de água traçando linhas sinuosas por sua pele. Ela era tão linda que doía só de olhar, como se fosse uma dor física no peito.

O calor que ela irradiava penetrava as camadas de tecido molhado quando Dante a puxou para si; no entanto, ela recuou.

— Você está me cutucando.

— Você nunca reclamou antes — disse ele com uma risada.

Ela segurou as facas de cada lado da cintura dele.

— Afiadas. Ai. Cutucada perigosa.

— Estão *na bainha*. — Ele a interrompeu com outro beijo antes que Alessa pudesse fazer a piada óbvia, enquanto começava a desamarrar as facas. Ela as segurou, abrindo um sorriso de satisfação compreensível. Ele nunca as tirava, a não ser para dormir, e com certeza jamais as entregava para outra pessoa. Suas facas eram quase uma extensão de seu corpo, e Alessa era a única que tinha algum direito sobre elas.

— Gosto de você assim — murmurou Alessa com os lábios grudados nos dele.

— Desesperado? — Ele sorveu uma gota de chuva do pescoço dela e seu ego vibrou de satisfação ao perceber o tempo que ela demorou para lembrar que havia uma pergunta sem resposta. Poucas coisas tinham o poder de fazer Alessa perder a fala, mas *ele* tinha.

— Isso também — respondeu ela, com mais suspiros do que palavras. — Mas mais porque finalmente consigo entender o que você está pensando, às vezes. Já estava cansada de ficar adivinhando antes de você enfim aceitar que me ama.

Ele a puxou para mais perto, obrigando-a a inclinar o queixo para olhá-lo.

— É uma afirmação ousada — disse, sorrindo para ela.

— Só porque você diz isso numa língua que eu não falo, não significa que você não tenha dito — afirmou ela, cutucando-o na lateral do corpo com um dedo. — E você não pode retirar suas palavras.

Palavras eram superestimadas. Ele era capaz de venerá-la melhor sem falar nada. Nem mesmo os relâmpagos poderiam detê-lo.

Até ele perceber que *não eram* os relâmpagos que estavam fazendo os pelos de sua nuca se eriçarem.

— É melhor a gente voltar — disse ele, a pulsação acelerada.

— Por quê? — Alessa o abraçou pelo pescoço.

Ele deu uma risada abafada.

— Relâmpagos. E eu, hum, acabei de lembrar que preciso... fazer uma coisa. A gente se encontra na casa.

Dante lhe deu um beijo rápido e disparou. Com o coração a mil, ele virou a primeira esquina antes de perceber que tinha esquecido as facas. Pela primeira vez em anos, estava desarmado quando mais precisava de armas. Em meio ao pânico crescente, ele revirou o chão em busca do primeiro objeto cortante que pudesse encontrar — um caco de garrafa.

Dante passou o vidro pelo polegar. A chuva lavava o sangue com a mesma rapidez com que brotava, o que facilitava a missão de ver em quanto tempo o corte começaria a fechar.

Ele saiu correndo, o coração tão rápido quanto seus passos. Seus poderes *não podiam* sumir de novo. Ele se recusava a permitir que aquela possibilidade se firmasse.

Ele *não ia* recuar.

Colada nos prédios para evitar o grosso da chuva, Alessa não viu sinal de relâmpago enquanto vagava pelos limites da cidade.

Chegou a uma região onde pessoas comuns moravam em cima de negócios familiares, assim como a rua em que havia crescido, e, como se tivesse invocado a lembrança de casa e a transformado em algo físico, uma lufada de ar quente que cheirava a farinha, manteiga e fermento veio ao seu encontro.

— Alessa? — Ao ouvir seu nome, ela piscou algumas vezes para ter certeza de que não tinha invocado a imagem de Adrick também, mas ele era real e estava ali, delineado pela luz de uma porta aberta. — O que está fazendo? Entre aqui antes que seja arrastada pela chuva.

Enxugando o rosto — algo inútil debaixo daquele dilúvio —, Alessa o seguiu pela entrada dos fundos até a cozinha do refeitório. Seu senso de direção era tão ruim que ela havia percorrido todo aquele caminho só para terminar atrás do prédio da onde saíra.

— Pronto. — Ele lhe deu uma pilha de biscoitos tão alta que ela precisou usar ambas as mãos. — Você está com cara de quem quer esfaquear alguém, mas não pode. Por que está andando emburrada debaixo de chuva?

Era *mesmo* difícil manter a indignação com a boca cheia de doce.

— Eu estava voltando para a casa com Dante, quando, sem mais nem menos, ele *se lembrou* de algo que tinha que fazer e simplesmente... saiu correndo.

— Sem as adagas? — Adrick tirou um avental de um gancho na parede e o jogou para ela. — Estranho. Bom, o cara nunca foi um livro aberto mesmo. Esse ar de mistério e mau humor faz parte do charme dele, né?

Alessa revirou os olhos.

— Se eu quisesse mau comportamento e falta de transparência, teria me apaixonado pelo Kaleb.

— Argh — disse Adrick. — Kaleb na família? Prefiro comer vidro.

— Por que vocês se odeiam tanto?

— Vai por mim, você não quer saber a história em detalhes.

— Com certeza quero. — Alessa largou os biscoitos restantes e pegou um rolo de massa. — Nada me anima mais rápido do que ouvir que sua vida está um caos.

— Foi você que pediu. — Adrick pegou dois rolos de massa e os segurou como se fossem as pontas de um pergaminho invisível. — Cena um: entra, pela esquerda do palco, o mais belo e charmoso rapaz de catorze anos que Saverio já viu, abandonado pela irmã gêmea quando os deuses a escolheram para a glória eterna, deixando-o com o dobro das tarefas e a devastadora suspeita de que os deuses tinham cogitado os dois e *escolheram* deixá-lo de fora.

Alessa espalhou uma fina camada de farinha pela superfície de trabalho, com um sorriso divertido.

Adrick soltou uma bola de massa na frente dela.

— Então, um dia, um garoto mais velho, rico e popular, começa a ser amigável, e a sensação de ser notado era boa, sabe? Aí, chegou a hora de você escolher sua primeira Fonte, e todo mundo começou a falar sobre quem seria o escolhido da escolhida. Percebi que meu novo *amigo* era um candidato. Ele nunca gostou de mim *de verdade*; só estava me usando para chegar até você.

Alessa logo pegou o ritmo familiar de abrir e dobrar a massa, abrir e dobrar.

— Isso explica por que você não gosta de *Kaleb*, mas não o grau de hostilidade *dele* em relação a você.

Adrick fez uma careta.

— Talvez ele tenha me ouvido fazer um comentário nada amigável depois que sua segunda Fonte morreu.

Alessa ficou boquiaberta.

— Você insultou *Ilsi*?

— Eu estava falando de você, na verdade, mas Kaleb presumiu que eu estivesse me referindo a ele, e eu não o corrigi.

— O que foi que você falou de *mim*?

Adrick esfregou as mãos sujas de farinha.

— Eu vou sair como o vilão dessa história.

— Você tentou me matar. Não tem como ficar muito pior.

— Não tenha tanta certeza assim. — Adrick deu uma risada nervosa. — Por favor, lembre-se de que já faz muito tempo, e era meu ego ferido que estava falando, tá? Eu... meio que insinuei que os deuses não abençoam as melhores pessoas, e sim as mais descartáveis. — Ele se encolheu de vergonha. — *Pode ser* que eu tenha dito que dava para saber só de observar como os deuses tinham escolhido a criança menos impressionante da família.

— *Uau.*

— *Pois é.* Me desculpa *mesmo*. — Adrick juntou as mãos enfarinhadas na frente do rosto. — Foi um comentário maldoso, mesquinho e mentiroso.

— Deixa eu ver se entendi. Você estava com inveja de mim, então proclamou que os deuses só abençoam os fracassados da família? Você viu como os pais dele o trataram no baile.

— Exatamente. — Adrick trabalhou a massa um pouco mais do que o necessário. — Eu tenho o dom de botar o dedo na ferida.

— Por que você não diz a ele que estava falando de mim?

— Até que poderia ter dado certo na época, dois pirralhos unidos pelo ressentimento em relação aos irmãos ilustres... mas Kaleb gosta muito de você hoje em dia, então não ajudaria.

— Adrick, ele nem sabia que você era meu irmão. Alguém mencionou a loja poucas semanas antes do Divorando e ele ficou bem surpreso quando descobriu que eu era uma Paladino.

— Sério? — Adrick franziu a testa. — Bom, agora é tarde demais.

— Eu te perdoei por tentar me envenenar. Talvez Kaleb seja mais compreensivo do que você imagina. Ainda mais se você se humilhar.

Adrick pareceu irremediavelmente ofendido.

— Prefiro me envenenar.

Dante estava se sentindo o cara mais nojento do mundo, rondando as termas durante horas.

Metade de Perduta tinha decidido que era o momento perfeito para relaxar na água, então, apesar dos nervos à flor da pele, ele tinha que agir naturalmente, descansando com os cotovelos apoiados na beira da piscina.

Sozinho. Completamente nu.

Ele trocava acenos de cabeça com os ghiotte que já conhecia, evitava contato visual com os que não conhecia e fingia um interesse diligente pelos azulejos do teto, afrescos, vitrais, qualquer coisa, menos pelos casais que flertavam e se beijavam — pelo menos ele esperava que estivessem apenas se beijando.

Com exceção de alguns olhares curiosos, a maioria das pessoas o ignorava, até Leo chegar com as namoradas dele. Chiara e Vittoria lançaram olhares insinuantes para Dante enquanto entravam na água.

Dante olhou feio para um mosaico no teto enquanto as garotas davam risadinhas e brincavam uma com o cabelo da outra. Quanto mais ele fechava a cara, mas elas se exibiam.

Leo lhe lançou um olhar fulminante, como se o desafiasse a cobiçá-las, mas, se aquilo era uma armadilha, estava fadada a dar errado. Dante nunca estivera menos interessado em jogos de poder, e não queria as acompanhantes do cara nem o trono dele. Queria *mesmo* que eles *fossem embora*.

Dante passou os dedos pelo azulejo. Talvez, se fechasse os olhos por um minuto, Leo fosse desistir.

Talvez o arrepio tivesse sido causado por um raio caindo nos arredores. Ou talvez Alessa estivesse especialmente carregada de energia. Ele sentia-se mal por culpá-la, mesmo que só em pensamentos, mesmo que fosse melhor do que a alternativa.

No entanto, o corte que fizera na pele para testar os poderes ainda era uma linha fraca quando já deveria ter *sumido*.

Ele segurou firme a chave na mão, como se fosse a chave para a salvação.

Dante não tinha a intenção de cochilar, mas, quando abriu os olhos, estava sozinho nas termas.

Ao olhar de relance para uma das janelas altas, percebeu que já devia estar perto de amanhecer, o que lhe dava tempo suficiente para entrar e sair antes de mais alguém chegar. Afinal de contas, quem acordava antes do alvorecer para atravessar a cidade e tomar banho?

Um dia, ele aprenderia a não subestimar a própria falta de sorte.

Na câmara da fonte, ele mergulhou rapidamente, e depois outra vez só por garantia, vestiu-se e escutou o ambiente para ter certeza de que a sala principal estava vazia antes de abrir a porta para sair. Só viu Adrick parado na entrada do vestiário quando já era tarde demais.

Dante disfarçou o semblante.

— O que está fazendo aqui?

— Tenho que ir para a cozinha cedo. — Adrick inclinou a cabeça. — Para onde você foi ontem à noite?

— Talia precisava de uma ajuda. — Então Dante começou a se afastar, tentando desviar a atenção de Adrick da porta e do que ela escondia.

Adrick semicerrou os olhos, desconfiado.

— Alessa sabe que você anda se encontrando pelado com outra garota?

— O quê? Não, não foi aqui. Mais cedo. — Dante abriu a porta apenas o suficiente para que Adrick espiasse lá dentro, depois a fechou e a trancou. — Viu? Vazio.

— Então por que você trancou a porta?

Dante guardou a chave no bolso.

— Não é da sua conta.

— Se você está escondendo alguma coisa da minha irmã, é da minha conta, *sim*, e eu vou contar a ela.

Dante lhe lançou um olhar fulminante.

— Você poderia *até* colocar ideias na cabeça dela, mas acho que já a machucou o suficiente, não?

Ele saiu, sufocando uma onda de culpa ao ver a expressão atordoada de Adrick.

Talvez aquilo o convencesse a esquecer o assunto.

Então Dante se afastou, coçando a palma da mão com o polegar.

Não podia arriscar verificar de um jeito que pudesse deixar marcas, mas era incapaz de se livrar do medo de que seus poderes estivessem desaparecendo de novo. Talvez precisasse fazer algumas visitas à fonte para que a volta dos poderes fosse definitiva. Era o que ele ia fazer.

Ele ia voltar no dia seguinte. E no próximo, se necessário. Duas vezes por dia, até. Quantas vezes precisasse. Ia dar certo. Tinha que dar.

A pele de Dante ainda estava úmida e quente da água, mas seus braços se arrepiaram ao sair do prédio.

Ele desacelerou o passo, escolhendo cuidadosamente por onde andar e aguçando os ouvidos para detectar qualquer som.

Havia algo… errado… no ar. Ou no cheiro. Algo que ele não conseguia identificar, uma sensação animalesca que o instigava a avançar e a ficar atento, porque havia alguma coisa se aproximando.

As tropas só chegariam dali a algumas horas, mas ele seguiu em direção ao arsenal, de qualquer forma. Nada mais útil para enfraquecer a sensação de perigo do que um machete na mão e uma espada na outra. Melhor usar a energia que corria pelas veias para se exercitar um pouco.

Ao cruzar a piazza silenciosa, Dante sentiu um arrepio na nuca com o eco alarmante de passos na pedra.

— Também não conseguiu dormir? — Talia atravessou a piazza em direção a ele, lançando olhares nervosos à sua volta. — Estou acordada há horas.

Dai nemici mi guardo io, ma dagli amici mi guardi Dea.

Ridículo. Talia não era uma ameaça. Mas os nervos de Dante ficaram mais tensos.

— O que está acontecendo com a luz? — disse Talia.

A *luz*. Era isso. Havia algo errado com a luz.

Dante olhou para cima, para além da névoa que se dissipava. Acima dos dois, a lua pairava pesada no céu, enorme e vermelha, como se os deuses a tivessem mergulhado em sangue, um lembrete silencioso de que o tempo estava se esgotando.

— O que é branco vira vermelho e depois preto… — murmurou Dante.

Ele tinha duas semanas para transformar os ghiotte no melhor exército de todos os tempos, ou morrer tentando.

Trinta e quatro

DIAS ANTES DO ECLIPSE: 14

Alessa tirou as adagas e o coldre de Dante da bolsa enquanto atravessava o campo de treinamento. Ele não tinha voltado na noite anterior, mas ali estava, com cara de poucos amigos e as mesmas roupas da véspera.

— Esqueceu isso aqui. — Ela jogou as adagas para ele.

— Obrigado — murmurou Dante, apertando o cinto.

— Espero que tenha se divertido onde quer que tenha ido.

— Desculpe. — Ele a olhou de relance, depois desviou o olhar. — Tive que resolver uma coisa.

—Ah, bom, isso esclarece tudo. — O orgulho de Alessa não lhe permitia pressionar Dante publicamente a respeito de seu comportamento estranho, mas ele que se preparasse para lhe dar uma boa explicação quando ela resolvesse interpelá-lo pra valer.

No arsenal, Alessa escolheu uma espada leve e a testou. Bom peso, ótimo equilíbrio. Perfeita para descontar o mau humor em inimigos imaginários.

— Você sabe lutar com espada? — perguntou Talia em voz alta.

— Não tão bem quanto você. — Alessa olhou à sua volta em busca de alguém para salvá-la. Qualquer um.

— Gostaria de ver isso. — Talia apontou para uma área de treinamento aberta.

— Tudo bem — disse Alessa. Não era como se o dia dela estivesse tão maravilhoso que não pudesse correr o risco de estragá-lo.

As duas foram para seus postos e Alessa ergueu a espada com um suspiro.

— Só um segundo. — Dante se enfiou entre as duas às pressas para ajustar a pegada de Alessa na empunhadura. — Você consegue — sussurrou.

— Consigo, é? — Uma pessoa generosa diria que ela havia sussurrado em resposta, mas estava mais para um guincho. Ele deveria *salvá-la*, não motivá-la com um discurso.

Dante deslizou a mão para cima e a segurou pelo pulso nu.

— Consegue. Toma.

Ela nunca quisera tanto rejeitar uma oferta, mas se recusava a morrer antes de obter respostas, então aceitou os poderes dele. Relutantemente. Ela se concentrou em absorver o máximo que podia de uma só vez, como se estivesse bebendo um copo de água inteiro por um canudo.

— Você vai ficar me segurando de tempos em tempos? — murmurou ela de dentes cerrados.

A expressão de Dante não se alterou.

— Quando você sentir que o poder está diminuindo, deixe cair alguma coisa que eu devolvo a você.

Sabe-se lá quantas vezes alguém poderia deixar cair um objeto em uma luta sem levantar suspeitas, mas Alessa fez um inventário de tudo que poderia cair do seu corpo: um elástico de cabelo, um sapato poderia escapulir, ela poderia tropeçar e levar um tombo. Fácil; aquilo acontecia o tempo inteiro.

O primeiro choque de aço despertou seu treinamento de batalha, e Alessa parou de pensar em qualquer coisa além de sua movimentação, a lâmina e a oponente. Desconfiava que Talia não estivesse dando tudo de si, mas a garota também não pegava leve e, em questão de minutos, ambas já estavam suadas.

Quando ela começou a vacilar, Dante gritou:

— Talia, me mostra aquele golpe de novo?

Talia revirou os olhos, mas fez uma pausa para recriar o golpe giratório com o qual quase perfurara a patela de Alessa.

— De novo, mas mais devagar. Preste atenção no que ela faz ali — sugeriu Dante, dando uma batidinha no ombro de Alessa. Enquanto apontava com uma das mãos, a outra pousava em sua nuca, fazendo-a suspirar aliviada à medida que seu banco de talentos roubados era reabastecido.

Alessa se recompôs. Espectadores se reuniram, mas ela não permitiu que ninguém a distraísse. Obstinada, ela seguiu em frente, mesmo após os poderes de Dante terem se esgotado.

Na terceira vez que cruzaram espadas, Talia recuou.

— Empate. Nada mal, princesa.

— Tinha que ver como ela é boa com o arco — disse Dante casualmente. — Ganhou meu respeito.

Dante podia ou não ter ficado impressionado no seu primeiro dia na Cittadella, mas aquela *tinha* sido a primeira vez que ele a olhara como se Alessa pudesse ser mais do que uma garota mimada e patética.

— Tão impressionado que quase me esfaqueou? — disse Alessa. Já que estava ali, por que não aproveitar a plateia?

— Achei que você *tivesse* esfaqueado a Finestra — disse Talia para Dante. — Essa foi minha parte favorita do seu discurso de apresentação.

Dante lançou um olhar de leve censura para Talia.

— A primeira vez foi por pouco. A segunda foi pra valer.

Talia deu uma risada de desprezo.

— Como aprende devagar...

Dante a fixou com um olhar fulminante.

— Pare com isso.

Alessa deu uma olhada no semblante chocado de Talia e fugiu às pressas.

***

O telhado finalmente estava pronto, e Matteo parecia ter convocado meio mundo para carregar uma casa inteira de móveis para dentro.

Alessa estava sentada na cama, observando as paredes e esperando uma inspiração. Se Dante escolhesse justamente *aquele* dia para ficar fora até tarde com os amigos em vez de voltar para ela... Alessa se levantou com um gesto teatral.

Ela ficaria feliz por ele. O timing dele era péssimo, mas ela *ficaria*.

Ou ao menos *tentaria*.

O quarto deles não era luxuoso, as correntes de ar passavam pelas tábuas colocadas entre os buracos restantes e ainda estava sem porta, mas Alessa encontrou um tapete trançado para abafar o barulho de passos, e Matteo tinha trazido arandelas, então o espaço estava aconchegante.

Cantarolando para abafar o ruído excessivo dos móveis que Adrick e Kaleb estavam montando no quarto ao lado, Alessa pegou um cobertor e subiu a escada de mão que Matteo tinha deixado para trás.

Dante entrou e largou sua bolsa.

— Ah, *piccola*, você cuidou da decoração.

— Eu queria que o *meu* quarto ficasse aconchegante. — Alessa começou a encaixar os cantos do cobertor nas fendas acima da moldura da porta para que servisse de cortina.

— *Seu* quarto? Ai, assim você me machuca. — Ele abriu um sorriso ao admirar o trabalho dela. Ou as pernas. Os dedos de Dante encontraram a bainha alguns centímetros acima do joelho de Alessa. — Esta camisa é minha?

— Roubei — disse ela, empertigada, mas não pôde deixar de sentir um arrepio com o toque dele. — Mal consigo ter você só para mim ultimamente, então imaginei que pelo menos poderia vestir você. Eu já estava até me esquecendo do seu rosto.

— Eu sinto muito — disse Dante, mais sério do que o normal. — De verdade. Sinto muito mesmo. É muita pressão quando todo mundo está contando com você para salvar o mundo, sabe?

Ela desceu da escada.

— Sorte a sua que eu sei. Só que se você me arrastar *de novo* pela chuva, me beijar até me deixar tonta e depois fugir de mim, eu juro por Dea, vou...

Dante a pegou pela cintura e a beijou como um homem afogado que encontrara seu último resquício de ar.

Quando se afastaram, Alessa cambaleou de leve.

— Então tá. Que bom que resolvemos isso.

A porta de cobertor improvisada caiu no chão. Resmungando, Alessa se curvou para pegá-lo, mas parou ao ver um pedaço de renda pendurado na bolsa de Dante.

Ela *não ia* ficar com ciúmes. Não era do tipo que sentia ciúmes. Pelo menos achava que não era. O nó em sua garganta discordava.

Então ela puxou aquele negócio rendado, levantou-se e balançou-o no dedo.

— O que é isto?

Ele levantou a cabeça.

— Não sei.

Ela piscou. *Simplesmente não reaja.*

Ah, dane-se. Ela jogou o tecido nele como se tivesse atirado-o de um estilingue.

— Você deveria dar uma resposta melhor do que "Não sei"!

Com uma risada, ele pegou a peça de roupa.

— Eu realmente não sei. Vi na loja de roupas e peguei para você.

— Para *mim*.

— Claro. — Ele cutucou o nariz de Alessa. — Mas você fica fofa quando está enciumada.

— Eu não estou enciumada. — Ela fingiu morder o polegar dele, mas ele não se intimidou e acariciou a bochecha dela.

— Claro que não. Enfim, não faço a menor ideia do que deveria ser isso, mas seria ótimo ver você tentar descobrir e, se não conseguir, vou adorar tirar de você.

— Vamos precisar de uma porta para isso.

Dante pegou o cobertor caído no chão e começou a enfiar vigorosamente as pontas nas frestas acima do vão da entrada.

— Essa história nunca acaba — resmungou ela ao ouvir outro estrondo. — Kaleb tem se entupido com os doces de Adrick, mas eles *ainda* não estão se dando bem. — De repente, a gritaria do outro lado da parede parou e Alessa congelou. — Ah, meus deuses. Eles se mataram.

Dante fez uma expressão que ela não conseguiu interpretar.

— Eles não se...

— Um deles está morto e não consigo decidir quem eu quero que seja!

O quarto de Adrick e Kaleb também estava sem porta, e ela parou bruscamente do lado de fora. Kaleb tinha prensado Adrick contra a parede e o segurava pela camisa. Nada de sangue ainda. Tinha chegado a tempo. Estava prestes a gritar e mandar que parassem, mas algo no olhar feroz de Kaleb a impediu.

Então Dante a pegou pela cintura, e a última coisa que ela viu ao ser jogada a contragosto sobre o ombro dele não foi Kaleb quebrando os dentes de Adrick, e sim...

— Não — disse ela, tentando se soltar. — Não, não, não! Isso *não está* acontecendo.

Dante a jogou na cama e a prendeu com os braços quando ela tentou sair.

— Deixe-os em paz. Você não está nem de roupa, e duvido muito que queira ver o que vai acontecer a seguir.

— Mas eles se odeiam!

Dante relaxou um pouco os braços.

— Ódio e desejo andam de mãos dadas.

— Isso... Isso *não*... Eles não podem.

— Alessa, não é da nossa conta.

— Ele é meu *irmão*. E ele é minha *Fonte*.

Os lábios de Dante tremeram.

— Vale lembrar que você está dormindo com seu guarda-costas.

— A questão não é essa. Ele é *meu*.

Dante ficou imóvel.

— Quem?

— Adrick!

— Ele é seu irmão, não sua propriedade.

— Mesmo assim. Uma irmã deveria saber essas coisas.

Ali estava. O cerne da questão. Ela não conhecia Adrick tão a fundo quanto achava. Na cabeça dela, ele era apenas seu irmão, não uma pessoa com vida própria. E ela nunca tinha pensado em perguntar que tipo de pessoa ele gostava. Estava tão envolvida em suas próprias lutas que mal tinha parado para imaginar o que Adrick queria, com quem saía ou qualquer coisa relacionada à sua vida pessoal, e nem tinha se dado conta daquilo.

Agora ele estava prensado contra a parede enquanto era agarrado e olhava nos olhos de... *Kaleb?* Ela balançou a cabeça. Não. Era demais.

— Eles se odeiam — repetiu Alessa, mais baixo.

Dante tirou os sapatos.

— Eu me lembro da época em que a gente também não se gostava muito.

— Era diferente — disse ela. — Eu não era casada com a sua irmã.

— Não sei se é a comparação certa. — Dante franziu a testa, pensativo. — E eu nem tenho irmã.

— Se tivesse, eu teria que beijá-la agora.

— Tenho *certeza* de que não é a comparação certa.

— Ah, meus deuses, então Talia é o equivalente? Eu tenho que beijar a Talia?

— *Por favor*, não beije Talia.

— Você ficaria com ciúmes?

Dante arregalou os olhos.

— Para ser sincero, sim. Mas, além disso, ela provavelmente cortaria seu pescoço.

***

Apesar da premonição sombria, Dante só percebeu os passos no corredor quando já era tarde demais.

— Eu sabia! — Talia lhe lançou um olhar fulminante, do tipo que o fazia proteger as partes íntimas e se preparar para a inevitável joelhada nos testículos ou cotovelada no rim. Mas daquela vez seria merecido, então depois de se vestir e persegui-la rua abaixo, Dante manteve as mãos junto às laterais do corpo.

Apesar de tudo, tinha conseguido se safar.

Talia o pegou pela gola da camisa e o puxou para sibilar na cara dele.

— Ela é a *Finestra*!

— Estou ciente. — Dante se desvencilhou e alisou a camisa para evitar encará-la.

— E você é o quê? O cão de guarda dela? O bichinho de estimação? O *prostituto*?

— Ei! — Dante explodiu. — Cuidado com as palavras.

Talia reagiu com um som que estava entre um soluço e um grito.

— Eu *disse* para você ficar longe dela!

— Não, o que você me *disse* foi para não deixar que ninguém soubesse de nós dois, e você está prestes a espalhar o segredo para todo mundo.

— Inacreditável. — Talia conteve o temperamento apenas o suficiente para baixar a voz. — Ela é a testa de ferro da igreja! A igreja que nos declarou monstros. O motivo que nos levou a ter que buscar um refúgio para nos protegermos da cruzada deles. A igreja que nos odeia. *Aquela* igreja.

— Ela não é assim.

— Não interessa como *ela é*. — Talia fez um som de nojo. — Ela é a líder daquela porcaria toda. Não é possível que você ache sinceramente que ela vê você como igual.

— Você não a conhece. — Ele contraiu a mandíbula.

— Eu conheço *você*. Ou pelo menos achei que conhecesse. — Talia fechou os olhos por um momento e respirou fundo. — Você mentiu para mim.

— Eu não *menti*. — Dante deixou de lado a lembrança de seus poderes falhando. Também não tinha contado aquilo a Talia, ainda que o episódio não tivesse voltado a se repetir. Ele não ia *deixar* que acontecesse outra vez.

— Para de palhaçada.

— Tudo bem, eu não *menti*, mas deixei você acreditar em algo que não era verdade.

Talia parecia mais magoada do que com raiva no momento, então seus testículos estavam a salvo por enquanto, mas ele sabia que era melhor não tentar escapar enquanto ela ainda estava irritada.

— Me dá uma chance de me defender, pelo menos? — disse ele. — Pago seu jantar.

Uma hora depois, Talia ainda estava resmungando e olhando feio para ele do outro lado de uma mesinha redonda em um pequeno *bàcaro*. Ele já tinha gastado algumas moedas em sua cruzada para acalmá-la com um pouco de *cicchetti*.

— Várias ghiotte adorariam aquecer a sua cama, mas você *tinha* que saquear a sala do tesouro da Cittadella — comentou Talia, espetando uma almôndega com um palito. — Deixa eu adivinhar, ela também faz mágica debaixo dos lençóis?

— Não é por aí.

— Ah, pelo amor dos deuses, *por favor* não me diga que você se convenceu de que está *apaixonado*.

Ele não respondeu, mas também não piscou.

— Até que a morte os separe? — Talia abriu um sorriso sombrio.

— Foi o que meu pai também achou.

— Sinto muito por sua mãe, mas...

— Pode me poupar do sentimento de pena. Ela me ensinou uma lição. Família são as pessoas que nos entendem, que estão no mesmo barco.

— E às vezes nós as escolhemos.

Talia balançou a cabeça, descrente.

— Ela roubou seus poderes e *matou* você. Família não faz isso.

Dante revirou os olhos.

— Ela não me *matou*. Ela me deixou salvar a vida dela. E só topou a contragosto. Vi no rosto dela quando ela percebeu o que eu estava tentando fazer. Pode acreditar. Mas ela era a única que podia salvar todo mundo, então não me impediu.

— Então ela é uma tola.

— Não. Ela fez o trabalho dela. Me deixou salvá-la para que pudesse salvar todos os outros. Foi corajosa o suficiente para viver com essa culpa. Não sei se eu conseguiria fazer essa escolha.

— Ainda não entendo por que você ajudaria Saverio, de qualquer maneira — disse Talia. — Aquelas pessoas afugentaram nosso povo e mataram nossos pais. Por que você daria sua vida para salvar aqueles babacas?

— Não dei. — Ele sustentou o olhar de Talia. — Fiz aquilo para salvar *Alessa*.

Trinta e cinco

DIAS ANTES DO ECLIPSE: 13

O principal objetivo de Alessa durante o tempo que lhe restava em Perduta era evitar um confronto com Talia. Seu segundo objetivo era não fazer papel de boba na frente dos melhores lutadores que o mundo já tinha visto.

Os saverianos e os ghiotte finalmente estavam treinando juntos, e não apenas no mesmo ambiente, e ela aguardava o sinal de Dante, preparada na planta dos pés.

Adrick ergueu os punhos com um suspiro.

— Me dá logo um soco na cara e acaba com isso.

— Você tem que *tentar*.

— Por quê? Sou péssimo em lutas. Vou morrer antes do fim do eclipse.

Alessa encostou na lateral do corpo do irmão com um simulacro de chute circular e Adrick encenou uma morte dramática, esparramando-se nas pedras com a língua pendurada.

Ao mesmo tempo, Kaleb lutava contra Blaise e perdia. Faíscas dançavam na ponta dos dedos dele, e Alessa fez um gesto como se cortasse a própria garganta, o que lhe rendeu um olhar fulminante em resposta.

O contingente não-ghiotte vinha bolando estratégias e praticando com poderes por conta própria, mas eles ainda não tinham sido liberados para usar seus poderes na frente dos ghiotte, e certamente não tinham permissão para usá-los *nos* ghiotte.

Do outro lado de Alessa, Talia olhava feio para Kamaria.

— Para de *sorrir*. Você não deveria estar feliz por eu estar prestes a te dar uma surra.

— Já que vou perder, que seja com um sorriso no rosto — disse Kamaria com uma piscadela. — Se quiser perder de cara amarrada, problema seu.

O sorriso de Talia era felino e aterrorizante.

— Meu bem, não sou *eu* quem vai perder.

— Ótimo. Eu estava esperando você tomar iniciativa — disse Kamaria com um sorrisinho.

— Você não está preparada para me ver em ação — rebateu Talia. — Espero que tenha se alongado de manhã.

— Muito fofo da sua parte se preocupar, mas esta não é minha primeira vez.

Não era incomum Alessa ouvir insinuações onde não havia nada, mas ela realmente não sabia se Kamaria e Talia estavam fazendo aquilo de propósito ou não.

Talia deu uma risada zombeteira.

— Olha só a realeza de Saverio se achando o máximo.

— Ah, claro, eu sou uma mimadinha e você é a vadia rebelde. Qualquer papel que você curtir, por mim tudo bem.

Contanto que aquilo mantivesse Talia distraída, Alessa não ia reclamar.

Não distraiu. Talia a encurralou no arsenal no fim do dia.

Sem o menor interesse em um confronto enquanto estava cercada por tantos objetos afiados, Alessa avançou rápido demais na pressa para escapar — nunca era uma boa ideia para gente eternamente desastrada. Sua palma acertou um machado de batalha e a pele se abriu como um dos peixes de Ciro.

— Isso não parece bom. — Talia observou o sangue vazar entre os dedos de Alessa. — Quanto tempo vai levar para sarar?

Alessa tentava combater a ânsia de vômito.

— Você realmente não faz ideia de como o processo de cicatrização normal funciona ou só gosta de nos tratar como um entretenimento?

— Eu realmente não faço ideia. — Talia se inclinou para ver melhor. — Mas o corte está bem profundo. Pelo menos um dia, certo?

Alessa pressionou o corte com mais força, sentindo embrulho no estômago. Não tinha medo de sangue em geral, mas o *esguicho* era repugnante.

— Está mais para semanas, mas posso me curar se você chamar Dante.

Talia a encarou com mais afinco.

— *Ele* pode te curar, você quer dizer.

Alessa parou de andar quando a visão começou a escurecer.

— Por favor, você poderia chamá-lo antes que eu desmaie?

— Se você pode usar os poderes *dele*, então pode usar os meus.

Alessa nunca tinha ouvido uma oferta tão hostil na vida.

— Imaginei que você preferisse me deixar sangrando até a morte.

— Você *matou* meu melhor amigo. — Talia deu de ombros. — Você não preferiria o mesmo no meu lugar? Mas como alguém que tem uma motivação, eu provavelmente não deveria ser a última pessoa vista ao seu lado antes de você sangrar até a morte.

— Essa conversa me parece importante, mas se eu não encontrar Dante ou alguns curativos, não sei se vou continuar consciente para concluí-la.

Talia estendeu a mão como se fosse um desafio. Alessa se preparou. A última coisa que precisava era perder o controle e dar uma surra em Talia com seus poderes. Se aquilo acontecesse, provavelmente ela reagiria matando-a por reflexo.

Talia inspirou bruscamente ao sentir o primeiro toque de Alessa, mas não se afastou até que a ferida estivesse totalmente cicatrizada.

— Hum. — Talia largou a mão dela como se fosse feita de lixo.

— É quase como se você fosse uma de nós. Mas não é.

— Você já deixou isso bem claro.

Talia abandonou o sorrisinho falso.

— Então vamos ser sinceras. Não gosto de você. Não para ficar com ele.

Alessa ponderou as palavras com cuidado.

— Você dificultaria tanto as coisas se eu fosse outra pessoa, ou é só pelo fato de eu ser Finestra?

Talia quase sorriu.

— E pra que facilitar? Nossa vida aqui não se resume a termas e festas, sabia? No inverno, fica frio. E a gente fica com fome. Você não duraria nem um ano antes de começar a chorar de saudade da sua ilhazinha chique.

— Você não me conhece.

Talia riu.

— Não, mas eu sei como a história termina. Um cara bonitinho, segredos perigosos. Ele é um desafio. Você conquista a confiança dele e ele se apaixona por você, mas, lá no fundo, você sabe que relacionamentos que começam sob esse tipo de circunstância nunca duram. E quando a empolgação passar, você vai se dar conta de tudo de que vai ter que abrir mão para ficar com ele. Minha mãe era igualzinha a você. Apaixonada pelo marido ghiotte até seu pequeno *problema* complicar demais a vida, e aí ela nos abandonou.

Alessa hesitou. Quantas vezes ela já tinha dito a si que Dante se acostumaria com a vida pública, que ele acabaria se divertindo quando se adaptasse? Ele nunca tinha se sentido totalmente confortável no mundo dela, e agora ela não era bem-vinda no dele.

— Dante merece o melhor. — Talia a encarou tão intensamente que Alessa lutou para não desviar o olhar. Ela era, *sim*, boa para Dante. Mas a *melhor*? Ela nunca tinha se sentido a melhor em nada na vida.

Alessa percebeu, tarde demais, que Talia estava analisando o jogo de emoções no rosto dela.

Talia ergueu a espada e a levou ao peito de Alessa.

— Se *algum dia* você partir o coração dele, eu vou partir cada osso do seu corpo *e* seu coração. E *não* estou falando no sentido figurado.

Trinta e seis

DIAS ANTES DO ECLIPSE: 10

Na metade da segunda semana do grupo em Perduta, Dante já tinha organizado com sucesso os ghiotte em unidades especializadas, e seus subordinados finalmente já tinham começado a tomar iniciativas sem recorrer a ele para tudo.

Os saverianos estavam até se saindo bem durante os treinos. Não chegavam a *vencer* partidas, mas não passavam vergonha, e eles usariam seus poderes na batalha de verdade. E apesar de alguns sustos, Dante vinha conseguindo evitar que Talia matasse Alessa "sem querer" no campo de treinamento.

— Vou estrangular meu pai se ele tentar mais uma rodada de "Vinte Perguntas Sobre Dante" — disse Talia, seguindo os passos de Dante enquanto ele planejava o exercício de treinamento do dia. — Não dá pra fugir dele para sempre.

— Assumir posições — disse Dante. A apenas dez dias do ataque, não havia tempo para visitar ninguém, não importava o quanto Talia (e, curiosamente, Alessa) insistissem para que ele se encontrasse com Matteo.

Enquanto passava os olhos por uma fileira de arqueiros, Dante fazia contas mentais. Um grupo estava incompleto e, depois de tanto esforço para estabelecer a importância da assiduidade e da confiabilidade, ele não podia deixar aquilo passar agora.

Talia se pôs na frente dele.

— Jantar. Amanhã.

Ele apontou para um espaço vazio.

— Assumir posição. Agora.

Dante encontrou o arqueiro que faltava sentado atrás de um abrigo de armamento parcialmente construído. Alto, porém magro, o garoto não devia ter mais de treze anos, e seu semblante oscilava entre o medo e a rebeldia enquanto seu general se aproximava.

— O que está acontecendo? — perguntou Dante.

— Nada — murmurou o garoto.

— Seu nome é Jakob, né? Qual é o problema?

O garoto engoliu em seco.

— Eu *não quero* lutar contra os deuses.

Dante fez que sim lentamente.

— Justo.

— Não vai me chamar de covarde?

— Não — respondeu Dante. — Se eu não *tivesse* que lutar contra eles, também não ia querer.

O garoto bufou.

— Ah, tá bom. Eu ouvi o que você disse lá na basílica. Você quase morreu salvando uma ilha inteira. Aposto que nunca nem sentiu medo.

Dante suspirou.

— Queria que fosse verdade, mas eu *estava* com medo naquele dia. Até agora estou com medo, caramba.

O garoto arregalou os olhos.

— Que nada. Você é tipo um herói. Heróis não sentem medo.

— Você entendeu tudo errado. Não dá para ser herói *sem* sentir medo. — Dante se agachou. — Coragem não significa não ter medo, significa que, apesar do medo, você faz o que for preciso mesmo assim. Pense bem. O que tem de heroico em fazer algo que *não* te assusta?

Jakob refletiu sobre o assunto.

— Acho que faz sentido...

— Se alguém que você ama estivesse em perigo e a única maneira de ajudar fosse arriscando sua vida, o que você faria?

Jakob deu de ombros.

— Ajudaria, eu espero.

— É só isso que podemos fazer: esperar que, chegada a hora, saibamos fazer a coisa certa. Não precisa entrar na batalha sem medo. Na verdade, eu me preocupo mais com esse tipo de gente. Eles se tornam imprudentes e tomam decisões precipitadas que colocam todos ao redor em perigo. Precisamos de lutadores que querem permanecer vivos, que querem que *todos* permaneçam vivos.

O garoto franziu a testa, pensativo.

— Veja bem, essa é a diferença entre nós e Crollo — explicou Dante. — Ele não se importa com quem vai viver ou morrer na semana que vem. Nós nos importamos. Estamos lutando para sobreviver. Isso nos dá uma posição de vantagem. Ter medo pode nos tornar lutadores *melhores*.

— Você acha mesmo?

— Já tenho lutadores de sobra querendo provar como são durões. O que eu *preciso* é de pessoas dispostas a fazer o trabalho menos chamativo, as coisas que vão manter todo mundo vivo: reabastecer armas, construir barricadas, ver quem precisa de apoio e quando. Pode me ajudar com isso?

O garoto fez que sim na mesma hora.

— Minha irmã é uma das pessoas que correm mais rápido na ilha. Ela é pequena e não tão forte em comparação a alguns caras, mas mal dá para vê-la quando ela corre.

— Perfeito. Reúna os jovens mais rápidos que puder achar e me encontre aqui amanhã cedo. Kira pode se beneficiar de mais mensageiros, e todos nós precisamos de ajuda para reabastecer as munições.

Dante deixou Jakob com um sorriso orgulhoso e voltou ao seu posto. Todos ainda estavam em seus lugares, mas o clima tinha mudado.

Leo desfilava pelo meio da formação cuidadosamente organizada.

— Decidi lutar — anunciou ele. — Seu exercitozinho pode tirar o dia de folga.

— Você não pode dispensar minhas tropas — disse Dante.

— Por que não?

— Porque não tem como você enfrentar a invasão sozinho. Você sabe disso, certo? — Dante esperou... por nada, aparentemente. — Você pode lutar *com* a gente caso esteja preparado para fazer parte de uma *unidade*, mas, caso contrário, vou ter que pedir para se retirar.

Leo abriu um sorrisinho malicioso.

— Eu já derrotei uma dezena de ghiotte só com as mãos. Aceito ter um exército ao meu lado... por que não? Mas nós dois sabemos que nenhuma guerra é vencida com pessoas se escondendo atrás de barricadas.

Dante contraiu o rosto.

— As tais pessoas que estão *se escondendo* atrás de barricadas vieram treinar todos os dias e são corajosas o suficiente para enfrentar uma guerra contra os deuses. Por onde *você* andou?

Leo ficou sério.

— Peguei leve com você da última vez, mas você está começando a me irritar.

Dante afastou os polegares das adagas. Ele não ia fazer aquilo. Não naquele dia.

— Você é um excelente lutador, Leo, e sua ajuda seria útil, mas se você não estiver interessado em trabalhar em equipe, vai ter que ir embora. Tenho que voltar às minhas funções.

Leo semicerrou os olhos.

— Você está recusando um desafio?

Dante suspirou.

— Sim, acho que estou.

— Não pode fazer isso. — O sorrisinho de Leo perdeu a força.

— Acabei de fazer. — Dante deu de ombros. — Não tenho tempo para exibições despropositadas, e uma luta entre a gente não vai ajudar a vencer essa guerra.

Kamaria deu uma risadinha pelo nariz.

Leo fixou o olhar nela.

— A *senhorita* quer um desafio. Qual é sua arma de escolha?

Kamaria abriu os braços e suas mãos irromperam em chamas.

— *Eu* sou a arma.

— Sem magia! — gritou Talia.

— Por quê? Será que é porque todos vocês estão morrendo de medo de lutar *de verdade* contra a gente? — As chamas de Kamaria ganharam mais brilho. — Nos deixem usar nossos poderes ou nos mandem para casa.

— Ah, *não*; faz cócegas? — Leo a provocou. — Muito fofo o truque de festinha.

— Kamaria — advertiu Dante. Tarde demais.

Ela estreitou os olhos, um chicote de fogo cortou o ar e chamas crepitaram na frente de Leo.

Despreocupado, ele olhou para o fogo que consumia suas roupas como mato seco.

Com movimentos lentos, Leo deu tapinhas nos quadris e na virilha para apagar as chamas antes que os últimos resquícios virassem fumaça.

Com as roupas em farrapos e a pele vermelha e cheia de bolhas, mas se recuperando rápido, ele estalou o pescoço para um lado. Depois para o outro.

Então ergueu o queixo para olhar diretamente para Kamaria. E começou a rir.

A expectativa de um verdadeiro desafio deixou as fileiras de soldados em polvorosa, só que guerreiros preparados para a batalha eram perigosos. Guerreiros acostumados com força e habilidades de cura sobrenaturais, então, mais ainda.

— Os saverianos *não são* ghiotte. — Dante falou com o máximo de seriedade possível. — *Não* se esqueçam disso. Se vocês causarem danos reais a qualquer um deles, terão que responder a *mim*. Não temos como vencer uma guerra só com força bruta, mas *é possível* ferirmos nosso próprio lado, então sejam *inteligentes*. Estratégicos. Precisos. Cuidadosos. *Nada* de baixas. Entendido?

— Valeu, Dante — disse Kamaria com uma pontada de irritação. — E *nós* também vamos prestar muita atenção para não causarmos muitos danos com nossos dons mágicos superpoderosos.

Talia deu uma risadinha sarcástica.

Kamaria fechou a cara.

— Não fique aí se achando, meu bem. Nós repelimos um enxame inteiro de scarabei sedentos por sangue depois que eles voaram por cima de vocês, lembra?

Talia avançou e a derrubou no chão. Aí montou sobre Kamaria, cerrou a mão e tomou impulso para preparar um soco.

— Não me chame de meu bem.

— Vá em frente, e não precisa ser rápida. — Kamaria conjurou uma coroa de fogo e a suspendeu acima da cabeça, juntando as mãos em sinal de oração.

Talia abriu a mão com um grunhido exasperado.

— Você leva *alguma coisa* a sério?

— Duas coisas, na verdade. — A auréola de fogo de Kamaria desapareceu. — Amor e guerra.

— Talia, venha cá — disse Dante. Aquele não era o momento para flertar.

Enquanto os saverianos se reuniam para uma sessão de estratégia, Adrick arrumava tochas ao redor de Alessa, Kamaria e Saida, e outro conjunto ao redor de Ciro e Kaleb.

Dante foi até lá e os afastou mais. Quando a "fortaleza" do grupo estava do jeito que ele queria, Dante passou de um regimento de ghiotte a outro, lançando olhares sombrios para aqueles mais propensos à imprudência.

Se alguém machucasse Alessa ou um de seus amigos, os ghiotte teriam que quebrar as regras a respeito da fontana, senão ele as mudaria sob a ameaça de uma faca.

Com o Divorando, seu dever estava em perfeita harmonia com seus instintos. Alessa protegia Saverio; ele a protegia. Mas, daquela vez, ele era o líder de um exército, não um guarda-costas. O dever de Dante era observar, criticar e orientar, não mais proteger Alessa somente, por mais que jogar centenas de ghiotte contra ela contrariasse todos os seus instintos.

Tochas brilhavam, o fogo e a eletricidade crepitavam.

Saida pegou a mão de Alessa e uma parede de ar em movimento derrubou metade da linha de frente.

Os ghiotte caídos ajudaram uns aos outros a se levantar, um tanto envergonhados.

Leo ergueu o punho.

— De novo!

Quando Dante deu o dia por encerrado, eles tinham contabilizado 42 lesões — nenhuma fatal, pois os feridos eram ghiotte —, duas barricadas reduzidas a cinzas e uma catapulta que precisava de reparos profundos, mas Alessa e os saverianos estavam bem e todos estavam sorridentes, quase entorpecidos de animação após um dia épico de treino.

Longe de recuar diante dos poderes dos saverianos, o exército de Dante se deliciou com a novidade, aprimorando suas formações para alcançar feitos acrobáticos e um nível de coordenação que ele nem sequer ousara sonhar ser possível.

Alessa e Ciro tinham sido espetaculares, Alessa ainda mais. Dante era parcial, claro, mas ela de fato tinha experiência no uso simultâneo de diversos poderes, algo que Ciro ainda não havia dominado — sobretudo a arte de conjurar tornados de fogo e tempestades elétricas, como Alessa fazia.

Mas nem mesmo uma batalha simulada histórica conseguia desviar o fogo de Talia. Ela não era um cachorro com um osso, era um lobo com um coelho.

— Não estou *convidando*, estou *comunicando* a você — declarou ela. — Você vem jantar com a gente *amanhã*.

Ele suspirou.

— E eu já disse que *não posso* amanhã.

— Ah, é? Que planos importantíssimos você tem?

Ele estava ficando sem desculpas, mas tinha uma pronta daquela vez.

— É aniversário de Alessa.

Talia murmurou algo grosseiro bem baixinho.

— Tudo bem, depois de amanhã, então.

— Tudo bem — disse Dante. — Vou levar Alessa.

As narinas de Talia se dilataram.

— *Por quê?*

— Não vou esconder nosso relacionamento para sempre — respondeu ele. — Você estava certa ao dizer que as pessoas precisavam me conhecer primeiro. Agora conhecem. Parece que é *você* que não consegue lidar com isso agora.

Talia lhe lançou um olhar ainda mais furioso.

— Não sou a única que não se esqueceu da história. Vamos usar a magia deles para travar essa guerra, mas, depois, acabou. Portões fechados. Forasteiros *fora*.

— Você também me expulsaria? — perguntou Dante. — Votaria contra mim por causa de uma garota que mal conhece?

Talia fechou ainda mais a cara, mas ambos sabiam que ela não faria aquilo.

— Entendo por que você não quer confiar nela, mas deveria — comentou ele. — Alessa se mostrou disposta a guardar meu segredo antes de qualquer coisa acontecer entre nós, e ela é uma *boa* pessoa. Boa demais para mim. Pode acreditar, já tentei afastá-la.

— Ah, com certeza — disse Talia. — Mas se fazer de difícil só torna a pessoa mais desejável.

— Essa é a sua estratégia? — Dante inclinou a cabeça na direção de Kamaria, que fazia um grupo de ghiotte rir com uma imitação de Kaleb tomando um susto com a gata.

— *Eu* não sou boba o suficiente para me apaixonar por gente da ilha — disse Talia. No entanto, não desviou o olhar. — É uma perda de tempo. Quer dizer, você gosta daqui, né? Acha que a *Finestra* vai abrir mão de uma vida de luxo se você decidir ficar? Como você acha que essa historinha de amor vai terminar?

— Vamos enfrentar Crollo daqui a pouco mais de uma semana. Vou me preocupar com isso primeiro.

A pior parte não era o ceticismo de Talia, mas a preocupação incômoda de que ela pudesse estar certa. Mesmo após uma dezena de visitas à fontana, os poderes de Dante só duravam alguns dias e, quanto mais ele os usava, mais rápido perdiam a força, seja ao se curar de feridas ou ao ficar com Alessa. Se ele deixasse Perduta, seria apenas uma questão de tempo antes que os poderes desaparecessem por completo.

A única maneira de ficar com Alessa seria se ela *quisesse* ficar em Perduta, e Talia não estava ajudando.

Ele parou para encará-la.

— Você pode dar uma chance a ela? — disse em voz baixa. — Por favor? Por mim?

Talia fez cara de quem preferiria comer sola de sapato.

— Vou *tentar*.

Trinta e sete

DIAS ANTES DO ECLIPSE: 9

Matteo tinha sido eficiente até *demais* ao dar um jeito na casa e, depois da instalação de um sistema de encanamento funcional, Dante não tinha mais desculpas para visitar as termas, então tinha desenvolvido o hábito de sair de fininho enquanto Alessa dormia.

Não era nada fácil, já que normalmente ela dormia abraçada a ele e era preciso travar uma batalha interior de força de vontade para deixar o calor da pele dela.

Dante abafou um bocejo enquanto corria pelas ruas enevoadas por um tempo, em uma tentativa de gastar a energia ansiosa que percorria seu corpo enquanto seguia para as termas.

Adrick o esperava do lado de fora.

— Sabia.

— Você me seguiu? — Dante exigiu saber.

— Não — disse Adrick. — Mas estou aqui, e você também. E a Alessa não. Então você está visitando as termas às escondidas quando temos instalações para banho em casa, o que significa que você está se encontrando com alguém sem minha irmã saber, ou que aquela câmara não serve só para tomar banho. E aí, qual das duas opções? Está enganando minha irmã ou existe algo mágico na água daí?

Ele não tinha boas opções. Revelar a verdade significava trair a confiança de Talia, mas Dante não podia deixar Adrick contar a Alessa uma mentira que poderia magoá-la.

— Não é da sua conta — disse Dante.

Adrick pareceu magoado.

— Eu não estava perguntando *por mim*.

— Então por que se importa?

— Só quero saber.

— Você já sacou o que é. Agora esquece que perguntou.

— Mas... se os seus poderes voltaram, por que continua vindo aqui?

— *Deixa pra lá*, Adrick. — As palavras de Dante saíram mais ríspidas do que ele pretendia.

Algo mudou na expressão de Adrick.

— Alessa sabe?

— Claro. Ela estava lá quando a água me curou.

— Ela sabe que o efeito *passa*?

Dante levantou o dedo.

— Nem pense em contar para ela.

— Ela merece saber a verdade — disse Adrick. — Se isso significa que vocês não podem...

Dante o interrompeu.

— Vamos enfrentar uma guerra contra os *deuses*. Todo mundo tem que confiar que eu tenho condições de liderar esse exército, e a última coisa que a Alessa precisa agora é se preocupar com o nosso futuro quando nem sabemos se vamos sobreviver.

— Não dá para esconder isso dela para sempre.

— *Não vou*.

Quando a noite caiu no casarão, Dante tirou um lenço do bolso com um floreio, o que rendeu um olhar muito cauteloso de Alessa.

— Confie em mim — disse ele, o riso alegrando sua voz.

Vendada, ela se agarrou ao braço de Dante enquanto ele a guiava pela rua.

A casa na esquina era menor e estava fechada com tábuas, mas era estruturalmente sólida, de frente para um dos canais maiores e com um terraço com vista para a cidade.

— Cuidado — avisou Dante antes que ela chegasse aos degraus, mas, mesmo assim, Alessa bateu o dedo do pé no primeiro. Ele a pegou no colo e sorriu com o gritinho de surpresa que ela deu.

— Não vou deixar você cair. Tenha um pouco de fé.

O ar passou de mofado a fresco quando eles chegaram à parte de cima, e Dante pôs Alessa no chão. Lanternas iluminavam o espaço com um brilho aconchegante, revelando uma coleção de cobertores e almofadas coloridos, e uma mesa improvisada exibia uma impressionante variedade de quitutes.

— *Tanti auguri* — disse ele, soltando o lenço, que caiu em volta do pescoço dela.

Alessa girou em um círculo lento para absorver tudo o que havia no terraço, iluminado por centenas de velas: cobertores e almofadas espalhadas sob um céu estrelado.

— Como foi que você fez tudo isso?

— Saida ajudou. Ela exagerou um pouco nos quitutes, mas é seu aniversário. Eu queria algo especial. E tenho um presente para você. Nada letal desta vez.

Alessa desembrulhou o vestido brilhante e a máscara que combinava e bateu palmas de emoção.

— Ah, que coisa mais linda!

— Saida também ajudou com isso. — Na verdade, Saida tinha feito campanha por um vestido mais modesto, mas o vestido justinho com decote nas costas era feito de um tecido sedoso que realçaria as curvas de Alessa, e ele sabia como ela estava cansada de se cobrir. Ela merecia o tipo de vestido capaz de causar palpitações nos velhotes de Saverio, que só sabiam julgar todo mundo, e Dante estava ansioso para vê-la usando-o.

— A festa antes da votação é um baile de máscaras — explicou Dante. — Para que as pessoas possam votar anonimamente.

Alessa desviou o olhar do vestido.

— Como está se sentindo em relação à votação?

Ele deu de ombros.

Deveria valer de alguma coisa Dante ter vencido dezenas de desafios, feito amigos e reunido um exército. Mas a ideia de ficar diante do seu povo enquanto eles debatiam se o queriam ou não lhe dava embrulho no estômago. Além disso, mesmo que o aprovassem, isso não diminuiria o baque caso Alessa decidisse não ficar.

Alessa acariciou o vestido com um sonzinho de contentamento.

— Obrigada — disse ela com um sorriso dengoso. — Eu não consigo imaginar uma comemoração mais perfeita.

— Ei, calma aí... — disse Dante enquanto Alessa começava a desabotoar a camisa dele, dando beijos que seguiam a trilha dos botões abertos. — O aniversário é *seu*, não meu...

Ela olhou para ele.

— Será que não posso escolher meu presente?

Bem, pensando daquela forma...

Algum tempo depois, ele se lembrou das perguntas que precisava fazer.

— Me diga uma coisa — disse Dante enquanto encaravam as estrelas. — Caso você pudesse ter qualquer coisa que quisesse, como seria o restante da sua vida? Cittadella? Festas e vestidos de baile todo dia?

Ela deu uma risada pesarosa.

— Eu mereci aquela celebração. Mas não, esse não é meu sonho.

— Então me conta.

Alessa refletiu.

— Eu tinha um ritual para me acalmar. Eu me imaginava sentada do lado de fora de uma casinha ao pôr do sol, esperando alguém voltar de barco. Nunca imaginei detalhes dessa pessoa, porque ela só ocupava o lugar de quem eu *esperava* que fosse alguém de verdade um dia. Mas a imagem foi ficando mais detalhada com o tempo, como se alguém invadisse a minha mente toda noite para completá-la. Uma jardineira na janela cheia de ervas que esqueci de etiquetar, fazendo de cada colheita uma aventura, um gato gordo cochilando sob o sol, limoeiros por perto para eu fazer sabonetes que nem a *nonna*. E não me lembro de quando mudou, mas hoje só consigo visualizar tudo isso com você.

Dante também conseguia imaginar tudo aquilo facilmente, a casinha aconchegante cheia dos passatempos abandonados de Alessa — telas pela metade, potes de miçangas e pegadores de panela malfeitos —, as ervas nas jardineiras da janela e um gato cochilando no chão banhado de sol.

Ele conseguia se imaginar voltando para casa para encontrá-la.

— Seu sonho é uma casa bagunçada na beira da água, um jardim e... eu? — perguntou Dante.

— Basta me dar uma casinha aconchegante, um gato para fazer carinho e seu rosto ridiculamente bonito do outro lado da mesa de café da manhã que minha vida vai estar completa.

Ele acariciou o dorso da mão de Alessa com o polegar.

— E se você pudesse ter tudo isso, mas fosse aqui, em vez de Saverio?

Ela afrouxou a mão e Dante esperou que ela perguntasse por quê. Esperou que ela o forçasse a falar, mas não foi o que ela fez.

— Eu ainda poderia voltar para fazer visitas?

Ele fez que sim, incapaz de falar.

— Então se você decidisse ficar, eu ficaria — retrucou ela lentamente, com cuidado.

— Mas você conseguiria ser feliz? Mesmo sem as festas e os vestidos de baile?

O sorriso dela era melancólico.

— É claro. Eu não quero que a festa *seja* a minha vida. O sonho é o que resta quando a festa acaba.

Trinta e oito

DIAS ANTES DO ECLIPSE: 8

Na noite seguinte, quando Talia abriu a porta, Alessa quase deu meia-volta, mas lembrou-se de que não estava ali por ela, e sim por Dante.

Matteo saiu da cozinha usando um avental, e Dante fez menção de pegar a mão de Alessa, mas, em vez disso, cerrou-a.

— Zio — disse ele com um aceno de cabeça firme.

Matteo limpou as mãos na frente do avental.

— Lupetto.

Alessa repreendeu-se mentalmente por não ter estudado a língua antiga mais rápido, mas, se estivesse interpretando direito a expressão de Talia — não havia garantia disso —, eles tinham dado um passo na direção certa.

Matteo se aproximou de braços abertos. Dante se retesou, mas não recuou, e, algum tempo depois, retribuiu o abraço do tio.

Alessa teve que desviar o olhar da emoção crua no rosto de Matteo e acabou dando de cara com Talia, que desviava do que quer que tivesse visto na expressão de Dante. Provavelmente, ambos tinham visto mais da essência um do outro do que estavam preparados. Talia tinha seus defeitos, mas amava o pai e Dante, e também queria que eles fizessem as pazes. Por esse motivo, Alessa poderia perdoá-la por quase tudo.

Matteo o soltou com um tapinha amigável.

— Sinta-se em casa. Natalia, venha pôr a mesa.

Talia pairava perto de Dante como se estivesse de guarda.

— Já vou.

— *Pronto, cara.*

Alessa já tinha passado por algumas refeições tensas, mas nenhuma se comparava a sentar-se ao lado de um Dante silencioso e frente a frente com uma Talia de cara fechada enquanto Matteo lutava bravamente para puxar conversa.

— Está com uma cara incrível — disse Alessa quando Matteo trouxe a sobremesa.

— A mãe dele fazia isso em todos os aniversários — disse Matteo em voz baixa. — Pareceu apropriado.

— Então você precisa me dar a receita — respondeu Alessa. — Nossa amiga Saida está montando uma coleção de pratos tradicionais de família. Tenho certeza de que ela ia adorar incluir uma receita da família de Dante.

Dante não tirou os olhos do prato. Ele nunca tinha contribuído para a antologia de Saida, fosse por não conhecer nenhuma receita de família ou por não querer desenterrar as lembranças que elas traziam.

No fim das contas, Matteo se levantou, endireitou os ombros e chamou Dante para acompanhá-lo até o escritório dele. A tensão que deixaram para trás era sólida o suficiente para ser cortada com uma faca.

Talia olhou feio para ela, batendo a colher no pires em um ritmo que parecia um prego sendo cravado cada vez mais fundo no crânio de Alessa.

Ela levantou a xícara, mas não bebeu. Uma única gota de café seria mais do que seus nervos aguentariam. Respirou fundo. Mais uma vez. Tentou deixar a mente vagar, visualizá-la livre da prisão de sua cabeça.

Murmúrios perpassavam seus pensamentos, palavras desconhecidas. Ela pôs a xícara na mesa com força, respingando líquido na saia.

Talia olhou na direção do barulho.

— Nosso café não está bom o suficiente para você?

— Está ótimo. Eu que sou desastrada.

Seriam os murmúrios palavras de Talia? Pensamentos dela?

— Sinto muito por sua saia chique.

A cabeça de Alessa latejava como se pudesse rachar ao meio, e o sarcasmo de Talia foi a gota d'água.

— Já entendi, Talia. Você não é como as outras garotas. Meus parabéns.

— Como é que é? — perguntou Talia.

Alessa tentou limpar o café derramado, mas aquela mancha só ia sair depois de um bom tempo de molho.

— Eu não sou uma soldada durona, eu choro quando as pessoas são maldosas, gosto de vestidos bonitos e maquiagem e não ligo se você acha tudo isso fútil. E, sinceramente, também gosto dos desfiles e das festas. Depois de anos de isolamento, as pessoas sorriem e acenam para mim agora, e eu gosto.

Talia semicerrou os olhos.

— Eu não odeio vestidos e maquiagem.

— É nessa parte que vamos nos concentrar?

— Só para deixar claro.

Alessa jogou o guardanapo na mesa e se levantou.

— Eu desisto. Não me importo se você gosta de mim ou não.

— Já estava na hora de você reagir mesmo. — Talia tomou um gole de sua bebida.

Alessa conteve um rugido.

— Eu estava tentando ser legal com você.

Talia deu de ombros.

— Por quê? Ser legal é covardia. Eu não confio em ninguém que não saiba se defender ou às pessoas que ama.

— Como assim?

— Significa, Finestra, que séculos de ódio não desaparecem da noite para o dia. Se Dante voltar para o mundo lá fora, ele nunca vai estar seguro. As pessoas vão falar. Vão se virar contra ele assim que for conveniente jogar a culpa nas costas de alguém. Ele sempre vai ser um alvo e, como amiga dele... não, como família... eu preciso saber que as pessoas de quem ele gosta não vão ignorar isso ou permitir que ele seja atacado.

Tudo bem. Então o momento tinha chegado. Alessa respirou fundo.

— Meus pais passaram cinco anos sem falar comigo. A igreja disse a eles que não tinham uma filha mais e eles simplesmente... aceitaram. Saverio deu as costas para mim, meus guardas tentaram me matar, meus próprios conselheiros debateram a possibilidade de me assassinar e meu irmão me instigou a beber veneno. Fiz um grande esforço para perdoá-los, mas nunca vou esquecer como as pessoas me abandonaram. E eu nunca faria isso com ele ou deixaria alguém tratá-lo assim outra vez. Não importa o que aconteça.

— Ele está feliz aqui — disse Talia com a voz mais mansa.

— Eu sei — disse Alessa suavemente. — E eu sei que você não está animadíssima com o fato de eu estar na vida dele, mas, acredite se quiser, sou grata por você estar. Não importa o que aconteça, nunca vou querer que ele fique sozinho de novo.

— Ele não vai ficar — disse Talia.

Alessa teve que se apoiar na mesa quando sua visão escureceu. Precisava ir embora dali.

— Tenho que ir. Diga ao Dante que tive uma dor de cabeça.

Talia a seguiu até a porta.

— Você vai ficar com ele se ele decidir não voltar para Saverio?

Alessa não fazia ideia do que aconteceria nas semanas vindouras.

— Se eu puder.

— Não é uma pergunta difícil — disse Talia. — O que você está disposta a sacrificar para que Dante possa ser feliz?

Alessa firmou os pés.

— Qualquer coisa.

Talia se concentrou ainda mais em Alessa.

— Até ele?

***

Dante circulou lentamente o perímetro do escritório de Matteo enquanto examinava as prateleiras artesanais cheias de bugigangas — de algumas ele se lembrava, mas outras, nunca tinha visto.

— Tentei salvar o máximo que pude — disse Matteo. — Fique à vontade para pegar o que quiser. Leve alguma coisa especial para a votação amanhã.

Dante passou os dedos por um barco de madeira com o qual brincava na praia. Ao lado do barco, havia um jarro torto de argila que antigamente abrigava um buquê de flores silvestres secas que ele tinha colhido para Talia. As folhas enrugadas logo ficaram com um cheiro doce enjoativo à medida que foram apodrecendo, porque ela se recusava a jogá-las fora, mesmo depois de ter rido na cara dele pelo presente.

Matteo respirou fundo e prendeu a respiração por um momento.

— Você tem todo o direito de estar bravo comigo.

— Não estou — disse Dante. Matteo apenas o olhou. Dante ponderou suas palavras por um tempo, mas elas não saíram menos ríspidas. — Tá bom. Eu *estou* bravo. Mas não quero estar.

— Às vezes, a raiva nos protege até estarmos preparados para seguir em frente. — Matteo abriu um armário e tirou dali um pacote embrulhado em papel. — Os retratos de seus pais. Fiquei com medo de desbotarem, então eu mantive protegidos do sol. São seus.

Dante aceitou o pacote, mas não o desembrulhou. Queria estar sozinho quando visse o rosto dos pais novamente. Ou talvez com Alessa. Mas não ali. Não como convidado na casa de outra pessoa, tendo que encará-la depois.

— Vou te dar um minuto a sós — avisou Matteo. A porta se fechou atrás dele com um estalo suave.

Um brilho sutil chamou a atenção de Dante. Um par de alianças em um prato na prateleira de Matteo.

Por um segundo, o coração dele parou de bater. Simplesmente... congelou por um momento.

As alianças de casamento de seus pais. Dante as pegou com dedos trêmulos. Virou-as na palma da mão. Lembrou-se de ter visto a mãe polindo a dela uma vez e reparou em uma inscrição na parte de dentro. Ele lhe perguntara o que estava escrito, mas ela apenas sorrira e dissera que era segredo. Mostraria ao filho quando ele crescesse. Quando se apaixonasse. Quando tivesse idade o suficiente para entender aquelas coisas.

— O amor é uma magia peculiar — dissera ela. — Porque nos torna fortes, mas também vulneráveis.

Na época, aquilo parecera absurdo. Uma pessoa só podia ser forte ou vulnerável. Não as duas coisas.

Agora ele entendia melhor.

O amor em si podia ser forte, mas o ato de amar nos vulnerabilizava.

Quando ele voltou para a sala de estar, as alianças guardadas em segurança dentro do bolso, Talia estava sozinha.

— Sua garota foi embora mais cedo. Disse que estava com dor de cabeça.

Era mais provável que tivesse fugido da hostilidade de Talia. De qualquer maneira, Dante aproveitou o subterfúgio para ir embora.

Ele foi caminhando devagar, cobrindo os retratos com o casaco para protegê-los da chuva fraca, e depois sentou-se nos degraus da casa por um tempo antes de reunir coragem para abrir o pacote.

Dante nunca tinha comentado com ninguém, nem com Alessa, mas temia ter se esquecido completamente dos pais. Ou, pior ainda, que já tivesse inventado detalhes, preenchido as lacunas com imagens falsas, mas o primeiro vislumbre do rosto dos pais doeu menos do que o esperado. Suas lembranças se mantinham fiéis, embora meio embaçadas. Dante e o pai *realmente* se pareciam, era até assustador, mas o sorriso do pai era mais largo e caloroso, como o de alguém sempre à espera da alegria. O sorriso de um homem que acreditava no melhor de todos.

O sorriso da mãe era mais discreto. Ela era séria, observadora, demorava mais para se abrir, mas tinha um senso de humor sutil e astuto. O peito de Dante doía por todas as piadas que ele teria guardado na memória caso soubesse que o fim estava próximo.

A noite avançava à medida que ele encarava o rosto dos pais de modo a dessensibilizar a dor e poder guardar tudo de novo, agora de um jeito mais leve do que antes. Dante embrulhou os retratos cuidadosamente e subiu correndo os degraus. Alessa ia querer vê-los.

Mas, quando chegou ao quarto, a cama onde ela deveria estar esperando por ele estava vazia.

Alessa acordou como se estivesse caindo no vazio.

Não estava abraçada com Dante na cama. Nem dentro da casa. Estava de quatro em um jardim, tremendo debaixo de uma chuva torrencial. Completamente bamba, Alessa recuou para ficar de joelhos e afastou o cabelo do rosto com mãos ensanguentadas. Havia terra debaixo das unhas, como se ela tivesse se arrastado para fora de uma cova rasa. O terror a dominou.

Ao redor de um parque fechado por portões, janelas quebradas de prédios em ruínas a encaravam.

Ela tentou se levantar. Cambaleou. Endireitou-se e correu.

Um canal. Uma ponte. Alessa ainda estava em Perduta, mas em uma parte que nunca tinha visto. Ela nem sabia se estava seguindo na direção certa.

Ao sentir algo se fechar sobre seus ombros, deixou escapar um grito.

— Ei, sou eu! Sou *eu*. — Era Dante, segurando firme os ombros dela. — O que está fazendo aqui fora?

Seus dentes trincavam.

— Eu me perdi.

Dante ficou sério.

— O que aconteceu com suas mãos?

— Eu… tropecei. Você sabe como eu sou destrambelhada.

Dante a cobriu com o casaco.

— Vem, você está encharcada.

De volta à casa, Alessa fez toda uma cena torcendo o cabelo e brincando sobre seu péssimo senso de direção.

Esperava que Dante tivesse acreditado que seus tremores eram de frio. Na cama, ela se aninhou perto dele, com medo de fechar os olhos.

A escuridão dentro dela estava crescendo, e Alessa não fazia ideia do que ia sobrar de si quando aquilo terminasse.

Trinta e nove

DIAS ANTES DO ECLIPSE: 7

Na noite seguinte, todos saíram para ir ao baile de máscaras antes da votação, mas Alessa e Dante ficaram enrolando, abraçadinhos enquanto conversavam sobre bobagens, sem tocar em nenhum assunto sério. Ela sorria e fingia estar tranquila, e ele mimetizava o comportamento dela à medida que as horas passavam.

— Não é tarde demais para pintura corporal — brincou Alessa enquanto observava Dante se arrumar. — As aulas da Mastra Pasquale finalmente teriam utilidade.

Naquela noite, Perduta decidiria se ele teria residência permanente. Um caminho se bifurcava à frente. De um lado, Saverio, onde Dante nunca tinha se sentido realmente em casa. De outro, Perduta, onde Dante fora acolhido, mas que sempre deixaria Alessa do lado de fora, olhando para dentro. Havia outros caminhos ocultos pela sombra da incerteza, mas ela não os percorreria ainda, nem mesmo na imaginação.

Mais alguns dias. Ela ia segurar as pontas por mais alguns dias. Se — quando — o exército de ghiotte de Dante derrotasse os soldados de Crollo de uma vez por todas, Dea os recompensaria. Tinha que recompensá-los.

Crollo destruía e Dea salvava. E, ainda assim, a esperança era uma lamparina que ia se apagando a cada dia.

O vestido azul-prateado que Dante tinha lhe dado deslizava por sua pele como se fosse água enquanto eles caminhavam em silêncio, de mãos dadas, até a basílica começar a brilhar mais à frente, levando música à escuridão noturna, incitando Alessa a soltar a mão dele. A votação formal aconteceria lá dentro, mas a festa era na piazza. A maioria dos rostos estavam escondidos por máscaras, algumas horríveis, outras deslumbrantes, mas, mesmo assim, ela reconheceu seus aliados mais próximos reunidos ao redor de uma fogueira.

Enquanto cruzavam a piazza em direção ao grupo, Dante pousou a mão nas costas de Alessa para guiá-la em meio à multidão. Nem sequer tentou manter distância. Depois de semanas escondendo o relacionamento dos dois, a mudança era maravilhosa, mas, por outro lado, a proximidade de Dante dificultava o esforço de Alessa de não mostrar como estava desmoronando por dentro.

Saida saltitou até os dois, sorrindo por trás da máscara, e Dante foi buscar refrescos enquanto Saida comentava, animada, como todo mundo estava se dando bem e como era maravilhoso finalmente ver a equipe unida. Até Ciro parecia relaxado e feliz de estar ali.

Parado na penumbra entre a luz da fogueira e a noite, Kaleb ria de alguma coisa que Adrick estava dizendo, um som genuíno que nada tinha a ver com aquela risada sarcástica de sempre. Talvez ainda houvesse esperança para eles.

Dante voltou, só que Kamaria roubou uma taça de vinho da mão dele antes que ele alcançasse Alessa. Franzindo de leve a testa, ele se virou, provavelmente para pegar mais uma taça.

— Foi mal, mas preciso falar com ela rapidinho — disse Kamaria, enganchando o braço no de Saida.

Sozinha, Alessa observava a multidão, tentando parecer relaxada e completamente tranquila, como qualquer pessoa normal reagiria ao se ver sozinha no meio de uma festa. Definitivamente nada a ver com alguém que lutava para manter intacto o próprio juízo, que insistia em se esfacelar.

As mentes ao redor da festa pulsavam contra a dela, fazendo o crânio de Alessa vibrar até a mandíbula doer de tanto apertar os dentes. Independentemente do que acontecesse, ela ficaria ao lado de Dante.

Um rapaz bonito perto de Talia voltou o olhar para Alessa.

— *Buonasera*, princesa.

— Não existem princesas em Saverio — disse Alessa.

— Eu reconheço uma princesa quando vejo uma. — Seu tom era tão galanteador que ela não pôde deixar de sorrir. — Talia, me apresenta?

Talia olhou de relance para Alessa.

— Finestra.

— Eu deveria saber que pedi para a pessoa errada. — O garoto estendeu a mão para Alessa. — Dario.

— Alessa. — Seus poderes estavam sob controle, então ela aceitou a mão dele.

Sem soltar as mãos, Dario as virou e estudou a dela.

— Hum. Eu esperava que algo mais interessante fosse acontecer.

Alessa riu.

— Eu só posso ampliar os poderes ou habilidades de *outra* pessoa.

— Que *tipo* de habilidades? — Ele ergueu a mão dela para lhe dar um beijo cortês, porém prolongado.

— Quase qualquer coisa. Posso me curar como um ghiotte se tocar em um de vocês enquanto estiver ferida, minha voz pode arrancar lágrimas das pessoas caso eu esteja de mãos dadas com um cantor e eu luto como os melhores depois de encostar em um lutador habilidoso. — Talia levantou a cabeça instantaneamente ao ouvir aquilo. Ops.

Dario abriu um sorrisinho malicioso.

— Já recebi elogios por minhas *habilidades*. Isso significa que, se nós estivéssemos juntos, você seria ainda mais talentosa nos meus passatempos favoritos?

Alessa recolheu a mão.

— Fico lisonjeada, mas sou...

— Comprometida. — Dante deslizou o braço pelos ombros dela.

Situação capciosa, mas um frisson de deleite se espalhou pela pele de Alessa mesmo assim.

Dante encarou o olhar assassino de Talia sem pedir desculpas.

— Tenho treinado com ele a semana toda. Dario, você vai se virar contra mim agora que sabe que Alessa é minha namorada?

Dario fingiu refletir.

— A elite de Saverio nos fodeu por anos. Já estava na hora de um de nós retribuir o favor.

— Cuidado — avisou Dante.

Dario deu uma risadinha.

— Está com medo de eu roubá-la?

— Gostaria de ver você tentar. — Dante ergueu o copo.

Depois de conferir se a máscara estava bem presa para evitar conflitos com qualquer um que não se sentisse confortável perto de forasteiros, Alessa ousou abraçar Dante pela cintura.

— Não tem ninguém solteiro nesse grupo tão bonito? — questionou Dario, alto o suficiente para ser ouvido à distância. Saida acenou e ele se afastou para ir lá seduzi-la.

Dante puxou Alessa para mais perto enquanto Talia dava meia-volta e saía pisando firme.

A noite avançou e a música aumentou. Blaise começou a dar vários saltos mortais, gritando para as pessoas participarem. Saida girava em círculos ao redor de Dario, e Kira persuadiu Ciro a dançar, lançando olhares furtivos para o ferreiro. A julgar pela expressão alarmada de Ciro, ele ficaria aliviado quando descobrisse que estava apenas servindo de isca para fazer ciúmes.

Blaise chegou ao ápice de sua dança e parou deslizando no chão, instando a plateia a aplaudir enquanto as últimas notas da música ecoavam pelo ar.

Kamaria cruzou a pista de dança improvisada em direção a Talia, que estava de cara amarrada.

— Nós deveríamos tentar unir as duas facções. Quer dançar com o inimigo ou está com muito medo?

Talia franziu os lábios por um longo instante.

— Uma dança. Não interprete coisa onde não tem.

Kamaria abriu um sorriso triunfante e puxou Talia para seus braços, abaixando-a com um floreio que arrancou assobios.

Dante guiou Alessa de volta às sombras enquanto a música ia ficando mais baixa e suave. Ele falava tão baixinho que mal dava para ouvir, mas ela viu o pedido nos lábios e o sentiu nas mãos dele.

Estava cansada de fazer jogo duro. Naquele momento, precisava confiar que seria capaz de se soltar sem deixar tudo desmoronar.

Ela deixou a consciência expandir, navegando as ondas de alegria como quem pula ondas na praia. Atada ao calor de Dante, ela conseguiria encontrar o caminho de volta. Ancorada pelo amor dele. Por seus braços ao redor dela. Por sua voz cantando no ouvido dela, uma música que Alessa não conhecia em um idioma que ela estava apenas começando a entender. Ela não precisava entender as palavras para saber o que significavam, ou para sentir o que ele sentia. Ela fechou os olhos, extinguindo um sentido para aguçar os outros, e se permitiu se perder em Dante pelo tempo que pudesse.

Aquecida pelo calor do fogo nas costas e o calor de Dante no peito, Alessa se desfez de seus medos. E os esqueceu completamente quando as mãos dele encontraram o cabelo dela, que havia se soltado do laço e caído ao redor dos ombros.

Ao som de um gongo, a música parou e o véu aconchegante de paz evaporou.

Alessa estremeceu enquanto sua mente voltava a ser bombardeada por pensamentos e emoções.

— Está com frio? — perguntou Dante, já tirando o casaco para cobri-la.

Nos degraus da basílica, Nova surgiu em trajes carmesim.

— Que comece a votação.

Dante irradiava uma confiança serena, mas seu polegar acariciava levemente a curva da coluna de Alessa da mesma forma que ele esfregava o cabo das adagas quando estava tenso.

Alessa havia se tornado o objeto de conforto de Dante e ele não sabia se deveria chorar de alegria ou de tristeza. Suas adagas jamais o deixariam na mão, mas ela talvez o deixasse.

— Boa sorte — sussurrou Alessa, afastando-se.

Os outros ghiotte começaram a caminhar em direção ao prédio, mas Dante segurou a mão dela.

— Tire a máscara.

Ela lançou um olhar nervoso à sua volta.

— Agora?

— Se eles não me quiserem por sua causa, então não deveriam votar em mim. — Ele desamarrou as fitas e pôs a máscara na mão dela, então inclinou seu rosto para cima e lhe deu um beijo lento e demorado que jamais passaria despercebido.

Alessa sustentou o olhar de Dante enquanto eles se separavam. Ela não queria saber se o beijo havia atraído olhares ou julgamentos. Ele tinha passado anos sendo rejeitado, um pária, e estava arriscando tudo por Alessa. Lágrimas brotaram nos olhos dela quando ele a soltou, relutante.

Estava na hora. Kamaria gritou e Kaleb deu um tapa nas costas de Dante, lhe incitando um sorriso enquanto ele se juntava ao restante dos ghiotte que iam para a basílica.

As portas se fecharam atrás dele com um som retumbante que fez a cabeça de Alessa vibrar.

Quase chegava a ser engraçado como eles estavam preocupadíssimos em esconder seus rituais supersecretos, enquanto ela lutava para *não* ouvir a infinidade de pensamentos em sua mente.

Uma das namoradas de Leo, a mulher de cabelos claros chamada Chiara, estava do lado de fora, entre as pessoas que não podiam entrar, conversando com outro casal. Que interessante. Apesar de todos os comentários mordazes de Leo a respeito dos forasteiros, parecia que ele também estava envolvido com uma não-ghiotte.

Kamaria desfilou em direção a Chiara e seus amigos.

— Onde é o pós-festa?

Após uma breve pausa, Chiara retribuiu o sorriso.

— Na minha casa.

Saltitante, Saida juntou-se ao grupo, mas Alessa dispensou o convite, e Ciro provavelmente já esgotara sua tolerância para socialização, porque já estava atravessando a piazza.

— Quer companhia? — perguntou Adrick a Alessa.

— Não, estou bem — assegurou ela. — Vai lá aproveitar sua noite. — Ela preferia se aninhar na cama e esperar Dante voltar.

Kaleb e Adrick saíram juntos, e ela começou a lenta caminhada para casa. Como a maioria de Perduta estava reunida na basílica, as ruas de paralelepípedo estavam escuras e vazias, e o silêncio acalmava sua mente pulsante como gelo em um machucado.

Alessa enfiou as mãos nos bolsos do casaco de Dante e os dedos encontraram algo duro. Era metal, liso e rígido, como a carapaça fria e dura do scarabeo que desencadeara o poder sombrio que estava tomando conta dela

Crollo destruía e Dea salvava.

Alessa fechou os dedos ao redor da chave de metal da fontana.

Se Crollo estivesse prejudicando os salvadores escolhidos por Dea, Dea forneceria uma solução.

Ou talvez já tivesse fornecido.

Dea devia ter ficado muito decepcionada com ela. Toda uma vida ouvindo histórias sobre uma fonte mítica de cura e, mesmo quando ficara sabendo de uma fonte *de verdade*, levara semanas para juntar as peças.

A maioria de Perduta estava na votação, então o caminho de Alessa para a fontana estava livre.

Suas mãos tremiam enquanto ela destrancava a câmara às pressas.

A água ondulante da fontana tinha o mesmo tom de azul-prateado do vestido dela. Segurando a bainha para não molhá-la, Alessa se agachou na beira da piscina e estendeu a mão, detendo-a acima da superfície.

De acordo com Talia, a fontana não era para ela. Mas Dea havia escolhido Alessa e Dea havia criado a fontana.

Duas forças conflitantes guerreavam dentro dela. A escuridão e a luz.

Uma a instigava a seguir em frente e a outra ordenava que ela recuasse.

A luz venceu.

Com um suspiro para tomar coragem, ela mergulhou a mão na fontana.

Quarenta

Parado no altar, Dante estava apenas um pouco nervoso enquanto esperava Nova convocar a votação. A basílica estava lotada, e as plumagens, as pinturas corporais e os brilhos deveriam ter atenuado a solenidade daquela ocasião, mas Perduta era assim: uma família confusa e caótica onde a lealdade reinava e o decoro era desprezado.

Dante os entendia. Era um deles.

No fim, foi quase fácil demais. Quase todos os presentes levantaram a mão em um coro de "sim", e Dante respirou aliviado pela primeira vez em muito tempo.

Ele tinha ido à fontana aquela manhã, então estendeu a mão sem medo quando Leo sacou uma adaga incrustada de joias para fazer um corte na palma de Dante enquanto Nova realizava o mesmo ritual em Talia e Matteo.

— Mesmo enquanto sangramos, nós nos curamos — proclamou Nova. — Enquanto somos banidos das cidades deles, construímos a nossa. Tentaram nos destruir, mas nós permanecemos indestrutíveis. Dea nos abençoou como protetores, e Sua bênção nos protege. E, em breve, completaremos a missão que ela nos deu, protegendo o mundo.

Eles deixaram o sangue se acumular na palma das mãos até que gotejasse no cálice abaixo, depois as ergueram para que todos testemunhassem. Sangue fresco de pele intacta, um símbolo de quem eram e do que haviam suportado.

Dante foi até o livro de registro no altar e assinou seu nome. Queria que a assinatura dos pais estivesse ali também. Eles estariam orgulhosos do filho. Estariam felizes.

Leo meneou a cabeça em um gesto de respeito que se espalhou pela multidão.

— À meia-noite, você será batizado em nossas águas sagradas e enfrentará o dia de amanhã renovado.

Apropriado. A fontana havia trazido seus poderes de volta e lhe dado o direito de se encaixar naquele lugar. Existia maneira melhor de honrar sua coroação?

Seus poderes podiam até não ser permanentes, mas vinham funcionando nos momentos em que Dante mais precisava. Sua mão, perfeita e intacta mais uma vez, era sua insígnia, sua chave para aquela vida. A vida onde ele podia liderar um exército, salvar o dia e ficar com a garota.

Talvez nunca mais voltasse a ser um ghiotte completo, mas poderia viver como um.

Dante poderia ter tudo, contanto que tivesse a fontana.

Quarenta e um

O teto das termas entrou em foco enquanto Alessa tocava a cabeça latejante. A mão voltou ensanguentada. Provavelmente ela havia escorregado e caído a caminho do banho. Só que estava completamente vestida. E encharcada.

Sentou-se, dando um gemido. A porta para a câmara da fontana estava pendurada por uma dobradiça, como se tivesse sido arrancada por mãos enormes. Para além da porta, o leve brilho azul tinha desaparecido.

Quando Alessa forçou a vista para espiar lá dentro, lembranças bagunçadas voltaram à sua mente:

Ela entrando de fininho nas termas, com a chave na mão.
Os dedos tocando a superfície da piscina.
Um tremor. Ondulações. As paredes tremendo. O chão sacudindo.
O mundo escurecendo.

— Alessa? — A voz frenética de Adrick ecoou pela pedra. Ele congelou na entrada das banheiras, boquiaberto. — O que aconteceu?

Ela conseguiu se levantar enquanto Adrick corria em sua direção.

— Não sei. Eu mal encostei na água.

Desviando os olhos da destruição, Adrick a examinou com movimentos rápidos.

— Superficial. Feridas na cabeça sempre sangram muito, mas você vai ficar bem.

Juntos, eles observaram o cômodo escuro. Parecia que um punho gigante tinha dado um soco nas colunas ao redor da piscina e derrubado blocos de mármore na fontana, que havia se partido ao meio.

— Cacete, Alessa. O que você fez?

As pernas dela tremiam.

— Foi um acidente.

— Foi um *erro*, Alessa. Não um acidente. Você escolheu entrar ali. — Adrick deu um passo involuntário para trás. — Eles nunca vão perdoar você.

Uma onda de náusea lhe tirou o fôlego.

— Por acaso você sabe o que tinha lá dentro?

— Sim. Eu sei. *Sabia*. Funcionou, pelo menos?

Ela fechou os olhos.

O zumbido no fundo de sua mente entrou em foco, transformando-se em murmúrios confusos. Os monólogos internos desordenados de um grupo de pessoas se aproximando.

— Não — disse ela, sentindo um peso no coração. — Não, não funcionou.

Ela não estava melhor. A fontana não tinha sido poderosa o suficiente para expulsar a escuridão de dentro dela. E sim sua escuridão que tinha sido poderosa o suficiente para destruir a luz.

As vozes estavam ficando mais altas, mais nítidas. Em questão de minutos, eles iam chegar e encontrar… aquilo.

O coração de Alessa deu um pulo quando a porta se abriu, mas era apenas Kaleb segurando uma toalha. Confuso, ele alternou o olhar entre Adrick e Alessa.

— Você trouxe sua irmã?

— Saia daqui — Adrick explodiu, e Kaleb balançou a cabeça como se tivesse levado um tapa.

— O que raios aconteceu com esta porta? Ela está sangrando? — perguntou Kaleb.

— Fonte sagrada destruída e não temos tempo para explicar — respondeu Adrick. — Alessa, vai. Agora.

Tarde demais. Ela ouvia vozes, e não estavam na sua cabeça somente.

Adrick retesou os ombros.

— Ok, novo plano. Diga a eles que fui eu.

— *Não* — disse Alessa. — Eles vão executar você.

— O mundo precisa de você, não de mim. Dante acabou de reivindicar você na frente de todos. Se descobrirem que você destruiu a fonte mágica deles, tudo vai por água abaixo. Então a história é... Eu roubei a chave do Dante, você tentou me impedir e caiu.

As vozes ficaram mais altas. Talia, Leo, Nova... Eles estavam na entrada e, muito em breve, chegariam à porta da câmara. Não havia escapatória.

A mente de Alessa estava a mil por hora, em busca de uma solução que não existia. Dante fazia parte daquele mundo agora, e ele havia atado seu destino ao dela no momento em que a beijara na frente de todos. O erro dela seria uma corda no pescoço de Adrick... ou de Dante.

A mão de Adrick tremia enquanto ele jogava o cabelo para trás.

— Só conte a verdade para a mamãe e o papai, por favor? Se vou morrer como vilão, quero que eles fiquem orgulhosos de mim, pelo menos.

Dante entrou pela porta e franziu a testa ao ver o trio desgrenhado.

— Alessa? O que está...

O sangue de uma ferida que ele não conseguia ver escorria pelo pescoço de Alessa.

Uma fúria incontrolável corria pelas veias de Dante. Se alguém tivesse feito aquilo com ela... Não, a vingança podia esperar. Ele se concentrou em um único ponto. Alessa estava ferida e assustada e ele precisava auxiliá-la.

— O que aconteceu? — Ele atravessou o cômodo a passos largos. Deveria mantê-la a salvo. Sua chegada deveria ter feito com que ela se sentisse segura, mas Alessa parecia *mais* assustada ao vê-lo. Sua raiva se transformou em algo pior. Ela estava com medo *dele*?

Dante segurou o queixo dela. Delicadamente, virou a cabeça de Alessa para poder examiná-la. Sentiu um formigamento no pescoço quando o dom de Alessa sugou o dele, e seu couro cabeludo começou a se regenerar.

Ela estava bem. Estava segura. Os batimentos frenéticos do coração de Dante foram diminuindo enquanto ele passava os dedos pelo crânio dela, pelo pescoço, para certificar-se da cura.

— É culpa minha — explicou Adrick. — Ela tentou me impedir. Nós lutamos e ela caiu...

— *Lutaram?* — Dante se virou para ele.

Alessa segurou o braço de Dante.

— Não, não teve luta nenhuma! Eu escorreguei.

Os gêmeos trocaram um olhar que Dante não soube decifrar.

Matteo, Leo, Nova e Talia entraram, vestindo túnicas vermelhas que se destacavam contra os azulejos tanto quanto o sangue derramado de Alessa, e seus olhares horrorizados se fixaram em algo atrás de Dante.

Uma lembrança se insinuou na mente dele. Uma porta que deveria estar fechada... aberta.

Não. *Quebrada*.

Dante se virou, estendendo a mão como se fosse pegar algo que estava prestes a cair.

Mas não havia como pegar os tijolos caídos, nem como impedir a bacia rachada de se esvaziar.

A fontana que devolvera seus poderes, que vinha restaurando seus poderes durante todo aquele tempo, sua única esperança... estava destruída.

Quarenta e dois

Dante empurrou Adrick contra a parede.

— O que você fez?

— Ele nem sabia o que era! — gritou Alessa.

— Sabia, sim. — A voz de Dante saiu entrecortada. — Ele sabia exatamente o que era, e mesmo assim estragou tudo. É o que ele *faz*.

— Adrick nunca faria uma coisa dessas de propósito — disse Kaleb em voz baixa.

— Ele acabou de admitir — vociferou Dante. — Você queria se tornar algo a mais do que estava destinado a ser e que se danem as consequências.

— Você me desmascarou — disse Adrick, sem emoção. — Eu queria ser especial, mas os deuses me acharam insuficiente mais uma vez.

— Você traiu as pessoas a quem viemos nos aliar. Você *me* traiu. — Dante empurrou Adrick de novo. — Me dê um motivo para eu não matar você.

Adrick não reagiu; manteve os braços firmes junto às laterais do corpo, ainda que seus olhos estivessem marejando.

Dante conhecia o sabor da raiva. A ira justa, limpa e fulminante. O calor intenso da vingança. O ressentimento sombrio e persistente. Mas aquilo ali era diferente. *Aquela* era uma raiva sufocante, pesada e amarga, cheia de arrependimento. Porque ele tinha deixado aquilo acontecer.

Ele sabia quem Adrick era desde o dia em que se conheceram. Adrick havia tentado envenenar Alessa. Adrick havia exposto Dante publicamente como ghiotte. Adrick havia deixado claro que não era confiável. Mas era irmão de Alessa. Então, apesar de saber que não deveria, Dante lhe concedera outra chance.

E deu nisso.

— Solte-o para que ele possa apresentar sua defesa — avisou Leo. — Como é que você sabia sobre a fontana, rapaz?

Dante esperou um momento a mais antes de soltar a mão.

Adrick deslizou até o chão, ofegante.

— Adivinhei. Cresci ouvindo sobre a lenda da Fonte di Guarigione, então, quando encontrei uma porta trancada, fiquei curioso. Eu roubei uma chave.

— De quem? — perguntou Nova. — Poucos cidadãos têm a chave.

Talia manteve o olhar fixo no chão.

— Eu tenho trabalhado na casa deles — disse Matteo. — Devo ter deixado a minha cair. Como responsável...

Nova o interrompeu.

— Você *era* o responsável por ele, Matteo. Mas ele veio aqui com um ghiotte e esse ghiotte agora é um de nós. Signor Lucente, você tem alguma coisa a dizer em defesa deste rapaz?

— Não.

— Alguém vai falar em nome dele?

— Eu vou — disse Matteo.

Dante conteve sua fúria enquanto Matteo argumentava que a traição de Adrick não deveria ser usada contra os outros saverianos. Assim como os ghiotte, eles também eram abençoados, todos vítimas da inveja de um ser humano mesquinho. Somente Adrick era um mero mortal.

Não era Fonte. Não era Finestra. Não era ghiotte.

A cada vez que Matteo repetia aquilo, Dante sentia o golpe.

A última das águas abençoadas por Dea escorria pelo chão de mármore quebrado, absorvida pelo que quer que houvesse abaixo dos alicerces do prédio. Dante lutou contra o impulso de se ajoelhar e perseguir os resíduos, de lamber cada gotinha do chão, mas a magia havia desaparecido.

Culpado.

Foi unânime. Dante ouviu o soluço abafado de Alessa, mas não olhou para ela. Ela ainda não entendia o que o irmão tinha feito.

— Em Perduta, deixamos a parte prejudicada decidir qual vai ser a punição — disse Leo. — Dante, a decisão é sua.

Dante olhou para Adrick, que estava de cabeça baixa.

Alessa acreditava em perdão.

Perdoou Tomo e Renata por conspirarem contra ela.

Perdoou os pais por virarem as costas para ela.

Tinha perdoado Adrick por tentar envenená-la

Não sabia que o irmão tinha roubado o futuro dos dois.

Dante se levantou.

— Eu mesmo cuido disso.

— Espera! — A confissão de Alessa ficou presa na garganta quando Adrick encarou os olhos dela com um aviso silencioso. Por via das dúvidas, fez um rápido sinal de "não".

Ela havia feito aquilo. *Ela* havia destruído a frágil paz selada entre dois grupos que precisavam um do outro para evitar o fim do mundo como o conheciam.

Uma decisão impulsiva que talvez tivesse condenado todos eles.

— Alessa, *vai*. — Os olhos de Dante eram frios. Não havia nenhum afeto, nenhum amor. Nem mesmo raiva. Só frieza.

Kaleb pegou o braço de Alessa.

— Vamos. Só faremos piorar as coisas.

Ele estava certo. O irmão já tinha assumido a responsabilidade pelo crime dela. Se ela tentasse retroceder, acabaria prejudicando Dante também. Então Alessa saiu. Odiava aquilo, mas saiu.

Kaleb agarrava o braço de Alessa durante todo o trajeto até a casa, olhando fixamente para a frente como se uma olhadinha para ela pudesse deixá-lo enjoado.

— Adrick tentou te matar, então agora você está retribuindo o favor?

A vergonha fez seus joelhos dobrarem.

— Eles não podem executá-lo. *Não podem*. Dante não vai fazer isso.

Alessa simplesmente não poderia viver em um mundo onde aquilo acontecesse. Onde *ela* deixasse aquilo acontecer.

Kaleb fechou o portão atrás de si com um chute, impedindo a fuga de Alessa.

— Nem pense nisso — gritou ele. — Você já fez o bastante. Temos que confiar em Dante. Ele nunca decepcionou a gente. — Com um suspiro pesado, Kaleb subiu a escada, deixando Alessa sozinha com sua culpa.

A vida de Adrick estava em jogo por causa dela, e tudo havia sido em vão.

Ela ainda era um monstro. Ainda era uma assassina. E, agora, uma traidora também.

A varanda era o mais próximo que Alessa conseguiria chegar dos deuses, e ela precisava que eles a escutassem.

Lá embaixo, a cidade estava escura e tranquila, sem nenhuma tocha ou multidão se aproximando. Ainda. Alessa se agarrou à esperança enquanto acariciava distraidamente o pelo de Fiore. Quem lhe dera poder absorver certas habilidades felinas. Gatos enganavam a morte e caíam de pé, enquanto ela matava e seguia pela vida aos trancos e barrancos.

O medo transbordou em sua garganta. Ela precisava saber.

Como se desenrolasse um novelo de lã em um quarto escuro e abarrotado de coisas, ela seguiu, às cegas, um caminho até onde a consciência dos outros encontrava a dela. O medo pulsante de Kaleb, murmúrios sonolentos vindos de Saida e Kamaria, passando por um vazio de Ciro, que devia estar em um sono excepcionalmente profundo. A mente dela vagou até se enganchar.

Alessa peneirou fragmentos de sentimentos e trechos de som, até ter um vislumbre de Adrick pelos olhos de Dante, com o rosto abatido e exausto, dentro de um barco com as mãos amarradas.

Um empurrão violento para o mar.

A mente de Alessa se fechou contra a dor.

Ele fez.

Ele realmente fez.

Dante matara o irmão dela.

Quarenta e três

Dante tinha a vida de Adrick nas mãos e queria esmagá-la.

Adrick estava sentado na proa do barco, de cabeça erguida como um mártir nobre, e não como o ladrão calculista que realmente era.

— Você simplesmente não suportava, né? — Dante baixou os remos e se levantou, firmando os pés para manter o equilíbrio. — Os deuses não te abençoaram porque você é fraco e não *merece*.

— É por isso que você não contou a Alessa que perdeu seus poderes? — disse Adrick calmamente. — Nossa mente pode ser cruel, não acha? Nos convencendo de que somos inferiores porque não temos o que o outro tem.

— Nós *não somos* iguais. — Dante o pegou pela gola da camisa e a torceu. — Eu *tinha* poderes. Agora, graças a você, não tenho nada. *Nada!*

O olhar de Adrick era inabalável.

— Se você ainda acha que seus poderes são a coisa mais importante do mundo, eu sinto pena de você.

Dante jogou Adrick para fora do barco. Se ele se afogasse, que assim fosse.

Adrick se debateu, lutando para manter a cabeça acima da superfície sem o uso das mãos. Ofegante, ele finalmente conseguiu firmar os pés em águas rasas.

— Saia da minha frente — vociferou Dante. — Se eu encontrar você de novo, enfio uma faca no seu coração.

Matteo e Talia estavam esperando no cais quando Dante voltou para Perduta.

— As notícias estão se espalhando rápido — disse Matteo enquanto Dante amarrava o barco. — As pessoas estão bravas, mas já temos poderes de cura. Vai ficar tudo bem.

Dante deu um último puxão no nó. *Nunca* ficaria tudo bem. Eles não faziam *ideia*.

Matteo segurou o ombro de Dante.

— Filho...

— Não sou seu filho. — Dante se desvencilhou. — E não sou mais ghiotte. Meus poderes vão sumir daqui a alguns dias, e eu também.

Talia empalideceu. Matteo contraiu os lábios. Dante se afastou. Não fazia sentido mentir. Tudo estava acabado.

A cada minuto que passava, ele seria um pouco menos. Menos ghiotte. Menos líder. Menos ele mesmo. Menos o filho de seus pais. E menos do que Alessa precisava que ele fosse.

Dante enfrentaria os deuses como um mero mortal. Provavelmente não sobreviveria e, caso sobrevivesse, ficaria sem nada. Sem futuro com Alessa em Saverio. Sem futuro com os ghiotte em Perduta. Toda vez que ele buscava mais, os deuses arrancavam de suas mãos.

Ele abriu as portas da basílica com um puxão, chutando de lado garrafas descartadas e pedaços de roupa. Queria despedaçar os tronos no altar, quebrar todas as janelas até que seus punhos se resumissem a pele rasgada e ossos fraturados.

Mas não podia. Seus poderes eram um recurso limitado agora.

Sedas pendiam do teto, balançando lentamente na penumbra enquanto Dante subia os degraus para a varanda mais alta.

Por anos, ele tinha virado as costas para a sociedade, escolhendo passar fome a ter que mendigar migalhas. Então Alessa o fez acreditar que a vida podia ser diferente, e ele se empanturrou de tudo o que não deveria ter — amor, amizades, respeito. Agora, sofreria ainda mais por saber o gosto. Deveria ter mantido a cabeça baixa e os pés na terra crua, que era o seu lugar.

— Você parece estar precisando de um amigo agora. — Matteo pegou impulso para sentar-se no corrimão com a força de um homem mais jovem. Talvez tenha tido o hábito de fazer visitas frequentes à fontana antes da destruição. Talvez também viesse a ser um pouco menos nos dias seguintes. Uma parte cruel e amarga de Dante esperava que sim.

— Não somos amigos. — Dante cerrou os punhos. — Me deixa em paz.

— Sinto muito, mas não. Você não vai se livrar de mim. — Matteo abriu os braços. — Vai, me bate se isso fizer você se sentir melhor. Não tem como doer mais do que meus próprios arrependimentos.

— Eu não vou te *bater* — disse Dante, por mais que *quisesse*.

— Então converse comigo — retrucou Matteo, sério e em voz baixa.

— *Não posso*.

— Por que não? Você acha que eu vou sair correndo?

Dante não disse nada.

Matteo esfregou a mandíbula.

— Eu sei que você está bravo, e parte disso é minha culpa, mas isso vai te consumir se você não botar para fora.

— O que você quer que eu diga? — Dante explodiu. — Você me *abandonou*! Anos preso, esperando você me salvar, e você não estava nem *procurando*.

Matteo respirou fundo, sem forças.

— E vou me arrepender disso pelo restante dos meus dias.

— *Por quê?* Por que você não me procurou? — insistiu Dante.

Sua vida estava implodindo e nada daquilo importava, mas, de alguma forma, ainda o atormentava, e ele precisava entender *por quê*. Por que todo mundo sempre ia embora.

— Seu pai era como um irmão para mim. — Matteo falou em meio à escuridão sombria. — Eu nunca tinha amado ninguém daquela maneira até você e Talia nascerem. Quando soube do que aconteceu, eu fui correndo... Perdê-lo daquele jeito foi como se o mundo tivesse se partido ao meio. E eu só conseguia pensar em como ele amava o filho e no quanto você devia ter sofrido. Não imaginei que você ainda pudesse estar vivo, e não suportaria ver você assim também.

Dante mal conseguia respirar com tanta pressão no peito.

Os nós dos dedos de Matteo estavam brancos no corrimão.

— Eu estava assustado, de luto e com raiva demais para pensar direito, só que isso não é desculpa. Eu jamais deveria ter ido embora sem ter certeza. *Nunca* vou me perdoar por ter deixado você enfrentar aquilo tudo sozinho. Fui um covarde e falhei com você.

Ouvir seus próprios ressentimentos em voz alta tirou a vontade de Dante de revidar. Não a raiva — esta ainda fervilhava —, apenas o desejo de atacar.

— Assim que a batalha acabar, vou embora — disse Dante por fim. — Aqui não é meu lugar.

— Besteira. Todo mundo votou. Você é membro oficial. — Matteo não ia permitir que Dante menosprezasse aquilo. — Cabe a você contar para as pessoas ou não, mas você é um de nós e, se alguém discordar, que se dane. Você é nossa família. E, se for embora, eu vou atrás.

Dante enfiou a cabeça entre as mãos. Estava tão exausto... De segurar as pontas, de carregar o peso sozinho, de se esforçar tanto para se agarrar a alguma coisa — qualquer coisa.

Matteo envolveu os ombros de Dante com o braço.

— Vai ficar tudo bem.

Dante respirou fundo o ar fresco. Talvez tudo fosse ficar bem. Talvez não.

Mas talvez ele não tivesse que passar por aquilo sozinho.

Só que a noite infinita de Dante ainda não tinha acabado. Alessa estaria esperando.

Seus reflexos estavam embotados por conta do cansaço, do temor e da culpa, então Kaleb evitou uma morte prematura quando se aproximou assim que Dante entrou no pátio.

— Ele está exilado, não morto. — Dante embainhou as adagas e deu uma ombrada nele ao passar.

Ele precisava contar tudo a Alessa.

Não queria contar nada a ela.

Tinha salvado o irmão dela, mas mentido sobre a recuperação dos poderes. Dante a amava, mas só lhes restavam mais alguns dias juntos. Ele não tinha ideia de como fazer aquela conta fechar.

Alessa estava sentada na varanda do quarto deles, mas se levantou assim que Dante entrou. Com o coração transbordando pelos olhos, ela ficou aguardando que ele se manifestasse. Um coração prestes a ser partido. Por ele. Assim como tudo o mais.

Ele não conseguia libertá-la. Não era forte o suficiente. Só podia lhe dizer a verdade e fazer com que ela tomasse a atitude no lugar dele.

Uma coisa de cada vez. O irmão dela estava vivo. Ele tinha concedido aquilo a ela, pelo menos.

— Eu soltei Adrick.

Dante não deveria ter deixado Alessa se jogar nos braços dele.

Deveria tê-la mantido à distância até contar o resto.

Em vez disso, ele a beijou. Porque era egoísta e queria mais uma noite com ela antes que a verdade fosse revelada — que ela havia aberto mão da chance de ter um final feliz no instante em que se apaixonara por ele.

Por mais uma noite, Alessa ia acreditar que ele era seu herói.

Quarenta e quatro

Alessa lutou contra a vontade de chorar assim que Dante caiu no sono com o rosto enterrado na curva de seu pescoço, fazendo cócegas com o hálito quente. Ela deveria ter confessado.

Sua respiração falhou, ficou presa na garganta. Ela se forçou a relaxar, a expirar.

Inspirar e expirar.

Expirar e inspirar.

Tudo que ela sempre quis era uma vida tranquila, repleta de alegrias simples. Uma casa perto do mar, pés descalços na areia e dedos entrelaçados. Fazer brincadeiras e rir de piadas internas.

Em vez disso, seu destino foi construído em cima de batalhas e guerras, traumas e perdas, e agora *mais um* apocalipse.

Ela alisou o cabelo de Dante com a mão leve. Não era justo. Mas ela teve uma oportunidade de amá-lo, e aquilo era precioso demais para ser justo. Arrumando as pontas do cobertor com muito cuidado, ela o observou dormir, transbordando de amor por seu lindo homem fragilizado.

Dea, juro que vou perseguir você até os confins do além se você machucá-lo de novo. Por favor, deixe-o ter paz.

Fiore se aninhou aos pés da cama, ronronando de um jeitinho reconfortante, só que a culpa pesava como uma pedra no peito de Alessa.

Dante tinha passado anos dormindo com um olho aberto, sem confiar em ninguém, e por bons motivos. Agora, tinha baixado a guarda e dormia nos braços daquela que representava o maior perigo de todos.

Ele era a única pessoa que nunca tinha sentido medo dela. Mas deveria.

Por um instante impulsivo no calor da batalha, Alessa havia tocado um demônio, e sofreria para sempre por ter tomado um poder que não deveria lhe pertencer. Um simples toque destruíra um dos presentes de Dea. O que mais poderia destruir?

A Finestra deveria ser uma janela para o divino, iluminando o mundo. *Ela* era um portal para a escuridão.

Alessa dormiu mal, atormentada pela culpa e pelo medo.

Quando o amanhecer atingiu a janela, ela saiu da cama. Se não mantivesse distância de Dante, poderia fazer alguma besteira, como acordá-lo e despejar toda a dura verdade. Se ele soubesse que ela estava quebrada e corrompida, que algo horrível vivia dentro dela, talvez nunca mais a olhasse da mesma maneira.

Ela estava andando de um lado para o outro na sala principal, contando seus passos, quando Kaleb entrou arrastando os pés. Com o cabelo bagunçado e cheio de olheiras, ele parecia tão infeliz quanto ela.

— Adrick foi *exilado* — disse Kaleb, girando uma rolha na mão com movimentos ansiosos. — Os deuses vão nos esmurrar em questão de dias, e seu irmão está vagando pelo Continente sem nenhuma proteção.

Alessa o silenciou.

— Crollo está vindo *para cá*. Adrick está mais seguro no Continente.

— Você está inventando desculpas.

Ela perdeu a paciência.

— Você passou meses falando que eu estava errada em perdoar Adrick, que ele não tinha se redimido pelo que fez. Agora ele finalmente fez o esperado e você está bravo comigo por *ter permitido*?

— Adrick não merece que os amigos pensem que ele é um vilão. Ele fez a coisa certa. Agora é a sua vez.

— O que está acontecendo? — perguntou Saida, espiando a sala principal ao lado de Kamaria.

— Pergunta para ela. — Kaleb lançou um olhar contundente para Alessa e cruzou os braços para esperar.

O coração de Alessa afundou. Elas a odiariam. Teriam medo dela.

— Eu… Eu… fiz algo ruim.

Contar a verdade podia até ser a coisa certa, mas quando elas a encararam em um silêncio horrorizado depois da confissão, Alessa sentiu-se um lixo. Quem lhe dera não ter tocado naquela maldita fonte. Já tinha perdido o irmão, agora perderia as amigas e, em seguida, perderia Dante.

Kamaria se levantou com um suspiro profundo.

— Sei que você perdeu alguns anos importantes de desenvolvimento de amizade, Alessa, mas amigos contam as coisas uns aos outros. Ainda mais quando estão em apuros.

Alessa piscou para conter as lágrimas.

— Sinto muito.

Saida se aproximou dela com tanta determinação que Alessa se encolheu, mas a outra só queria lhe dar um abraço.

— Só estamos chateadas por você não ter nos contado.

Alessa lhe deu um sorriso fraco.

— Vocês podem me ajudar a descobrir como contar para Dante.

Kaleb se endireitou ao ouvir um ruído fraco que foi crescendo.

— Mas que…

Com um estrondo, o portão foi arrombado e uma multidão invadiu o pátio.

Quarenta e cinco

DIAS ANTES DO ECLIPSE: 6

Dante não dormia mais com as facas por perto. Talvez precisasse rever a decisão.

Despertando bruscamente, a primeira coisa que lhe passou pela cabeça foi proteger Alessa da emboscada, mas ela não estava por ali. Em vez disso, Blaise e Jesse o pegaram pelos braços, sorridentes.

Dante os xingou e tentou se soltar. Ele não tinha nem acordado ainda, que babacas.

— Nem se dê ao trabalho de resistir — gritou Blaise. — Estamos em maioria e não temos medo de jogar sujo.

Depois de uma rápida briga, Blaise e Jesse o arrastaram para fora do quarto. Dante foi levado escada abaixo, perdido na confusão.

— Sinto muito! — gritou Blaise para a casa. — É a tradição! Não vamos machucá-lo muito!

Dante tinha caído no sono com medo de contar tudo para Alessa, e agora estava impossibilitado.

Uma hora depois, o breve momento de gratidão já tinha ido embora. Dante estava sentado na beira do grande canal, de braços cruzados. Praticamente dava para sentir seus poderes se esvaindo.

— Pula, pula, pula! — o grupo de ghiotte entoava de dentro d'água, enquanto Blaise fazia pose na ponte antes de mergulhar no vasto canal.

Ao emergir, Blaise cuspiu um arco d'água.

— Sua vez, General Ghiotte!

Jesse se preparava para um salto mortal.

— E nada de saltinhos básicos. Venha cá, líder destemido.

Dante já tinha dado seu salto obrigatório de coroação e estava de saco cheio.

Não aguentaria mais um minuto daquilo.

— Chega. — Ele se levantou. — Temos trabalho a fazer.

Jesse fez um som deselegante.

— É dia de descanso.

Dante gesticulou para o céu.

— Não temos tempo para *descansar*. Preparem seus esquadrões.

Seguiu-se um coro de reclamações, mas Dante preferiria arrancar as próprias unhas com um alicate a ouvir mais alguém dizer que ele era o ghiotte mais durão que já existiu.

— Dante, ei, me espera. — Blaise correu atrás dele. — Andei pensando que a gente poderia preparar diferentes tipos de munição para as catapultas com base nas possíveis ameaças, tipo embrulhos inflamáveis se os inimigos forem bestas, bolsas de água se forem monstros de fogo, ou até mesmo abelhas!

Dante beliscou a ponte do nariz.

— Abelhas?

— É, colmeias! Arrancá-las e mantê-las embrulhadas até elas ficarem bem raivosas, e aí, bum, explosão de abelhas! — Blaise traçou um arco com a mão como se fosse um objeto disparando pelo ar e a seguir bateu palma.

Explosão de abelhas. Como se não bastasse lidar com uma equipe indisciplinada de exibidos, Blaise queria que eles fossem atacados por insetos durante a batalha.

— Eu não...

— Que tal um fosso de álcool ao redor da basílica, aí é só acender um fósforo e... bum! — Blaise o interrompeu, imerso em um turbilhão de ideias. — Armadilhas dentro do prédio, de forma que a única entrada seja pelo telhado! Ou então, que tal cordas amarradas às portas, que, ao serem abertas, lançam facas do teto?

Dante não conseguia disfarçar a exasperação.

— Nós precisamos de mais *disciplina*, não caos.

Alguém tinha trazido suprimentos e deixado uma dezena de caixas cheias de limões torrando ao sol, no meio da área de treinamento. O esquadrão de ghiotte mais jovens que era responsável por montar barricadas poderia aproveitar a madeira, mas, por enquanto, aquilo não passava de um obstáculo irritante atrapalhando tudo. Dante arrastou algumas caixas para o lado enquanto seu exército chegava, mas logo desistiu. Eram muitas.

Os saverianos foram os últimos a chegar, e Dante olhou feio para o grupo enquanto eles iam para seus lugares.

— Ei — disse Kamaria. — Não fomos nós que tiramos você da cama.

Dante andava de um lado para o outro na piazza, examinando as tropas e berrando ordens. Os arqueiros não estavam atirando reto o suficiente, os espadachins estavam uma zona e a equipe de Blaise, responsável pelas catapultas, passava mais tempo imaginando coisas divertidas para jogar do que de fato operando suas armas.

No meio da manhã, um jovem ghiotte quase decepou o braço da parceira de batalha, e foi então que Dante explodiu.

— Vocês estão tentando ganhar essa guerra para os inimigos? — Dante arrancou a espada da mão do menino e a apontou para ele. — Saia daqui até aprender a ter noção!

A menina ferida parecia mais alarmada com a raiva de Dante do que com o sangue que jorrava de seu bíceps.

Talia atravessou a piazza em direção a Dante como quem se aproxima de um ninho de vespas irritadas.

— Tudo bem por aqui?

— Perfeito. — Dante jogou a espada no chão. — Kamaria, está pronta com aquele chicote de fogo?

— Mais pronta impossível. — Kamaria lançou uma rajada de fogo na direção de Alessa.

— Pare de brincadeirinha — rebateu Dante. — Isto aqui não é um show de mágica, é guerra.

Kamaria apagou a chama, com cara de quem tinha sido atingida pelo fogo.

— Uma guerra que vamos perder se nosso líder não parar de ficar dando piti.

Dante deu meia-volta e se afastou, ainda mais carrancudo.

Kamaria levou a mão à caixa mais próxima, pegou um limão e o acertou na lateral da cabeça de Dante.

A piazza mergulhou em um silêncio mortal.

Talia segurou o braço de Dante antes que ele pudesse revidar.

— Você precisa dar um tempo.

Ele se desvencilhou e foi embora sem olhar para trás.

Eles ficariam melhor sem a presença dele.

Ao virar na primeira viela, Dante pôs-se a socar uma parede até a pedra áspera ameaçar cortar sua pele. Dava para sentir a presença de Talia às suas costas, e ele sabia que ela ia começar a falar se ele olhasse para trás. Então, não olhou. Mas aquilo não a deteve por muito tempo.

— O que é que está acontecendo com você hoje? — disse ela por fim. — Achei que você tivesse vindo aqui para construir um exército, não para destruí-lo.

— Eles são todos seus — murmurou Dante.

— Awww, meu próprio exército? — provocou Talia. — Não é nem meu aniversário.

— Você ouviu o que eu disse ontem à noite. — Dante cruzou os braços. — Esta é a parte em que você me dá uma surra por ter mentido.

— Não — disse Talia. — Esta é a parte em que eu digo que sinto muito.

— Pelo *quê*? —As palavras dele saíram em um sopro exasperado.

— Andei pegando no seu pé por tudo: seus amigos, seu relacionamento... é claro que você achou que não poderia falar comigo.

Mas não ligo se você não tem poderes. Quero dizer, eu *ligo*, porque é horrível ter isso tirado de você, mas não muda quem você é.

Ele olhou feio em direção à água.

Mas mudava, sim. Sem seus poderes, ele não merecia liderar um exército de ghiotte. E não merecia Alessa. Por muito tempo, Dante achara que ser ghiotte era o motivo para ele não ter o direito de estar com ela, porém era o que o *possibilitava* ficar com ela.

Talia não entendia que a essência de Dante, seu senso de identidade, tudo o que ele queria e necessitava, tinha sido arrancado dele. Que ele devia ter feito algo de errado já que Dea não o amava o suficiente para devolver o que lhe era devido. Ele não era... suficiente.

— Então você tem que tomar um pouco mais de cuidado. — Talia lhe deu uma leve cotovelada. — Se lhe serve de consolo, eu posso pegar mais leve...

— Não se atreva.

Ela riu.

— Acho que não vou me sentir tão mal em dar uma surra em alguém que é *apenas* um lutador super habilidoso, e não um lutador super habilidoso com poderes de cura. De qualquer maneira, você ainda é *você*.

— Não é só isso. — Ele apoiou o queixo nos antebraços. — Sem meus poderes, eu não posso ficar com Alessa.

— Por quê? — Talia fechou a cara. — O lance dela é só com ghiotte?

Sem entrar em detalhes, ele lhe contou o básico.

Talia fez uma careta.

— É, que merda.

— Pois é. — Ele suspirou. — Faça um esforcinho para não comemorar tão descaradamente.

— Os poderes dela vão passar para outra pessoa em algum momento, certo?

— Supostamente, mas estamos vivendo em tempos sem precedentes aqui.

— Você acha que ela vai cair fora quando descobrir?

— Não. Esse é o problema. Eu *não acho* que ela vá.

— Então tome a iniciativa de terminar o relacionamento, ué. Liberte-a e fique aqui. Você vai encontrar outra pessoa.

— Eu *não quero* encontrar outra pessoa. — A mera ideia de afastar Alessa, por mais que fosse pelo bem dela, era como mergulhar em um abismo sem fundo.

— Todas as feridas se cicatrizam, mais cedo ou mais tarde.

— A não ser aquelas que nos matam.

— Você não morreu ainda. Agora é a hora de decidir. — Talia se aproximou, empinando o queixo de forma desafiadora, por mais que ele não soubesse qual era o desafio. — Você vai fazer ou não?

Ele franziu a testa.

— Fazer *o quê*?

Dante não teve tempo de descobrir antes de Talia tomar a iniciativa.

Inclinando-se, ela lhe deu um beijo na boca.

O estômago de Alessa se recusava a relaxar. A raiva de Dante normalmente era algo interno, silencioso. Ela nunca o tinha visto se descontrolar daquele jeito. Mas Talia tinha corrido atrás dele, então Alessa assumiu o comando no lugar dos generais ausentes, dando ordens, corrigindo qualquer um que colocasse um dedo para fora da formação e buscando falhas nas linhas defensivas. Ela também era boa naquilo.

Os ghiotte mal conseguiram esconder a surpresa.

Enquanto os ghiotte treinavam, Alessa e Ciro repassavam cenários hipotéticos para ver quais poderes das Fonti seriam mais úteis e quais poderiam ser combinados de maneira eficaz: qualquer ameaça com água suficiente para apagar o fogo de Kamaria significava que ela estaria fora de ação e Kaleb ou Saida, dentro. Qualquer ameaça viva — homem, besta ou monstro feito de carne — seria mais facilmente incapacitada com a eletricidade de Kaleb.

Trabalhando em conjunto, Kamaria e Saida poderiam criar tornados de fogo, ondas de ar quente escaldantes ou brasas ardentes. Elas posicionaram barris de água ao redor da piazza que poderiam ser utilizados para inundar o terreno, caso seus aliados conseguissem liberar o espaço. Dessa forma, Alessa poderia ampliar os poderes de Kaleb para eletrificar qualquer coisa que estivesse em contato com o chão, desde que seus companheiros fossem avisados com antecedência. Os poderes de cura dos ghiotte não eram garantia de proteção contra a morte, então aquilo só funcionaria se seus aliados pudessem sair da área primeiro, ou se estivessem desesperados o suficiente para arriscar o efeito colateral. Mas ela não ia pensar naquilo.

Alessa não esperava que Talia e Dante fossem demorar tanto.

Quando o último grupo acabou sua parte do treino, Alessa anunciou uma pausa para o almoço e foi procurar os dois sumidos.

Perto do grande canal principal, ela ouviu vozes antes de vê-los. Acelerou o passo, virou a esquina e congelou.

Pegar Dante de surpresa nunca tinha dado certo para ela.

Ela nunca aprendia.

Se Talia tivesse lhe dado um soco, Dante estaria preparado. Ele não tinha uma manobra de defesa para um *beijo*.

Sua mente foi inundada pelos pensamentos. Seu corpo congelou.

Talia não era sutil. Nunca foi. Quando Dante desviava de um assunto, ela o derrubava. Quando ele a provocava, ela revidava.

Ela o estava desafiando novamente. *Escolha*, o beijo dizia. Sua vida antiga ou uma nova vida aqui. Escolha Alessa e observe a luz dela se apagar a cada dia que passa. Ou afaste-se dela e resgate uma vida diferente, em um novo mundo, sem ela.

Talia enfim recuou.

— Bom, isso responde pelo menos a *uma* pergunta.

Dante arregalou os olhos, ainda tentando se situar.

— Que pergunta?

— Eu *definitivamente* não curto caras.

— Que bom que pude ajudar a sanar essa dúvida.

Ela lhe deu um tapinha no ombro.

— Se *existisse* um cara no mundo para mim, seria você. Mas... *Niente*. Prefiro *nunca* repetir isso.

— Ai. Essa doeu, hein? — Não era como se ele estivesse mais empolgado do que ela com aquilo, mas mesmo assim. — O que foi isso que acabou de acontecer?

— Você precisava de um empurrãozinho.

Dante balançou a cabeça.

— Então por que você não me empurrou?

Talia deu de ombros.

— Sei lá. Você está passando por um dilema romântico, então pensei em uma manobra romântica. Vamos lá: mesmo que não seja comigo, e não vai ser comigo *mesmo*, você acha que poderia ser feliz aqui, talvez arrumar outra pessoa, mais pra frente?

Dante fechou os olhos.

— Não. Eu a amo.

Talia suspirou.

— É, já deu pra perceber.

Ele afundou a cabeça nas mãos.

— O que eu faço?

— Você luta com todas as forças para que vocês dois sobrevivam. Caso os poderes dela não desapareçam depois disso, você diz que quer ficar com ela, mas quer ainda mais que ela seja feliz. E aí você abre mão dela.

Dante morreria cem vezes para salvar Alessa. Era forte o bastante para *aquilo*. Não era forte o suficiente para abrir mão dela.

Sacrificar a própria vida pela vida de Alessa tinha sido a decisão mais fácil que ele já havia tomado.

Mas sacrificá-la? Jamais.

Quarenta e seis

Alessa queria dilacerá-los, desafiar Talia para um duelo no qual sua derrota seria certa. Ela queria sentir raiva, refugiar-se na fúria de uma mulher desprezada.

Em vez disso, recuou em silêncio e foi até a beira da água, envolta em um turbilhão de pensamentos mais agitados do que o mar em tempestade.

Quando ela pedira a Talia para garantir que Dante não ficasse sozinho, era para ser *depois*. Não naquele momento. Talvez só lhes restassem poucos dias juntos e Alessa não estava pronta para perdê-los também.

Dante a amava. Ele a amava *mesmo*. Ele *ia* escolhê-la.

Ela botou o punho no peito.

Mas talvez não devesse.

A cada hora que passava, sua mente se fragmentava mais. Ela não fazia ideia nem se conseguiria chegar ao dia do julgamento de Crollo, que dirá se sobreviveria para ver o que restaria depois.

Crollo a tinha nas mãos e seu destino era inescapável. Sem um milagre, ela não viveria o suficiente para ver o mundo que eles salvariam… ou perderiam.

Mas Dante não era um prêmio a ser disputado. E ela queria que ele fosse feliz, com ou sem ela. Alessa sentiu um aperto no peito ao pensar na casinha na praia, na silhueta de Dante contra o pôr do sol enquanto ele remava de volta para casa... para encontrar outra pessoa.

Doeria. *Já* doía. Mas ela não tinha como lutar por ele se não fosse estar presente quando a luta acabasse.

Ela encarava a água, remoendo a raiva e o sentimento de traição até ficarem desbastados.

Alessa havia nutrido a esperança de que, ao derrotar Crollo, a escuridão dentro dela também morreria. Jamais havia parado para imaginar que Dante não estaria presente para segurar sua mão caso tudo desse errado.

Dante encontrou Alessa à beira da água, olhando para o nada.

— Preciso te contar uma coisa — disse Dante.

— Eu já sei. — A voz de Alessa era monótona, sem emoção.

— *Como...* — Não. Não tinha importância no momento. De alguma forma, ela sabia sobre a fontana. Sabia que os poderes dele eram finitos.

— Quero que você seja feliz. — A respiração dela falhou. — Mesmo que seja sem mim.

Não. *Não.* Um buraco do tamanho de um coração se abriu em seu peito. Dante nem tinha tido a chance de pedir que ela ficasse e ela já estava indo embora.

— Você não sabe o que vai acontecer depois da batalha — disse ele. — Não desista da gente ainda.

— *Eu* não estou desistindo de nada. — Alessa fungou. — Você tem todo o direito de escolher um futuro sem mim.

— Espere aí. O *que* que você sabe exatamente? — Ele ficou imóvel, certo de que dizer a coisa errada pioraria ainda mais uma situação que já estava péssima.

— Eu sei que você beijou Talia. — Seu lábio inferior tremia. — Não estou brava. Se era isso que você precisava fazer para entender seus sentimentos, então... fico feliz.

— Eu não fiz... Não. Não é nada disso... — Pelo amor dos deuses, ele tinha dado um jeito de achar a *única* maneira de piorar ainda mais as coisas, enterrando uma traição com outra ao beijar outra pessoa.

— Está tudo bem. — Alessa retorcia as mãos e ele sentia aquele aperto no peito, como se ela estivesse arrancando o ar de seus pulmões. — Se você a ama...

O perdão de Alessa deveria ter sido um alívio, mas ele só se sentia pior.

— Não. *Não*. Não é aquilo que eu quero, e eu sei o que sinto por você. Sei o que *sempre* vou sentir por você. Eu não amo Talia. Quer dizer, eu *amo*, só que não estou *apaixonado* por ela.

— Mas poderia.

— Não — disse ele, mais brusco desta vez. — Não poderia. Nem se eu quisesse. E não quero. Sempre foi você. É só você que eu quero. O resto do mundo que se exploda, tanto faz. Eu *preciso* que você saiba disso. Nunca duvide disso. Duvide de tudo, mas não disso.

— Então o que é? — Ela tocou a mão dele, primeiro de leve, e depois a puxou para dentro das dela. — Você está bem?

— Não, não estou. Eu menti para você. — A voz de Dante tremia. — A fontana não funcionou.

Ela balançou levemente a cabeça.

— Claro que não funciona. Foi destruída.

— Estou dizendo que ela não me consertou. Não permanentemente. Voltei lá várias vezes, na esperança de que durasse, mas... não durava. — Ele respirou fundo, como se o ar o combatesse. — Não sou um ghiotte. Era só a fontana. Agora ela se foi e, em questão de dias, não vou mais ter meus poderes. Não vou poder tocar você.

Ela ficou pálida e cambaleou.

— É culpa minha.

— Não. — Ele a segurou. — Você não tinha ideia do que o Adrick ia fazer.

— Não foi Adrick. Ele mentiu para me proteger.

Dante afrouxou a mão.

— Eu deveria ser a escolhida de Dea. — As palavras tombavam dos lábios dela. — Achei que Talia estivesse só sendo cruel, como sempre, quando disse que a fontana não era para mim, e aí eu estava com a chave, e me pareceu um sinal.

Dante balançou a cabeça.

— *Você* pegou a chave? Por quê?

— Achei... — Ela parou para recuperar o fôlego. — Achei que fosse me consertar.

— *Consertar* você?

A voz de Alessa ia ficando mais alta e rápida à medida que a verdade saía. Mal dava para discernir uma palavra de cada vez, porém, assim como o mecanismo dentro de uma fechadura, as peças começaram a se encaixar.

Alessa ainda estava ouvindo coisas.

Desmaiando.

O incidente com Diwata não tinha sido um caso isolado.

Durante todo aquele tempo, ela vinha piorando. Havia alguma coisa a prejudicando naquele exato momento e Dante não tinha como protegê-la, mesmo ao segurá-la nos braços.

Ela estava ofegante.

— Não consigo fazer parar. Já tentei várias vezes, mas está piorando.

O pânico o sufocava. Não tinha como ele lutar contra um inimigo dentro da cabeça dela.

— Respira, querida. — Ele a puxou para o peito, segurando-a com a maior firmeza possível sem machucá-la. — *Per favore, piccola*. Respira.

Dante estava enjoado. Alessa andava apavorada e ele nem tinha percebido. Estivera ocupado demais escondendo a verdade sobre os próprios poderes para notar o que estava acontecendo com ela. Ele a deixara sofrer sozinha.

— Eu estraguei *tudo* — disse Alessa aos soluços.

— Calma, calma — murmurou Dante, com a boca colada no cabelo dela. — Se eu soubesse, eu mesmo teria jogado você naquela maldita fonte.

— Você deveria estar com raiva. Eu roubei seus poderes de novo.

— *Cara mia* — sussurrou Dante. — Se começarmos a contar quem machucou quem nesse relacionamento, vamos precisar de uma biblioteca inteira de registros. Deixa pra lá. Está feito. — Ele levantou o rosto dela e enxugou as lágrimas. — Por que não me contou?

As mãos dela tremiam em contato com Dante, como uma mariposa em contato com uma lamparina.

— Fiquei com medo de você me ver de outra maneira se soubesse que eu estava... estragada. Quando você me olha, eu me sinto o mais perto possível da perfeição. Eu não queria perder isso.

Aquilo lhe tirou o fôlego. Alessa tinha escondido sua condição enquanto ele escondia a perda dos próprios poderes, ambos movidos pelo medo de que, se fossem inteiramente vistos, seriam considerados insuficientes.

— Você sempre vai ser perfeita para mim — disse ele.

Ela soluçou uma risada triste.

— Então você deve estar apaixonado *mesmo*, porque eu coleciono falhas de personalidade como se fossem troféus.

Dante a abraçou novamente por um bom tempo, e ela enxugou as lágrimas antes de os dois voltarem para casa.

— Vou deixar a Talia assumir — disse Dante.

— Passar o comando? — Alessa parou de andar, surpresa. — Por quê?

— Eles acham que eu sou um deles, e eu não sou.

Alessa o segurou pelo queixo para forçá-lo a olhá-la nos olhos.

— Gabriel Dante Lucente, preste atenção. O filho de um ghiotte é um *ghiotte*. Você não pode mudar a definição de uma palavra para sentir-se um forasteiro quando não é.

Não seria difícil se desvencilhar, mas, se ela estava tão determinada a manter sua atenção, ele permitiria.

— Você *é* filho de ghiotte. Viveu sua vida sendo um. Você se beneficiou do seu dom e sofreu muito por ele também. Com ou sem seus poderes, você construiu esse exército. Organizou, delegou e transformou um bando de rebeldes em uma força de luta unificada.

— A vida deles está em jogo. Eles merecem o melhor líder.

— Ninguém poderia ser melhor do que você. — Alessa não ia ceder.

— Ah, é? E por quê?

Dante esperava que ela fosse dizer algo a respeito das suas habilidades de luta, mas Alessa o surpreendeu mais uma vez.

— Porque você vê potencial nas pessoas.

Ele bufou.

— Você não está falando sério.

— Você tenta *muito* não fazer isso, mas faz. Você vê os pontos fortes das pessoas. Você não aceita menos do que o melhor de si, e isso faz com que as pessoas queiram se superar e te deixar orgulhoso. Isso é poderoso. Esse exército não está te seguindo porque você é o mais forte ou o mais durão... talvez fosse o caso no início, mas não foi por isso que eles continuaram. Eles sabem que tudo o que você espera deles, você espera ainda mais de si, e eles confiam em você.

Dante gesticulou frouxamente para a piazza.

— Há dezenas de ghiotte por aí que sabem lutar tão bem quanto eu e *todos* eles têm poderes de ghiotte.

— E daí? Você diz que me ama apesar dos meus defeitos, mas não se dá nem metade dessa gentileza. Você não precisa ser *perfeito* para que as pessoas te respeitem, Dante. — Ela arqueou a sobrancelha em tom de desafio.

Dante olhou para ela, sua garota perfeitamente imperfeita. A teimosia no queixo, a cicatriz na orelha de uma antiga tentativa de assassinato que a levara a contratá-lo como seu guarda-costas, suas metáforas complicadas, suas peculiaridades estranhas e seus erros caóticos — seus milhões de pequenas imperfeições eram a parte favorita de Dante, porque eram todas dele.

Era tão fácil ver quando ele olhava para Alessa e, mesmo assim, ele não esperava o mesmo para si. Dante tinha que ser o mais forte, o mais rápido, o mais durão, caso contrário não se achava merecedor de nem meia oportunidade.

Ele não a amava porque ela era *perfeita*, e ela só se apaixonara por ele *depois* que todo o caos da vida dele viera à tona.

Talvez ele não precisasse ser perfeito, mas tinha que contar a verdade.

Dante tinha justificado seu segredo como uma forma de protegê-la, mas o segredo não tinha protegido nada. Só havia trazido tristeza, a destruição da fontana e o banimento de Adrick.

Dante já estava cansado de fingir. Ou o mundo o aceitava do jeito que ele era, ou nada feito.

Todos os olhos se voltaram para Dante enquanto ele atravessava a piazza para ficar ao lado da pilha de caixas.

Ele pigarreou, mas nem precisava.

Não havia ninguém disperso, brincando ou fazendo piadas. Os líderes de esquadrão estavam posicionados diante de seus regimentos, preparados para proteger suas casas, seu mundo e suas vidas. Eles lutariam e lutariam bem, por causa dele.

Ele tinha construído aquilo, um dia e um soldado de cada vez. Mesmo após aquele comportamento imperdoável, eles estavam unidos. Dante tinha feito seu trabalho, e feito bem. Ninguém poderia lhe tirar aquilo.

Dante pegou um limão do topo da pilha e o levantou para que todos vissem.

— São de alguém?

— Ficaram largados no sol — disse Blaise. — Não prestam nem para fazer suco.

— Ótimo. — Dante jogou o limão, com a mão por baixo, para um dos jovens ghiotte com quem ele tinha gritado mais cedo. — Anda. Pode jogar. Eu mereço.

O garoto olhou ao redor, deu de ombros e obedeceu.

O limão bateu no peito de Dante com um esguicho suculento.

— Quem vai ser o próximo? — disse Dante, imperturbável. — Fui um babaca com basicamente todos vocês hoje. Com certeza mais alguém quer retaliação.

Blaise pulou até a caixa.

— Nem precisa dizer duas vezes. — Ele espremeu o limão até a casca se partir e o suco escorrer pelos dedos, então se preparou e mirou. — Fica *bem* parado.

Um instante depois, Dante limpou o suco dos olhos e se dirigiu às tropas.

— Sinto muito. Vocês se voluntariaram para lutar comigo, não para serem tratados feito lixo. Não vai acontecer de novo.

Os laços que Dante havia forjado podiam até se partir, mas *ele* não ia.

Dante limpou a garganta.

— Eu nasci Gabriel Dante Lucente, filho de Ludovico e Emma; um ghiotte, como todos vocês. Eu cresci nas sombras, sabendo que éramos diferentes, que nunca estávamos seguros e que talvez nunca estivéssemos. Sinto-me muito honrado por ter sido acolhido na comunidade de vocês, e mais ainda por terem me deixado liderá-los até aqui.

Ele olhou para baixo e respirou fundo.

— Eu nasci com os poderes de um ghiotte, mas acabei perdendo-os. No Divorando, eu morri. Temporariamente. Queria poder fingir que foi defendendo uma causa nobre, só que a verdade é... — Ele abriu um sorriso. — Fiz isso por uma garota.

Olhares confusos, algumas risadinhas hesitantes.

— Alessa me trouxe de volta, mas, no fim das contas, parece que ressuscitar tem seus efeitos colaterais. Meus poderes se foram, e passei meses me recuperando tão lentamente quanto qualquer outro não-ghiotte. Não sou mais um de vocês. Não de verdade. E, quando Crollo atacar, não vou ser de forma alguma.

Um mar de olhares indecifráveis voltou-se para ele.

— Então agora vocês sabem. O cara que vocês estavam seguindo não é o mais forte nem o mais difícil de matar. Provavelmente é o contrário. Talia vai ser uma comandante incrível, e eu ainda gostaria de ficar e lutar com vocês... se vocês me aceitarem.

Talia seguiu em frente para ficar ao lado dele — sua subcomandante e companheira de batalha, sempre. Dante se preparou para aceitar o veredito silencioso do exército e se afastar.

Leo levantou a mão.

— Está dizendo que deveríamos te respeitar *menos* porque você está assumindo um risco *maior*? Me parece bem corajoso da sua parte.

Alguém gritou:

— Além disso, vamos saber que tudo que não te matar *definitivamente* não vai matar a gente!

Dante balançou a cabeça com um sorriso enquanto as brincadeiras se espalhavam. Não se sentia especialmente corajoso. Apenas determinado.

— Eu te falei. — Talia lhe deu um tapa no ombro. — Agora que já resolvemos isso, será que podemos voltar ao trabalho? — E então ela deu um chute na caixa e os limões saíram rolando pelo paralelepípedo. — Munição. Dividam-se em equipes e quem estiver menos sujo de suco no final é o vencedor.

— Saverianos versus ghiotte? — perguntou Dante.

— Não, aí teríamos os dois generais do nosso lado. — Ela derrubou outra caixa.

— Ei! — gritou Kamaria. — Dante é nosso.

Dante sentiu um nó na garganta. Todos sabiam a verdade, mas mesmo assim, todos o reivindicavam.

— Vamos misturar os grupos desta vez. Ciro, Kaleb e Kamaria com os esquadrões de Blaise e Kira. Alessa e Saida com Talia e Jesse.

Talia semicerrou os olhos para Dante e um sorriso se insinuou nos lábios dela.

— E você, Dante? De qual time você é?

Dante pôs uma caixa em cima do ombro.

— Dos dois. Vou dar suporte para quem mais precisar de mim.

Sua luta seria mais difícil por jogar dos dois lados, mas ele sempre fora fã de desafios.

Alessa o observava com um sorriso orgulhoso.

Talvez ela estivesse certa e ele não precisasse ser invencível ou à prova de falhas para ser um líder. Para pertencer a um lugar. Ele podia até não ser invulnerável ou intacto, sem cicatrizes ou perfeito, mas ainda era inteiro.

Talvez as rachaduras em sua muralha não fossem o primeiro sinal de colapso, e sim a única maneira de deixar a luz entrar.

Quarenta e sete

Em dezenove anos de vida, Alessa nunca tinha feito um arremesso do qual valesse a pena se gabar, mas ali estava sua oportunidade perfeita e, pela primeira vez, não ia perder.

— Jesse. Você é bom de mira?

— Incrível — disse ele.

— Excelente. Você se importa se eu tocar no seu braço rapidinho?

Jesse deu de ombros, totalmente indiferente à pergunta esquisita.

Alessa pegou um pouco da habilidade dele usando seus poderes, endireitou a mira e arremessou um limão encharcado, que bateu na testa de Talia.

A outra garota levantou a cabeça com um olhar fulminante.

— Nós estamos do *mesmo* lado.

— Quando eu comentei que não queria que Dante ficasse sozinho, eu não o estava *oferecendo* para você. — Se Alessa soara um pouco petulante, era totalmente justificado.

— Ah. Isso. — Talia respirou fundo. — Acho que devo um pedido de desculpas.

— Você *acha*? — disse Alessa, pesando a mão no sarcasmo.

Talia deu de ombros.

— Olhando em retrospecto, talvez houvesse maneiras melhores de fazê-lo parar de choramingar e por fim tomar certas decisões. Acho que eu poderia ter usado... palavras. Ou algo do tipo.

Alessa jogou outro limão.

Talia o rebateu.

— Se lhe serve de consolo, nenhum dos dois gostou.

— Que bom — disse Alessa.

De algum modo, em todas as ocasiões nas quais elas se encontraram, Alessa não tinha percebido que era mais alta que Talia. Não por muito, mas um pouquinho. Talia era tão feroz e intimidadora que dava a impressão de ocupar mais espaço do que ocupava de fato.

Talia parecia estar mastigando pregos.

— Além disso, eu *provavelmente* não deveria ter sido tão horrível com você durante todo esse tempo, mas não é como se você tivesse facilitado as coisas para mim. Pelos deuses, a *Finestra*? Ora, faça-me o favor.

— Quanto disso foi por você se importar com ele e quanto foi por você odiar tudo que eu represento?

— Hum — Talia refletiu. — Oitenta/vinte?

Alessa assentiu.

— Tá bom. Então te perdoo oitenta por cento. Você sabe que eu não tenho controle sobre os outros vinte por cento, né?

Talia rangeu os dentes.

— É por isso que estou *pedindo desculpas*.

Alessa segurou o sorriso.

— E isso vai traumatizar você para sempre?

— Estou começando a entender o que ele vê em você.

Um grito do outro lado da piazza chamou a atenção das duas. Blaise e Jesse estavam se aproximando de fininho de Dante e não se intimidaram com o berro de "Nem pensem nisso!".

Do ponto em que estava, Dante não conseguia ver o grupo de oficiais que chegava pelo outro lado.

Talia pôs a mão em concha em volta da boca e gritou algo que fez o rosto dele ficar comicamente inexpressivo por um momento antes de ser derrubado por trás.

— O que você disse? — perguntou Alessa. — Ele pareceu horrorizado.

O sorriso de Talia desapareceu.

— Por quê? Vai defender a honra dele?

— Não, de jeito nenhum — disse Alessa. — Eu queria decorar a frase, caso eu tenha a oportunidade de usá-la um dia.

— *Gira che ti rigira; il cetriolo va in culo all'ortolano.* — Confusa, Talia repetiu a frase mais devagar quando Alessa não entendeu de primeira.

— O pepino... vai... — Alessa arqueou as sobrancelhas.

— Deu pra entender a ideia. — Talia abriu um sorrisinho. — Eu disse que ele ia se ferrar de qualquer maneira.

— Não me lembro desse no livro de provérbios dele.

— O da mãe dele? Ele carregava aquele livro pra baixo e pra cima.

— Ainda carrega — disse Alessa. — Bom, *carregava*. Ele deu pra mim de presente de casamento.

O choque dominou o semblante de Talia.

— Não o *nosso* casamento. — Então Alessa apontou para Kaleb, que tinha acabado de escorregar em um limão enquanto atravessava a piazza, caindo de bunda. — Tecnicamente, sou casada com ele. Toda aquela história de par divino.

— Ah — disse Talia. — Achei que ele estivesse a fim do loirinho que acabou com a fontana.

Alessa fez uma careta.

— Meu irmão.

— Espera, seu irmão e seu cônjuge sacramentado...

Alessa levantou a mão para interrompê-la, oferecendo a Talia seu semblante mais altivamente decoroso.

— Eu *não* faço perguntas cujas respostas prefiro não saber.

Talia deu uma risadinha.

— A Cittadella treinou você direitinho.

— Eles certamente *tentaram*. Etiqueta, armamento, história, artes visuais, dança de salão... o que foi difícil com toda a situação da pele letal... e, mesmo assim, conseguiram uma Finestra que assustava a equipe da cozinha, ria das estátuas nuas e contrabandeava um ghiotte para sua suíte.

Os lábios de Talia tremeram com um riso contido.

— *Como* foi que você conseguiu levar um cara aleatório para a Cittadella?

— As regras dizem que o Duo pode contratar sua própria segurança, então dei uma fugidinha uma noite e convenci Dante a aceitar o trabalho na base da coação.

Talia lhe lançou um olhar cético.

— Você o ameaçou?

— Pior. — Alessa se encolheu. — Eu chorei.

Talia fez cara de nojo.

— Quando o destino do mundo está em jogo, a gente usa qualquer arma que tiver.

— Ele ama você. — Talia tentou manter a cara fechada, mas não conseguiu.

— Eu sei — respondeu Alessa, sem querer que aquilo soasse como um pedido de desculpas, embora tenha saído assim. — E você é a melhor amiga dele. Não estou tentando tirar isso de você.

Talia soltou um suspiro profundo.

— *Promete* que não vai partir o coração dele?

O próprio coração de Alessa afundou.

— Vou fazer o possível, mas nós vamos para a guerra. Tudo pode acontecer.

Talia dispensou o comentário com um gesto.

— Dante é o melhor lutador que já vi, e você é a Finestra. Dea *escolheu* você. Nós vamos vencer.

— Vencer não significa que ela vai deixar nós dois sobrevivermos. — Alessa deixou a fachada cair e encarou Talia sem rodeios. — Se as coisas derem errado, ele vai precisar de você.

***

Blaise estava supervisionando o carregamento de limões em uma catapulta e ficou cauteloso ao ver Dante se aproximando.

— Peço desculpas pela minha postura mais cedo — disse Dante. — E sua criatividade pode ser útil.

Blaise apoiou-se sobre os calcanhares.

— Nada de abelhas?

— Vamos suspender a ideia das abelhas, mas te dou o dia de amanhã para preparar um relatório que identifique e fortaleça quaisquer rotas de entrada ou saída da basílica que possamos ter deixado passar.

Qualquer coisa para utilizar os talentos únicos de Blaise sem ter que jogar insetos nos soldados.

Um assobio estridente das forças opostas pôs todo mundo em alerta, e Dante recuou para assistir ao espetáculo. Alessa e Saida deram início ao primeiro ataque, lançando uma tempestade giratória de frutas contra Leo, que deu um salto mortal com espadas em ambas as mãos e despedaçou a nuvem de limões voadores, reduzindo-a a uma chuva de suco e polpa.

Ciro e Kamaria revidaram com seus companheiros de equipe ghiotte a reboque, e a batalha começou.

Sob ataque de todos os lados, Dante girava, furava e combatia seus nêmeses frutíferos com toda a habilidade e determinação que tinha desenvolvido ao enfrentar um enxame de scarabei.

Uma semana antes, ele estaria frustrado, enxergando apenas desordem no caos, mas Leo e seu time de brutamontes conseguiram passar de um ataque direto para uma manobra de cerco, eliminando limões com seus machados e foices sem encostar em mais nada. Ao mesmo tempo, a equipe de Blaise lançava uma saraivada de frutas nos oponentes, e os corredores de Kira desviavam e avançavam em meio à confusão sem serem atingidos por uma gotinha de suco.

Cada unidade observava, adaptava-se e trabalhava em grupo, como uma revoada de pássaros voando contra o vento.

Os corredores de Kira permaneceram na liderança enquanto a praça se transformava em um massacre cítrico, com pedras cheias de carcaças de limão e caixas esmagadas, e Dante teria um baita desafio para determinar os perdedores.

A batalha simulada foi escalando até um final caótico e todos acabaram esquecendo completamente de vitórias e equipes, virando-se contra quem bem entendessem.

Dante avistou Talia e Alessa reunindo munições para uma emboscada, então estava preparado quando elas começaram a atirar limões na direção dele. Sua espada avançou a toda velocidade e as metades de um limão voaram longe.

Ele pegou a última no ar, esmagou-a e a lançou na direção de Alessa.

Ela, no entanto, previra o contra-ataque — ele suspeitava que o "toca aqui" com Talia um minuto antes tivesse sido uma tentativa sorrateira de aumentar suas habilidades evasivas —, então conseguiu desviar no primeiro lançamento, e por mais que os traços ghiotte de Dante pudessem não ser permanentes, as habilidades de luta estavam entranhadas em cada fibra do seu ser, e ele tinha a vantagem.

Alessa gritou quando uma fruta particularmente suculenta a acertou no peito.

— Ah, você vai pagar por isso — disse ela enquanto a polpa escorria por dentro do decote, prometendo causar um caos pegajoso.

Com limões em cada mão, ela correu atrás dele.

Dante disparou, sem largar a espada.

— Já vi seus lançamentos. Você não vai me acertar.

— Então por que está correndo? — gritou ela.

Ele se esquivou de outro oponente.

— Porque você vai enfiar o limão dentro da minha calça.

Limões voavam ao redor deles, furados por flechas, partidos por espadas e empalados por adagas. Todos estavam sujos de sumo, rindo alto e, de tempos em tempos, gritando palavrões quando os olhos ardiam.

Dante reduziu o passo para manter o ritmo quando Alessa começou a rir demais — não que ela tivesse alguma chance de alcançá-

-lo, para início de conversa — e Talia lançou um limão amassado no rosto de Kamaria.

Kamaria revidou pegando um punhado de limões e perseguindo-a por toda a piazza, enfiando um nas costas da camisa dela antes de Talia sacar uma faca.

Dante se aproximou sorrateiramente de Alessa, girando um limão em uma das mãos, e ela deu um grito quando ele espremeu o suco sobre sua cabeça. Rindo, os dois disputaram a última fruta do arsenal dele.

Blaise tirou a camisa e passou correndo por eles em direção à margem onde a piazza encontrava a baía.

— O último que entrar é um limão podre!

O exército seguiu os passos dele, gritando e pulando enquanto corriam, tirando os sapatos e jogando as roupas pelo caminho.

A piazza ressoava com os ecos de gritos e berros vindos da água, mas Dante pegou Alessa pelo braço para que ela não seguisse o grupo.

— O que você está... — ela começou a dizer.

Ele puxou a mão dela e, juntos, os dois correram em direção a um prédio vazio em uma rua lateral por onde Dante tinha passado aquela manhã.

Ele abriu a porta e a puxou para dentro.

— Estou roubando você só para mim.

Os dias deles estavam contados, e ele ia memorizar tudo. Cada som, cheiro e sabor, cada último toque. Eles tiraram as roupas um do outro, ambos pegajosos, doces e azedos ao mesmo tempo.

Dante queria prometer a Alessa que os dois nunca se separariam. Que sobreviveriam ao que quer que estivesse por vir e viveriam felizes para sempre. Mas prometer o que não podia cumprir era o mesmo que mentir, e ele jamais mentiria para ela de novo.

Em vez disso, ele a amaria o suficiente para uma vida inteira durante o tempo que lhes restasse.

Ele já tinha enfrentado a morte uma vez e a aceitado como o preço pela vida de Alessa. Não queria morrer agora. Nunca quisera tanto viver. Ele tinha que sobreviver, e eles tinham que vencer, para que Alessa pudesse ter o final feliz dela.

O final feliz *deles*.

Talvez ele também merecesse um.

Era por isso que ele lutaria, não importava o que os deuses tivessem planejado para eles.

Os lábios de Dante encontraram a curva do pescoço dela.

— Por favor — murmurou ele. Simplesmente por favor.

Ela se agarrou a ele, dizendo o nome de Dante como se implorasse salvação. Ele se ajoelharia no altar de Alessa e rezaria por suas vidas.

Alessa tinha cheiro de lar, frutas cítricas, sal e a praia mais selvagem na costa mais distante de Saverio.

Sua amada, que tinha gosto de limões beijados pelo mar.

Um último raio de sol antes da tempestade.

Quarenta e oito

DIAS ANTES DO ECLIPSE: 5

Pinga. Pinga. Pinga.
    Alguém chamava o nome de Alessa. Ela se esforçava para seguir a voz, mas ficava mais difícil encontrar o caminho de volta a cada vez que seguia sem rumo.
    Sabia que estava em um cômodo, mas os detalhes eram etéreos, névoas e cores que pareciam apenas rocha sólida.
    Mas rochas não podiam ser atravessadas.
    Com certeza não dava para ver a chuva pingando pelo telhado enquanto se estivesse do lado de dentro. Mesmo assim, ela *estava* do lado de dentro.
    Se fizesse um esforço, dava para sentir o chão abaixo dos pés. Com um pouco mais de concentração, daria para ouvir a voz de novo.
    Concentre-se, Alessa.
    O chão era sólido. A brisa da noite vinda da varanda era fresca e úmida. A voz que a chamava era uma promessa de conforto e segurança.
    Um pouco mais de concentração e ela ouviria de novo as palavras que ele dizia.

— Alessa? — Pela forma como a chamou, devia ser pelo menos a terceira vez que Dante repetia o nome dela: sua voz cheia de preocupação, mas não pânico. Ele já a tinha trazido de volta tantas vezes que, àquela altura, não se preocupava. Ou, pelo menos, não deixava a preocupação transparecer.

Ao piscar mais uma vez, Alessa já estava confiante de ter voltado completamente a si. Por enquanto.

— O que disse? — Ela abriu um sorriso vago e se virou de frente para a cama.

Ele tinha se apoiado em um cotovelo, franzindo as sobrancelhas.

— O que tem de tão interessante lá fora?

O gotejar da chuva, o metrônomo da natureza. Os corações que batiam nos outros cômodos. As pessoas comendo, conversando e sonhando nos prédios próximos. A linha tênue e frágil entre sua alma e seu corpo.

— Nada — disse Alessa. — Nada importante. — Ela cruzou o quarto lentamente e se deitou na cama ao lado dele. — O que acontece se a gente vencer, mas Dea não levar embora meus poderes ou não devolver os seus?

Dante apoiou o queixo no topo da cabeça dela.

— Dea pode consertar isso, se assim ela escolher.

— O que significa que ela está escolhendo não consertar.

— Se derrotarmos Crollo, o jogo acaba. Não há mais necessidade de Finestra. Ela pode acabar com tudo.

Alessa prendeu a respiração por um momento.

— Ou a gente perde, e todos os meus poderes, bons e ruins, morrem comigo.

— Não fale isso. — Ele a abraçou com força. — Nem pense nisso.

— Eu precisava falar. Só uma vez. Tenho tentado ao máximo não pensar no assunto, mas guardar tanto medo dentro de mim o tempo todo só dá mais poder a ele.

— Espero que o próprio Crollo apareça nessa luta — disse Dante, fechando a cara. — Vou derrotá-lo pessoalmente por ter machucado você.

— Esse é o espírito da coisa. — Ela se aconchegou mais, inspirando o cheiro dele e guardando aquela lembrança como se pudesse carregá-la consigo para onde quer que os deuses planejassem mandá-la a seguir. — Você vai nos conduzir à vitória e Dea vai me consertar e te abençoar como forma de agradecimento por provar que ela estava certa.

— Claro — disse Dante em voz baixa. — Simples assim.

Os dias restantes antes da batalha se esvaíam como grãos de areia em uma ampulheta, e todos os seus segredos já tinham sido revelados, para o bem ou para o mal.

Talia ficara bastante perturbada ao descobrir que Alessa podia ouvir os pensamentos das pessoas, o que levantara questões interessantes sobre o que, exatamente, Talia pensara a respeito de Alessa. No final, provavelmente era melhor para ambas que Alessa não tivesse se esforçado muito para entender o que ouvia.

Os soldados de Dante não tinham mudado o modo como o tratavam, mas ele finalmente tinha passado a ter tanto cuidado com a própria segurança como tinha com a de Alessa, supervisionando em vez de lutar nos treinamentos, chamando outras pessoas para demonstrar as manobras mais perigosas e confiando em seus oficiais para fazerem a sua parte sem se jogarem na confusão.

Ao contrário dos outros guerreiros ghiotte, ele não teria poderes de cura ilimitados aos quais recorrer quando a batalha chegasse, então Dante os conservava como o verdadeiro dom especial que eram.

Na maior parte das vezes. Ele tomava cuidado para não desperdiçar suas habilidades em ferimentos desnecessários, mas se entregava a cada oportunidade de dar beijos ternos e abraços apaixonados em Alessa.

Com o tênue controle de Alessa sobre a própria mente perdendo ainda mais a força e os poderes de Dante sumindo, cada momento compartilhado era infinitamente precioso e igualmente frágil. Cada vez parecia a última. E, pior ainda, uma vozinha assustada na mente de Alessa avisava que cada beijo só fazia fragilizá-lo mais e mais.

Alguém bateu à porta, e Dante saiu da cama para atender.

De onde estava, Alessa só teve uma visão parcial de Matteo, mas notou que o semblante do homem estava sombrio.

— Aconteceu uma coisa. Nova e Leo precisam falar com você.

Ao sair com Matteo, Dante não pareceu ligar a mínima por estar sem camisa e despenteado. Alessa foi atrás deles, lembrando a si que o relacionamento amoroso deles não era segredo mais.

Leo e suas namoradas estavam no pátio com Nova e Talia. As bochechas de Chiara estavam encharcadas de lágrimas e as mãos amarradas eram seguradas por Vittoria, cujo rosto era solene.

— Chiara acordou sob algum tipo de feitiço, tentou estrangular Vittoria e depois me atacou quando tentei separá-las. — As palavras de Leo pareciam se arrastarem do fundo da garganta. — Demoramos pelo menos cinco minutos para fazê-la voltar ao normal.

— Ela não foi a única — acrescentou Nova. — Soubemos de outras pessoas cujos parentes não-ghiotte tiveram episódios parecidos. Felizmente, ninguém morreu. Você disse que isso aconteceu com alguém na sua ilha, não foi? O que é isso?

O sangue de Alessa gelou. Crollo. Só podia ser.

Dante provavelmente chegara à mesma conclusão. Ele falou delicadamente com Chiara:

— Você se lembra de alguma coisa?

Chiara tremia.

— Sangue. Escuridão. E silêncio. Como se todos os sons tivessem sido sugados do mundo. Então eu acordei e... — Ela engoliu um soluço. — Eu nunca machucaria nenhum deles de propósito. *Nunca*.

— Nós sabemos — disse Dante suavemente. — Não foi *você*. Foi Crollo lembrando a todos nós que ele está a caminho. Ele quer nos deixar à flor da pele, com medo uns dos outros. Ele quer que a gente brigue para provar que está certo. Fico surpreso que ele tenha esperado tanto tempo.

Alessa se abraçou. A verdade era que o deus não vinha esperando tanto tempo assim. Crollo vinha brincando com ela e Ciro havia semanas.

— O que a gente *faz*? — insistiu Leo. — Não podemos aceitar que as pessoas sejam atacadas durante o sono, mas eu *não vou* trancá-la...

Dante levantou as mãos.

— Claro que não. Não queremos que *ninguém* seja trancado.

— Deveríamos evacuar todo mundo que não vai lutar — disse Matteo. — Crianças, idosos e parentes não-ghiotte. Eles vão ficar mais seguros longe da batalha, e Crollo não vai ter motivo para usá-los contra nós se estivermos separados.

Um músculo se contraiu na mandíbula de Leo.

— Existe um mosteiro antigo no interior, a mais ou menos um quilômetro e meio. Com paredes tão grossas quanto qualquer coisa aqui em Perduta e um espaço subterrâneo onde eles podem se abrigar durante a batalha. Vão precisar de bastante comida, cobertores, o máximo possível de suprimentos médicos.

— Eu organizo — sugeriu Matteo, o que lhe rendeu um sorriso grato de Nova. — Temos um número limitado de barcos e muita gente para deslocar. Eu preciso começar de manhã bem cedo, com carta branca para usar os suprimentos.

— Pode levar o que precisar. — Leo passou um braço pelos ombros de Chiara e a puxou para perto. Ela assentiu bravamente, e os olhos de Vittoria brilhavam de lágrimas.

— Não temos tempo a perder — disse Nova, fazendo sinal para que o trio seguisse na frente.

Dante se voltou para Matteo com um rápido aceno de cabeça, e os dois homens se afastaram para conversar em particular.

— Bem, temos um lado bom inesperado — comentou Talia em voz baixa. — Crollo cometeu um grande erro mexendo com as garotas de Leo. Agora ele realmente vai ter que bancar a invasão.

Alessa sentiu um calafrio. Crollo não cometia erros. Ele fazia manobras ofensivas. E não era sutil em seus avisos. Se Dante tinha uma fraqueza, essa fraqueza era *ela*.

Talia olhou para baixo quando Alessa a segurou pelo pulso, depois voltou a encará-la.

— Se você achar, em qualquer momento, que sou um perigo para o nosso time, preciso que você me elimine. — Alessa falou rápido.

— O quê? — Talia arregalou os olhos.

— Por favor — disse Alessa. — Dante não vai conseguir. Preciso de alguém que consiga.

Quarenta e nove

DIAS ANTES DO ECLIPSE: 1

Faltava um dia. As barricadas estavam prontas, as tropas estavam descansando pela última vez e Dante estava repassando os planos com Talia novamente. Suas visões mais recentes indicavam uma chegada pelo mar, então a linha de frente seria posicionada nos limites da cidade, de frente para a baía. Independentemente do que estivesse a caminho, Dante estaria entre os primeiros a recebê-lo.

Em uma guerra normal, talvez eles não estivessem tão confiantes a respeito de quando e onde os inimigos atacariam, mas Crollo e Dea queriam aquela luta. Eles estariam lá.

Talia movia os marcadores de suas unidades pelo mapa e os levava a posições onde teriam a melhor perspectiva: arqueiros nos telhados; catapultas no fundo das tropas; soltados de infantaria em formação na piazza em frente à basílica, e mais pessoas em cada palazzo.

Eles tinham barricadas para proteger os abrigos, esconderijos fortificados e arranjos labirínticos que os lutadores conheciam de cor, e que serviriam de ponto de origem de ataques. Além disso, Blaise tinha transformado sua terrível criatividade em um labirinto de armadilhas construídas ao redor e dentro da basílica. Tinham tudo o que um exército poderia desejar.

Só não tinham a mínima ideia do que de fato enfrentariam.

Alessa atravessou a sala até a mesa de estratégia.

— Eu não deveria ficar com vocês durante a batalha.

— Como assim? Precisamos dos seus poderes. — Dante olhou para Talia em busca de apoio, mas ela evitava seu olhar.

— Eu ainda vou lutar. — Alessa juntou as mãos na frente do corpo. — Mas não sei o que esse poder pode fazer comigo durante a batalha. Se Crollo estiver *mesmo* causando isso, talvez eu e Ciro façamos parte do plano dele de sabotar nosso lado. Temos que nos separar.

— Não — disse Dante, por puro reflexo. Não poderia protegê-la se eles estivessem separados.

— É perigoso demais — disse Alessa. — *Eu* sou perigosa demais.

— Ela tem razão — concordou Talia. — *Você* é o líder. Você precisa ser capaz de liderar sem se preocupar com ela ou com o que ela pode fazer quando você estiver de costas.

Ele largou os diagramas na mesa.

— Há um limite para a velocidade dos mensageiros. Os soldados de Crollo podem nos pegar um por um e só perceberíamos quando já fosse tarde demais.

— Eu posso ajudar com isso — disse Alessa. — Não sei *por qual motivo* consigo ouvir os pensamentos dos outros, mas, já que é assim, por que não aproveitar? Me coloquem em um ponto central e eu vou transmitir mensagens aos soldados corredores para que eles possam atualizar todo mundo com mais eficiência.

— A equipe da Alessa pode começar na basílica — sugeriu Talia, deslocando outro marcador. — Ela vai ter um ótimo ponto de vista da ação e seus poderes funcionam bem à distância.

— É um bom plano — disse Alessa. — Além disso, posso conservar meus poderes se não precisar usá-los para autodefesa, só para ataque. — Ela não falou o resto, mas ele entendeu o que Alessa quis dizer. Cada uso dos seus poderes a deixava mais fraca e mais propensa a tonturas. O que quer que Crollo tivesse feito com ela já estava avançando rápido demais.

Com a nova habilidade de Alessa de pular de mente em mente, ela poderia recolher informações em tempo real sobre o desempenho de cada unidade — o que viam, do que precisavam. Uma mente coletiva exclusiva. Mas ela ficaria do outro lado do campo de batalha. Dante não saberia se ela estava segura, se viveria ou morreria. O medo invadia sua garganta.

— Vou ficar com ela — disse Talia. — De jeito nenhum que você vai vencer essa batalha e acabar de coração partido. — Ela arqueou a sobrancelha diante da hesitação de Dante. — Não confia em mim? Conheço seus planos tão bem quanto você. Assim, teríamos dois generais, um em cada ponta. Minha equipe fica na basílica e, caso o prédio seja invadido, vou protegê-la com a minha vida.

Alessa e Talia trocaram um olhar intenso. Claro que finalmente iam se juntar para conspirar contra ele.

Ele fez que sim bruscamente.

— Tudo bem. Qual é nosso plano, então?

Talia trocou os marcadores sem hesitar.

— Você fica aqui, na frente. Alessa e duas das Fonti podem ficar nessa torre, Ciro e o restante aqui, com guardas e soldados corredores designados para cada unidade. Os mensageiros de Kira determinaram rotas tanto no chão quanto nos telhados.

Dante examinou o mapa, memorizando as novas coordenadas.

— Dessa perspectiva, com os poderes de Alessa, você vai ter mais informações em tempo real do que qualquer um. Se tiver que tomar alguma decisão estratégica por todos, vá em frente.

Agora, duas pessoas que Dante amava estariam longe de seu alcance quando a luta começasse.

O que quer que os atacasse teria que passar por ele primeiro.

Cinquenta

DIA DO ECLIPSE

Mesmo em suas previsões mais sombrias, Alessa tinha presumido que conseguiriam *ver* o eclipse que marcaria o início do ataque de Crollo. Mas, em vez disso, a piazza abaixo da basílica estava envolta em névoa.

De um quartinho com vista para a piazza, Alessa encarava o céu turvo com olhos semicerrados, tentando distinguir qualquer mudança na iluminação.

Talia estava de guarda em um parapeito do lado de fora, com uma das mãos no cabo da espada e a outra protegendo os olhos, apesar do tempo nublado. O tilintar distante de armaduras pontuava a respiração áspera e nervosa de todos.

Atrás de Alessa, Kaleb e Saida controlavam o medo, prontos para oferecer as mãos e os poderes. Ciro e Kamaria estavam na torre oposta, e ela vasculhava a mente deles a cada poucos segundos, frustrada outra vez com os pensamentos naturalmente opacos de Ciro. Kamaria ressoava feito corda de violão, vibrando mentalmente em expectativa, preparada para ver Ciro canalizando seu fogo e transformando-o em todo tipo de magia defensiva espetacular.

Era difícil não procurar Dante, descansar em sua quietude mental, mas aquele não era o momento para tréguas. Primeiro, eles tinham que sobreviver. Vencer.

De qualquer maneira, ela conseguia senti-lo, o zumbido de expectativa por baixo da prontidão vigilante.

Dante não estava nervoso como ela. Suas emoções não oscilavam loucamente como um pêndulo. Ele estava pronto. Preparado. A cada momento que passava, ele mergulhava ainda mais em seu foco.

Os deuses podiam tê-la escolhido para lutar como uma guerreira, mas eles o criaram para *ser* um.

Os nervos de Alessa estavam cada vez mais à flor da pele, a energia se acumulava dentro de si até ela sentir-se como uma garrafa de prosecco prestes a estourar a rolha, então ela passou a mexer em toda e qualquer coisa que pudesse liberar um pouco da pressão.

As pontas dos dedos de Alessa batucavam as laterais do corpo, agitadas. Ela revezava seu peso de uma perna para a outra sem parar e precisava se lembrar o tempo todo de terminar de respirar o ar preso nos pulmões como se pudesse conservá-lo para depois.

Quando a ansiedade ficou insuportável, ela buscou os anéis pendurados na delicada corrente ao redor do pescoço.

Na noite anterior, Dante tinha confiado a Alessa as alianças de casamento dos pais, o símbolo duradouro da devoção do casal e, assim ela esperava, um amuleto de sorte para que a história de amor deles tivesse um final mais feliz.

No entanto, eles só podiam terminar a batalha quando ela começasse, e Alessa não fazia ideia do que estava acontecendo acima das nuvens.

Respirando fundo, ela segurou o batente da porta aberta e pegou impulso para subir até o telhado, que se estendia pelo comprimento do prédio.

O primeiro estrondo de trovão fez todo mundo recuar, temendo o que o som poderia anunciar, mas o brilho fraco do sol através da cobertura de nuvens ainda não tinha sumido.

Então eles aguardaram. E vigiaram.

Pelo tempo de uma respiração, talvez duas, o mundo escureceu, e uma leve coroa brilhou através da cobertura de nuvens como uma auréola manchada.

Os céus se abriram, liberando uma torrente de chuva. Batendo com tudo no telhado e na piazza, a água era tão densa que Alessa mal soube dizer quando o eclipse acabou.

Eles teriam que lutar às cegas contra o que quer que estivesse prestes a atacar.

Lá embaixo, os ghiotte de guarda na frente da basílica se firmaram contra o impacto, mas mantiveram as armas a postos.

Alessa pegou a mão de Saida, concentrou-se e enviou uma rajada de vento pouco à frente dos soldados, afastando a chuva como se soprasse uma bolha, para clarear a visão dos guerreiros.

Não havia sinal de garras gigantes ou asas vibrantes. Nenhum passo estrondoso ou fogo e enxofre.

Apenas chuva.

Ela cessou o vento.

— O que está acontecendo? — gritou Kaleb por cima do ruído da chuva.

— Nada! — respondeu Talia. — As tropas ainda estão perto da água. Ninguém saiu do lugar.

Alessa aguçou seus sentidos, em busca de algum indício do que havia mais à frente e vasculhando mentes ou sinais de vida além do seu próprio exército.

Ela encontrou... o vazio. Um vazio tão vasto e profundo que não era uma simples ausência de pensamento, mas um abismo voraz. Por instinto, sua mente recuou como se ela tivesse olhado para baixo e percebido que estava à beira de um precipício.

O que quer que fosse, o vazio parecia o *oposto* do pensamento, e não uma *ausência* dele.

Ela se aprofundou mais, explorando o que havia além da parede invisível de nada.

Gritos. Explodindo dentro da cabeça de Alessa. Arrancados de sua boca.

Ela levou as mãos aos ouvidos — em vão, já que era sua mente, e não os ouvidos, que estavam sob ataque — e caiu de joelhos.

Não existia nada além do terror.

E então veio a dor.

Gritando.

Gritando.

Gritando.

Cinquenta e um

Dante semicerrou os olhos em meio à chuva torrencial para tentar enxergar a baía. Nada ainda. A chuva batia nos ombros e encharcava suas roupas.

— Está vendo alguma coisa? — perguntou ele a Leo.

Leo fez que não e enxugou o rosto de novo. Ainda não havia nada a enfrentar. Nada de fogo e enxofre. Nada de hordas de monstros ou de enxames de scarabei. Nada além de águas abertas, tão agitadas pela tempestade que pareciam fervilhar.

Ele piscou. Ou será que... havia alguma coisa? Um pequeno lampejo de movimento onde a borda de pedra da piazza desembocava no mar da baía.

Dante gritou para que seus guerreiros preparassem as armas, mas todos já estavam prontos. Já estavam prontos por tempo até *demais*.

Algo saiu deslizando da água, serpentino e pálido, tentáculos rastejando pela borda da mureta de pedra onde a grande piazza de Perduta encontrava a baía.

Em qualquer outro dia, um dia pacífico, ele presumiria ser uma corda pendurada, pronta para amarrar um barco de pesca.

Mas não naquele dia.

Dante fixou o olhar, esforçando-se para discernir os detalhes da primeira ameaça de Crollo.

Serpentes — não. Dedos. Agarrando a beirada da orla da piazza.

Seu coração acelerou. Seja lento e constante. Nada de movimentos bruscos. Analise antes de lutar.

Uma figura saiu da água, abrindo-se e esticando-se na forma de uma pessoa. Outra. E mais outras. Até uma fileira de soldados se alinhar lado a lado.

Pareciam humanos, porém estavam parados feito estátuas. Sem armas. Imóveis.

— Boa tentativa — murmurou Dante. Ele não ia cair em uma emboscada. Os soldados de Crollo podiam até parecer inofensivos, mas, até onde ele sabia, eram demônios capazes de cuspir fogo.

Eles cresciam em número, fileira após fileira, movendo-se apenas para dar um passo à frente quando outra fileira emergia da baía. Centenas de rostos vazios, desprovidos de humanidade, de pensamentos individuais.

Os olhos vazios das visões de Dante ganhavam vida diante dele. Se o restante de suas premonições se concretizasse, em breve a piazza estaria mergulhada em sangue.

Suas tropas aguardavam seu comando.

Hora de descobrir de quem seria o sangue.

Por cima da chuva torrencial, Dante ouviu o choque de mil respirações atrás dele quando a primeira fileira do exército de Crollo mostrou os dentes.

— Agora! — Movido pelo grito gutural do exército às suas costas, Dante avançou.

Seu primeiro golpe arrancou uma cabeça de um corpo. O seguinte cortou um adversário na altura dos joelhos.

Mais tarde, sentiria embrulho no estômago ao se lembrar de como sua adaga esmagava a carne, o estalo do aço contra os ossos. Não naquele momento. Naquele momento, Dante não pensaria no som molhado de membros amputados, nem no sangue quente e na chuva fria que jorrava em suas pernas.

Guerra significava morte.
Matar ou morrer.
Sua adaga sibilava no ar, traçando arcos de água sangrenta.
Como se estivesse fatiando limões em um dia quente.

CINQUENTA E DOIS

O crânio de Alessa estava prestes a se estilhaçar.

Tanto terror... Tanta dor...

Tantas mentes clamando por ajuda enquanto tentavam, sem sucesso, impedir que seus próprios corpos entrassem na batalha onde o exército ghiotte abria caminho em meio às suas fileiras.

Ela sentia cada lança perfurando um esterno até parar um coração. Cada membro amputado. Cada vida chegando ao fim abruptamente.

Aquilo precisava parar.

— *Parem!* — Seu próprio grito a trouxe de volta ao momento.

Ela estava ajoelhada no telhado da basílica, de quatro na pedra molhada.

Com uma espada na garganta.

— Não se mexa! — O branco dos olhos de Talia combinava com as bochechas descoradas. — Eu vou cuidar disso!

— Espera. Não me mata. — As têmporas de Alessa latejavam de dor, no ritmo das mentes desesperadas que imploravam por ajuda. — Temos que parar a luta.

— Parar a luta? — repetiu Saida.

— Crollo está nos enganando de novo — disse Alessa. — Kira, diga a Dante que os soldados precisam recuar. Agora.

Kira olhou para Talia em busca de confirmação.

Talia manteve a espada apontada para Alessa.

— Você está sabotando nosso lado ao mandá-lo recuar?

Kira espiou pela beirada.

— Eles estão escalando os muros. Vou ou não vou?

Talia hesitou.

Alguma coisa bateu nas costas de Alessa e a jogou no chão. Botas e dedos em forma de garras a espancavam, arrancavam tufos de cabelo, furavam seus braços...

Talia tirou o homem de cima de Alessa exibindo uma expressão desdenhosa e enfiou a espada na barriga dele.

O vento de Saida saiu varrendo tudo pelo caminho e um homem cambaleou até a porta com os músculos travados.

Os olhos dele clarearam e a pessoa que havia ali dentro voltou ao seu corpo, mas logo caiu...

Alessa se levantou lentamente, com as pernas bambas.

— Não podemos seguir a luta dessa maneira. Eles não são soldados. Nem monstros.

Dante não precisava olhar ao redor para saber que seu exército era glorioso.

Dava para *senti-los* em ação. Os soldados perfeitos de Dea esperaram mil anos por aquela luta.

Eles tinham aperfeiçoado cada passo e treinado manobras tantas vezes que podiam trabalhar juntos até de olhos vendados.

Um grupo de soldados de Crollo o encurralou, mas ele não sentiu medo. O medo só tinha como se apoderar nos intervalos entre combates, quando ele parava de se movimentar. E ele nunca parava de se movimentar.

Sangue e chuva.

Suor e carnificina.

Esfaquear e cortar.

Seu corpo assumiu o controle e foi guiado pelo treinamento e pelos instintos. Dante lutou, encharcado do carmesim que era a prova de seus assassinatos.

Uma maré vermelha inundou os paralelepípedos.

Dois homens de Crollo — se é que podiam ser chamados de homens — vieram de ambos os lados, rosnando. Ele se abaixou e girou para sair do caminho deles, pulando por cima de corpos semissubmersos para seguir para a próxima luta e derrotar mais soldados.

Um lampejo de movimento na visão periférica. Ele se inclinou para girar, deixando seu impulso levá-lo um passo adiante enquanto estendia o braço da espada para zunir em direção a...

Olhos grandes. Rosto rechonchudo. Baixa estatura.

Dante jogou-se para o lado e se contorceu para que a lâmina não completasse o giro. Escorregou pelas pedras molhadas, tentando recuperar o equilíbrio, enquanto a criança sibilava de fúria.

Um segundo a mais e Dante teria cortado o corpinho da garota ao meio. Demônio ou não, ele era incapaz.

Crollo era um monstro doentio por fazer seus demônios terem forma de crianças.

Engolindo a bile, Dante correu na direção oposta. Havia incontáveis demônios para enfrentar.

Os demônios não demonstravam nenhuma emoção além da pura raiva até sofrerem um golpe mortal. Em seguida, eles gritavam. Os gritos de morte estremeciam seus ossos. Soavam humanos demais. Reais demais.

Era pior quando pareciam familiares. Como aquele que caíra de joelhos depois que Dante o esfaqueara no coração, que parecia o mestre de estábulo da estalagem. Ou então a cabeça decepada, com cabelos pretos emaranhados, que o encarava com olhos parecidos com os de um dos marinheiros do navio de Ciro.

Um frio amargo invadiu Dante.

Crollo não faria aquilo... Não poderia ter feito.

Dante teve que parar de correr para não vomitar.

Os soldados de Crollo não pareciam pessoas.

Eram pessoas.

Outra criança passou correndo, quase ao alcance dos arqueiros no topo da basílica. Dante a segurou pelas costas da camisa e içou o corpo que não parava de cuspir e de se debater.

— Recuem! — gritou Dante. — Recuem! Entrem e bloqueiem as portas!

Com os movimentos prejudicados pelo esforço de segurar a criança agitada no alto, Dante correu, desviando-se e abaixando-se, gritando ordens para suas tropas confusas.

Ele viu a hesitação deles.

Eles deveriam estar lutando, e estavam.

Eles deveriam estar vencendo.

E estavam.

Leo rugiu e seguiu lutando, abrindo caminho em meio aos inimigos com o machado.

— Recuem! — gritou Dante, a voz rouca de desespero. — É uma ordem!

Os ghiotte sempre souberam lutar. Dante estava prestes a descobrir se tinham aprendido a confiar nele.

Caso contrário, era impossível saber quantas pessoas inocentes morreriam.

Cinquenta e três

O mundo lá embaixo era um borrão carmesim.
Duas mulheres rastejavam pelo parapeito, em direção a Alessa. A eletricidade de Kaleb crepitou e uma delas gritou, braços e pernas tremendo com o impacto do raio. Uma rajada de fogo atingiu a outra, vinda dos arqueiros no telhado atrás delas.

Não paravam de surgir mais. Vinham de todos os lados, numerosos demais para que eles pudessem escapar. Alessa não teve escolha. Pegou a mão de Saida e expulsou os invasores com um sopro.

Sua respiração se transformou em soluço.

— Entrem. Bloqueiem as janelas!

Eles entraram às pressas e pegaram os móveis mais próximos para montar uma barricada.

— Adrick! — gritou Kaleb.

Alessa estava atônita demais para se afastar enquanto o irmão escalava o parapeito, com o rosto vazio e apático.

— Adrick, não…

Ele avançou e a derrubou. Envolveu o pescoço dela com as mãos e o apertou.

Alessa pôs-se a lutar, a debater-se, e seus poderes foram ganhando vida enquanto os pulmões gritavam.

Um instante. Uma vida. Uma eternidade procurando nos olhos dele qualquer sinal de que a alma que havia ali dentro pudesse assumir o controle antes que ele a matasse.

Sua visão escureceu.

As portas pesadas do palazzo se fecharam atrás de Dante.

Sem soltar a criança raivosa, ele examinou o prédio cheio de guerreiros confusos.

— Preciso de uma corda.

Murmurando um pedido de desculpas, ele pôs a criança no chão, usando uma das mãos para prender um dos braços magrinhos à costas dela enquanto um soldado voltava com um pedaço de corda e amarrava as mãos da menina, depois as pernas.

— Coloque-a em algum canto — ordenou Dante. O sangue pingava de sua espada e formava uma poça no chão.

Perplexos, encharcados, ensanguentados e confusos, os guerreiros das tropas de Dante esperavam respostas.

Eles tinham se preparado para uma guerra, não para uma retirada.

— O que é isso? — perguntou Jesse, olhando para a criança furiosa. — O que eles são?

— Pessoas — disse Dante, arfando. — São só pessoas.

— Quem se importa com o que são? — rebateu Leo. — Nós deveríamos estar lutando, não *nos escondendo*.

— Crollo pôs algum feitiço nelas — explicou Dante. — Está obrigando estas pessoas a lutarem.

Leo deu uma risada zombeteira.

— Que nada. Crollo só acha que você é frouxo demais para lutar contra algo que se parece com pessoas. Eu não vou cair nessa.

— Não tenho medo de lutar contra nada nem ninguém que *queira* me matar — disse Dante. — Mas não se Crollo as estiver *induzindo* a fazer isso. Eu reconheci algumas delas, e não sei o que está acontecendo, mas elas não eram assim. Não é estranho elas não parecerem humanas até serem fatalmente feridas, e aí elas gritam como... como nós?

Um impacto sacudiu as portas. Eram corpos, jogando-se contra o metal em um *tum, tum, tum*, como as batidas erráticas de um coração em colapso.

— Mas *por quê*? — perguntou Jesse. — Por que Crollo iria querer que matássemos pessoas comuns?

— Não sei — disse Dante. A pergunta ecoava em seus ouvidos. *Por quê?*

O Divorando tinha começado como um desafio para a humanidade. Uma chance de provar que o amor de Dea era justificado, um teste de força coletiva e capacidade colaborativa para evitar sua própria destruição. A cada Divorando, a Finestra e a Fonte, com o apoio do seu exército, lutavam para provar que valia a pena salvar a humanidade.

Agora eles enfrentavam o desafio final... e tinham que massacrar seus iguais? Não fazia sentido. Estava tudo errado.

— Atenção! — Kira balançava pela janela da torre, descendo de corda até o chão. — Tenho uma mensagem da base. Dante, você precisa ir lá agora.

Dez minutos de guerra e Dante já estava sendo chamado para deixar seu posto.

Leo passou por ele.

— Pessoas, monstros, bestas. Não ligo para o que são, contanto que morram.

Dante ordenou que a linha de frente segurasse as portas.

— Estamos aqui para provar que somos *melhores* do que Crollo diz que somos. Não podemos fazer isso massacrando inocentes.

A equipe que cuidava da barricada se recusou a levantá-la para ele, então Leo pegou a enorme viga de madeira por conta própria, grunhindo com o esforço.

— E se eu estiver certo, Leo? — disse Dante. — E se eles *realmente* forem pessoas sendo manipuladas e forçadas a lutar contra a gente? E se eles forem como Chiara?

Cruel, mas ele precisava de um argumento certeiro.

Leo parou, mãos cerradas ao redor da barricada.

Dante tinha a atenção dele, e faria valer a pena.

— Você acha que ela está lá fora agora? Vai mandar seu povo lá para matá-la, Leo? Se você for o primeiro a vê-la, vai fazer isso? E quanto a *mim*? Eu posso...

Com um rugido, Leo largou a viga e avançou em direção a Dante.

Dante se manteve firme. Não ergueu a espada.

Leo queria lutar, mas se Dante entrasse na briga, perderia a guerra.

Leo diminuiu o passo, levando a mão ao machado... então parou, arfando.

Dante sustentou seu olhar, sem raiva.

— Não precisamos matar para vencer, Leo. Vencemos mantendo nosso povo vivo.

Leo baixou a arma.

— Vá. Descubra como acabar com isso.

Dante pegou a corda e fez sinal para que Jesse assumisse seu lugar.

— Resistam, mas não matem ninguém a não ser que seja inevitável. Segurem-nos o máximo que puderem.

Eles precisavam ganhar tempo. Dante precisava descobrir a armadilha.

Crollo queria uma *guerra*. Eles tinham se preparado para lhe dar uma. Tudo aquilo estava errado.

Se o deus do caos buscava provar que os humanos eram egoístas e violentos, então massacrar um exército de inocentes só provaria que ele estava certo. Mesmo *vencendo*, eles perderiam.

Aquilo só podia ser algum tipo de teste, mas o que Dea queria que eles *fizessem*?

A corda estava escorregadia por conta da chuva, fazendo-o deslizar involuntariamente por um bom trecho, queimando suas mãos. Lá de baixo, um estrondo quando as portas tombaram, depois gritos. Contraindo a mandíbula, Dante lutava para manter os olhos na janela acima e continuava a subir.

Dante seguiu Kira pelo telhado, com uma das mãos na arma e a outra estendida para manter o equilíbrio, alternando o olhar entre o caminho estreito à sua frente e a multidão na piazza lá embaixo.

Estava fazendo de tudo para acompanhar o ritmo, mas Kira passara dias praticando as rotas dos telhados. Como uma cabra, ela saltava de um prédio para outro, pousando tão levemente que não fazia nenhum som, os passos tão ligeiros que parecia voar.

Uma queda de tal altura mataria qualquer um, até mesmo um ghiotte em seu auge, o que não era o seu caso, mas Dante ignorou a chuva escorregadia e continuou avançando.

Irracionais e destemidos, seus oponentes se jogavam contra a basílica. Outros escalavam as laterais, quebrando vitrais para passar.

Alessa estava lá dentro. Ele a deixara lá, e o prédio estava sitiado.

Com o coração na mão, ele gritou para que Kira acelerasse.

Ele se preparou para apertar o passo...

E caiu de barriga; o impacto lhe tirou o fôlego.

Matar ou morrer. Ele olhou para trás apenas para certificar-se de que não era algum conhecido, então cortou o braço da mulher. Sua vontade era desviar o olhar enquanto ela caía, mas ela não estava sozinha.

Mãos — várias mãos — seguravam os beirais do telhado, escalando pelas laterais e encarando-o com olhos vazios.

Dante recuperou o equilíbrio.

— Não pare! — gritou ele para Kira, ofegante.

Mais dois telhados. Umas trinta passadas. Um salto. Ele precisava continuar. Tinha que entrar lá antes deles.

Reunindo forças, ele se lançou atrás de Kira...

E caiu.

Então, chutando o que quer que o tivesse segurado, Dante agarrou-se ao telhado ao mesmo tempo que o peso de quem — ou o que — prendia seu pé o puxava para baixo, e seus dedos não conseguiram segurar.

Ele despencou em direção ao chão.

Cinquenta e quatro

Alessa sempre tinha ouvido falar que a vida de uma pessoa passava diante de seus olhos quando ela estava à beira da morte, mas ela sempre imaginara que, caso aquilo viesse a acontecer com ela, os momentos seriam vistos através de suas *próprias* lembranças.

Em vez disso, enquanto o irmão esganava sua garganta, ela via sua vida pelos olhos dele.

Uma garota, já grande demais para ter pesadelos infantis, implorando para dormir no chão do quarto do irmão porque sentia-se mais segura perto dele.

Aos treze anos, com olhos arregalados e bochechas coradas de felicidade enquanto as trombetas soavam e bandeiras eram agitadas em seu desfile de confirmação pelas ruas de Saverio, vista por trás de uma multidão que a aplaudia no dia em que ela se tornara Finestra e Adrick passara a não ter mais permissão para chamá-la de irmã.

Uma versão mais velha de si nos jardins da Cittadella, vestida de preto e soluçando de rir, apesar das lágrimas que escorriam pelas bochechas, enquanto Adrick dançava e cantava músicas de marinheiro para animá-la depois do funeral de Emer, sua primeira Fonte.

Ela, parada na cozinha da Cittadella, com uma expressão horrorizada ao vê-lo lhe entregar um frasco de veneno, a visão embaçada enquanto os olhos de Adrick se enchiam de lágrimas.

Suas bochechas polvilhadas de farinha enquanto ele lhe arrancava um sorriso na cozinha de Perduta, depois de Dante tê-la deixado na chuva.

A vontade de viver e o amor pelo irmão lutavam contra os poderes dela.

Em qualquer outro momento de seus anos como Finestra, ela não teria tido escolha. Seus poderes teriam tirado a vida dele antes que ele pudesse acabar com a dela, mas cada uso de magia nas semanas precedentes tinha levado embora um pouco mais de sua força, enfraquecendo seu corpo e seus poderes.

Seus dedos foram ficando dormentes e desajeitados enquanto ela se esforçava para tirar as mãos impiedosas de Adrick de seu pescoço.

Estrelas nasciam e morriam na visão dela. A escuridão ia se fechando rápido demais para impedi-lo.

E então, com um tranco, o peso de Adrick saiu de cima dela. O ar voltou às pressas aos seus pulmões.

Arfando e com ânsia de vômito, Alessa se apoiou em um cotovelo.

Kaleb tinha jogado Adrick contra a parede. Adrick rosnava e cerrava os dentes.

Talia estava refreando mais um invasor raivoso enquanto Saida lutava para afastar outros com seus poderes não ampliados.

Alessa precisava ir até ela, ajudar antes que eles fossem dominados.

Mas a faca de Kaleb estava na mão. O irmão de Alessa estava em um frenesi incontrolável.

— Acorda! — gritou Kaleb com a voz embargada. — Que droga, Adrick, volta ao normal! — Ele lutava, implorando e soluçando entre grunhidos de esforço. Os raios dele faziam a pele de Adrick tremer, mas não impediam os movimentos violentos.

Alessa pôs a mão no peito e o encontrou quente e úmido. Estava sangrando. Durante a confusão, sabe-se lá como, um dos agressores tinha conseguido acertá-la e ela sequer havia tido tempo de processar a dor.

Talia derrubou outro agressor e se ajoelhou ao lado de Alessa para pegar sua mão, permitindo que ela usasse seus poderes de cura.

— *Acorda!* — Kaleb mostrava os dentes enquanto as lágrimas escorriam pelo rosto. — Eu juro por Dea, se você me obrigar a matar você, eu *nunca* vou te perdoar!

Adrick — ou o que um dia já tinha sido Adrick — bateu a cabeça na bochecha de Kaleb.

Kaleb praguejou, seus raios ficando mais intensos.

O corpo inteiro de Adrick se contorcia, mas ele não mostrava nenhum sinal de que iria parar ou acordar.

Talia soltou Alessa e afastou Saida para chutar uma jovem que tentava entrar.

— Derruba ele logo ou...

— Não posso! Corro o risco de parar o coração dele! — O rosto de Kaleb se contorcia de angústia.

Adrick rosnava, de olhos vazios.

Talia ajustou a pegada na espada.

— Por favor, não — implorou Alessa.

Talia se preparou para atacar.

— Sai da frente.

Em vez disso, Kaleb largou a arma. Segurando Adrick pelos cabelos para imobilizá-lo, ele o empurrou mais uma vez, e outra, repetidas vezes, então parou abruptamente. E o beijou, com força, na boca.

Alessa prendeu a respiração.

Talia congelou.

Adrick parou de se debater.

Depois de um longo momento de suspense, Kaleb recuou, arfando.

Adrick piscou. De novo. Estava chocado, confuso, mas estava *ali*.

— Pelo amor de Dea — disse Kaleb, sem fôlego. — Seu babaca.

— Eu não conseguia parar — sussurrou Adrick. — Não conseguia fazer parar.

Talia se recuperou da surpresa e gritou para Saida e Alessa arrastarem uma mesa, para que ela pudesse bloquear a janela.

Kaleb apoiou a cabeça no ombro de Adrick.

— Achei que fosse ter que matar você.

Adrick o segurou pelos ombros.

— Se isso se repetir, vá em frente. Estou falando sério. Se tiver que escolher entre nós dois, pode me eliminar.

— Mas que merda está acontecendo? — Kamaria entrou pela porta aos tropeços. — Ciro se rebelou e desapareceu; tem uns lunáticos entrando pelas janelas; os ghiotte recuaram e... *Adrick*?

Adrick a cumprimentou com um aceno fraco.

— Ele estava em transe — disse Kaleb. — Assim como todas as pessoas lá fora.

Kamaria ficou boquiaberta.

— O quê? Como vocês fizeram para recuperar a consciência dele?

— Eu... eu dei um beijo nele — disse Kaleb, parecendo surpreso com a própria confissão. — Sempre dá certo nos contos de fada.

Kamaria grunhiu.

— Não podemos sair beijando *todos* eles!

Se não fosse pelo último resquício dos poderes de cura dos ghiotte — que Dante jurava ter sentido desaparecer no instante do impacto — e pelos corpos esmagados debaixo dele, aquela queda terminaria em morte certa.

Em vez disso, ele se levantou da pilha de lutadores hipnotizados, desarmado — com exceção de suas adagas. Com uma careta de dor por conta de pelo menos algumas costelas quebradas e um tornozelo torcido, saiu mancando.

Blaise tinha bloqueado e espalhado armadilhas pelo térreo da basílica, deixando só as janelas mais altas para o acesso dos mensageiros de Kira, e Dante não tinha conseguido alcançar o telhado, aterrissando em um dos becos ao lado do prédio.

A basílica estava perto o bastante para que ele conseguisse jogar uma adaga e acertá-la, mas Dante precisaria passar por centenas de adversários em transe para descobrir outra maneira de entrar.

A chuva era ao mesmo tempo uma bênção e uma maldição, reduzindo a visibilidade de todos os lados, mesmo a curta distância, e ainda havia muitos deles a se evitar.

A multidão era feroz, movida apenas pela raiva. Sem os ghiotte lutando ativamente, os humanos em transe começaram a se atacar entre si. Levaram um minuto para perceber que Dante estava no meio.

Então uma mulher sibilou.

Tão logo ele desviou de um grupo, outro o avistou e veio correndo, esbravejando e gritando, todos determinados a despedaçá-lo. Ele distribuía facadas e socos, mirando em pontos vulneráveis que, com sorte, não seriam fatais.

Naquele ritmo, ele jamais conseguiria chegar.

Avançando em meio à água turva, Dante tropeçou em um corpo e quase caiu.

Uma onda de agonia subiu por sua perna, a partir do tornozelo machucado.

A seus pés jazia Dario, o paquerador convencido que tinha dado em cima de Alessa, encarando-o com olhos vidrados. Quer dizer. Partes de Dario. Quantas pessoas já haviam se juntado a ele na morte?

Alguém rugiu e Dante se virou, soltando um palavrão, enquanto Leo avançava contra a multidão. Sem o machado de batalha, suas únicas armas eram os punhos, que afastavam as pessoas e atraíam a atenção dos demais.

— Vai! — gritou Leo para Dante. — Eu seguro estes.

Um homem pulou nas costas de Leo, outro se lançou aos seus pés. Ele recuou com um berro primitivo, sacudindo-os como um cachorro secando o corpo, e Dante pensou, por um momento, que Leo de fato poderia sair vitorioso, mas então o homem congelou.

— Chiara! — gritou Leo.

Ele afastava os agressores enquanto avançava em meio à multidão, até abraçar uma figura menor no tumulto, e então a maré de guerreiros em transe os engoliu.

Dante fixou o olhar na basílica à frente para não ver Leo sendo afogado pela onda de morte.

Cinquenta e cinco

Alessa ficou com vergonha do grito alto que deu quando Blaise entrou pela janela.

— Olá de novo — disse ele com um sorriso, segurando-se ao topo da moldura. — Por que estou sentado no telhado enquanto vocês se divertem aqui embaixo?

Talia fez um gesto obsceno para ele.

— Cadê seu óleo fervente e o alcatrão? Era para você impedir a invasão da basílica, para início de conversa.

— Tem um *monte* deles lá fora — disse Blaise, dando de ombros. — Deixei Jakob cuidando das flechas incendiárias e eles estão recarregando o óleo agora, mas quando eu vi um daqueles nojentos indo atrás de vocês, pensei que seria bom dar uma olhada. Acho que já cuidaram dele, né? — Ele lançou um olhar confuso para a bagunça do ambiente.

Adrick acenou, sem forças.

— Fui eu. Estou melhor agora.

Blaise pareceu ainda mais confuso. Provavelmente porque Adrick deveria ter sido executado ou banido por Dante. Não havia tempo para dar explicações.

Em meio a todo o caos em sua cabeça, um silêncio vazio pulsava. Uma ausência de pensamentos abafada que Alessa já tinha percebido várias vezes antes.

Não era um vazio. Era um escudo.

Ela traçou o caminho até a fonte daquela sensação. Ciro estava sentado no altar. Esperando.

E não estava sozinho.

Alessa seguiu em direção à porta.

— Ciro está sendo controlado por Crollo e está me esperando no altar. Preciso ir até lá.

— Não podemos — disse Talia. — Blaise espalhou armadilhas por toda parte.

— Eu *preciso* ir. É a única maneira de parar esse massacre — retrucou Alessa. — Blaise, pode nos levar até lá?

Blaise endireitou a postura.

— Sou o único que pode.

— Então vamos lá! Vamos, vamos, vamos! — Talia acenou a espada para ele.

Alessa aprendeu todo um novo vocabulário com os palavrões de Talia quando eles chegaram à primeira obra-prima de Blaise — um arame que derramava óleo quente lá do teto —, mas aquilo não era tão alarmante quanto a escada transformada em um fosso de espinhos.

Com a ajuda dele, eles chegaram à próxima escada.

Talia beliscou a ponte do nariz.

— Blaise, tem mais alguma coisa?

— Não — disse ele.

Parecia seguro, mas Alessa não confiava.

— Olha só, vou mostrar. — Blaise desceu primeiro.

Um assobio agudo no ar foi o único aviso.

Três lanças furaram Blaise e o cravaram em uma antiga tapeçaria na parede.

— Ah, verdade — disse ele, gorgolejando. — Esqueci dessa.

Alessa engoliu em seco, tentando não vomitar. Uma lança tinha atravessado o braço direito de Blaise, outra, sua cintura, e a terceira estava logo abaixo do coração. Pelo menos ela esperava que fosse abaixo.

— Não se mexe. — Adrick levantou a mão. — Simplesmente *não* se mexe, Blaise. Segurem as pernas para ele não cair. As lanças são farpadas e, se ele se mexer, o coração pode ser perfurado.

— Me ajudem! — Talia largou a espada e correu para sustentar o peso de Blaise.

Kamaria e Kaleb seguraram os braços dele e Saida ficou com as pernas, impedindo que ele deslizasse mais.

— Ok, a gente consegue — disse Adrick. — Ele é ghiotte. É muito difícil matar um ghiotte. Só não o deixem se mexer.

O sangue escorria da boca de Blaise enquanto ele sorria.

— Mas achei bem maneiro. Por essa eu não esperava. Eu vou morrer?

— Não — disse Talia. — Pare de falar e economize suas forças.

— Eu tenho que ser seu melhor amigo *agora* — disse Blaise, arfando. — Não posso morrer sendo seu segundo melhor amigo, então você precisa dizer.

— Então definitivamente não vou falar nada, porque você não tem permissão para morrer. Agora cale a boca e deixe a gente garantir sua sobrevivência.

Vidros se estilhaçaram em algum lugar lá embaixo e o prédio inteiro tremeu como se mãos gigantes o sacudissem. Alessa se apoiou na parede, com medo de cair em cima de Blaise, enquanto os outros lutavam para manter o equilíbrio sem soltar o garoto ferido. Os tremores diminuíram.

— Eu não sei o que foi isso, mas não foi uma das minhas armadilhas — murmurou Blaise.

Alessa hesitou, sem saber o que fazer. Blaise morreria se o deixassem ali, mas *todos* morreriam se ela não encontrasse Ciro e parasse aquela batalha.

Talia lançou um olhar pesaroso para Alessa.

— Pode ir. Diga a Dante que sinto muito por não ter conseguido ficar com você, mas eu tenho que…

— Eu sei — disse Alessa. — Cuide do Blaise. Eu vou ficar bem.

Uma mentira deslavada, mas a escuridão dentro dela era tão destruidora quanto qualquer ameaça externa, e o único que poderia consertar aquilo a aguardava no altar.

— Aguenta firme, Blaise — disse Alessa ao garoto, que respondeu com um joinha fraco, e levou mais uma bronca de Talia por se mexer.

Com uma prece silenciosa para que Dea protegesse Blaise e todos os seus amigos, Alessa correu.

A portinha lateral da basílica estava entreaberta, o mecanismo de bloqueio desfeito pelos tremores. Dante a arrastou para abrir, entrou às pressas e, então, a fechou e a trancou.

Alessa tinha que estar viva. Simplesmente tinha.

Ele gritou o nome dela, depois o de Talia, agitado demais para ter cautela. O inimigo já cercava o lado de fora. Era tarde demais para se esconder.

Suas botas rangiam no chão molhado, e ele seguia em frente coxeando devido ao tornozelo ferido.

Dante segurava levemente as adagas, atento a qualquer sinal de movimento.

Passos. Na escada. Um grito abafado de dor. Ele reconheceria a voz de Alessa em qualquer lugar.

Dante chegou à base da escada enquanto ela virava a última esquina, agarrando-se ao corrimão como se não conseguisse ficar de pé. Estava toda ensanguentada na fronte, mas os olhos se iluminaram de alívio e ela caiu nos braços dele. Juntos, os dois se esconderam nas sombras.

— Você está machucada — disse ele.

— Talia curou boa parte. Mas minha mente está piorando — disse ela, cerrando os dentes. — Sinto que preciso *segurar firme* só para continuar aqui.

Ele a examinou dos pés à cabeça, notando a tensão ao redor dos olhos, a palidez nas bochechas. Queria carregá-la para longe dali, abandonar o campo de batalha e fugir, mas a única maneira de acabar com aquilo de uma vez por todas era seguindo em frente.

Mais um dia. Mais uma batalha. Se eles vencessem a aposta de Dea, a deusa teria que *curá-la*.

— O plano não era esse — disse Dante, passando o braço ao redor da cintura dela. — Não foi para isso que nos preparamos. Aquelas pessoas lá fora não são monstros.

— Eu sei. Tem alguma coisa a ver com Ciro — respondeu Alessa, respirando com dificuldade. — Ele abandonou a equipe. Eu o *vi* no altar. Acho que está trabalhando com Crollo.

Seus passos ecoavam pelo espaço vazio enquanto eles avançavam, devagar e com muito esforço, cada vez mais para dentro.

Se Dante já não soubesse que os deuses estavam pregando peças neles, o interior da basílica teria dado a dica. Uma árvore enorme tinha crescido em meio à pedra atrás do altar, espalhando musgo pelos paralelepípedos deslocados ao reivindicar espaço humano.

Uma rachadura descia pelo corredor, e insetos corriam pela terra arenosa por baixo. Água de chuva pingava por entre fissuras nas paredes, acumulando-se no chão, e as telhas douradas despencavam do telhado.

No centro de tudo, Ciro sorria placidamente do trono de Leo, como se não estivesse em uma antiga catedral em decadência, sob ataque de um enxame de pessoas hipnotizadas e assassinas.

Dante deu um passo à frente, pronto para atacar.

Ciro irrompeu em chamas.

Protegendo Alessa, Dante se preparou para o calor, mas o fogo sumiu tão depressa quanto surgiu.

Quando a ofuscante explosão de luz diminuiu o suficiente para que Dante pudesse voltar a enxergar, Ciro estava de pé sobre um monte de cinzas fumegantes, tudo o que havia restado do trono. O corpo e as roupas estavam intactos.

Um humano que trabalhava para um deus não conseguiria fazer aquela exibição toda. Só um deus conseguiria.

***

Alessa estremeceu, segurando-se firme em Dante.

Agora sabia por que não conseguia ler a mente de Ciro.

— Por que está fazendo isso? — perguntou Alessa. — Por que está fazendo aquelas pessoas lutarem contra nós?

Ciro — Crollo — franziu a testa.

— Está ficando um tanto tedioso, todos esses milênios da mesma batalha repetidas vezes. Mesmo assim, minha querida ainda insiste que vocês são capazes de superar seus defeitos, então aceitei uma última aposta.

— Começando sem mim? — Passos suaves vinham da nave. Era Diwata, com um sorriso celestial, carregando... a gata? — Não podemos decidir o destino da humanidade sem o júri, não é mesmo?

— *Dea* — disse Dante em voz baixa.

Diwata — *Dea* — abriu um sorriso orgulhoso.

— Fiquei um pouco decepcionada por vocês não terem descoberto antes.

— O que aconteceu com os verdadeiros Ciro e Diwata? — perguntou Alessa.

O dom de cura de Talia não tinha tido tempo para agir completamente, e o frio sinistro que se espalhava por seus membros não era um bom sinal.

— Ah, eles ainda estão aqui. — Dea fez um carinho na cabeça de Fiore. — Estamos apenas usando-os para nos comunicarmos com vocês. Felinos não são capazes de emular a fala humana, embora ela tenha sido uma ótima observadora, não foi, meu bem?

Crollo fez um *tsc, tsc* afetuoso.

— Nós combinamos de não interferir.

— E eu *não* interferi. — Dea levou os dedos ao peito. — Mas você pôde assistir de perto. Era justo que eu também pudesse.

Ou Alessa estava tendo alucinações, ou Dea e Crollo, em formas humanas, estavam discutindo no altar de uma catedral, e Dea tinha acabado de admitir que estava possuindo a gata deles.

A mente de Alessa foi ficando mais confusa à medida que a dor se acentuava. Então ela se ajoelhou.

— O que está acontecendo com ela? — Dante exigiu saber.

Dea entrelaçou os dedos.

— Como eu tentei lhe dizer, todos nós somos feitos de luz. Ao tomar o poder de um scarabeo durante o Divorando, Alessa deu início a uma reação em cadeia que tem rompido os laços entre suas próprias centelhas e liberado a luz dela, pouco a pouco, de volta ao universo. — Dea se abaixou para devolver a gata ao chão. — Os scarabei são um coletivo, criados para serem um, para trabalharem juntos sem nenhuma consciência de si mesmos como indivíduos. Como vocês diriam, eles não têm… alma. São um vazio, feitos apenas para consumir, absorver, tirar… eles não criam ordem, e sim caos.

— Você é uma *deusa* — disse Dante. — Você cria mundos. Você pode parar isso.

— De fato, se for isso que vocês dois decidirem.

— *Depois* de ouvirem as condições. — Crollo deu um tapinha no trono que sobrara ao lado dele. — Venha, querida.

— Não precisamos ouvir nada — interrompeu Dante. — Apenas impeçam que isso a mate.

— Está vendo? — Crollo abriu um sorrisinho malicioso para Dea.

Dea o repreendeu enquanto sentava-se.

— Eles não ouviram as opções.

Com um suspiro, Crollo prosseguiu:

— Há muito tempo temos feito a coisa errada, dando a vocês desafios que exigiam que trabalhassem juntos. O que está provado é que de vez em quando vocês, humanos, são capazes de deixar de lado suas queixas mesquinhas. Não eram as batalhas que provavam meu argumento. Eram os anos de descanso entre elas, quando as pessoas se cansavam da virtude e recorriam à violência, repetidas vezes. Em minha tentativa de corrompê-los, dei a vocês um inimigo comum quando deveria tê-los deixado se destruírem.

— Vocês me disseram para criar um exército, e foi o que eu fiz — disse Dante. — Basta nos dar os verdadeiros inimigos e nos deixar acabar com isso.

Crollo riu.

— É realmente uma graça. Você achou mesmo que acabaria com o debate que vem assombrando sua espécie há um milênio com meia dúzia de... socos e chutes? Desculpe. Eu não deveria rir. Meu erro, séculos atrás, foi permitir que vocês *lutassem* para provar o meu argumento.

— Se vocês não querem guerra, o que querem de nós, então? — grunhiu Dante.

— *Eu* quero que vocês acabem com isso — disse Crollo. — Mostrem-nos quem os humanos realmente são e encerrem o debate de uma vez por todas.

— Chega de enigmas — rebateu Dante. — O que isso *significa*?

Alessa tinha uma suspeita nauseante.

— Eles até se voltaram contra os ghiotte que eu criei para *protegê-los* — disse Dea, pesarosa. — Mas todos vocês estão aqui agora, e vocês dois podem acabar com a sangria com uma palavra. As pessoas lá fora voltarão ao seu juízo perfeito, não mais agressivas do que antes, e tudo isso acabará se vocês dois concordarem com o preço.

— Que preço? — disse Alessa, mantendo-se de pé por pura força de vontade.

Dea apontou para Alessa.

— Sua vida pela deles.

Crollo dirigiu-se a Dante.

— E você precisa concordar em deixá-la morrer.

Cinquenta e seis

Dante se lançou em direção ao altar.

Com um gesto de Ciro — *Crollo* —, Dante perdeu o embalo. Ficou suspenso, congelado como se estivesse preso em vidro.

— Ah, não, garoto — disse Crollo. — Este não é o momento em que você mata um deus.

Com dentes cerrados, Dante respirava com dificuldade, aproveitando o pouco de ar que lhe restava nos pulmões.

O sorriso de Crollo era frio.

— Eu já estava aqui antes de você e estarei depois que você se for. Não há nada que você ou qualquer outro mortal possa fazer para me ferir. Caso destrua este corpo humano, simplesmente escolherei outro. Não faz a menor diferença para mim. Eu poderia até pegar o *seu*.

Dante grunhiu. Os músculos do pescoço se destacavam enquanto ele tentava mexer *qualquer coisa*. As mãos, os olhos. Os pulmões imploravam por um pouco de ar.

— Pare de se debater que eu o soltarei — disse Crollo. — Ela não tem muito tempo. Você realmente quer desperdiçá-lo?

Dante se forçou a ficar imóvel.

Crollo esperou um momento e, em seguida, Dante caiu de joelhos, sem fôlego para fazer qualquer outra coisa a não ser resfolegar.

— Melhor assim — disse Crollo. — Onde estávamos?

— Minha vida? — perguntou Alessa. — Só a minha?

— *Não* — Dante conseguiu dizer, com dificuldade.

Alessa o ajudou a se levantar.

— Por que eu? O que isso prova?

— Desde o início — disse Dea —, tenho tentado provar que os seres humanos são melhores do que o meu querido acredita. Escolhemos vocês dois para comprovar nossos argumentos. Ele não acredita que você vá ter coragem de aceitar sua própria morte.

Crollo a interrompeu.

— E, mesmo se tiver, ele nunca vai aprovar seu sacrifício.

Alessa o segurou com mais firmeza.

— E se concordarmos?

Dante se pôs na frente dela.

— Não concordamos.

Crollo sorriu.

— Então a guerra continuará, os seus ghiotte inevitavelmente vencerão a batalha de uma vida e vocês dois viverão felizes para sempre.

Alessa apertou a mão de Dante.

— Porque os ghiotte vão continuar lutando até que tenham matado todos os outros.

Crollo deu de ombros.

— Toda decisão tem suas consequências.

Dea sorriu.

— Eu *estou* apostando em vocês. Se vocês dois concordarem em deixar a escuridão libertar Alessa, esta guerra, e todas as guerras, a menos que vocês criem as suas, acabará no instante em que ela cruzar o limiar final. Para sempre. Sem mais Divorando, sem mais interferências de nossa parte. Os seres humanos de todos os tipos poderão viver, livres de nossas maquinações. Só depende de vocês.

— Mas eu morro — disse Alessa.

— *Não* — repetiu Dante, mais alto dessa vez. Não havia a menor possibilidade. Os deuses poderiam exigir qualquer outra coisa, mas não poderiam ficar com ela.

— Sim. — Dea ignorou Dante e respondeu a Alessa. — Como você habilmente já percebeu, você está caminhando em direção à luz há algum tempo. Tudo o que você precisa fazer é concordar em dar esses últimos passos rumo ao desconhecido.

— *Ou então* — disse Crollo, soando irritado — você escolhe viver, nós desfazemos o dano causado pelos scarabei e a guerra continua.

Os ghiotte tinham sido feitos para isto. Dante os havia preparado, treinado e armado para *isto*. Eles venceriam. A maioria conseguiria sobreviver. Perduta resistiria, mas o restante da humanidade…

Dante endureceu o coração. O mundo já o havia castigado por anos e, se dependesse dele, poderia arder à vontade. Alessa era melhor do que qualquer uma daquelas pessoas.

Ela tentou dar um passo à frente.

— Basta eu concordar em morrer?

— *Não* — grunhiu Dante. — Deem-nos alternativa.

Tinha que haver opção. Qualquer opção, menos aquela.

O mundo tremeu.

O rosto de Alessa ficou branco feito cera, e ela afundou os dedos na mão de Dante.

As catapultas. Os ghiotte já tinham esperado o suficiente. Tinham voltado a revidar.

— Vamos dar a eles um momento para debater a questão. — Dea segurou a mão de Crollo e o duo caminhou tranquilamente pelo corredor, desaparecendo como palavras em uma página impressa deixada ao sol. Ainda estavam ali, ainda visíveis, mas silenciosos e translúcidos.

Alessa chorou baixinho. Doía. Tudo doía.

— Sente-se. Não faça esforço. Temos que pensar. — Indiferente às próprias feridas, Dante a carregou até o altar.

— Não há nada a se pensar — disse ela. — Eles apresentaram as condições. Inúmeras vidas pela minha. — Todas aquelas pessoas, hipnotizadas e presas na própria mente como aconteceu com Adrick, forçadas a enfrentar os maiores guerreiros que o mundo já conheceu.

Os ghiotte foram treinados para matar, não para fazer prisioneiros. E, por mais que pudessem conter sem matar, aquelas pessoas inocentes ficariam presas em seu tormento para sempre.

Seus vizinhos. Seus pais. Crollo não pararia de mandar mais gente. Cada segundo que passava significava mais mortes.

— Eu tenho que fazer isso, Dante — disse ela. — Não temos escolha.

— Não. Não. — Ele balançou a cabeça, repetindo a recusa várias vezes, e a angústia nos olhos dele machucava mais do que qualquer dor em seu corpo jamais poderia.

Alessa havia passado semanas sentindo a vida esvair-se dela. Tinha tido tempo para enfrentar a possibilidade muito real de que nunca estivera destinada a sair da guerra contra os deuses.

Mas ela disfarçara muito bem. Dante só foi saber o que estava acontecendo com ela fazia pouco tempo e, mesmo depois de lhe contar a verdade sobre a escuridão que se espalhava dentro de si, Alessa jamais permitira que ele visse a real gravidade do problema. Agora Dante estava sem tempo para tomar uma decisão impossível, e cada minuto que passava enquanto ele argumentava significaria mais derramamento de sangue do lado de fora das portas da basílica.

Alessa finalmente se tornaria a heroína, mas não vencendo uma batalha. Aceitando a derrota.

E Dante montara um exército, mas não tinha inimigos para combater. Em vez disso, teria que perder alguém que amava para cessar a guerra pela qual tinha vindo.

Era magistral, porém cruel, como eles sabiam exigir o pagamento que mais doeria.

Alessa sempre suspeitara que os deuses tinham um senso de humor perverso.

— Temos que aceitar as condições deles. — Ela tomou o rosto de Dante nas mãos. — Se não aceitarmos, *todas* aquelas pessoas vão morrer.

— Mas *você* não morre. — A voz dele falhou. — Eu vou desafiar Crollo. Podemos lutar.

— Vamos perder se tentarmos — rebateu Alessa. — Você ouviu o que Crollo disse. Durante um milênio, cada Divorando foi brincadeira de criança. Basta uma palavra e nós podemos acabar com séculos de ataques e salvar todos. Sem mais nenhuma Finestra, sem mais nenhum Divorando. Sem mais nenhuma guerra.

Dante apertou a mão dela.

— Tem que haver outra maneira.

— Por que haveria? — disse Alessa com uma risada amarga. — Esse é o teste final deles. Crollo não acha que sou corajosa o suficiente e não acha que você é altruísta o suficiente para desistir de mim.

— Não sou mesmo — confirmou Dante entre dentes.

Mas ele era. Sempre fora. Dante era o cara que salvava garotinhas de valentões e resgatava gatos de cordames, que aceitara um emprego que não queria de uma desconhecida com quem ele antipatizara porque ela chorara em um beco mostrando o pescoço cheio de hematomas.

Crollo dera a Dante um exército e o ordenara a lutar, a arrasar o mundo em nome do amor, mas Crollo não entendia o que o amor era de fato, assim como não entendia quem era Dante. O amor não era ganancioso e egoísta, e Dante era a pessoa mais altruísta que ela conhecia.

— Sinto muito. — Alessa levantou a mão para tocar a bochecha de Dante. — Você tem que me deixar ser a heroína desta vez.

Cinquenta e sete

A agonia rasgava Dante como uma espada recém-tirada da forja.

Ele deveria *lutar*. Estava destinado a enfrentar os deuses e *proteger* as pessoas que amava, não sacrificá-las.

Bastaria ele dizer não e os dois poderiam ficar juntos.

Para sempre.

Alessa poderia ter a casa na praia. Eles viveriam para ver um novo mundo, explorar terras, nadar nos mares mais azuis, dormir sob as estrelas e se beijar no topo das montanhas.

Felizes para sempre.

Crollo ofereceu a Dante tudo que ele sempre quisera — viver cercado por seu povo, com seu amor e os amigos deles, uma chance de viver em um paraíso que eles mesmos criaram, onde não haveria mais ódio nem guerras...

Ele poderia ter tudo.

E todos os outros virariam cinzas e solo, um novo mundo erguido sobre seus ossos.

Crollo passaria a eternidade se gabando de sempre ter estado certo sobre as pessoas, sobre elas serem tão egoístas quanto ele sempre soubera, tudo porque Dante escolhera seu amor em detrimento do mundo.

Dea sabia o mesmo que Dante: que, caso ele recusasse, Alessa nunca mais seria feliz, seria consumida pela dor, sabendo o que sua vida tinha custado.

A única coisa pior do que segurá-la enquanto a vida esvaía de seu corpo seria uma vida inteira assistindo à culpa consumi-la por dentro.

Alguém gritou lá fora. Uma pessoa, arrancada do transe pela agonia da morte.

— Dante, por favor. — Alessa estava chorando. — Eu te amo, e prefiro morrer em seus braços a viver em qualquer outro lugar.

Se os deuses olhassem dentro do coração de Dante naquele momento, veriam então a verdade nua e crua: que qualquer decisão que ele tomasse não seria um ato de sacrifício, um testemunho da abnegação da humanidade ou um presente nobre de sua alma quebrada para o mundo.

— *Ti amo, luce mia* — disse ele. — Vou escrever isso em cada pedacinho de papel, gravar nas paredes, tatuar na minha pele. Eu te amo. Sempre vou te amar.

Ele precisava abrir mão dela.

Por ela.

Porque ele a amava.

Cada palavra proferida arranhou sua garganta como uma centena de lâminas:

— Eu aceito.

Cinquenta e oito

Os padres mentiram. Os deuses eram cruéis, não misericordiosos.

Crollo franziu os lábios e suspirou profundamente diante da declaração de Dante.

— Parabéns, minha cara. Parece que você deve vencer, mais uma vez. Que chatice.

Deus ou não, Dante teria despedaçado Crollo, se isso não significasse soltar Alessa. Ele não a soltaria, nem mesmo por vingança.

— Se ele ceder antes que ela se vá, não deixe de me avisar para que então eu possa me vangloriar. — Crollo fez uma reverência para Dea e, em seguida, a luz incandescente que era o deus do caos desapareceu.

O corpo de Ciro, cruelmente usado como uma fantasia e descartado, caiu no chão.

O rosto de Dea estava tão tristemente belo que o coração de qualquer um ficaria despedaçado, mas não o de Dante. Não naquele momento. O luto ficaria para mais tarde.

No momento, ele era dor e raiva.

— Eu fiz tudo o que você queria, e mesmo assim você me pune.

— Eu sei que a sensação deve ser essa — disse Dea. — Prometo, a intenção disso nunca foi ser uma punição. Você teve a chance de amar e ser amado, e agora seu amor vai salvar o mundo. É um presente.

O presente mais cruel que se poderia imaginar porque, mesmo ali, enquanto o mundo de Dante se rasgava ao meio, ele ainda não devolveria um minuto sequer do tempo com Alessa.

Ele absorvia cada respiração dela, cada piscada. Contava as sardas no nariz, memorizava as manchinhas verdes e douradas nos olhos, o redemoinho de sua orelha e o rosa suave dos lábios.

Cada detalhe que ele coletava era equivalente a encher os bolsos de cacos de vidro para se cortar no futuro.

Um dia, depois que ela partisse, cada lembrança lhe arrancaria uma nova dose de sangue, e ele acolheria cada gota.

Alessa morreria. E Dante sofreria.

Ele afastou o cabelo escuro da testa de Alessa e ela abriu um sorriso fraco quando os olhos voltaram a se fechar.

Ele deveria tê-la levado lá para cima, encontrado um canto tranquilo com vista para os murais desbotados perto de uma janela, para que ela pudesse ver o mundo lá fora. Mas as pernas de Dante estavam fracas, e os braços, tão pesados quanto o coração.

A respiração de Alessa falhou. Ela ainda estava viva, ainda quente em seus braços e lutando para permanecer consciente, mas estava indo embora rapidamente.

Manchas roxas apareciam por baixo das roupas dela, evidências de feridas debaixo da pele que ele não poderia curar.

— Você gostaria de ter seus poderes de volta? — perguntou Dea. — Fazia parte do acordo, infelizmente, mas você nunca perdeu seu dom. Está conectado a você de um jeito que teria dilacerado o restante do seu ser. Nós simplesmente... o trancamos.

— O poder *dela* ainda funciona? — perguntou ele.

— Sim, mas...

— Então eu quero o meu.

Alessa havia aceitado morrer. Ele havia aceitado deixá-la. Eles falaram as palavras em voz alta. A parte deles naquele acordo cruel estava cumprida. Se os poderes de Dante a curassem apesar de tudo, quem poderia dizer que eles haviam quebrado a promessa?

A esperança o deixou tonto.

Dea estalou os dedos na direção de Dante e a dor latejante nas costelas e tornozelo sumiu. A ausência repentina da dor, da qual inclusive ele já havia se esquecido, foi como a interrupção abrupta de um som ambiente.

Ele não ouviu o que Dea disse em seguida, não lhe deu nenhuma atenção enquanto baixava a cabeça em direção ao rosto de Alessa.

Tão imóvel, tão frágil... Dante lhe deu um beijo nos lábios, murmurou, implorando e suplicando para que ela usasse o restinho do poder dela para sugar o dele e se salvar uma última vez.

E, pouco a pouco, ele ficou mais certo de que estava funcionando. O calor na boca, uma leve respiração.

Ele ousou levantar a cabeça. Observou-a.

Esperou.

E esperou.

A pulsação dela estava forte, as feridas mais recentes estavam curadas. Até a cor tinha voltado à pele, mas ela não abriu os olhos.

— Sinto muito — disse Dea. — Você pode até curar o corpo dela, mas seu dom não pode trazer a alma de Alessa de volta. As almas são coisas inconstantes, entende?

A decepção estava estampada no rosto de Dante.

— Então pode pegar de volta. Não quero meus poderes se não posso salvá-la.

— Você viverá uma vida longa e saudável.

— Também não quero isso.

— Eu sei que você está bravo. Você já abriu mão de tanta coisa e eu continuo pedindo mais, mas você salvará a todos, sabe? É o que ela quer.

— Você *me* trouxe de volta. Eu morri e você me trouxe de volta à vida, então faça o mesmo por ela.

— *Ela* chamou você de volta. Ela reteve o suficiente da sua alma para atrair o resto de volta ao seu corpo. Todos os abençoados têm a habilidade de trocar a própria luz. De compartilhar. A Finestra recebe mais... espaço, por assim dizer. Para os mortais comuns, não há troca. Por isso é tão doloroso quando um dos meus filhos tenta usar seu poder em alguém sem um dom para dar, porque eles pegam a luz, mas não podem retribuir, então simplesmente drenam a luz do outro.

— Dê minha luz a ela, então.

— Não funcionaria. Existe um limite mínimo de quanto a alma dela, ou energia, se preferir, deve estar concentrada para que seja possível chamá-la de volta.

— O que acontece com essa energia... quando a pessoa se vai? — perguntou Dante em voz baixa.

— Quando não resta o suficiente para se sustentar, ela simplesmente... se desprende — disse Dea. — É como escapar da gravidade para voltar ao ponto de partida. Nada criado e nada destruído, apenas energia mudando de uma forma para outra. Talvez possa servir de consolo *ver* que ela não está partindo para um outro lugar; está simplesmente voltando ao universo.

Alessa começou a brilhar com o que pareciam ser pequenas joias — não, lampejos de luz, como chamas minúsculas demais para se distinguir.

Uma partícula luminosa escapou da silhueta de Alessa e flutuou, juntando-se a uma nuvem difusa de outras que já haviam partido.

— É sempre mais fácil encontrar seu caminho com mais luz — disse Dea. A deusa brilhava tanto que parecia *ser* luz solidificada, iluminando o espaço cavernoso.

Dante também estava iluminado com uma constelação de luz. Mas a dele não saía do lugar, permanecia confinada às margens do seu corpo.

A luz de Alessa não parava de se esvair. Sua vida se difundia conforme os laços se soltavam, e cada partícula *dela* flutuava cada vez mais longe do restante. Mais longe dele.

Dea se aproximou lentamente para observar melhor.

— Não é lindo?

Lindo, ela disse.

Era *lindo* como a luz de Alessa retornava ao universo.

Mas Dante não queria compartilhá-la, nem mesmo com toda a criação.

Ela era dele, sempre dele.

Dante queria muito inalá-la e prender a respiração para sempre, mas a luz de Alessa o atravessava; era tão inútil quanto tentar segurar-se ao mar.

Uma respiração.

Outra.

Dela. Dele. A mesma.

O mundo a conheceria como a garota que os salvou.

Mas ela não estaria mais ali.

A vida sem Alessa se estendia diante dele e Dante tinha certeza de uma coisa: a cada passo dado até o dia em que morresse, ele torceria e rezaria para que uma das faíscas de Alessa o atravessasse.

Cinquenta e nove

O mundo ficou em silêncio.

Talvez por ela estar morrendo ou porque a batalha havia cessado, levando consigo os terríveis sons da morte. De qualquer forma, Alessa o acolhia. O silêncio permitia que ela se concentrasse na sensação dos braços de Dante a envolvendo, as mãos segurando as dela.

Ele estava discutindo com Dea. Claro que estava. Ele não a deixaria partir sem lutar.

Mas algumas lutas eram impossíveis de vencer.

Alessa já tinha ajudado a salvar o mundo duas vezes. A primeira lhe ensinara como era vazio se tornar uma salvadora quando vencer significava perder uma pessoa amada. Mas ela só tivera que suportar aquela dor por algumas horas. Dante teria que conviver com aquilo pelo resto da vida.

Uma dor embotada se acomodou em seu peito, mas, para onde quer que Alessa olhasse, havia luz.

O teto da basílica brilhava com ladrilhos dourados, meticulosamente instalados por alguém cujo nome já havia se perdido na história. Era ainda mais bonito pelos locais onde os ladrilhos tinham se perdido ao longo dos séculos. Manchas escuras entre o brilho, como um universo estrelado virado do avesso.

A fraca luz do sol destacava uma cortina de ar empoeirado, brilhando com a água que pingava das janelas quebradas, e realçava o âmbar nos olhos escuros de Dante.

A consciência de Alessa flutuava feito partículas de poeira, saltando de um ponto a outro através do que agora ela sabia serem os fragmentos libertos de sua alma.

Era muito estranho estar no próprio corpo e ao mesmo tempo fora dele, observando a si mesma, seu amor e o mundo de todos os ângulos e lados, tudo de uma vez.

Ela finalmente era uma heroína. E não estava sozinha. Nem com medo. Estava em braços amorosos e conseguia ver tudo.

Dava para ouvir a voz de Dante, as palavras ternas que ele dizia em todas as línguas que conhecia — a antiga, a nova, as verbais e as transmitidas pelo tato. Se o futuro além do véu permitisse lembranças, ela esperava se apegar àquela.

Parte de Alessa repousava nos braços de Dante, saboreando as doces palavras que ouvia dele, deleitando-se com cada toque. Outra parte vagava pelas pessoas além da basílica e sentia a dor, a tristeza e o alívio de cada uma delas.

Ela viu Kira correndo até Jesse e a alegria extraordinária daquele abraço.

Ouviu Vittoria chorando sobre o corpo agredido de Leo, no local onde ele caíra para proteger Chiara.

Sentiu os fantoches de Crollo voltando aos próprios corpos, aliviados, horrorizados e ao mesmo tempo arrasados ao descobrirem que muitos não voltariam.

Eles não se foram, ela queria dizer a todos. *Eles estão ao seu redor*. Mas aquilo não era suficiente. Saber que os entes queridos ainda estavam ali, mas dispersos e intocáveis, poderia amenizar a dor da perda, mas não aliviaria a ausência.

Mesmo assim, ela queria que Dante soubesse. Tentou entrelaçar os dedos aos dele, mas não os sentia mais — e, aliás, já não sentia muito de sua própria forma física. Alessa tinha uma vaga sensação da pressão que o corpo de Dante fazia no dela, sentia as lágrimas secando nas bochechas, mas não muito além daquilo.

O tempo não parou, mas se fragmentou como a luz do sol ao atravessar um prisma, dividindo-se em todas as tonalidades do arco-íris, cada feixe de luz uma cor diferente de sua própria vida.

O brilho vermelho da coragem quando Alessa parou de fazer o papel da Finestra e aceitou ser ela mesma.

Um pôr do sol laranja e brilhante surgindo sobre a Cittadella.

Tardes de verão amarelas e vívidas sob os limoeiros na casa dos avós.

Novas amizades, verdes e esperançosas como as primeiras mudas da primavera.

O roxo profundo do crepúsculo e de histórias de ninar contadas ao pé de uma lareira de fogo baixo.

E o azul-celeste de uma praia isolada cercada por falésias altas — seu porto seguro.

Juntas, as inúmeras cores iluminavam sua existência do início ao fim, e Dea estava certa. Era lindo.

Por toda parte, havia luz. E enquanto houvesse alguém vivo para procurá-la, Alessa também estaria ali, no brilho do oceano, em um arco-íris após a chuva ou no cintilar das estrelas para iluminar o caminho.

Não importa o tamanho da solidão, ninguém nunca está verdadeiramente sozinho.

Sessenta

A chuva não tinha dado a menor trégua: jorrava do céu como se tivesse o propósito de afogar a cidade de uma vez por todas. Ótimo. Pois que engolisse a cidade e o afogasse junto.

Dante cerrou os dentes para não gritar com os deuses para que eles parassem com aquilo, para que desfizessem tudo e o deixassem ficar com ela. Ele tinha feito uma promessa. E ia cumpri-la, mesmo que aquilo o matasse.

Os lampejos de alma de Alessa se desprendiam em silêncio, mas ele ouvia cada um como se fosse o tique-taque de um relógio.

Um.

Mais um.

Cada partícula a aproximava mais de um limiar que ele não poderia cruzar.

Um homem mais forte tentaria esconder o luto e enterrar a dor para deixá-la morrer em paz, mas Dante não era forte o suficiente. Ele a abraçou com força, colou a bochecha na dela e lhe disse, em todas as línguas que conhecia, tudo o que já havia sentido ou tido vontade de dizer e não soubera como ou não tivera coragem.

Dante soube o exato momento em que ela o deixou. Houve um frio repentino no ar e uma leveza no corpo de Alessa que roubou o calor dos ossos dele.

Um soluço rouco escapou de seu peito.

Ele desejou que a guerra continuasse, que a basílica desabasse e o esmagasse sob o peso da história, enterrando-o ali mesmo com Alessa. Assim suas histórias terminariam juntas e ele não teria que reunir forças para respirar outra vez.

— Eu estou muito orgulhosa de você — disse Dea para Dante. A luz dela começou a diminuir. Não flutuava para longe, como a de Alessa; era mais como o sol ao entardecer ou a lua por trás de uma nuvem. — Peça desculpas a Diwata por mim quando ela acordar.

As consequências da batalha eram visíveis para além das portas abertas da basílica, clamando pela atenção de Dante, mas ele se recusava a ceder.

Era cada um por si agora.

Era *Dante* por si mesmo.

Adrick entrou, todo ensanguentado, e engasgou no choro.

Dante não se importava em saber como o irmão de Alessa tinha voltado. Era certo que ele estivesse ali naquele momento.

Alguém pôs a mão no ombro de Dante.

Alguém lhe disse que sentia muito.

Alguém sentou-se ao lado dele.

— Estou aqui — disse Matteo. — Vem, me deixa ajudar... — Ele estendeu a mão, como se quisesse auxiliar Dante a se levantar.

— Não. — Dante abraçou Alessa ainda mais forte junto ao peito. Não ia deixá-la sozinha.

— Eu entendo — disse Matteo.

A mão de Alessa escorregou e caiu ao lado do corpo, inerte. Matteo a pegou e a pôs de volta sobre o peito dela. Sua própria mão brilhava com uma luz esmeralda. Quando ajeitou a mão de Alessa com um tapinha, uma luz dourada brilhou entre as dele, tremendo como se não soubesse a que lugar pertencia.

Os poderes de Dante tinham cumprido sua função e curado o corpo de Alessa, mas não era o corpo dela que precisava de cura naquele momento.

Algo agitou seus pensamentos.

Quando compartilham os poderes deles, é como uma dança: cada luz se desloca para preencher os espaços vazios deixados para trás.

Kaleb. Kamaria. Saida. Alessa tinha usado os dons deles com frequência. Todas as vezes que havia tomado seus poderes — ou assim ela pensava —, ela não sabia que estava apenas pegando emprestado.

Compartilhar sugeria que eles receberiam algo em troca.

E receberam. Ao menos foi o que Diwata dissera, e só restava a Dante torcer para que Dea também estivesse falando através dela naquele momento.

Eles passaram todo aquele tempo trocando suas luzes.

Luzes que se atraíam mutuamente. Como a gravidade.

Talvez todos que tinham compartilhado os dons com Alessa ainda guardassem um pouco da luz dela.

E, se fosse o caso, talvez também pudessem devolvê-la.

Sessenta e um

Dante gritou para que alguém abrisse as portas.
Os dons de Dea estavam espalhados por todas as direções e ele precisava de todos para fazer aquilo funcionar.

Precisava reunir todas as Fonti e acordar Ciro e Diwata também.

Alessa tinha usado seus poderes para deter Diwata naquele fatídico ataque no Dia do Nome, e Alessa e Ciro tinham tentado descobrir o que aconteceria se usassem os poderes um do outro — no fim das contas, não muita coisa, mas talvez o esforço tivesse levado a uma troca, de qualquer maneira.

Ele mal levantava a cabeça, pois temia que, caso afastasse o olhar do rosto de Alessa, ela fosse deixá-lo para sempre.

Em algum lugar dentro de si, Dante se agarrou a algumas preciosas faíscas da vida dela, e queria que os outros se agarrassem às restantes.

Pela visão periférica, Dante via de relance o que havia para além das portas abertas: pessoas atordoadas e ensanguentadas vagando pela piazza, chorando, morrendo, gratas por estarem vivas. Os ghiotte corriam de um corpo caído para outro, procurando sinais vitais.

Kamaria correu até o altar e empalideceu ao ver Alessa inerte nos braços de Dante.

— Não. Ah, não.

— Ainda não acabou — disse Dante. — Acordem Ciro e Diwata. Preciso de todos vocês.

Kamaria se ajoelhou para dar tapinhas nas bochechas de Diwata.

— Aguenta só mais um pouquinho. — Dante passou os dedos pela mandíbula de Alessa, pelas bochechas, e distribuiu beijos pelas pálpebras e pelos lábios. — Vou cantar para você todas as noites — prometeu ele. — Nunca mais vou rir do seu sotaque de novo. Você pode me vencer no desafio que quiser. Por favor, não me deixa.

Ele mal conseguia ver o rosto de Alessa na escuridão perversa, apenas o pouco brilho que restava dela.

Ciro se levantou, estendeu a mão para uma Diwata muito pálida e, juntos, os dois seguiram em direção ao altar.

Dante não sabia quantos ghiotte tinham se reunido atrás dele, mas sentia que o ambiente estava ficando cheio.

Passos arrastados, um soluço abafado. Ensanguentada e com o rosto marcado pelas lágrimas, Saida mancou até o altar.

— Os poderes dela — disse Dante. — Toda vez que vocês compartilharam os seus poderes, também levaram um pouco do dela. Ela precisa que vocês devolvam.

Eles pareciam confusos, arrasados e céticos, mas confiavam em Dante.

Saida foi a primeira: pousou a mão na de Alessa enquanto Dante a embalava. Então ela arfou ao olhar maravilhada à sua volta.

— As luzes — disse.

Kaleb juntou-se a eles em seguida e também viu as luzes assim que sua pele tocou o braço de Alessa.

Depois foi a vez de Kamaria, seguida por Ciro e Diwata.

O rosto de Alessa não mudou.

Ela ainda respirava, mas não acordou.

Sua luz ainda estava desaparecendo.

Não era suficiente.

Alessa ainda estava inerte nos braços de Dante. Seus últimos resquícios de luz eram fracos e esparsos em comparação à de todos os outros.

Dava para ver os pontinhos dourados de Alessa flutuando entre as pessoas ao redor, inclusive alguns brilhos dentro de si mesmo. Mas não era suficiente. Os pontos permaneciam onde estavam, ou dentro de outras pessoas, em vez de retornar para Alessa.

— Ela sabe como reverter? — perguntou Kaleb em voz baixa. — O poder dela só funciona em uma direção, certo?

Dante então se relembrou das palavras que Diwatta proferira:

Os dons divididos de Dea devem ser unidos
Para mudar os rumos
Escolha lutar ou escolha morrer
Para o que é amado não desaparecer.

Dea tinha lhes dado três presentes. A Finestra, as Fonti... e a fonte de cura que muitos presumiram ser uma fonte literal por muitos séculos, mas estiveram enganados.

Os ghiotte eram o terceiro presente de Dea.

Uma vez divididos, os presentes de Dea deviam ser unidos para mudar os rumos.

Ele gritou novamente, ordenando que seus soldados se aproximassem. Uma parede de guerreiros sujos e ensanguentados avançou. Os mais próximos estenderam a mão para tocar Alessa, e os demais se juntaram para formar um círculo fechado ao redor deles. Dante não sabia se o toque deles ajudaria, mas mal não poderia fazer, e ele acolhia o reforço deles como um apoio moral.

Dante a encarava com os olhos ardendo pela tensão de não piscar.

O sentido... estava mudando.

Algumas luzes se voltavam para Alessa como se fossem vaga-lumes curiosos e com medo de pousar.

As outras pareciam vibrar no ar.

Mas eles ainda não haviam chegado ao limite crítico que Dea dissera ser necessário para reunir as luzes dela. Eles não tinham o suficiente.

Nina e Josef estavam a um continente de distância. Não havia mais ninguém.

Não era suficiente.

Ele tinha tentado, mas, mesmo sabendo como salvá-la, não conseguia.

Uma figura correu na direção deles.

Por um momento confuso, Dante achou que fosse um ataque e se abaixou para cobrir Alessa, mas Talia lhe lançou um olhar de total exasperação.

— Eu — disse ela. — Alessa disse que você precisaria de mim.

Dante não fazia ideia do que ela estava falando.

Talia o empurrou para o lado, apenas o suficiente para se encaixar naquele pequeno círculo, e deu um tapa na testa de Alessa.

— Tinha necessidade disso? — perguntou Dante.

Talia engoliu em seco, nervosa.

— Realmente espero que sim.

Dante ficou sem ar.

Sim. Sim, tinha necessidade.

No instante em que a pele de Talia tocou a testa de Alessa, o movimento das luzes mudou perceptivelmente, as centelhas desaceleraram o desvio e então pararam.

E começaram a avançar na direção deles.

Na direção de Alessa.

Para dentro de Alessa.

Até ela brilhar tanto quanto qualquer um deles.

E então um pouco mais.

Dante assistia à cena maravilhado, e então se encolheu quando faíscas douradas, seguidas de vermelhas, alaranjadas, azuis e verdes começaram a avançar para dentro dela, a partir das pessoas ao redor.

Em pouco tempo, Alessa estava iluminada com um brilho dourado, pontilhado com clarões de cor.

A pedra fria no altar deixou de existir, e Dante só tinha olhos para o rosto de Alessa e o brilho de mil estrelas.

Ela estava cercada de amor, protegida e acalentada nos braços de Dante, suas mãos entrelaçadas, e ele não ia soltar.

Ela era a luz dele, assim como ele era a dela.
E, naquele momento, a luz dele a guiaria para casa.
— Volta para mim, *luce mia* — sussurrou Dante.
Alessa abriu os olhos.

Epílogo

SEIS MESES DEPOIS

A placa na entrada estava meio torta, com algumas letras grandes demais e outras pequenas demais, mas combinava perfeitamente com a decoração descombinada e com o ambiente despretensioso da pequena e aconchegante pousada à beira-mar.

A Última Finestra oferecia um lar longe de casa para qualquer viajante que passasse por ali.

Ainda não havia muitos, mas aquilo mudaria.

O novo estabelecimento havia recebido seu primeiro grupo de hóspedes na semana anterior, quando algumas almas corajosas de Saverio viajaram até o extremo da península na esperança de ver a misteriosa ilha dos ghiotte, onde a última batalha pela humanidade tinha sido vencida.

A maioria das pessoas não sabia nada a respeito do verdadeiro teste final dos deuses, e os ghiotte acolheram de bom grado o crédito por terem derrotado Crollo de uma vez por todas.

Perduta ainda aceitava somente convidados, mas alguns ghiotte escolheram migrar da ilha e reivindicar casas na cidade litorânea que pouco a pouco era reconstruída ao redor da pousada.

Os visitantes sabiam que deveriam tratá-los com respeito... caso contrário, teriam que enfrentar as consequências.

Não era tarefa fácil divulgar a presença de uma pousada tão distante das áreas mais povoadas, mas a propriedade tinha vista para o mar e seus donos acendiam uma fogueira todas as noites para o caso de um navio passar por perto. Era só questão de tempo para que se espalhassem os rumores sobre o local que as famosas Fonti gostavam de visitar.

Mesmo com quartos vazios na maioria das noites, a mesa vivia cheia.

Matteo tinha montado sua marcenaria na mesma rua, e passava por ali quase todos os dias, oferecendo-se para consertar coisas pela casa ou pedindo ajudas pontuais a Dante, o que fosse necessário para que passassem algum tempo juntos.

Talia aparecia para jantar pelo menos uma vez por semana, de vez em quando com Blaise a tiracolo, e Kamaria, que tinha decidido ficar em Perduta, sempre dando um pulo na pousada justamente naquelas noites, o que era pura coincidência, com certeza.

Alessa já ouvia Adrick e Kaleb discutindo carinhosamente antes mesmo de virarem a esquina, com bagagens e presentes em mãos, então só ficou levemente surpresa quando Adrick a levantou do chão em um abraço de urso que lhe tirou todo o ar dos pulmões.

— E um da mamãe e do papai — disse ele, espremendo-a de novo. — E da *nonna* e do *nonno*.

Alessa se debatia para se libertar antes que sufocasse, mas não conseguia abandonar o sorriso largo.

Atrás de Adrick, os braços de Kaleb estavam cheios de bagagens e presentes.

— Da próxima vez, vamos receber vocês no Fundo do Poço — disse ele. — Operei milagres para dar uma melhorada no lugar e Adrick não valoriza nem metade das minhas melhorias.

Adrick deu um último abraço esmagador na irmã e a pôs no chão.

— Você não ia nem reconhecer. E a gente não precisa de segurança, porque basta o Faisquinha ali fazer um show de luzes toda vez que os clientes precisam de um lembrete para se comportarem.

— Ele pegou um pacote das mãos de Kaleb e o entregou a Alessa. — Para você. A *nonna* mandou lembranças.

Alessa não precisava abrir para reconhecer o cheiro do esfoliante de sal de limão da *nonna*, mas levou o embrulho ao nariz e respirou fundo mesmo assim.

— Vocês foram os primeiros a chegar, então podem escolher o quarto que quiserem — disse ela, encaminhando-os para dentro da pousada.

O anoitecer chegava rápido, então ela tirou os sapatos e seguiu em direção à água.

Ajoelhando-se na areia com um sorriso, ela soprou uma chama na palma da mão e a levou aos gravetos até acendê-los.

Um sopro de vento, também dela, fez as chamas incipientes crescerem, e ela deu um passinho para trás para admirar o próprio trabalho.

Os dons divididos de Dea eram úteis de pequenas formas que a encantavam diariamente.

Não eram ecos nem cicatrizes, mas algo só dela, um buquê de talentos. Lembranças de cada troca que Alessa já havia feito.

Ela chegou até a manter um pouco do poder de cura dos *ghiotte*, que era útil sempre que batia com o quadril na quina da mesa ou dava uma topada num dedo enquanto andava descalça no quintal para alimentar as galinhas.

As ondas quebravam atrás dela com um ruído suave, seguido pelos espirros da água e o arrastar de um barco sendo puxado para a areia.

Alessa se levantou e deu meia-volta, protegendo os olhos do reflexo do sol poente nas ondas para ver a silhueta delineada em laranja e dourado caminhando em sua direção com a pesca do dia pendurada sobre o ombro.

Fiore miou alto e quase fez Dante tropeçar ao rodear seus pés incansavelmente até ele jogar um peixinho na grama e resmungar sobre a necessidade de aplacar a monstrinha.

Eles repetiam o mesmo ritual diariamente, mas, mesmo assim, Dante ainda deixava Fiore cochilar em seu colo todas as noites.

Alessa aguardava, com um sorriso, até ele parar diante dela e seus ombros largos bloquearem o brilho para que ela pudesse ver o rosto de Dante.

— Ainda não acredito que você sequestrou a gata de Dea — comentou ele com um suspiro exasperado.

Alessa pegou as mãos dele.

— Eu não a *sequestrei*. Ela quis vir com a gente. Ela ama você. E você me prometeu uma casa na praia com um gato e galinhas.

— Galinhas que ela vive espantando. E não é uma casa, é uma pousada.

— É um lar. Dá quase no mesmo.

— Pois é, nós já povoamos o Continente inteiro com galinhas a essa altura e eu não como um ovo fresco há semanas. Meu bem, essa gata é um demônio.

— É uma deusa, na verdade. — Alessa se aninhou nos braços de Dante, deslizando as mãos por sua cintura nua, indiferente à água do mar que salpicava a pele dourada de seu torso.

Ele se inclinou para se aconchegar no pescoço dela.

— Você não acha que Dea ainda entra na cabeça dela, né? Ela está sempre *de olho* na gente.

Alessa riu quando a barba por fazer de Dante lhe fez cócegas.

— Eu acho que Dea pode ver o que quiser, sempre que quiser, sem precisar possuir uma gata. E, além disso, não tenho nenhum segredo. Ela já sabe que sou apaixonada por você.

Ela sentiu Dante sorrir em sua clavícula.

— E você é apaixonado por mim — continuou Alessa. A resposta dele foi beijá-la outra vez, mas ela interrompeu o beijo com uma risada indignada. — Essa é a hora em que você *diz* a mesma coisa.

— Sì. *Ti amo molto, tesoro.*

— Não. Diga *você me ama* em uma língua que eu entenda.

— Você me ama em uma língua que eu entenda.

Ela riu e lhe deu um leve tapa no peito.

— Você é impossível! Por que não quer dizer?

— Eu digo o tempo todo.

— Na língua *antiga*. Por que nunca de outra forma?

— Porque faz você rir. — Dante a beijou num cantinho da boca e depois no outro. — E porque tenho maneiras melhores de dizer o quanto você significa para mim. *Ti adoro, luce mia.*

Ela amoleceu e se entregou ao abraço dele.

Chega de funerais.

Chega de guerras.

Apenas uma gata travessa, areia quente sob os pés, o sol se pondo sobre uma praia perfeita e a delícia que é ficar de mãos dadas.

Felizes para sempre.

Agradecimentos

Todo mundo alerta os autores a respeito do segundo livro, mas ainda assim eu não estava preparada para o desafio e devo agradecimentos eternos a várias pessoas por me ajudarem ao longo do processo.

Minha agente maravilhosa, Chelsea Eberly. Palavras não dão conta de expressar a gratidão que sinto por seu apoio inabalável em meio às inúmeras mensagens apavoradas, e-mails tarde da noite e ligações incoerentes. Não há mais ninguém que eu preferiria que estivesse do outro lado da linha durante minhas crises de choro melodramáticas debaixo de chuva. Você é a verdadeira craque do jogo.

Minha editora, Vicki Lame, pela confiança inabalável de que eu de fato conseguiria dar conta do recado, mesmo quando eu estava convencida do contrário, e toda a equipe da Wednesday Books pela paciência enquanto eu descobria como escrever uma sequência durante uma crise global ao mesmo tempo que administrava a ansiedade do ano de estreia e dezoito meses sem creche: Vanessa Aguirre, Sara Goodman, Eileen Rothschild, Michelle McMillian, Lena Shekhter, Anne Newgarden, Meghan Harrington, Alexis Neuville,

Eric Meyer, Meryl Gross, Brant Janeway. Agradeço a Kerri Resnick e Kemi Mai pela bela arte da capa original que captura perfeitamente a história dentro destas páginas.

Meu mais profundo agradecimento às minhas equipes editoriais ao redor do mundo e aos incríveis tradutores que se esforçaram ao máximo para levar esta história a leitores de vários países. Agradeço a Molly Powell e meu time da Hodderscape, a Lydia Blagden e Sangutan pelas capas no Reino Unido, a todo mundo da Fairyloot e aos vários artistas brilhantes que tornaram realidade meus sonhos de escritora.

Emily Taylor, minha companheira de estreia e nerd dos dados, Ayana Gray, por ser uma pessoa absolutamente incrível, Lauren Blackwood, minha co-mentora e irmã editora, Natalie Crown, por todos os áudios, Lyla Lawless, que esteve presente desde o início, e as melhores mentoradas que se tornaram amigas e colegas de profissão, Lyssa Mia Smith e Sophie Clark.

Agradeço a Sibley Johns, Ron Harris e a todos da WriterHouse. A Joanna e Rachel, Alice, Naomi, Christine, Jess, Meghann, Lolly, Alyse, Nicole, a meus meninos Dunova (vocês estão mesmo lendo meu livro?!) e a cada amigo que se mostrou presente e torceu por mim. Monica, Emma e Diletta, obrigada por toda a ajuda com o italiano e um brinde às aventuras contínuas.

Hannah Teachout e Kristie Smeltzer, não sei nem por onde começar a agradecer por todas as sessões de *brainstorming* e anotações e pelas conversas motivacionais.

Rajani LaRocca, Andrea Contos, Anna Rae Mercier e o restante do meu grupo do Pitchwars, os estreantes de 2022, os 2K22s e minha equipe No Excuses: Eliza, Melody, Ryan, Brook, Jeff, Kristine, Erin, Margie e Lisa.

A Kel, Kailey, Mike, Cody, Andi, Flannery e todos os livreiros que compartilharam seu entusiasmo: obrigada, do fundo do coração.

A Autumn, Sunny e Molly. Sinto a luz dela toda vez que os leitores me dizem que encontraram consolo nos trechos sobre amor e luto que permeiam estes livros. Ela sempre estará presente no meu coração.

E, é claro, nada disso teria sido possível sem minha família incrível. Meus pais, meus sogros maravilhosos e Brian, Cora e Lyla. Amo muito vocês.

Por fim, agradeço aos leitores. O amor e o entusiasmo de vocês têm sido incríveis. Obrigada por me darem uma chance e por amarem esta história tanto quanto eu.

Este livro, composto na fonte Fairfield,
foi impresso em papel Lux Cream 60g/m² na gráfica Leograf.
São Paulo, julho de 2024.